KIM HOLDEN

BRIGHT SIDE
IL SEGRETO STA NEL CUORE

romanzo

Traduzione dall'inglese
di Francesca Frulla

leggereditore

Prima edizione: aprile 2016
Titolo originale: *Bright Side*

Il marchio Leggereditore è di proprietà
della Sergio Fanucci Communications S.r.l.
via delle Fornaci, 66 – 00165 Roma
tel. 06.39366384 – email: info@leggereditore.it
Indirizzo internet: www.leggereditore.it
This edition is published by arrangement with
Dystel & Goderich Literary Management
and Silvia Donzelli Agency.

Stampato in Italia – Printed in Italy

Progetto grafico: Grafica Effe

KIM HOLDEN

BRIGHT SIDE

IL SEGRETO STA NEL CUORE

Dedicato a B., Debbie e Robin.
Grazie per aver amato Kate e i suoi amici quanto li amo io.

Lunedì 22 agosto

Kate

«Ciao bella, come va?»

«Tutto a posto, figurati. Ho soltanto guidato per trenta ore di fila credo, ho perso il conto. Sono due o tre giorni che non dormo e avrò bevuto venti Red Bull e quindici litri di caffè. Niente di nuovo, direi.»

Gus ride. «Accidenti, forse hai qualche antenato camionista.»

«Allora mi presento, ecco a voi la regina dei camionisti, Mother Trucker.»

Ride ancora. «Fantastico. Forse dovrei smettere di chiamarti Bright Side e passare a Mother Trucker.»

Fin qui la conversazione scorre naturale, come speravo. Dopo il modo in cui ci siamo lasciati a San Diego pochi giorni fa, non sapevo cosa aspettarmi da questa chiamata.

Ma poi arriva un silenzio imbarazzato, che non è mai esistito tra noi. E ci conosciamo da diciannove anni.

«Allora, sei in Minnesota.»

«Sì.»

«A casa di Maddie?»

«Sì.»

«E come va?»

«Va.» Oddio, la conversazione non sta procedendo bene per niente. La sua voce sembra quasi annoiata, ma sento che è molto nervoso. Mi chiedo come mai ancora non l'ho sentito accendere una sigaretta. E proprio in questo momento, sento il rumore dell'accendino e il suono familiare della prima lunga boccata. «Dovresti...»

Mi interrompe subito. «Forse è meglio che ti lasci andare, Bright Side. Sono arrivato da Robbie e mi sembra che ci siano già tutti per l'incontro con la band. Sono in ritardo come al solito, e mi stanno aspettando per iniziare.»

Sono dispiaciuta, ma so che la vita degli altri non si può fermare o tenere in sospeso soltanto perché Kate lo vuole. Mi sforzo di sorridere e rispondo: «Sì, certo. Domani sera sei libero? Se sì, ti chiamo.»

«Domani voglio andare a fare surf dopo il lavoro, però ci sono.» Respira in modo più regolare, ma so che è così perché si sta concentrando come un disperato sulla sua sigaretta, inalando fumo, nicotina e calma allo stesso tempo.

«D'accordo, Gus. Ti voglio bene.» Ci diciamo sempre 'Ti voglio bene'. Lui è cresciuto con una madre che glielo ripete ogni cinque minuti, perché lo ama davvero. Invece io non l'ho mai sentito dire dalla mia. Mai, perché lei non provava affetto; per lei era normale il contrario. Da lei ricevevo indifferenza, che mi penetrava fin nelle ossa. Forse è per questo che mi è sempre piaciuto sentirlo da Gus e da sua mamma, Audrey. Sarebbe strano chiudere una conversazione con loro senza dirlo.

«Anche io ti voglio bene, Bright Side.»

«Ciao.»

«Ciao.»

Sono a casa di Maddie. Maddie è mia zia, la sorellastra di mia madre, molto più giovane di lei e di cui ignorava l'esistenza fino a tre anni fa, quando si sono incontrate al funerale del nonno (il loro padre). Mia madre è cresciuta senza di lui per gran parte della sua vita: l'ha lasciata quando aveva dieci anni, o giù di lì. È semplicemente scomparso; in realtà si è fatto un'altra famiglia e via dicendo, poi è riapparso poco prima di morire. Io l'ho incontrato un paio di volte, e mi è piaciuto.

Non voglio giudicare quello che ha fatto, non so che vita abbia avuto prima. Comunque, Maddie appare al funerale e a mia madre prende un colpo quando l'altra le rivela di essere sua sorellastra. Cioè, mia madre ha aspettato parecchio prima di avere mia sorella Grace e me. Forse aspettato non è la parola più appropriata. Grace è stata un incidente di percorso e io invece il frutto del tentativo di rimanere con un uomo che non voleva né lei né noi. Aveva trentanove anni quando è nata Grace, e quaranta quando sono arrivata io. Maddie invece ha solo ventisette anni, otto più di me, il che significa che mia madre era di trentasette anni più grande di Maddie. Certo, fate i conti: mio nonno era un vecchio arzillo. Comunque basta, non voglio giudicare.

Quindi, io ho questa zia di cui non sapevo l'esistenza e che conosco a malapena, a parte la volta che ha passato una settimana con noi a casa di mia madre a San Diego, due anni fa. Per cui, quando ho saputo di essere stata accettata (con borsa di studio) alla Grant, una piccola università nell'omonima, minuscola città alla periferia di Minneapolis, ho chiamato Maddie e le ho chiesto se mi poteva ospitare per una settimana prima che mi trasferissi nei dormitori all'inizio delle lezioni. Lei ha tergiversato come se le stessi chiedendo un rene, ma alla fine ha accettato. Così adesso mi trovo qui a casa sua, ed è passata solo un'ora ma ho già l'impressione di essere un'ospite sgradita.

Disfo la valigia e metto spazzolino, dentifricio, shampoo, balsamo e rasoio nell'enorme bagno degli ospiti. L'appartamento di Maddie è proprio bello; non ho capito il costo della vita qui a Minneapolis, ma sembra alto. Ed è anche molto appariscente. So che a qualcuno piace appariscente, ma per me è troppo. Mi fa desiderare la semplicità. L'appariscente nasconde, mentre il semplice si mostra così com'è. Mi fa venire in mente la casa di San Diego, e quanto mi manchi. Era un garage a un unico posto macchina trasformato in appartamento, che avevo affittato dal vecchio giardiniere di mia madre, Mr Yamashita. Lui aveva creato un piccolo bagno all'interno, per cui lo poteva affittare. La cucina era composta da minifrigo, forno a microonde e piastra elettrica, senza lavandino. I piatti si lavavano nel bagno. Era piccolo e stipato e buio quando la serranda rimaneva abbassata, ma a me piaceva. Era semplice. Era *casa mia*. Mia sorella Grace e io ci siamo trasferite lì circa un anno fa. Cercavamo un posto dove stare, e Mr Yamashita, un uomo davvero molto gentile, ci aveva chiesto un affitto così ridicolo che non ho potuto dire di no. Io e Grace dividevamo un letto matrimoniale e avevamo un tavolino pieghevole e due sedie che ci facevano da salotto, scrivania e tavolo da gioco. Non molto spazioso, ma accogliente. Era a un isolato dall'oceano, ma in una posizione da cui si poteva vedere bene il mare. Ogni sera, dopo cena e dopo il bagno di Grace, sollevavamo la serranda e ci sedevamo sul bordo del letto. Guardavamo tramontare il sole dentro l'oceano: non appena incominciava a immergersi nell'acqua e l'arancione si diffondeva lungo la linea dell'orizzonte, Grace mi prendeva la mano, alzava le nostre dita intrecciate e gridava: «È l'ora dello spettacolo!» Io ripetevo: «È l'ora dello spettacolo!» Lei mi teneva stretta la mano tra le sue, finché non diventava completamente buio. L'oscurità la spingeva a fare un applauso di gioia, cui io mi univo. Lei mi diceva: «È stato il migliore, vero?» Io le davo ragione, in un certo senso ne ero convinta. Poi abbassavo la serranda, sollevavo le gambe di Grace sul letto e lei si distendeva. La coprivo con cura, le davo un bacio in fronte e le dicevo: «Buonanotte, Gracie. Ti voglio bene, sogni d'oro.» E lei mi rispondeva: «Non farti mordere dalle cimici. Anche io ti voglio bene, Kate.» Mi baciava sulla fronte. Mi manca tantissimo.

Dopo aver sistemato le mie cose per il soggiorno temporaneo, provo a parlare con Maddie, ma lei è al telefono, quindi le indico la cucina, per chiedere il permesso di mangiare qualcosa. Lei annuisce distratta mentre ride imbarazzata al telefono. All'altro capo deve esserci un ragazzo. Le donne ridono in quel modo solo quando stanno parlando a qualcuno con cui fanno sesso. O con cui *vorrebbero* farlo.

La sua cagnolina, Princess, mi segue dappertutto. Non so di che razza sia, ma se strizzi gli occhi scompare, da quanto è minuscola. È simpatica e mi piace, però devo sempre ricordarmi di stare attenta a dove cammino per non calpestarla e schiacciarla come una formica.

Arranco fino alla cucina, con i piedi che strisciano sul pavimento, perché alzarli comporterebbe troppa fatica. Apro la dispensa e trovo una confezione di maccheroni al formaggio, insieme a un solitario barattolo di zuppa di verdure e manzo e a una barretta alle proteine così dura che sono sicura sia scaduta prima dell'inizio del secolo scorso.

Trovo anche una pentola, e metto a bollire l'acqua per cucinare la pasta con formaggio, cercando di non ascoltare la conversazione di Maddie nella stanza accanto. Canticchio, vorrei il mio iPod ma è in camera da letto. È a pochi passi di distanza, però ho paura che se mi sforzo ad andarci, la vista di quello splendido letto mi spingerà a scivolarci dentro. E io devo mangiare. L'ultima volta è successo qualche Stato fa, forse il Nebraska.

Maddie chiude la telefonata quando io incomincio a mescolare la pasta e apro la confezione di formaggio. Entra in cucina. «Hai fame, Maddie?» le chiedo.

Lei alza le spalle. «Credo di sì.»

Mangiamo in silenzio, a parte le sue lamentele sulla quantità di grasso contenuto nei maccheroni, e che sapore disgustoso hanno. Però noto che ha spazzolato la sua metà, e quasi lecca il piatto fino a farlo diventare lucido. A me sono sembrati molto buoni; la pasta al formaggio funziona sempre.

Ho aspettato fino alla fine del pasto perché lei facesse la padrona di casa e mi tenesse occupata in una conversazione vera, o anche due semplici chiacchiere. Quando invece non lo fa, decido di cominciare io. «Allora, Maddie, è molto che abiti qui? È un gran bell'appartamento.»

«Più di un anno; sì, non è male.» Il tono è annoiato, come se parlare le comportasse uno sforzo troppo grande.

«Non male? Oddio, è fantastico. Un condominio a tanti piani, nella zona residenziale della città. Il quartiere sembrava parecchio alla moda quando ci sono passata in macchina, con un sacco di ristoranti e negozi. E poi c'è il parcheggio sotterraneo, il custode e una palestra con piscina. Ce l'hai fatta, Maddie.»

Alza le spalle. «Per adesso può andare. Sto cercando un'altra casa, in una zona migliore, con più servizi e metri quadrati. Purtroppo ho appena firmato un contratto d'affitto di sei mesi e non credo di potermi svincolare.» Mette il broncio.

Io annuisco. Per adesso può andare? Oddio, sto cercando di non giudicare, ma più passo il tempo con lei, e più qualcosa non va. Cioè, è umano riempire i vuoti, e l'elenco dei riempitivi è lungo, ma alcuni funzionano, altri no. Ho la sensazione che Maddie viva di cose materiali e denaro. Mi sembra sempre alla ricerca di altro e che non riesca a sentirsi grata di quello che ha. Che tristezza. L'avidità è come la favola del ragno e della mosca. Avidità, denaro, eccessi, quelli sono il ragno. E Maddie la mosca. Cerco di portare il discorso su qualcosa di positivo. «Il lavoro come va? Sei un avvocato, giusto?» È successo così tanto da quando ci siamo incontrate due anni fa, che sto provando a trovare un ricordo nella mia mente sfinita.

«Sì. Rosenstein & Barclay. In centro a Minneapolis.»

«Bello.» Credo che stia a me portare avanti la conversazione. «Quindi sarai tanto occupata con il lavoro. Hai qualche passatempo? Cosa ti piace fare nel tempo libero?»

A questo punto, si illumina come se finalmente fossi riuscita a toccare un argomento che le interessa. «Mi piace fare shopping, la manicure, andare dalla parrucchiera e nel centro abbronzatura un po' di volte alla settimana.» Mi squadra dall'alto in basso mentre snocciola la sua lista. È chiaro che ha capito che non abbiamo nulla in comune, mentre nota i miei capelli raccolti in una crocchia disordinata, le unghie mangiate, i leggings e la maglietta del Manchester Orchestra, diventata sottile per tutti i bucati che ha subito e le innumerevoli volte che l'ho indossata. Sono abbronzata, ma non da lettino abbronzante, e solo perché sono stata all'aria aperta – ma scommetto che lei lo sa. «Ah, e poi devo allenarmi ogni mattina.» L'enfasi che mette sul 'devo' è un po' inquietante.

«Quindi vai nella palestra di sotto? Ho dato un'occhiata

mentre salivo le scale, sembra carina. Forse ci potrei andare anche io a fare una corsa sul tapis roulant, domani.»

Lei annaspa come se le avessi appena chiesto di dare un morso a un sandwich pieno di vermi. «Oddio, no. Quel posto è orribile. Io mi alleno in una palestra privata vicino all'ufficio: il Minneapolis Club.»

'E certo' sto per dirle, ma annuisco finché non mi passa l'impulso. «Mi sembra fantastico, Maddie.» Scosto la sedia dal tavolo e prendo i miei piatti. «Mi sa che me ne vado dritta a letto. Grazie per i maccheroni al formaggio. Domani compro un po' di verdura; adesso però sono proprio sfinita.»

«Puoi comprare lo yogurt a zero grassi ai mirtilli?» mi chiede, mentre metto i piatti e la pentola nella lavastoviglie. Una vera, funzionante; ne rimango così colpita che quasi non la sento e devo trattenermi dall'inginocchiarmi e baciarla. «Certo. Ehi, hai una caffettiera? La mia non è sopravvissuta al trasloco, e adoro il caffè.»

Sento un «Mmh!» dall'altra stanza e ho la netta sensazione di averla insultata. Quando la incrocio mentre vado verso la camera da letto, dove ho pianificato di rimanere in stato di coma per diciassette-diciotto ore, lei scuote la testa e mi guarda come se avessi tre occhi. «Perché dovrei avere bisogno di una caffettiera? C'è uno Starbucks all'angolo.»

«Ah, certo, giusto.» Forse gli avvocati sono così. Mi devo ricordare di comprare una caffettiera domani, quando vado a prendere le verdure. «Buonanotte, Maddie.»

«Buonanotte? Non vorrai andare già a letto. Sono le cinque.» Tiene le mani sui fianchi. «Pensavo che saremmo andate a bere qualcosa stasera.»

«Non credo di farcela, mia cara. Però domani sera sarà perfetto. Sai, per me ieri notte non è esistita, l'ho saltata perché ero piena di caffeina, quindi devo recuperare quella dormita e in più aggiungerci questa di stasera, simultaneamente. Non posso più aspettare. A domani.»

Martedì 23 agosto

Kate

Mi sveglio alle 10:37. Oddio, quanto mi sento pigra questa mattina. Dormire un sonno profondo è un'esperienza che ho potuto apprezzare appieno solo di recente. Il concetto mi era estraneo in passato, forse credo da tutta la vita.

Maddie deve essere al lavoro, quindi tiro fuori il mio portatile e cerco un negozio di verdure nelle vicinanze. Ce n'è uno a pochi metri di distanza. Prendo l'ascensore fino alla palestra e corro per mezz'ora, poi mi faccio una doccia, prendo portafoglio e cellulare e vado a fare la spesa. Quando esco dal palazzo, vengo attirata verso lo Starbucks dietro l'angolo come una falena dalla luce. Non mi piacciono questi eleganti negozi dove si beve caffè, io preferisco piccoli locali a conduzione familiare. Ma sto già oltrepassando la porta e sento il sangue che mi canta nelle vene. Ordino un caffè nero grande. So che irrita i commessi, perché dovrei usare il pretenzioso linguaggio dei clienti, ma sono secoli che non entro in un bar del genere, e desidero ardentemente un caffè. Non ho tempo per leggere il gigantesco menu di opzioni fru fru e sapere qual è il gergo giusto da usare all'occasione.

Ecco la solita litania di domande. «Latte, soia, o altro?»

«Niente, grazie.»

«Correzione?»

«No, solo caffè nero.» Saltello da un piede all'altro in trepida attesa. E quando la ragazza mi passa il mio caffè, vorrei soltanto esclamare 'Vieni bello, dalla mamma!' e invece dico 'Grazie mille' con enfasi sul mille.

Trovo il negozio di verdure e prendo quello che riesco a trasportare fino all'appartamento. Per volere del destino, hanno anche una piccola caffettiera da due tazze, in vendita a quindici dollari. Nel tragitto di ritorno, in una mano tengo la busta delle verdure, e nell'altra stringo la caffettiera come se fosse il Santo Graal.

Tornata a casa di Maddie, decido di riordinare un po'. Credo che lei abbia tanto da lavorare, perché l'appartamento è parecchio sporco. Non che io mi chiami Mrs Pulizia, ma mi sembra il minimo che possa fare per aiutarla. Passo l'aspirapolvere e pulisco la cucina e i bagni fino alle cinque del pomeriggio, quando lei torna a casa.

Alle cinque e un quarto mi annuncia che sta morendo di fame e che non ha mangiato tutto il giorno. E io *devo* provare il ristorante sushi in fondo alla strada. A dire la verità, non sono una grande amante del sushi – so che sto dicendo un'eresia per qualcuno –, e per di più sono anche vegetariana, il che riduce di molto il ventaglio delle opzioni. Quando poi si aggiunge che trovo il riso disgustoso, non mi rimane molto da scegliere. Però non voglio essere maleducata visto che sono sua ospite, quindi le dico: «Mi sembra un'ottima idea.»

Il ristorante è molto affollato, ma lei conosce il maître per nome e otteniamo subito un tavolo. «Vieni qui spesso?» le chiedo, colpita dalla velocità del servizio.

«No, soltanto due volte alla settimana.»

Annuisco. Mi sto abituando a rispondere facendo cenni con la testa, per riuscire ad assorbire lo stupore che mi suscita il suo stile di vita. Penso che non dovrei essere così sorpresa, visto che mia madre ha vissuto in modo simile, e in fondo erano sorelle. Forse avere uno stile di vita alto è un fattore genetico, o qualcosa del genere. Se è così, noi non l'abbiamo ereditato per niente.

Appena incomincio a passare in rassegna il menu, alla ricerca di qualcosa di mangiabile, mi accorgo che Maddie sta già ordinando due Martini. Sgrano gli occhi, mentre i suoi sono incollati ai nomi dei cibi. «Cosa prendi?»

Mi chino verso di lei e le sussurro: «Maddie, ho solo diciannove anni. Non posso bere, bella.» Non che non beva, ma stasera proprio non ne ho voglia. E non ho una carta d'identità falsa da esibire, se il cameriere ritorna e me la chiede.

Lei mi risponde con un gesto di impazienza con la mano. «Vengo qui un sacco di volte.»

Ma è una spiegazione? Alzo le spalle e aggrotto la fronte. «D'accordo.» Le offrirò anche il mio Martini, qualcosa mi dice che non lo rifiuterà.

«Quindi, per ritornare alle ordinazioni. Cosa ti ispira?» Ha un'aria da drogata di cibo soltanto per come guarda il menu. Come se già quello la mandasse fuori di testa.

«Come ti dicevo, io sono vegetariana. Cosa posso scegliere?» I miei occhi scorrono frenetici l'elenco di cibi, cercando qualcosa con scritto 'verdure'.

Di nuovo, mi zittisce con un cenno sprezzante della mano, quando il cameriere ritorna con gli alcolici. «Ordino io per tutte e due.»

Arriva il cibo, e quando è tutto sistemato sul tavolo, rimango senza parole. Vari piatti grandi, traboccanti di panini colorati, pesce rosa chiaro e bianco e montagne di wasabi riempiono tutto lo spazio. «Maddie, credo ci sia stato un errore. Questo è un sacco di cibo.»

«No, è tutto per noi.»

Comincio a preoccuparmi. «Ma ci sono più di sei piatti qui, e noi siamo solo in due.»

Lei alza le spalle e mi guarda come se stessi parlando giapponese. «Il sushi è leggero. Inoltre, bisogna variare. Assaggia un po' di tutto.»

Annuisco, forse per la centesima volta. «Sì, d'accordo. Allora, indicami quali sono i piatti vegetariani, per favore, perché a me sembrano tutti uguali.»

Lei ride, come se avessi appena detto qualcosa di ridicolo. «Credo che tu possa stare tranquilla.»

«Credi, oppure sei sicura? Perché il mio intestino corre grossi pericoli.» Mi sento che devo arrivare subito al punto, per farle afferrare il concetto.

Lei arriccia il naso. «Kate, che schifo.»

«Scusami. Sto mettendo semplicemente le cose in chiaro. Il mio corpo lo sa, e quando si raggiunge il punto di non ritorno, la reazione di espulsione è quasi immediata.»

«Mangia queste due e sarai al sicuro.»

Mi fido del suo consiglio solo al trenta percento, e sfortunatamente tutto sul tavolo sa di pesce, perché ne siamo sepolte. Decido di fidarmi di lei. Ne assaggio un po', ma ha uno strano sapore, e non riesco a capire se è pesce o riso. Devo combattere i conati di vomito a ogni morso. Ne mangio tre pezzi, alternandoli con grossi bicchieri d'acqua.

Maddie si scola entrambi i Martini, poi mangia una incredibile quantità di cibo, e quando le offrono di mettere in una scatola da asporto quello rimasto sul tavolo, lei rifiuta. Non sto scherzando, se questa roba non facesse così schifo, ci sarei potuta andare avanti per due giorni. Quando arriva il conto, lei fa finta di prendere il portafoglio e poi si batte la fronte con delicatezza. Ha una certa propensione a recitare. «Oddio, mi sono dimenticata i soldi a casa.» Mi guarda sbattendo le ciglia, ed è subito ovvio che non divideremo il conto. «Non c'è problema, ci penso io» rispondo. Lo voglio, dopotutto sono l'ospite. È il minimo che possa fare dopo che mi ha permesso di piombare da lei e rimanerci per qualche giorno.

Fa scivolare verso di me la ricevuta, e io quasi svengo, perché c'è scritto centosettantatré dollari! Nel portamonete ne ho solo cinquanta, devo usare la mia carta di credito. Quella che tengo solo per le emergenze, il che significa che la uso il meno possibile. Quando la passo al cameriere, ho come la sensazione di cedere il mio primogenito. Sono abbastanza parsimoniosa con i soldi, non perché sia avara, ma perché ogni fine mese devo pagare le bollette. E me ne rendo conto. Lascio sempre da parte un po' di denaro per i divertimenti o per aiutare qualcuno, ma adesso mi ritrovo con tutto il malloppo sprecato per una cena. Non importa, mi dico, e quando il cameriere torna, sono rassegnata: ho avuto una lezione, di cui riderò in futuro.

Maddie si scusa e va al bagno mentre io firmo la ricevuta. Quando ritorna, sento la parte bassa del mio stomaco che comincia a gorgogliare. È un gorgoglio basso, che preannuncia un tempo, in un futuro molto prossimo, in cui me la farà pagare per averlo riempito di quello che ho mangiato.

Corriamo a casa e io mi fiondo nel bagno, con circa un secondo di anticipo prima di farmi tutto addosso. Il clou della mia esperienza con il sushi è esplosiva.

Dopo essere stata punita a dovere dal mio colon, decido di rilassarmi in camera mia e leggere per un po'. Verso le nove e mezza comincio a guardare l'orologio ogni cinque minuti. Alle dieci passeggio avanti e indietro per la stanza. E verso le dieci e mezza ho quasi fatto il solco sul pavimento e ho la mano sudata, stretta al cellulare. Ormai lo fisso da ben quindici minuti. È ancora presto in California. Mi dico che forse è in spiaggia. E se invece fosse a casa e mi volesse evitare perché la conversazione di ieri sera è stata così spiacevole? Adesso lo chiamo e la faccio finita, sennò mi lascio consumare dalla preoccupazione. Scorro i contatti sul cellulare e digito il nome: il suo volto appare sullo schermo con le lunghe ciocche di capelli dalle mille sfumature di biondo tinte dal sole, che gli coprono metà viso. Ride, e l'occhio in vista sembra ammiccare dritto a me. Ogni volta che lo chiamo, prima di appoggiare il telefono all'orecchio guardo la foto per qualche secondo, perché è come se mi stesse salutando nel suo tipico modo così buffo. Sorrido, mi sento rilassata. Quattro squilli, allora attendo la voce della segreteria. Invece è Gus a rispondere.

Sembra mancargli il fiato. «Pronto? Qui vigili del fuoco, voi li causate, noi li spegniamo.»

«Ehi, dov'è l'incendio, bello?»

Ha il fiato corto. «Scusami, stavo caricando la tavola da surf e sentivo suonare il cellulare ma la porta del furgone era bloccata e...»

«Credevo che le chiusure fossero rotte.»

«Sì, infatti lo erano. Ma adesso non lo sono più. Non so cosa sta succedendo, il sistema elettronico è fuso.»

«Forse dovresti comprare un nuovo furgone?» gli suggerisco, ma solo perché so che darà il via a una discussione.

«Perché dovrei fare una cosa del genere?» Finge di essere offeso. È il nostro copione, che recitiamo almeno una volta alla settimana.

«Ah, non so, forse perché è del 1989 e ha percorso più di cinquecentomila chilometri. O perché si guasta sempre un pezzo.» Se lui decidesse di liberarsene, ne sarei devastata. Adoro quel furgone, soprattutto perché non funziona niente. E lui ci tiene così tanto che mi diverte provocarlo.

«Bella, visto che qualcuno sta per forzare la serratura, avrà ancora più carattere.» La sua difesa è spettacolare.

Rido. «Lo so. Adoro il tuo furgone, proprio perché è un rottame.» Poi interrompo la recita. «Com'erano le onde oggi?»

«Non buone. C'era troppa gente. Era come se ogni turista avesse scelto oggi per affittare una tavola e provare a conquistare le onde. Che confusione. Sai cosa pensa la gente: bastano uno o due film sul surf, e si convince di essere esperta e di poter noleggiare una tavola e provare a farci fuori. Quando a sei anni ho visto cavalcare un toro a un rodeo mi è sembrato divertentissimo, ma non per questo ci salterei sopra. Ci sono delle regole che vanno rispettate, no?»

«Hai ragione.»

«Comunque, com'è il Minnesota, giorno numero 2?»

«Stasera cena con Maddie, a base di sushi.»

«Sushi? Ma tu odi il sushi.» Lui lo sa bene. Amo sapere che c'è qualcuno nel mondo che mi conosce.

«Be', nemmeno il sushi mi ama molto. Credo che Maddie fosse un po' confusa su quale cibo fosse con o senza pesce.»

«Non mi dire che ti è successo di nuovo!» Ha un tono preoccupato, e leggermente divertito. Anche Gus è vegetariano da anni, e sa bene che basta poco per scombussolare il mio apparato digerente in modo molto violento.

«Sì. È stata dura.»

«Che casino, mi dispiace.» Ma ride, con quella profonda risata di pancia che amo tanto.

«Sarà divertente per te, perché non sei stato tu quello che se l'è quasi fatta addosso davanti alla zia che conosce a mala pena.» Anche io rido, sollevata perché stasera conversiamo in modo naturale, non come ieri.

Ride ancora di più, poi fa un respiro profondo cercando di tornare serio. «Mi dispiace, Bright Side. Ah, ne avevo bisogno oggi.»

Poi torna il silenzio. E con esso, la tensione.

«Gus?» Cerco di mascherarla, ma la voce mi tradisce.

«Dimmi.» La parola è lenta e tirata, come se sapesse cosa sta per succedere.

«Possiamo essere sinceri per un attimo? È... successo. Non possiamo fare finta di niente. Ne dobbiamo parlare.»

Respira forte. «D'accordo.»

Dopo una pausa che nessuno dei due sembra voler interrompere, è Gus a prendere la parola: «Ascolta, so che eravamo ubriachi e che succede a tanti, ma questa volta è successo a noi. Intendo dire che non avevo in mente di farti ubriacare per approfittare di te.»

Fa il galante? Perché noi ne dobbiamo parlare in modo onesto. «Io non ero ubriaca. Ho bevuto due bicchieri di vino in quattro ore. E so che anche tu non ne hai bevuti molti più di me. Mi stai prendendo in giro? Voglio che tra noi ci sia sincerità. Nemmeno io l'avevo messo in programma.»

«Sì, lo so.» Sembra sincero.

Dopo un momento di silenzio, chiedo: «Sei ancora lì?»

«Sì.»

«Quindi adesso cosa facciamo? Perché non credo che esista un manuale per tirarci fuori da questo pasticcio.» La mia voce è tranquilla, ma ho lo stomaco sottosopra, che odio. Di solito non mi lascio prendere così tanto dagli eventi, non me lo posso permettere. Erano mesi che non mi sentivo tanto male.

Poi mi chiede piano: «Sei pentita?» È quasi intimidito.

Butto fuori l'aria che ho trattenuto nei polmoni, e un po' della tensione se ne va con lei. «Mi stai davvero chiedendo questo? Gus, tu conosci bene me e il mio motto: niente pentimenti. Il pentimento causa illazioni, rabbia e tristezza, e tu lo sai, io non me lo posso permettere.»

«Sì, lo so.»

Altro silenzio, mentre aspetto che lui mi dica di più, ma Gus sta sempre zitto quando medita, per cui gli lascio del tempo per riflettere.

Quando non resisto più, gli chiedo: «E tu sei pentito?»

Lui borbotta, non so se per esasperazione o altro. Ma quando finalmente si decide a parlare, capisco che è divertito. «Bright Side, io sono un cazzone di ventun anni. È stato sesso, cosa credi?»

Non ha torto, ma io voglio risposte chiare, basta con le domande. «Però è stato sesso con me.»

«Aspetta un attimo.» Sento il rumore dell'accendino e il suo profondo respiro, mentre accende la sigaretta.

«Dovresti smettere» dico piano. È un'abitudine rimproverarlo sul fumo, anche se non lo vedo o non sento l'odore di tabacco nell'aria.

Aspira un'altra lunga boccata. «Lo so, non iniziare proprio adesso.» La voce ha un improvviso tono di tristezza. Allora gli lascio finire la sigaretta, perché fumare lo ha sempre calmato, un po' come per me è stato suonare il violino. Quindi glielo concedo.

«Scusami. Non lo so, eri tu, ma era anche... quello che è successo pochi giorni fa... Non lo so...»

Non dico niente perché so che ci sta pensando. Scegliere le parole giuste è importante per lui. Scrive canzoni, è un emotivo e vuole esprimersi al meglio, è sempre stato così. È un comunicatore nato, e non parla tanto per parlare. Quindi a me non resta che aspettare. Sono sempre stata molto paziente.

«Per un attimo, posso fingere che tu non sia lì e non sia coinvolta in quello che è capitato?» È il calmo, razionale, onesto Gus all'altro capo del telefono. Il mio Gus.

«Certo, se ti aiuta, come preferisci.»

«L'altra sera è stato... come posso dire... incredibile.» Adesso la voce è animata, come ogni volta che mi suona una nuova canzone appena scritta o quando torna dopo essere riuscito a cavalcare un'onda gigantesca fino a riva. «So che può sembrare sdolcinato, ma hai ribaltato il mio mondo.» Ha ragione, è sdolcinato. Ma Gus è così, e so che gli è uscito dalla parte più pura e onesta che ha, perché non è imbarazzato a parlare così a me. La voce si abbassa di qualche tono, poi continua: «Sono stato con tante ragazze, tantissime. Ma l'altra sera era diverso. Non è capitato per caso. C'era un... come posso dire... un legame, che non ho mai provato prima. Sembrava che non mi bastasse mai.» Aggiunge, in un sospiro: «Poi è finito e tu sei partita.»

«Gus...» Cerco di tirargli su il morale. Ne ho bisogno anche io, perché le cose che ha appena detto sono le stesse che ho provato io.

Gli sento accendere un'altra sigaretta. «Lo so che mi fa male e dovrei smettere» dice. Aspetto, perché a questo punto non so dove ci stia portando la conversazione. Ho solo la certezza che la persona all'altro capo del telefono e la sua amicizia significano il mondo per me. È il mio migliore amico, da sempre. Ed è tutto quello che ho.

«Bright Side, voglio essere sincero. Ho una gran confusione in testa. Cioè, so che non possiamo stare insieme, e non so nemmeno se lo vorrei. Sai che non mi piacciono le relazioni. Senza offesa, davvero. È solo che... tu sei la mia migliore amica da... da sempre. Abbiamo fatto tutto insieme, e ne abbiamo passate di ogni. Poi, *sbam*! Tu vai a vivere a mille chilometri di distanza, io non so cosa mi succederà dopo le registrazioni, e facciamo sesso... ed è il migliore sesso di sempre. Proprio con te, la mia migliore amica. Sento che c'è... non so, che c'è un senso di qualcosa di compiuto, quasi un arrivederci. Ma io non ti voglio perdere. Io ho bisogno della mia migliore amica.»

Forse non sa quanto abbia colto nel segno; a volte sembra che riesca a leggermi nel pensiero. «Accidenti, Gus, da quando sei diventato filosofo?»

Io lo intendo come un complimento, una conferma, ma lui intende male. Che odio, i cellulari. A me piace l'interazione fisica quando si parla. Devo vedere l'altra persona e voglio essere vista. Ho bisogno del linguaggio del corpo e di informazioni non verbali.

Anche per Gus è la stessa cosa, ovviamente. Ha un tono arrabbiato, anche se ha appena messo a nudo il suo cuore. «Bright Side, non prenderla alla leggera, cazzo, sto cercando di essere onesto con te.»

«Ma anche io sono seria.» La mia voce deve sembrare disperata. Odio quando non sono capita. «Non sai quanto ti vorrei vedere. Dobbiamo provare con Skype o altri sistemi, perché questo cellulare proprio non mi aiuta.» Adesso sospiro, e va bene così, perché ci conosciamo talmente bene che possiamo anche comunicare sbuffando e sospirando, e passare messaggi ed emozioni che la gran parte delle persone non riesce a spiegare a parole. Questo è un aspetto dell'amicizia che adoro. «Tutto quello che hai appena detto descrive perfettamente come mi sento. Anche io sono stata sincera prima, non voglio che le cose si guastino tra noi. Ti voglio bene, lo sai, e te ne vorrò sempre. Non posso perderti, ho bisogno del mio migliore amico più di ogni altra persona sulla terra. Ricordati, stai parlando con Kate Sedgwick, il cuore solitario preferito da Dio.»

«Non dire così» mi interrompe.

Ha ragione. «Lo so, scusami... è solo che anche se le nostre vite adesso stanno andando in due direzioni opposte... voglio sapere, ho bisogno di sapere, che tu sei comunque a distanza di una telefonata. Se mi devo lamentare di un esame...»

Mi interrompe di nuovo. «Tu non ti lamenti mai, Bright Side. E anche se lo facessi, non avresti certo bisogno di lamentarti dei risultati degli esami, perché sei sempre stata la prima della classe.»

Rido, perché mi ha sempre provocato sui voti, soprattutto da quando mi sono diplomata con lode. Ma è sempre stato orgoglioso di me, perché così funziona tra migliori amici. Però io non intendevo gli esami dell'università, comunque lascio perdere e vado avanti. «E se ho bisogno che tu mi cerchi un ristorante vegetariano, perché ho un cellulare preistorico senza internet, non so dove trovarlo in Minnesota... e non voglio mangiare ancora quello schifo...»

Mi interrompe di nuovo. «Questo si chiama fasciarsi la testa prima di rompersela, non credi? Sei convinta che esistano i ristoranti vegetariani in Minnesota? Non c'è una specie di legge o editto o qualcosa contro di loro? Perché stiamo sempre parlando del Midwest. Io mi aspetterei carne a colazione, pranzo e cena, no?»

«O anche perché ho semplicemente voglia di sentire la tua voce, perché per me sei l'amico, la famiglia, il passato, e anche me stessa.»

È tornato il calmo Gus di sempre. «Ci sarò sempre per te. Farai cose stupende, Bright Side, sarai l'insegnante migliore del mondo.»

Non mi lascio lusingare troppo dai complimenti o dagli incoraggiamenti, ma quando mi dice così, mi si riempie il cuore. Ho sempre desiderato essere un'insegnante per persone con bisogni speciali. «A me basterebbe essere un'insegnante, che ne dici? Tu invece diventerai la più grande rockstar del mondo.»

Anche Gus non gradisce i complimenti. «E organizzerò spettacoli per pagarmi le bollette. Mi sembra un'ottima soluzione. Non credo di riuscire a resistere altri sei mesi in quell'ufficio.»

A me piace farli, i complimenti. Non le sviolinate, né le parole vuote che ti dicono per farti sentire bene, però; io voglio solo quelli sinceri, che si fanno perché provengono dal cuore. «Hai un tale talento che avrai un successo enorme, Gustov Hawthorne. Però tieni a bada il tuo ego, d'accordo?»

Le ultime parole erano una battuta, ma lui mi risponde serio: «Ecco perché esisti, Bright Side. Per ricordarmi che io sono Gus... e che non sono così bravo come dicono tutti quei bastardi.»

«D'accordo.» Ma visto che non riesco a stare zitta, aggiungo: «Però sei grande.» Deve saperlo. È il musicista più talentuoso che abbia mai sentito, e ne ho sentiti parecchi. Prima, la musica era tutta la mia vita. A San Diego, io e Gus frequentavamo una scuola a indirizzo musicale, chiamata Academy (era in fondo alla strada in cui abitavamo, per cui io ero favorita dalla vicinanza e da un po' di talento, mentre Gus era semplicemente eccezionale). Lui suonava la chitarra, il pianoforte, e sapeva anche cantare. Io suonavo il violino. Veniva gente da tutta la California per frequentare quella scuola; c'erano alcuni ragazzi pazzeschi, ma Gus è sempre stato un mondo a parte. Lui era straordinario. Da due anni suona con la sua band, i Rook; scrive la musica e i testi. Suonano quasi ogni fine settimana nei dintorni, in Southern California, ma alcuni mesi fa l'agente di un'etichetta indipendente di successo si trovava a uno dei loro spettacoli a L.A., e gli ha subito fatto firmare il contratto. Due settimane fa hanno finito di registrare il loro primo album. Anche se a Gus non piacciono le etichette di genere, io li definirei rock alternativo caratterizzato soprattutto dalla chitarra. Sono fantastici, e lui è il loro cuore pulsante, il loro leader. Faranno strada.

Per adesso, basta con gli argomenti seri, bisogna tornare a scherzare. «Bella, sei tu il mio antidoto a un ego smisurato. Smetti di lodarmi.»

Rido. Sento che la nostra conversazione sta terminando, e sono contenta che stia finendo con una nota scherzosa. Mi sento di nuovo me stessa. Siamo tornati i Kate e Gus di sempre.

Ma poi la sua voce torna seria, quasi nervosa. «Bright Side?»

Allora divento nervosa anche io. «Sì?»

«Ti posso chiedere un'ultima cosa? Poi non tiro più fuori l'argomento.»

Dico un «Certo» che è metà domanda e metà affermazione. 'Certo? Certo...' con una punta di apprensione.

Lui scoppia in una delle sue risate nervose. «Non ti chiedo di lusingare ancora il mio ego. Però devo saperlo per chiudere il cerchio, mi capisci?» Mi sento stringere lo stomaco perché pensavo che fosse già chiuso. «Come ti è sembrato? Cioè, so che sei stata con altri ragazzi ma... è stato... diverso con me?»

Sorrido, perché fortunatamente il discorso non ha preso la piega che temevo. Gus è un ragazzo, e ha bisogno di un po' di adulazione. E visto che, come dicevo, non elargisco complimenti a piene mani, ma con sincerità, gli rispondo onestamente: «Tu hai ribaltato il mio mondo.»

«Bella, non fare la superiore.» Crede che io stia trasformando la sua frase sdolcinata ma sincera in una presa in giro.

«Non faccio la superiore! È la verità. Appena chiudo questa telefonata, vado a scaricare Skype. Ascoltami, Gus; è stata probabilmente la migliore serata della mia vita.»

«Mmh.» Sento il sorriso nella sua voce: il suo ego ha avuto la giusta razione di complimenti.

«Non ti montare la testa, però» lo prendo in giro.

«Troppo tardi. Ti voglio bene, Bright Side.»

«Anche io ti voglio bene, Gus.»

«Buonanotte.»

«Buonanotte.»

Con la ritrovata pace della mente, accendo subito il portatile e digito Skype su Google. Voglio scoprire come funziona, nei minimi dettagli. E solo quando avrò finito, me ne andrò a dormire.

Mercoledì 24 agosto

Kate

Dormo fino alle nove. Quando esco dalla mia camera di ibernazione, Maddie è già al lavoro. Accidenti, forse gli avvocati pompano ossigeno puro nelle loro case? Perché qui cado letteralmente in coma. Che pigra che sono. So che il dr Ridley ha detto che devo riposare di più, ma questi ultimi due giorni ho dormito più che in un'intera settimana. Decido di portare Princess fuori per una passeggiata, ma prima scendo in palestra e corro sul tapis roulant. Non posso fare surf, per cui corro. Mi dico che il dolore che provo nei muscoli non è dolore, è vita. E la vita è divina. In ogni suo giorno, in ogni singolo minuto, in ogni secondo.

Faccio la doccia, passo il pettine tra i capelli bagnati e mi lavo i denti. Sono vestita, pronta per uscire in dieci minuti. Gus non è mai riuscito a capire come fa una ragazza, tra doccia e tutto, a essere fuori dalla porta in così breve tempo. A lui servono quarantacinque minuti per farsi bello. Credo che la società imponga alle donne certe regole, ma a me non hanno mai interessato. Il tempo è prezioso. E io non lo spreco. Quando ero più piccola, le mie mattine erano sempre frenetiche, e ho dovuto imparare a adattarmi. Non mi sono mai truccata; non ho un asciugacapelli né la piastra. A dire la verità, non saprei nemmeno cosa farmene, anche se li avessi. Il primo anno di scuola superiore una mia amica ha deciso che avevo bisogno di un cambiamento, mi ha truccata e lisciato i capelli, ma a me sembrava di avere addosso una maschera. Detesto guardarmi allo specchio e vederci qualcun altro; mi piace incontrare la solita Kate di sempre. L'unica cosa per cui sono esigente sono i vestiti. Odio quelli che non sono originali. Intendo dire, indosso quasi sempre jeans, ma per quanto riguarda le magliette non mi metto mai niente così come lo compero. Passo in rassegna negozi di vestiti usati, alla ricerca di disegni e scritte interessanti. Poi taglio e conservo le parti migliori, che abbino alle magliette che Gus mi compra di continuo. Lui le definisce rocker-bohemian. Vabbè. A me piace. Quando apro lo zaino, trovo la maglietta I LOVE SAN DIEGO che mi ha regalato prima della partenza. Non sto nella pelle, non vedo l'ora di renderla unica.

Prendo gli occhiali da sole e vado alla macchina, con indosso una canottiera con la scritta SURF OR DIE. Oggi l'aria è calda e umida e mi ricorda casa, per cui mi vesto per l'occasione. Sono contenta da impazzire. Tra poco vedrò il posto dove andrò ad abitare, e sono pronta a guidare per i venticinque chilometri che mi separano da Grant e dal campus dell'università. Non ho idea di cosa mi aspetti, ho solo visto le foto online e sul pieghevole.

L'appartamento di Maddie è all'estremità occidentale di Minneapolis, proprio di fianco all'entrata dell'autostrada, e Grant è a ovest di casa sua. Trovo la rampa di accesso, mi immetto nell'autostrada e dopo pochi secondi ho già superato tutte le macchine in vista. Dieci in tutto, le ho contate. Con così poche automobili, mi sembra un mondo fantastico. O forse è arrivata l'apocalisse e nessuno me l'ha comunicato? Dove sono finiti tutti? Io sono abituata agli ingorghi, a suonare il clacson e alle persone che guidano a centoquaranta chilometri all'ora. Cosa è successo? Davvero qui si rispetta il limite di velocità? Mi sento una specie di criminale mentre percorro i venticinque chilometri sfrecciando, e arrivando a Grant in soli dieci minuti. Rallento lungo le strade residenziali, e poco dopo appare l'università.

Grant è carina, direi quasi pittoresca. Il campus è piccolo e gli edifici sono vecchi, ma non cadenti: sono vecchi nel senso di imponenti, e anche ben tenuti. Anche i dormitori sono vecchi, quattro piani di mattoni, cemento e edera, ma hanno carattere e sono accoglienti. Sospiro di sollievo. Tra pochi giorni uno di questi sarà casa mia, e ne ha tutta l'aria. Ancora non riesco a crederci: studio all'università in Minnesota. Sono anche sola per la prima volta in vita mia. Ci vorrà del tempo per abituarmici, ma per ora non mi fa così paura come pensavo.

Dietro i dormitori c'è Main Street, la strada principale della cittadina. Mi fermo al semaforo e mi guardo attorno. È una via graziosa, fiancheggiata da un negozio di fiori, uno di liquori, una gastronomia, un piccolo supermercato/farmacia e un salone di bellezza. Poi lo vedo: un caffè. Ma soprattutto, non un orrendo bar di una catena, ma un vero e proprio caffè, semplice e di poche pretese, nascosto in fondo alla via, in un edificio di mattoni con grandi finestre che si affacciano sulla strada. Anche se sono già alla terza tazza (che ho preparato a casa di Maddie, grazie al Santo Graal), non resisto e devo dare un'occhiata. Mi dico che rimarrò solo un secondo per presentarmi, ma appena mi accosto al marciapiede, mi sto già chiedendo se è meglio la mia solita tazza grande o una piccola. Il caffè è come il crack per me, lo giuro. Non so resistere, né dire di no. Comincio a cercare una scusa logica per la mia visita, dicendomi che forse cercano personale. E io ho bisogno di un lavoro, come al solito.

La porta è enorme, con disegni intricati. Sembra pesare una tonnellata, per cui afferro con forza la maniglia e spingo, ma quando la dannata cosa si spalanca, leggera come una piuma, mi ritrovo praticamente per terra. Una campanella sferraglia contro la porta. Ed è come un tuono. Mi guardo intorno con gli occhi sbarrati: c'è un ragazzo immerso fino al naso in un libro e seduto sul divanetto in un lato della stanza, una coppia a un tavolino sul lato opposto e un ragazzo dietro il bancone. Tutti alzano lo sguardo per la confusione che ho prodotto. D'istinto cerco di zittire la campana e distogliere l'attenzione da me, ma allungo la mano sopra la testa e non riesco a toccarla. Io sono bassa, e lei è sospesa un metro sopra di me. Sorrido timida, poi quando la campana smette di suonare, annuncio: «Eccomi qua» in una specie di sussurro.

L'uomo dietro il bancone conferma: «Si era notato.» Parla con un accento che non riesco a definire. Sui quarant'anni, con i capelli neri come il carbone, pelle color cioccolato ed enormi occhi scuri e sorridenti. Il tono della voce non è sprezzante, anzi molto gentile e aperto. Mi piace già. «Sei nuova di queste parti, vero?» Mi fa cenno di avvicinarmi a lui. «Io sono Romero. Benvenuta da Grounds, amica mia.» Mi saluta agitando la mano, e provo subito tenerezza.

Io rispondo in modo goffo: «Ah, ciao, mi chiamo Kate.» Da quando balbetto come una socialmente inetta? Mi schiarisco la gola e porgo la mano a Romero. «Mi chiamo Kate Sedgwick e hai ragione, sono nuova di qui.» Rido. «È così evidente? Perché in tal caso, vuol dire che ho subito mandato in malora la mia copertura. Stavo cercando di mantenere un basso profilo, ma poi sono riuscita persino a risvegliare i morti con la tua campana.»

Lui ride di cuore. «Non ti preoccupare. Questa è una piccola comunità, ci si conosce e non ti ho mai vista, Kate Sedgwick. Vieni dalla California?» Quando pronuncia 'California', scandisce le sillabe come se fossero cinque parole diverse.

Sono esterrefatta: come ha fatto a scoprirlo? «Sì, è vero.»

Nota la mia confusione e indica la mia macchina in strada. «La targa. Da che parte della California?»

Adesso capisco. «Ah, sì, certo. Da San Diego, dove sono nata e vissuta finora.»

Il volto gli si contrae in una smorfia di dolore. «Mia cara Kate, in bocca al lupo quest'inverno. Io vengo da El Salvador e ti posso assicurare che gli inverni in Minnesota non sono adatti ai deboli di cuore.» Anche 'Minnesota' sembra formato da quattro distinte parole.

Io rimango senza fiato, ha toccato una delle mie più grandi paure collegate al trasloco... il freddo. «So che qui è terribile.»

Lui ride, gli brillano gli occhi.

Il ragazzo seduto sul divano e immerso nel suo libro si intromette. «Esattamente.» Mi volto verso di lui e noto che ha il naso ancora sepolto tra le pagine, ma sta sorridendo. Ha i capelli rossi e la barba folta. Non posso fare a meno di pensare che deve essere sul punto di soffocare, in questo caldo umido. Il sorriso è innocente, gioviale. Ha scritto hipster dappertutto. Non aggiunge altro, per cui torno a Romero.

«Allora Kate, cosa ti preparo?» chiede.

Do un'occhiata al menu alle sue spalle. So che diventerò una cliente fissa qui, per cui non voglio insultarlo fin da subito e non seguire il protocollo. Sono sollevata quando noto che tutti i prodotti sono elencati per prezzo, e suddivisi in porzioni piccole, medie e grandi.

«Ti posso consigliare qualcosa? Preferisci leggero, medio, o molto tostato? Espresso? Cappuccino? Forse una rinfrescante bevanda ghiacciata?»

Non sono mai stata puntigliosa in materia di caffè: per me esiste il caffè e basta, e non mi preoccupo dei nomi. «Voglio semplicemente una tazza grande di caffè nero.»

Forse era la risposta giusta, perché batte due volte con le nocche sul bancone. Credo sia un gesto di felicità, del tipo 'Sono d'accordo con te al cento percento e ho capito di cosa hai bisogno'. «Allora devi provare la miscela della casa.»

Sì, devo proprio. Subito. «Mi sembra giusto.»

Romero inclina la testa, perplesso. «Qualcos'altro da aggiungere alla tazza grande di caffè della casa, a parte il caffè?»

«No, grazie. Caffè e basta.»

Il sorriso si espande, poi guarda di nuovo il ragazzo con la barba sul divano, e mi indica. «L'hai sentito, Duncan? Caffè e basta.»

Duncan sorride e solleva la tazza di ceramica che tiene in mano, in una specie di brindisi. «L'ho sentito, Rome. Benvenuta nel club, nuova arrivata.»

Il sorriso di Romero è ancora radioso, ma parla a voce più bassa: «Nessuno vuole caffè e basta.» Ha un accento forte, e io devo concentrarmi su ogni singola parola per essere sicura di non perdere il filo del discorso. «Lo rovinano sempre con gli extra.» Ammicca. «Davvero pochi di noi sanno come si gusta il caffè nero.»

Mentre versa il mio, mi sento come se avessi rotto il ghiaccio e siamo già amici; dopotutto, poiché sembro già appartenere al club, trovo coraggio e chiedo: «Non è che cerchi un'aiutante, vero? Sono appena arrivata in città e comincio l'università lunedì prossimo, quindi ho bisogno di trovare un po' di soldi subito.»

Romero sospira mentre mi passa un gigantesco bicchiere di carta pieno di caffè. «Purtroppo no, Kate. Il negozio è mio e del mio partner, Dan. Abbiamo solo un aiutante, che ci copre quasi tutte le mattine.» Ci pensa un po' su, poi il sorriso si illumina di nuovo. «Prova al negozio di fiori all'angolo, si chiama Three Petunias. Mary mi ha detto che ha bisogno di una mano.»

Faccio scivolare due banconote sul bancone, per il caffè e la mancia. «Fantastico, grazie, sei molto gentile.» Soffio sul bicchiere e ne bevo un sorso mentre mi dirigo alla porta: ha un sapore ricco e carico, proprio come piace a me. Con la mano sulla maniglia, mi volto e alzo il bicchiere verso Romero. «Questo caffè è mitico, Romero. Ti auguro un gran buon mercoledì.»

«Anche a te, Kate Sedgwick.»

Il caldo è soffocante. Attraverso la strada, in direzione di Three Petunias. E poi mi accorgo che saranno quaranta gradi, con l'umidità al centodieci percento, e io sono l'unica pazza che beve un'enorme tazza di caffè bollente. Però sorrido: sento la caffeina che scalcia dentro di me, e ho una prospettiva di lavoro pochi passi più avanti.

Apro la porta del Three Petunias con gentilezza, ma accidenti, anche questa ha una campana. Senza volerlo, esclamo esasperata, e incredula: «Accidenti!» Cosa hanno che non va gli abitanti di questa piccola città del Minnesota, vista la loro ossessione per le campane? L'esemplare in questione è più piccolo, ma tintinna parecchio. Ho la netta sensazione che diventerò esperta di campane.

La ragazza dietro il bancone è una presenza imponente. Mi sembra un po' più grande di me, alta e formosa al punto giusto. Alcune ragazze sono carine, altre belle, altre ancora sexy. Ecco, lei è sexy. Ha i capelli neri tagliati in un caschetto lungo e ben definito con frangia, e gli occhi scuri sono truccati di nero.

Tutta la sua apparenza è un po' tenebrosa, ma non in senso gotico o depresso. Più del tipo 'Io non faccio prigionieri'. Io non vengo facilmente intimidita da niente o nessuno, però lei... intimidisce.

«E ciao a te» dice, in risposta alla mia entrata poco trionfale. La voce è roca, come se avesse fumato dieci pacchi di sigarette al giorno da quando è nata e in più si stesse riprendendo da un raffreddore durato un anno. Ho la sensazione che la voce da sola sia così potente che mi potrebbe stendere. È come il suo superpotere.

Non farle capire che hai paura, mi dico. «Ciao» rispondo con noncuranza. «Scusami, sono stata scortese. Ma cosa avete voi in città con le campane?»

Mi squadra, ma non da capo a piedi come Maddie; lei è curiosa, forse persino divertita, non so. «Campane?»

«Sì, alle porte.» E gliela indico, alle mie spalle.

Ha ancora lo stesso sguardo, ma risponde in modo pratico: «Ci fanno capire quando entra qualcuno.»

«Certo, niente scherzi, Sherlock.» Mi rendo conto troppo tardi che forse il mio commento è stato inappropriato. Qui non c'è la stessa atmosfera informale come a casa mia; inoltre, l'ho appena incontrata, questa donna dalla presenza intensa, che intimidisce.

Lei emette un suono di stupore. Non so se è divertita o se si sente insultata. «Certo, niente scherzi. Comunque io mi chiamo Shelly, non Sherlock.»

Credo che la ragazza mi piaccia, anche se in un certo senso mi fa paura. È diretta e io apprezzo la gente diretta; risparmia la difficoltà di dover sempre indovinare. Mi avvicino e le porgo la mano, però poi mi accorgo che le sue sono occupate a tenere i fiori del vaso davanti a lei. Allora dico semplicemente: «Mi chiamo Kate.»

«Kate, cosa ci fai qui?» Torna a guardare la confezione di fiori, come se avesse perso interesse.

«Sono appena stata da Grounds.» Alzo il bicchiere, come per dimostrarlo. «E Romero mi ha detto che forse Mary ha bisogno di aiuto.»

Shelly si sposta la frangetta dagli occhi e torna a fissarmi, quasi come se stesse cercando di capire se merito di essere presa in considerazione. «Mary è mia madre, è la proprietaria del negozio.»

«Quindi, state cercando?» chiedo speranzosa, con le guance arrossate.

«Hai mai lavorato in un negozio di fiori?»

Scuoto la testa. «No, mai.» Forse ho distrutto tutte le mie speranze, però non voglio mentirle.

«Esperienza di giardinaggio?» Mi sento come se fossi interrogata dalla polizia nella scena di un crimine; forse la madre ci sta osservando dall'altro lato dello specchio davanti a me.

Alzo le spalle. «Il mio ultimo padrone di casa, Mr Yamashita, era un giardiniere. Forse non vale? Troppi gradi di separazione?»

Lei sbuffa. Sì, anche lei è una che sbuffa. Adesso la adoro. «Sai distinguere un garofano da una rosa?»

«Certo.»

L'aria da despota rimane, ma con mia sorpresa dice: «Allora muoviti e vieni ad aiutarmi. Sono sepolta di lavoro oggi pomeriggio. Vediamo cosa sai fare.»

Mi passa un grembiule, che io indosso subito. «Accidenti, che colloquio di lavoro, bella. Mi hai fatto sudare parecchio.»

Alza gli occhi al cielo per la mia ironia. «Non importa, *bella*.»

Il negozio è piccolo e vecchio stile. E con vecchio stile non intendo fuori moda, ma affascinante. Ci sono alcuni vecchi tavoli dalla parte dei clienti, su cui sono disposte composizioni di fiori e di piante. È carino. E il profumo... ah, il profumo è come il paradiso.

Dietro il bancone noto che ogni cosa ha un suo posto. Lo spazio è in ordine, organizzato in modo quasi ossessivo. Shelly lavora alla velocità di un tornado e si muove per la stanza occupandosi di quattro creazioni allo stesso tempo. Io guardo e ascolto, cercando di aiutare dove posso. In generale, fingo molto.

Lavoriamo in silenzio per un'ora; alla fine mi fanno quasi male le orecchie. «Non c'è una radio o altro?» chiedo.

Senza guardarmi, mi indica una mensola in fondo alla stanza.

Sento che devo chiedere, perché non capisco se mi ha dato il permesso o no: «Ti dispiace se l'accendo? Non sta male un po' di musica di sottofondo. Il silenzio è assordante.»

Lei mi fa cenno che posso.

Io mi avvicino e l'accendo, perché quando lavoro ho bisogno di ascoltare la musica. A dirla tutta, ho sempre bisogno di musica, però soprattutto quando lavoro. Mi tranquillizza. È pura emozione, e io ne ho bisogno.

Giro la manopola per un minuto, finché non trovo una stazione. Shelly alza lo sguardo. «Questa è una bella canzone. L'hanno appena cominciata a passare per radio. La chitarra è potente. L'hai mai sentita?»

Annuisco e torno al lavoro. Conosco la canzone, e concordo sulla chitarra. L'ho sentita per la prima volta quattro o cinque mesi fa, quando l'album è stato lanciato, ma non voglio apparire una specie di saputella, quindi mi trattengo. «Sì, non è male. La stazione è locale?»

Shelly risponde acida: «Sì, è la stazione dell'università. Abbiamo solo questa, perché tutte le altre fanno schifo.»

«Non dirmi che sei una snob di musica, Shelly?»

Mi guarda stupita, come se fosse stata scoperta. «Sì. Adoro la musica ma è molto difficile trovarne di buona.» Il viso le si addolcisce un po'. «Sembro esagerata, vero?»

So come si sente. Io e Gus cerchiamo sempre in internet le ultime uscite, come una coppia di tossici alla ricerca di una nuova droga. Abbiamo anche unito la nostra raccolta di musica, e definirla estesa è riduttivo. Il mio iPod è stracolmo, e il resto riempie l'hard drive del mio computer. «Forse non hai trovato il pusher giusto; vorrà dire che la prossima volta porto il mio iPod. Hai una docking station, o delle casse?» Mi piace creare un ponte con la gente attraverso la musica, soprattutto quando posso far conoscere a qualcuno un pezzo nuovo che non ha mai sentito prima; scoprire qualcosa di sconosciuto è come una magia. La musica esiste perché la si ascolti, e io sono convinta che sempre più persone dovrebbero farlo. Perché la musica è potente, unisce la gente.

Esita, poi annuisce. «Va bene, posso portare una dock. Cosa ascolti?»

«Un po' di tutto. Spazio parecchio, anche se non riesco a farmi piacere la musica country, mi sembra artificiale. Non so come spiegarmi, ma fa venire il diabete da quanto è dolce. Ed è pure un po' deprimente, anche quella allegra.» Lei concorda. «In genere tendo a gravitare verso band meno conosciute. Mi piace quando i piccoli riescono a sfondare. E poi devo sostenere i gruppi californiani, sennò mi sento in colpa.»

Sgrana gli occhi, come se avesse trovato la soluzione a un quesito molto difficile. «Certo. Tu vieni dalla California. È tutto il pomeriggio che me lo chiedo. Avevo capito che doveva essere un posto caldo visto che sei molto abbronzata, ma pensavo che la maglietta SURF OR DIE fosse troppo scontata. Quindi ti dai delle arie o fai davvero surf?»

«Certo che faccio surf.»

«Davvero?» Non è convinta.

«Sicuro.»

«Comunque la maglietta è molto bella. Dove l'hai presa?»

«L'ho fatta io.»

Di nuovo, il dubbio. «Davvero?»

Gli sguardi indagatori non mi danno fastidio. «Sì, creo tutte le magliette che indosso.»

«Ah.» Non aggiunge altro, e sebbene sia rimasta colpita, ho la sensazione che morirebbe piuttosto che ammetterlo. Non riesce a nascondere bene le sue emozioni dietro la maschera severa che indossa.

Continuiamo ad ascoltare la stazione dell'università, in definitiva piuttosto valida. Per la maggior parte, musica indie e rock alternativo, e mi ricorda Gus. A lui non dispiacerebbe affatto. Quasi mi aspetto di sentire una canzone dei Rook esplodere dagli altoparlanti.

Shelly mi dà una pacca sulla schiena quando abbiamo finito. «Per essere una che non ha idea di cosa stia facendo, sei stata brava.»

Io la guardo dubbiosa. «Grazie... credo.» E poi sorrido, così che possa capire che sto scherzando.

Gli occhi accennano un sorriso. «Puoi lavorare il pomeriggio da lunedì a mercoledì, e il sabato ogni tanto?»

«Certo.»

«Allora sei assunta.»

Dentro di me sto facendo le capriole, ma fuori rimango calma. «Grazie.»

«Mi sembra di capire che studi all'università, anche se non te l'ho chiesto. Io frequento l'ultimo anno, mi sto per laureare in musica classica. Pianoforte.»

«Sul serio? Pianoforte? Che bello, Shelly.» So che il mio tono è di leggera sorpresa, ma è la verità. Lei sembra molto rigida, non l'avrei mai associata alla musica classica. «A me invece mancano alcuni crediti per entrare al secondo anno, quindi mi posso definire una matricola.» Faccio una smorfia, pensando al mio insolito percorso universitario.

Mi sono diplomata un anno e mezzo fa e ho ricevuto una borsa di studio per studiare violino qui a Grant, ma poi sono successe delle cose... quindi sono rimasta a San Diego. Ho lavorato part-time con Gus, in un ufficio dell'agenzia pubblicitaria della madre, e ho frequentato le lezioni in un college della zona. Ero felice, tutto sembrava andare bene. Poi tre mesi fa, a giugno, un'altra bomba ha distrutto il mio mondo. Dovevo andarmene da San Diego. Quindi, anche se il semestre autunnale era vicino, ho deciso di presentare di nuovo domanda alla Grant, ma non per violino. Ho pensato che non avevo nulla da perdere. Mi sono logorata nell'attesa fino a metà luglio, quando finalmente è arrivata la lettera che mi annunciava che non solo mi accettavano, ma che mi premiavano con un'altra borsa di studio. Anche una piuma mi avrebbe potuto ribaltare. Ho disdetto la stanza di Mr Yamashita, me ne sono andata dal garage l'ultimo giorno di luglio e mi sono trasferita da Audrey Hawthorne, dove sono rimasta fino a pochi giorni fa, quando sono arrivata qui. La mamma di Gus è una delle persone che più amo sulla terra. La conosco da quando sono nata. Quando penso alla parola 'madre', mi viene in mente Janice Sedgwick, ma quando penso alla parola 'mamma' penso a Audrey. Gus vive ancora con lei, che mammone!

Shelly mi guarda con tristezza. «Quindi stai nei dormitori?»
«Sì, tutte le matricole devono abitare lì, credo.»
Lo sguardo rattristato rimane. «Ho capito.»
«Ci sono passata davanti oggi. Mi sono piaciuti, sono molto curiosa e non vedo l'ora.» È la verità.
Lei mi dà un'altra pacca sulla spalla. «Mantieni la curiosità. Ma un consiglio: questa è una piccola università, anche molto chiusa, se mi capisci. Ci sono tanti mocciosi viziati e figli di papà con un sacco di soldi. Quello che voglio dire è soltanto di non farti mettere i piedi in testa.»
Annuisco, grata che si stia preoccupando per me. «Capisco il punto. Fortuna che ho la corazza dura.»
Ci potrei scommettere, sta quasi sorridendo.
Ci salutiamo e io passo da Grounds per ringraziare Romero, prima di ritornare da Maddie. Questa volta ci metto nove minuti e non riesco a non sentirmi ottimista, visto il mio primo giorno a Grant. Sapevo che sarebbe stata la scelta giusta.
È ancora presto in California e Gus è al lavoro, quindi gli mando un messaggio per dargli la buona notizia.

IO: Trovato lavoro in un negozio di fiori oggi.
GUS: Bello! Corro a un incontro della band dopo il lavoro. Ci sentiamo domani? Ti voglio bene.
IO: Okay. In bocca al lupo, saluta tutti. Ti voglio bene.

Giovedì 25 agosto

Kate

Il momento saliente di oggi: io e Gus proviamo Skype e decidiamo che la persona che l'ha inventato merita di vincere il premio Nobel, o una medaglia d'onore, o qualche altro importante riconoscimento ufficiale anche se non è applicabile alla tecnologia, perché Skype è una genialata.

Il momento non saliente del giorno: ho avuto il mio primo appuntamento con il dr Connell al Methodist Hospital di Minneapolis. Più o meno come me l'aspettavo. Come il dr Ridley a San Diego, il dr Connell ha affrontato la situazione con realismo, e io lo apprezzo e lo rispetto per questo. Mi ha fatto un resoconto delle opzioni e di un programma di trattamento. È un dottore che segue la filosofia del 'più è meglio', e vuole andare fino in fondo. Io invece preferisco il 'meno è di più', e quindi per me è no, e lui non è rimasto contento. Me ne sono andata con il suo biglietto da visita in mano, la data del prossimo appuntamento tra un mese, e il suo viso preoccupato scolpito nella mia memoria.

I dottori di solito hanno un viso impassibile. Di una cosa sono certa: se mai andrò a giocare a Las Vegas, non chiederò al dr Connell di accompagnarmi.

Venerdì 26 agosto

Kate

Sono in ritardo come sempre, quindi appena entrata nella mensa dell'università, do una rapida occhiata per cercare un posto libero. Ce ne sono a ogni tavolo, ma lo trovo quando i miei occhi si posano su un ragazzo minuto, seduto da solo. Indossa una camicia vintage a righe sottili, un papillon a quadri, pantaloni eleganti volutamente troppo corti e rossi, calzetti a rombi blu e un paio di scarpe a coda di rondine bianche e nere. Capisco subito che il mio posto è accanto a lui: ha stile, e per indossare qualcosa di così eccentrico bisogna avere anche tanto coraggio. Decido che devo conoscerlo. Mentre mi avvicino, capisco che sta cercando di apparire impassibile, ma è curvo e mi sembra nervoso da impazzire. Vorrei dargli una pacca sulle spalle per rassicurarlo e calmarlo, ma non lo faccio. Io sono molto a favore del contatto fisico, ma ho imparato attraverso gli errori che c'è a chi non piace. Prima le presentazioni.

«È libero questo posto?» chiedo con gentilezza.

Lui sussulta per la vicinanza della mia voce, ma poi si volta a guardarmi.

Gli sorrido. Il papillon è molto grazioso. Gli chiedo di nuovo: «È libero questo posto?» indicando la sedia accanto a lui, anche se ce ne sono altre libere.

Il suo sorriso si espande e le spalle incominciano a rilassarsi. «No, non c'è nessuno qui, accomodati.» So che il termine folletto non è molto adatto per descrivere un ragazzo, ma è la prima parola che mi viene in mente quando lo vedo sorridere. È un piccolo folletto ben vestito e ordinato.

«La tua camicia è stupenda, bello» dico mentre mi siedo. Ha persino un'etichetta vintage: Frank. Non ha lasciato niente al caso. «Io sono Kate.» Gli porgo la mano, che lui stringe con delicatezza. Ha mani morbide.

«Grazie... Kate è l'abbreviazione di Katherine? Io mi chiamo Clayton.» È formale, ma non in maniera rigida, altezzosa. Formale in maniera sottile, sofisticata. A ogni modo, il ragazzo ha bisogno di sentirsi più a suo agio. «Anche la tua maglietta è stupenda» aggiunge. Io indosso una canottiera con la scritta TIJUANA IS MUY BUENO, creata unendo tre diverse maglie, mentre le bretelle sono di spesso nastro nero.

«Grazie, Clay.» Sembra sincero. «E mi chiamo solo Kate. Katherine è un nome che mia madre non avrebbe mai scelto.»

«Benvenuta, Katherine» sorride timido. «E io sono Clayton. Clay è un nome che mia madre non si sarebbe mai sognata di darmi.»

Rido. «Allora siamo già a posto.» Questo ragazzo mi piace: è intelligente, e non mi sembra uno che si tira indietro, anche se è spaventato a morte per il fatto di essere qui.

Proprio in quel momento, alcuni responsabili del campus entrano uno dietro l'altro e cominciano la loro lunga tiritera sull''Esperienza universitaria a Grant'. Scoppio a ridere quando il preside di facoltà usa le stesse parole pompose per darci il benvenuto. Anche Clayton non riesce a trattenersi, e mi fa segno di stare zitta, portandosi l'indice alle labbra. Smetto quando mi accorgo che siamo le uniche due persone a ridere. Il preside non vuole certo essere buffo o ironico, anzi è molto serio quando parla. E tutti gli altri se la bevono. L'esperienza – ci metto venti secondi, e capisco che lui crede pure a quello che ci dice. Lui sì che la vive, l'esperienza. Ho come la sensazione di essere appena entrata in un tendone di qualche chiesa itinerante americana o a un incontro motivazionale.

L'entusiasmo che quest'uomo emana è incredibile. Allora mi arrendo, cercando di vedere soltanto il lato buffo della faccenda, e anche se non devo necessariamente comprare quello che lui mi sta vendendo come invece sembrano fare tutti gli altri presenti, è pur sempre divertente da impazzire da guardare. Alcune delle frasi che ci lancia, che scandisce come se avesse un attacco di cuore, sono tra le cose più assurde che non mi capitava di sentire da un po'. A parte la risata soppressa durante la presentazione e l'occasionale sguardo lanciato verso di me, quando il preside dice qualcosa di particolarmente comico (almeno secondo noi due), Clayton è concentrato come se stesse seguendo un corso di neurochirurgia e dovrà eseguire un'operazione entro oggi. Le sue annotazioni sono così lunghe che mi sento una scansafatiche, perché io non ho scritto nemmeno una parola. A ripensarci, c'erano due o tre frasi che mi sarebbe piaciuto ricordare, perché Gus avrebbe riso da matti. Tutto quello che mi rimane in testa invece è una montagna di frasi fatte. Il preside deve esserne un grande sostenitore.

Dopo che veniamo salutati con un generale «Viva l'esperienza universitaria a Grant!» da parte della facoltà, io esplodo in uno sfrenato «Urrà!» che secondo me ben si addice agli applausi e agli urletti delle altre matricole. Clayton alza gli occhi al cielo, come se il mio entusiasmo lo avesse imbarazzato. «Qualcosa non va, bello?» chiedo. «Sono così contenta... Che carico di sciocchezze motivazionali.» Indico il preside e mimo la sua voce, seria. «Il vostro destino è nelle vostre mani. Il futuro vi sorride. Qui a Grant siamo tutti una grande famiglia. La vita comincia adesso.»

Lui scuote la testa solenne, ma c'è un accenno di sorriso sul suo viso. Non riesce a fare il serio. «Katherine, è stata un'esperienza che non mi ricapiterà più nella vita» mi dice, in tono semiserio.

Rido. «Oddio, Clayton, io non la rivorrei per tutto il caffè della Colombia.»

«Credo che si dica 'Per tutto l'oro del mondo'.»

«Ma per me è il caffè la cosa più preziosa che esiste.»

Lui finge di essere confuso.

Io continuo: «Oggi mi hanno aperto gli occhi, come a una nuova vita, ed è tutto merito dell'esperienza universitaria a Grant. Sarà magnifico, vedrai.»

Non riesce a trattenere un sorriso, e mi tira una matita. «Katherine, silenzio!»

Gli indico il quaderno rimasto sul tavolo, davanti a lui. «Hai trascritto le perle di saggezza del preside? Perché sembrava che stessi scrivendo sotto dettatura. Certo che i tuoi si possano proprio definire appunti esaustivi.»

Lui arrossisce. «Sono un tipo preciso.»

A questo punto mi dispiace di averlo messo in imbarazzo. Gli do una pacca sulle spalle. «Sto solo scherzando, Clayton. Sono una scansafatiche, tu invece sei uno che punta in alto. Ma ce la faremo, vedrai. Andiamo a dare un'occhiata alle nostre stanze al dormitorio.»

Sono un po' sorpresa quando, dopo essersi infilato la borsa di pelle a tracolla, mi prende a braccetto. Sono molto favorevole al contatto fisico, ma capisco che in questo caso non è lui a guidare, anzi mi prega che sia io. Comincio a chiedermi se emano l'odore acidulo di latte come una madre che ha appena partorito, perché alcune persone sono attratte da me per una sola, unica ragione: hanno bisogno di cure. Adesso ho una nuova missione: proteggere Clayton dalle tempeste, o almeno prepararlo ad affrontarle. Ho la sensazione che la vita non sia mai stata una passeggiata per lui, per cui ha scelto l'amica giusta. Io sono un riparo perfetto, credetemi.

Appoggio la mia mano sulla sua, che tiene sul mio braccio. «Diamo inizio a questa fantastica esperienza universitaria a Grant.»

Alla fine, scopriamo che le nostre stanze sono una davanti all'altra. Era destino. I nostri nomi, insieme a quelli dei compagni di stanza, sono scritti su un foglio attaccato sulla porta. Clayton dividerà la camera con Peter Samuel Longstreet III. Io dico una preghiera in silenzio – Per favore, Dio, per favore, fa' che Pete non sia un bastardo omofobo – perché, anche se l'ho incontrato appena un'ora fa, sono sicura al novantanove virgola nove percento che al dolce e amabile Clayton piacciano i ragazzi tanto quanto a me.

La mia compagna sembra essere stata predestinata dall'infanzia, visto che si chiama – e non sto scherzando – Sugar Starr LaRue. Ma come hanno fatto i suoi genitori a darle un nome del genere? Ci hanno pensato bene? Cerco di frenare la mia fantasia, ma la prima immagine che mi viene in mente è... quella di una spogliarellista. Lo so, lo so. Forse invece sarà un'amabile, casta giovane fanciulla, ma con un nome simile devi per forza assecondare le aspettative, no? E appena l'immagine della spogliarellista si radica nella mia testa, penso che alla fine rimarrò delusa se sarà invece una ragazza normale.

Aiuto Clayton a trasportare il bagaglio dalla sua macchina alla stanza, poi lui aiuta me. A un certo punto appare Peter Samuel Longstreet III, quindi aiutiamo anche lui. È alto e leggermente appesantito attorno alla vita. Ha i capelli castano chiaro tagliati corti in stile militare, un leggero accenno di acne, e indossa pantaloni cachi pieghettati, una polo verde bosco e mocassini marroni. Assomiglia a un agente assicurativo di mezza età intrappolato nel corpo di un diciottenne. Credo sia il classico ragazzo medio, ma la cosa che lo contraddistingue è la sua aria innocente da pazzi. E intendo 'da pazzi' in senso letterale. Dopo aver passato cinque minuti con lui, mi accorgo che non mi sono sbagliata di troppo. È timido, e molto, molto teso. Grido a Dio un muto ringraziamento: Pete sembra parecchio rigido, certo, ma non è cattivo. Molte grazie, davvero.

So che sembrerà strano, ma mi piace pensare a Dio come a un mio grande amico. Non sono credente, a me basta parlargli un sacco. Gli chiedo un'infinità di favori; a volte le cose vanno come desidero, altre volte no, ma così è la vita. Bisogna viverla al massimo.

Adesso che ha suscitato il mio interesse e mi chiedo se Sugar metterà il palo da lap dance in un angolo della stanza, o proprio nel mezzo, lei non compare. Per svelare il mistero dovrò aspettare un altro giorno. Disfo le valigie da sola, in compagnia del mio fidato iPod. Scelgo il letto più lontano dalla porta, quello accanto alla finestra.

Clayton viene a trovarmi, per prendere in prestito il dentifricio, e io torno con lui nella sua stanza. Oddio. È la camera più ordinata e meglio organizzata che abbia mai visto in vita mia. Entrambi hanno svuotato le loro valigie, e ogni cosa è stata messa a posto. Accidenti, è proprio destino. Era scritto che Clayton e Pete diventassero compagni di stanza. Quante sono le possibilità che due ragazzi ossessivamente ordinati vengano abbinati insieme? Secondo me, una su un milione. Da parte mia, spero che Sugar non sia così ossessivo-compulsiva, altrimenti resterà molto delusa. Io non rifaccio il letto, mai. Non metto i vestiti da lavare nel sacco della biancheria, mai. Non è che non sia pulita; sono semplicemente disordinata.

È ormai tardi quando finisco di sistemarmi nella mia nuova dimora. L'ultima cosa che faccio è mettere due fotografie incorniciate, una accanto all'altra, sulla scrivania vicino al letto. Prima di spegnere la luce, le guardo. «Buonanotte, Gracie. Buonanotte, Gus. Vi voglio tanto bene.»

Sabato 27 agosto

Kate

Mi sveglio per il ronzio del cellulare sulla scrivania, troppo insistente a quest'ora di mattina. Do un'occhiata veloce e con occhi assonnati leggo a fatica l'orologio: sono le 6:47. Il mio primo pensiero è Gus. È sempre Gus. Ma in California non sono nemmeno le cinque, non può essere lui... a meno che non sia stato fuori tutta la notte. Impossibile. Butto via le coperte e mi alzo per vedere cosa ci può essere di così importante.

È un messaggio di Maddie: 'Dimenticato roba. Vieni a prenderla prima delle 12.'

«E buongiorno, cara.» Sbadiglio. È troppo presto per un messaggio del genere.

Mi stiracchio e decido che adesso invece è il momento giusto per provare le docce in fondo al corridoio. Indosso le infradito, perché Gus mi ha detto che sennò potrei prendere qualche odioso fungo.

Alle sette e dieci sono già fuori, diretta a casa di Maddie. Se mi chiama all'alba, sarà meglio per lei che sia preparata a ricevermi.

Mi risponde dopo il terzo round di bussate, avvolta in una morbida camicia da notte bianca e sulla fronte uno di quegli aggeggi per coprire gli occhi che ti danno in aereo. «Kate? Sono le sette e venticinque di mattina.»

«Ah, sì?» Accidenti. «Stavi dormendo?»

«Sì.» È arrabbiata.

«Scusami. Pensavo che il tuo messaggio-sveglia di cortesia mi accordasse il permesso di venire da te.» Sono di fantastico umore, sto cercando di prenderla alla leggera. È l'unico modo per affrontarla così presto di mattina.

«Mi sono svegliata perché Princess doveva uscire e ti ho scritto prima di tornare a letto.» Ride, ma sembra che stia abbaiando. «Davvero, Kate, non sai nulla della vita nei dormitori?» Noto che si sta divertendo a sgridarmi, ma se devo essere sincera, è parecchio spassoso anche per me. «È buona educazione abbassare la suoneria del cellulare di notte, altrimenti la tua compagna di stanza comincerà a odiarti. È una delle prime regole di vita comunitaria in dormitorio. Se fosse stato silenzioso, come doveva, il mio messaggio non ti avrebbe svegliata.»

Dato che Maddie è una di quelle persone convinte che tutti pendano dalle sue labbra, io la assecondo. «Grazie, Maddie, me lo ricorderò.» 'Per mettere i puntini sulle I, ho dormito nella stessa stanza con Grace per diciannove anni, quindi forse so una o due norme di buona educazione e di condivisione degli spazi' vorrei aggiungere. Ma mi mordo le labbra.

E poiché Maddie è anche una di quelle persone che non capiscono quando si è sarcastici, sorride. «Figurati, non c'è di che.» Scuote la testa e mi lancia uno sguardo pietoso. «Cosa posso fare con te?»

Per esempio, mi potresti passare le mie cose così che io me ne possa finalmente andare, visto che ancora non ti è venuto nemmeno in mente di farmi entrare. Ecco cosa mi passa per la testa. Poi mi ricordo di mettermi nei suoi panni. Che opinione avrei di me? Non mi conosce, non sa di preciso cosa mi è successo. Forse pensa che io abbia bisogno di qualcuno che si prenda cura di me, e questo è il suo modo di dimostrare che ha buone intenzioni. Vabbè.

«Allora prendo le mie cose e tolgo il disturbo.» Ormai sono ai ferri corti con lei, non mi diverte più.

«Ah, giusto.» Si fa da parte e mi indica un mucchio di vestiti sul divano.

«Benissimo» dico, e li raccolgo. «Grazie per non avermeli buttati dalla finestra, o bruciati.»

Lei aggrotta le sopracciglia, confusa. «Non mi verrebbe mai in mente di fare una cosa del genere.»

Ancora una volta non coglie il mio senso dell'umorismo. «Stavo scherzando, Maddie, solo scherzando. Stai serena.»

Il suo viso si distende, ma ha ancora lo sguardo ferito. Mi dispiace. «Visto che ormai sei sveglia, ti va di mangiare qualcosa?» A parlare è il mio senso di colpa, che mi addolora come una pugnalata.

A lei va proprio tanto, e ne rimango sorpresa. «Certo! Dammi solo cinque minuti per prepararmi.»

«Fai con comodo.»

Se avessi saputo che avrebbe preso alla lettera il 'fai con comodo' avrei detto 'Certo, ti concedo un quarto d'ora'. Un'ora e tredici minuti dopo esce dal bagno, agghindata come se fosse pronta per una serata in città. Questo è un altro aspetto di Maddie: non sa come vestirsi in modo informale. Io sono in pantaloni della tuta, maglietta degli Sleigh Bells e scarpe da ginnastica, lei invece ha un miniabito senza spalline e sandali con zeppa.

«Che bel vestito. Però, bella, andiamo solo a fare colazione.»

«Oh, Kate.» Scuote la testa, come per dire 'Oh, Kate, quanto sei immatura'. «Non si sa mai quando incontrerai il principe azzurro. Devi sempre essere al meglio.» Dà un'occhiata ai miei vestiti. «Col tempo, lo imparerai anche tu.»

Io credo proprio di no. Credo che ognuno abbia varie idee sul principe azzurro; la mia potrebbe essere basata un po' di più sulla sostanza e il carattere – chiamatemi pure pazza.

Il vestito che ha indosso la lascia molto scoperta, ed è la prima volta che noto quanto sia magra. Forse farei meglio a dire ossuta. Non riesco a guardare, e chiudo gli occhi. È come una reazione che mi aiuta ad affrontare certe situazioni, che scatta dentro di me per proteggermi da quello che mi fa paura.

All'improvviso, Maddie diventa spumeggiante e contenta. Parla di continuo fino al caffè, della sua giornata in palestra e del tipo sexy e ricco cui ha dato il numero di telefono.

Io annuisco al momento opportuno. Sono in presenza di una cacciatrice di uomini, pronta a divorare tutti i pretendenti dotati di portafoglio gonfio, pene e un cuore che batte. Buona fortuna.

La scena al caffè si svolge più o meno come quella in versione sushi: Maddie ordina una quantità esagerata di cibo. A differenza della prima volta, però, niente va sprecato. Ingoia una frittata, frittelle di patate, salsiccia, pancetta e prosciutto, insieme a tre crêpe grandi come un piatto da frutta, grondanti di sciroppo d'acero. Poiché io non mangio il rotolo di salsiccia che accompagna le mie uova con toast, lei prende anche quello. Certo che potrebbe partecipare a gare di cibo. Deve avere un metabolismo veloce come un fulmine.

Quando torniamo all'appartamento, prendo i vestiti sul divano. «Grazie ancora per avermi sopportato questi giorni, Maddie.»

Lei comincia ad allontanarsi in fretta. «Dammi solo un secondo, torno subito.»

Rimango ferma meno di un minuto, perché poi mi ricordo che questa mattina quando ho fatto la doccia non avevo il rasoio. Lo devo aver lasciato qui. Visto che aspetto il suo ritorno, potrei approfittare per andarlo a prendere; la porta del bagno degli ospiti è chiusa, ma perché ci tiene Princess quando lei non è a casa. Apro la porta con cautela. Poi sento il contenuto dello stomaco di Maddie svuotarsi nel water con un rumore disgustoso. L'odore è insopportabile, mi vengono i conati. «Maddie, stai bene?»

Mi aspetto di vederla sudata o cadaverica, vittima di una specie di violento e pazzesco avvelenamento da cibo. Invece è seduta sul bordo della vasca, si tiene indietro i lunghi ricci biondi ed è china sul water, attenta a non toccare niente. Che strano. Ha un'aria decisa e composta. Non so gli altri, ma quando sono io a inginocchiarmi davanti al dio di porcellana, mi piego in due, completamente sottomessa. Forse perché sono una grandissima casinara.

«Che diavolo fai, Kate?!» Si pulisce la bocca con la mano, poi tira giù l'acqua in fretta. Arrossisce, e io non riesco a capire se è imbufalita perché è imbarazzata o imbufalita per il semplice fatto che è imbufalita.

«Scusami, Maddie. Non sapevo che ci fossi tu. Mi sembrava di aver dimenticato il rasoio e stavo...»

«Avresti anche potuto bussare!»

Rimango senza parole. La osservo mentre si lava le mani, sciacqua la bocca con un collutorio e si aggiusta i capelli davanti allo specchio. Se non avessi visto con i miei occhi la colazione da quindici dollari finire nel cesso, non me lo sarei mai potuto immaginare, guardandola. Non è affatto turbata, e questo mi spaventa. Un allarme comincia a echeggiare dentro la mia testa, simile a una sirena di guerra. Adesso tutto torna: l'ingozzarsi compulsivo ai pasti, l'ossessione con la palestra, le corse al bagno appena finito di mangiare, il suo corpo magro da spavento. Soffre di bulimia.

«Maddie, dobbiamo parlare.» Indico il water, perché non voglio metterla sulla difensiva dando un nome al problema.

Alza le spalle, il che mi dice che non ha voglia di discuterne. «Non c'è niente di cui parlare.» L'irritazione è sparita dalla sua voce, ma forse preferivo la rabbia, perché adesso è impassibile. E non si riesce a parlare con le persone impassibili, costruiscono muri impenetrabili a tutto.

La seguo nel salotto. «Maddie, ascolta, senza giudicare... davvero. Per favore, lascia che ti aiuti.»

Lei scoppia nella risata più vuota di emozioni che io abbia mai sentito. «Tu, aiutare me? Questa è grossa. Quanti anni hai, diciotto?»

«Maddie, sei mia zia, sei la mia famiglia. Mi interessi, va bene? Non aggiungo altro. Da quanto tempo va avanti questa cosa?»

«Piccola Kate, sei così ingenua.» Di nuovo il tono paternalistico, del tipo 'ti parlo come se avessi cinque anni'. Ma non mi interessa, perché in questo momento io voglio soltanto arrivare a lei.

«Ingenua? Maddie, hai appena buttato nel water la colazione... l'hai fatto apposta.»

«Kate cara, questo è niente» Ha un viso imperturbabile.

Scuoto la testa ma non le tolgo gli occhi di dosso. Non può essere vero. «Maddie...» La mia è una triste invocazione.

Anche lei scuote la testa. «Kate, mi capita di rado di mangiare in modo compulsivo e poi di vomitare. Non è un'abitudine. A volte ho molta fame, e in questo modo posso mangiare senza ingrassare. Così ho un doppio vantaggio.» Sta cercando di convincermi, sfoderando un sorriso smagliante.

«Non si tratta di un doppio vantaggio. Tu giochi con il tuo corpo, e a lui non fa piacere, quindi a un certo punto si ribellerà.» Ho una forte idiosincrasia per le persone che di proposito fanno del male a loro stesse, perché tanta gente darebbe di tutto per essere sana. Il corpo è un tempio, e il tempio non si imbratta.

Lei mi allontana con un gesto sprezzante, come ha già fatto tante altre volte questi giorni. La sto perdendo. Non mi ascolterà più. E io non ho nessun punto di riferimento, nessuna conoscenza sull'argomento. Non so cosa dire, quindi senza pensare provo con la stessa cosa che dico sempre a Gus sul fumo: «Dovresti smettere.» Ma mi sento subito una stupida.

I suoi occhi bruciano di rabbia. Mi sono spinta troppo lontano. Respira profondamente e dice: «Kate, faresti meglio ad andartene.»

Sì, ho davvero oltrepassato il limite. Ho scoperto il suo segreto e lei è giustamente furiosa. Le devo concedere una specie di tregua. Raccolgo i vestiti e mi avvio verso la porta. «Grazie ancora per non avermeli bruciati.»

Aspetto una risposta, ma niente. Nemmeno 'Prego, non c'è di che' o 'Muovi il culo'. Come trattamento, sceglie il silenzio opprimente che mi mette i brividi. Mi volto, e all'improvviso non sono più nella stanza con Maddie; sono in compagnia di Janice Sedgwick. Maddie ha il volto di mia madre; anche il modo in cui scarica il peso sul piede sinistro e tiene le braccia incrociate: potrebbero essere la stessa persona. Mia madre non era un mostro, ma a volte proprio non poteva farne a meno. Quando non prendeva le medicine non era lei, e quando invece le prendeva non era in sé. La malattia mentale non è uno scherzo. A volte era amorevole e gentile; quasi sempre, arrabbiata o indifferente. È vero che la rabbia e l'indifferenza sono due mondi opposti, ma quando sei piccolo e le ricevi entrambe, ti spezzano il cuore. Io ho imparato quasi subito a non prenderla sul personale, ma se mia madre trattava così Grace, ero devastata. Cercavo di fare sempre in modo che non accadesse, e le poche volte in cui non ci riuscivo, mi odiavo.

Devo andarmene di qui.

Esco dalla porta, ma appena prima che si chiuda alle mie spalle, dico: «Per piacere, fatti aiutare.» Non so se mi ha sentito, però quando mi giro per un istante verso di lei, noto che è più curva.

Tornata nella mia camera, accendo il computer e cerco 'bulimia'. Mi documento per un'ora, poi smetto, perché è troppo deprimente. Ho la testa che mi scoppia.

È il momento di andare a pranzo; anche se dopo le recenti letture mangiare è l'ultimo dei miei pensieri, devo uscire, devo pensare a qualcosa di diverso. Io sono abbastanza brava a dividere la vita in compartimenti stagni. Se capita qualcosa di brutto, ci penso un po', poi la faccio scivolare in secondo piano. Vivere un'infanzia come la mia mi ha insegnato una lezione molto utile: non posso permettermi di farmi toccare troppo dalle cose spiacevoli, sennò ne vengo fagocitata. Il brutto rimane nell'angolo buio della mia mente, e non gli permetto di invadere la parte buona, perché sarebbe un terribile guastafeste.

Busso alla porta di Clay. Risponde Peter. «Ciao, Pete, che fai?»

Lui mi saluta in modo rigido: «Ciao, Kate.»

Io lo prendo per un braccio e lo scuoto in modo benevolo. «Rilassati, Pete. C'è Clayton nei paraggi?»

Peter spalanca la porta e io vedo il suo compagno di stanza sdraiato sul letto a leggere una rivista.

«Ehi, Clayton, come va? Sto per andare alla mensa a mangiare un boccone. Ti va di venire con me?»

«Buongiorno, Katherine. Certo. L'articolo che sto leggendo è agghiacciante, mi sta mettendo KO.» Si stira, poi appoggia il giornale sulla sua scrivania. A volte mi chiedo se in una vita precedente Clayton fosse un lord inglese. Chi altri userebbe il termine 'agghiacciante'?

Guardo Peter, ancora alla porta. «Perché non vieni anche tu?»

«Non voglio dare fastidio.» È troppo formale.

«Pete, caro, è solo un pranzo. Inoltre, io e Clayton ancora non stiamo insieme. Lui continua a ignorare tutte le mie avance.» Sorrido nel modo più seducente possibile, e strizzo l'occhio a Clayton.

Lui scuote la testa. «Ah, Katherine.» Lo adoro, perché capisce il mio senso dell'umorismo.

«Vedi, Pete, ci vorrà parecchia fantasia e un pizzico di corteggiamento all'antica. Clayton è un osso duro, e tu stai tranquillo, perché sei la persona meno invadente che conosca.»

Pete sa che stiamo scherzando, perché ieri sera Clayton gli ha confidato di essere gay. Ha detto che non voleva che le cose non fossero chiare tra loro o che Pete si facesse domande. E Pete è stato fantastico, ma io sapevo che lo sarebbe stato.

Il pranzo con Clayton e Peter è andato bene. Abbiamo scherzato e raccontato storie. Ho scoperto che quando Pete è rilassato diventa persino divertente. E Clayton... Clayton è diretto e sarcastico. Abbiamo riso fino alle lacrime, e per me è stata una boccata di ossigeno, ne avevo bisogno. Io mi curo con le risate, per cui mi sento fortunata ad aver trovato due persone così. Ecco chi mi piace avere vicino.

Torno in camera, ma la trovo invasa come la Francia durante la Seconda guerra mondiale. C'è un caos pazzesco ovunque, di cose mie e sue messe insieme.

Saluto la ragazza in piedi, con le mani sui fianchi, nel mezzo della stanza. «Ciao, io sono Kate.»

Lei si volta a guardarmi, sposta una ciocca di capelli sul viso con un soffio e si stringe l'elastico della coda. Mi guarda fredda, poi si tira indietro i capelli e se li lega di nuovo. «Io sono Sugar.»

È carina, sembra una modella. Lunghi capelli biondi, grandi occhi scuri, labbra carnose imbronciate, e... Ma quanto è alta? Avrà le gambe che misurano quanto me. È magra, ma atletica. E poi ha un gran paio di tette. Riesco a farle lo scanner perché, ecco... è tutto bene in mostra. Indossa il pezzo sopra di un bikini e il più microscopico paio di calzoncini che abbia mai visto. Da quando hanno cominciato a fare di jeans anche le mutande? Questo certo non mi aiuta a togliermi dalla mente l'immagine della spogliarellista.

«Devo spostare delle cose, perché secondo me come le avevi messe non andavano bene» mi dice, scuotendo la testa e guardando intorno a sé, al caos. «No, non andava bene per niente.»

«Non c'è problema, ci possiamo mettere d'accordo.»

Sugar mi dà gli ordini come se fosse un generale dei marine. Dopo aver risistemato tutto per ben tre volte, alla fine è soddisfatta. Io invece sono sudata come un maiale. Che strano, anche se ognuna di noi ha a disposizione la stessa quantità di mobili, lei ha occupato i due terzi della stanza. Ma non importa. Io ho abbastanza spazio per le mie cose, quindi non mi lamento. È ovvio che Sugar l'ha sempre vinta. E io? Io scelgo le mie battaglie.

Non ci sono molti argomenti di conversazione all'infuori della decorazione di interni e della disposizione del mobilio, ma io le faccio delle domande. Così vengo a sapere che ha diciotto anni e viene da Minneapolis. I genitori sono divorziati, ha un fratello di tre anni da parte di madre e un cocker spaniel chiamato Mercedes. Lei conosce 'un sacco' di persone che frequentano l'università qui a Grant. A me non chiede niente. Quando la gente è interessata a te, ti fa domande. Infatti io ho chiesto, lei no.

Ah, non ha mai parlato di lap dance. E non c'è nessun palo. Peccato, mi sento un po' delusa.

Domenica 28 agosto

Kate

«Chi è quello? Il tuo ragazzo?» Sugar mi lancia queste domande non appena entro in camera, di ritorno dalla doccia. Indica una delle foto sulla mia scrivania. Credo stia cercando di rimediare per non avermi chiesto niente ieri.

«No, è il mio migliore amico.»

«Bel ragazzo. E begli occhi.»

È la stessa foto che ho sul cellulare, adattata però al piccolo schermo, e che appare ogni volta che mi chiama. Nella versione incorniciata invece ci siamo tutti e due, e ridiamo. Io sono in piedi con la testa all'indietro; lui è piegato in avanti, con i capelli che gli coprono un occhio, mentre l'altro guarda diritto nell'obiettivo con la tipica espressione di contentezza e serenità di Gus. È stato il nostro amico Franco a scattarla, un anno fa, quando eravamo in spiaggia tutti insieme. «Sì, ha dei gran begli occhi.» Sono così scuri che sembrano quasi neri. E brillano.

Sugar osserva la foto di Grace, come sovrappensiero. «E lei chi è?»

«Mia sorella.» E mi soffermo su quel viso. È una foto che ho scattato io una sera dello scorso aprile, quando siamo andate in spiaggia a guardare il tramonto. Grace è in posa davanti a un sole arancione che incendia il cielo all'orizzonte e danza sull'acqua come fosse fuoco, eppure impallidisce in confronto al sorriso sul suo viso. È questo che illumina la foto, ed è lo stesso che aveva ogni giorno e che rendeva sempre tutto migliore. Quel sorriso era per me la prova tangibile del bene che mi circondava, e mi faceva sentire la persona più fortunata del mondo, perché lei era mia sorella. Quel sorriso, questa foto, è tutto ciò che esiste di più puro e onesto nel mondo.

«Adesso basta, devo andare.» Prende la borsa; ha un paio di shorts bianchi molto aderenti e una canottiera chiara, senza reggiseno. Io sono favorevole a una certa libertà di costumi, ma attraverso la maglietta le si vedono i capezzoli. Forse si è dimenticata di metterselo? Non posso lasciarla uscire senza dirle qualcosa. «Sugar?» Indico il mio seno, cercando di essere discreta.

Lei guarda in basso, verso le sue incredibili, gigantesche tette. Non possono essere vere. «Cosa c'è?»

«Non so dove tu stia andando, ma lo sai che hai il seno molto in vista?»

Lei alza le spalle. «E allora?»

Allora alzo i pollici. «Nessun problema, sorella. A dopo.»

Decido che oggi è il giorno in cui Clayton deve conoscere Grounds. Questa volta apro la porta con gentilezza, però, accidenti, la campana è sempre tuonante. Le leggi della fisica si sono dimostrate false: la quantità di forza esercitata sulla porta non può essere uguale al volume del suono che fuoriesce da quel minuscolo oggetto. Dietro al bancone c'è ancora Romero, che si ricorda persino il mio nome. Gli presento Clayton, e lui ordina subito un mocaccino alla soia, con panna. Mentre lo beve, sembra sul punto di andare in estasi. Si può raggiungere l'orgasmo per una tazza di caffè? Forse adesso lo so, perché Clayton è rimasto senza parole. Anche il mio caffè nero è mitico, ma ovviamente non orgasmico. Sarà perché non ci aggiungo mai gli extra.

Torniamo in camera, e passiamo il pomeriggio ad ascoltare musica. Clayton è fissato con la dance, la dub step e la house, che piacciono molto anche a me. Ci dimeniamo come due ragazzine. Io adoro ballare; tante volte mi è capitato di andare con Gus ai falò sulla spiaggia, che puntualmente si trasformavano in feste danzanti. A Grace è sempre piaciuta la musica, e io la portavo con me. Oppure capitava che restasse con Audrey, quando io e Gus andavamo in un locale dove conoscevamo il buttafuori che ci faceva entrare, anche se all'epoca non eravamo nemmeno maggiorenni. Gus è straordinario quando balla. Da quando abbiamo fatto sesso, capisco che una cosa spiega l'altra. Diciamo che è molto a suo agio con il corpo, e ne è consapevole.

Pete si è unito al gruppo di ballerini, è diventato rosso fuoco, poi ha cambiato idea ed è ripartito subito. Credo che non avesse nessuna mossa da mostrarci. Dovremo lavorarci su; Clay invece è proprio bravo. Avete presente quando in un locale fissano tutti una persona perché le mosse pazzesche che fa sembrano così facili? Ecco, quello è Clayton. Sono rimasta molto colpita.

Verso le sei decido di tornare in camera. Sono tutta sudata. «Clayton, potresti diventare il re della pista da ballo, amico mio. Dobbiamo trovare un locale che organizza serate per chi ha meno di ventun anni.»

Il suo sorriso è pura contentezza; batte le mani così veloce che sembrano le ali di un colibrì. «Ah, Katherine, sarebbe fantastico. Non sono mai stato in una vera discoteca prima.»

Mi sorprende. «Davvero? Allora dove hai imparato a ballare così bene?»

Arrossisce, poi mi chiede: «Pensi che ci siano dei locali per gay a Minneapolis?»

«Per forza.»

Il suo rossore diventa più intenso. «Katherine, ti dispiacerebbe... cioè, se riusciamo a trovarne uno dove possiamo entrare, verresti con me? Non conosco nessun altro cui chiedere.»

Io lo abbraccio. «Certo. Dimmi pure quando.»

Il sorriso è così grande che si espande su quasi tutto il viso. Mi getta le braccia al collo. «Grazie.»

Gli do una pacca sulle spalle, provando a distaccarmi gentilmente dalla sua morsa mortale. «Nessun problema.»

Dopo la doccia, vado in camera e decido che è il momento di provare il collegamento via Skype. Mando un messaggio a Gus, che per fortuna è disponibile. I Rook sono di nuovo a L.A. Hanno registrato per tutto luglio, e adesso sono stati chiamati per controllare il materiale grafico dell'album e preparare il tour, che dovrebbe partire alla fine di settembre. Dopo l'uscita dell'album, la casa discografica spera che qualche radio li mandi in onda subito, come battage pubblicitario per incoraggiare il successo del tour. Sembra facile, vero? Invece sarà un mese molto stressante, e se c'è qualcosa che fa impazzire Gus è lo stress. Sono già preoccupata per lui.

La pazza gioia mi esplode nelle vene quando vedo il suo sorriso smagliante illuminare lo schermo del mio portatile. «È da molto che non ci parliamo, Bright Side. Come stai?»

«Ciao, Gus. Prima tu: come va a L.A.?» Anche se ci mandiamo un sacco di messaggi al giorno, voglio comunque essere aggiornata sui dettagli.

«Non ne posso più, bella.» Guardandolo da più vicino, noto le occhiaie sotto gli occhi.

«In effetti hai un aspetto orribile. Quand'è l'ultima volta che hai dormito?»

Sbadiglia e ci pensa su. «Giovedì è stata l'ultima notte di sonno normale.» La band è stata chiamata venerdì mattina presto, e doveva essere a L.A. entro mezzogiorno. Quindi hanno riempito le loro macchine e il pick-up di Gus, e sono partiti. Da venerdì pomeriggio sono rinchiusi nello studio di registrazione, a lavorare con il produttore agli ultimi tagli alle canzoni (cioè, quelli che dovevano essere i tagli finali). Oggi è la prima volta che escono a rivedere la luce del sole.

«Bello, devi andarti a riposare appena possibile.»

«Detto da te, la regina dei camionisti che attraversa gli Stati Uniti senza mai dormire? Sono grande, Bright Side, ce la posso fare. Anche se sono sfinito.»

«Ci scommetto. Allora è tutto pronto con MFDM?» La prima volta che hanno incontrato il produttore, a luglio, lui si è presentato come Dream Maker. A Gus è piaciuto, ma dopo averlo chiamato DM per una settimana, lo ha ribattezzato Motherfucking Dream Maker, e all'altro è così piaciuto, che da allora porta Gus in palma di mano.

«Sì. Abbiamo finito circa mezz'ora fa. Sono molto contento, ma accidenti, gli ultimi giorni sono stati devastanti. Scegliere le canzoni è come allineare i tuoi figli davanti a un plotone di esecuzione. Tutti possiamo dire qualcosa, ma l'ultima parola spetta comunque a MFDM.» Si passa la mano tra i capelli, poi li tira indietro per farsi una coda. Non ne può più: cinque, quattro, tre, due, uno. «Ho bisogno di fumare. Aspetta un attimo.» Solleva il computer portatile e comincia a camminare, facendo oscillare l'immagine sullo schermo tipo film amatoriale.

«Bello, mi stai facendo venire il mal di mare.»

«Scusami, Bright Side, devo uscire in balcone.»

Mentre cerca dentro le tasche l'accendino con la sigaretta già tra le labbra, appoggia il computer su qualcosa di stabile.

«Dovresti smettere.»

Sorride, con la sigaretta in bocca. «Visto come si stanno mettendo le cose, non è la settimana più adatta per smettere, e nemmeno il mese, e probabilmente nemmeno l'anno, quindi non incominciare.» Chiude le mani a coppa davanti alla sigaretta e l'accende. Lei prende vita, e lui inala a lungo, come fosse il suo ultimo respiro. Poi chiude gli occhi e si butta a sedere su una sedia.

«Meglio?»

Annuisce, con gli occhi ancora chiusi, e aspira un'altra lunga boccata.

«Allora, sei contento delle canzoni?» chiedo con ansia.

Lui sorride assonnato, con gli occhi sempre chiusi. «Sono contento.» Ed è sincero.

Ancora non so quali siano state scelte per l'album. Ne hanno registrate quindici, ma solo undici sono sopravvissute. Gus ha insistito sulla segretezza; credo che abbia paura di mandare tutto in malora se ne parla troppo, come se si svegliasse e scoprisse che è stato soltanto un sogno. «Allora, quali avete scelto? Me lo puoi dire?»

Apre gli occhi e sorride, in un modo che significa che è proprio soddisfatto. «*Missing you.*»

Io sono attonita. «Dici sul serio?» Continua a sorridere. «Dico sul serio. Non volevo parlarne prima, perché se poi la cosa non andava in porto... ma quando eri nello studio con noi, a luglio, MFDM è impazzito per te. Ha detto che il violino era geniale, e lo è sul serio.»

«Accidenti... non so cosa dire... è... stupendo.» Ripenso a luglio, all'esperienza dello studio. «Non ha fatto trapelare niente mentre stavamo suonando, e io pensavo che mi stesse prendendo in giro quando ha detto che gli era piaciuto.» Sono senza parole. Gus ha scritto la canzone e mi ha detto che era un mio regalo a Grace. È una delle poche ballate che ha scritto; ne ha composta una parte per violino e ha insistito perché la suonassi io. L'ho fatto solo per lei: sono andata allo studio e ho suonato con la band, immaginando che sarebbe finita tra i tagli. Non mi sarebbe importato, perché già il fatto di provare in uno studio è stato indimenticabile. Una sera, quando gli altri erano già andati a casa, Gus mi ha convinto a cantare con lui un brano, *Killing the Sun*, che è una specie di inno ai loro concerti, la cantano tutti. A me dà i brividi ogni volta che li ascolto dal vivo. L'abbiamo cantata insieme, e una volta l'ho anche cantata da sola. Non sono esperta come Gus, ma mi piace e sono intonata. Le armonie a due voci ci riescono molto bene. È stato divertente; lui ha registrato e scaricato entrambe le canzoni per me, quindi posso dire di avere avuto il mio momento da rockstar.

«Lui ha finto di rimanere indifferente davanti a te, ma il giorno dopo quando l'abbiamo riascoltata è impazzito. Quindi grazie, sai, per essere una grande artista.» Ammicca mentre spegne la sigaretta in un posacenere già stracolmo. «Adesso basta con l'album, non voglio parlarne più. Raccontami le ultime novità della famosa metropoli di Grant. Sono tutto orecchie.» Sposta la sedia più vicino al tavolo.

«Va bene, vediamo, sarò breve. Ho conosciuto due nuovi amici, Clay e Pete, che hanno la stanza davanti alla mia. Invece la mia compagna, Sugar...»

Gus mi interrompe. «Aspetta un attimo. La tua compagna si chiama Sugar?»

«Certo. Sugar Starr LaRue.»

Scoppia in una risata fragorosa. «Accidenti... cosa si sono fumati i genitori?» Si avvicina allo schermo. «Bright Side, dimmi che fa la spogliarellista, oppure la escort o qualcosa di simile.» Gli brillano gli occhi.

Batto le mani e rido. «Anche io l'ho pensato!» Poi scuoto la testa e torno seria. «Invece non lo è.»

«Sarebbe stato perfetto, bella. Sai che ti hanno tolto un'occasione di divertimento?»

«Lo so, e dispiace anche a me. Però forse avrò comunque delle storie interessanti da raccontarti, perché ha una certa fisicità... e stamattina è uscita con una canottiera trasparente senza reggiseno.»

«Accidenti, mi puoi ripetere il tuo indirizzo? Così ti vengo a trovare...»

«Pervertito.»

«Mi dichiaro colpevole, ma sono un maschio, è nel mio DNA. Allora, cos'altro mi racconti? Chi sono i due ragazzi della stanza davanti alla tua?»

«Clayton e Peter?»

«Sì. Che tipi sono? Devo preoccuparmi per te?»

Alzo gli occhi al cielo. «Bello, lo sai che ormai sono cresciuta anche io. C'è forse più probabilità che l'inferno congeli, piuttosto che io riesca a combinare qualcosa con uno dei due.»

«Perché dici così?» È quasi speranzoso.

«Perché io e Clayton abbiamo gli stessi gusti, e Peter mi sembra una di quelle persone che arriveranno vergini a quarant'anni. Oppure è un pervertito che finge di essere un bravo ragazzo, così che nessuno sospetti di lui. Come la metti, non c'è niente da fare.»

Gus sorride. «Se fossi uno che ama le scommesse, e sai che lo sono, direi che Pete è uno che si eccita con i giochi di ruolo e il sadomaso, e forse anche il bondage. Pensi che sia attivo o passivo?»

Mi copro le orecchie e scuoto la testa. «Grazie! Sai che da adesso in poi, ogni volta che mangerò insieme a lui, me lo immaginerò con indosso solo pantaloni in pelle da spogliarellista e un frustino in mano?»

Sorride. «Prego, non c'è di che.»

Gli mostro la lingua. «Bastardo.»

«Allora, riassumendo: la tua compagna di stanza è una spogliarellista clandestina e tu esci con gay pervertiti. Non credevo che il Minnesota fosse così avanti. Che quadretto impressionante, quasi quasi mi dispiace di non essere andato all'università. Che altro? Raccontami pure.»

Ci rifletto su. «Ieri ho visto Maddie.»

«Non dirmelo... ha di nuovo confuso i cibi e tu ti sei ritrovata a mangiare le cose che stanno nella parte sbagliata della piramide alimentare. Secondo round di pesce questa settimana?»

«No, ma ha sempre a che fare con il cibo. A dire la verità, sono un po' spaventata.»

«Spaventata? Cosa è successo?»

«È bulimica.»

Il tono della voce si addolcisce. «Cosa?»

«Sì. Abbiamo fatto colazione insieme. Ha mangiato come un lottatore di sumo, e dieci minuti dopo ha vomitato.»

«Accidenti.»

«Lo so. Sono entrata in bagno proprio mentre lei stava vomitando la colazione. Le parlo, lei mi manda via. La prego, lei si arrabbia. È stato brutto, non so cosa fare.»

«Accidenti. È molto arrabbiata?»

«Sì, ha rifiutato ogni tipo di aiuto e mi ha chiesto di andarmene.»

«Merda»

«Appunto.»

«Cosa hai intenzione di fare?»

«Visto che si è arrabbiata, la lascio calmare, poi proverò a parlarle di nuovo.»

«Buona fortuna.»

«Grazie, ne ho bisogno.»

Rimaniamo in silenzio per qualche minuto, poi Gus cambia argomento. «Bright Side, hai abbastanza soldi? Per qualsiasi cosa, tra l'università e il cibo e...»

Lo interrompo. «Ho trovato un lavoro.»

«Ti avevo fatto un'altra domanda.»

«Andrà tutto bene, non ti preoccupare per me» insisto, anche se non sono sicura che sia del tutto vero. Non so cosa mi aspetta nei prossimi mesi. I miei piccoli risparmi potrebbero non durare, ma in ogni caso affronterò il problema quando sarà necessario.

Lui sbuffa. «È parte del mio lavoro preoccuparmi per te. Hai bisogno di soldi? Abbiamo avuto un anticipo sull'album. Ti posso mandare tutto quello che ti serve.»

Sorrido. «Accidenti, cosa ho fatto per meritarti? Grazie ma no, non ne ho bisogno.»

«Me lo diresti se ti servissero?»

«Forse no, ce la posso fare da sola.»

«Bright Side, se hai bisogno chiamami, va bene? Adesso me lo posso permettere. So che tu e Grace avete affrontato momenti molto difficili... e non sai quanto mi dispiace che all'epoca io fossi all'oscuro. Forse ho sempre pensato a tua mamma come a una donna molto ricca. Ancora mi dispiace, perciò fammi rimediare e lascia che ti aiuti.»

«Sai come puoi riuscirci?»

Il suo viso triste si distende. «In che modo?»

«Ti puoi svegliare domani mattina, e la mattina dopo, e la mattina dopo ancora, e darti da fare per assicurarti che questo album e il tour siano mitici.»

Sorride.

«Il tuo nuovo motto sarà: 'Sei un mito.'»

Ride. «Forse è meglio in forma esortativa: 'Sii mitico.'»

«Ecco Mr Perfezione. Amico mio, sei già un mito, ma se vuoi posso continuare a esortarti»

Sorride e abbassa lo sguardo, imbarazzato. «Se lo dici tu... però mi sento addosso una pressione enorme.»

«Dico sul serio, voglio che tu sia strabiliante.»

«Stasera pretendi molto. Mi piace, è sexy.»

Alzo gli occhi al cielo. «Vabbè, parli così perché hai dormito poco. Vai a riposarti, dio del rock.»

«Sì, forse è meglio.» Sbadiglia. «In bocca al lupo per il tuo primo giorno di università domani.»

Alzo in aria i pugni. «Non vedo l'ora di vivere l'esperienza universitaria a Grant!»

«Così mi piaci.» Ride ma sembra confuso, come se avesse dimenticato qualcosa.

«Non sai cosa ti perdi.»

«Penso anche io.» Ride assonnato.

«Sii mitico.»

«Anche tu, sii mitica.»

«Ti voglio bene, Gus.»

«Ti voglio bene, Bright Side.»

«Buonanotte.»

«Buonanotte.»

Lunedì 29 agosto

Kate

Il primo giorno di lezione è straordinario. So che ho riso dell'esperienza a Grant, ma ho avuto la pelle d'oca tutto il giorno. Mi sono sentita protagonista; ho girato per il campus con il sorriso più ebete del mondo incollato al viso.

Era da tanto che sognavo di andare all'università, in una vera università. Non avevo mai pensato che sarebbe successo, e invece eccomi qua. L'ho letteralmente spuntato dall'elenco di cose da fare prima di morire.

La mia lista non segue nessun ordine particolare, ma 'Andare all'università' era al numero cinque. Adesso credo sia il momento giusto per dire a Dio che sono felice per come stanno andando le cose.

Buon lunedì, Dio. Ti volevo solo ringraziare per Grant. È un dono gigantesco. Amen.

Arrivo al Three Petunias alle due e mezza, e Shelly è nel pieno di una composizione floreale, ma la interrompe e mi chiede: «Dov'è il tuo iPod? Ho portato la dock. Vediamo se hai qualcosa di buono.»

«È forse una sfida?»

«Considerala come vuoi.» È una sfida, certo. E all'improvviso sento il bisogno di difendere il mio onore musicale. Pesco l'iPod dalla mia borsa, lo inserisco nella dock e scelgo il programma shuffle.

Il primo brano è di Mozart. Shelly spinge il bottone per passare al pezzo successivo, e mi guarda quasi in segno di scusa. «Lo suono tutto il giorno. Amo la musica classica, ma ho bisogno di ascoltare qualcosa di diverso quando sono al lavoro.»

«Non c'è problema.»

Il brano seguente tuona dalle casse. Comincio a ballare dietro il bancone, e Shelly mi guarda, esterrefatta. «Dài, Shelly, smuovi quello che ti ha dato la tua mamma.»

Lei si limita a scuotere solo la testa. Sembra irremovibile.

I miei piedi si fermano, ma il resto del corpo non riesce a smettere. «Cosa? Non dirmi che non balli.»

Lei continua a fare di no con la testa, e a me sembra che sia anche arrossita. Oddio, non lo avrei mai immaginato.

«Allora dobbiamo rimediare.» Sorrido scherzosa. «Lo sai che prima della fine del semestre ti porterò a ballare?» La ragazza deve assolutamente fare qualcosa che non ha mai fatto prima, qualcosa di insolito. Ed ecco che questo diventa un mio nuovo obiettivo.

Il rossore sta scomparendo, ma lei scuote di nuovo la testa, per dare più risolutezza alla sua dichiarazione. «Io non ballo, Kate.»

«E io invece sono convinta che la regina delle danze che si nasconde dentro di te vuole essere liberata. Sta urlando, Shelly. La sento, è molto arrabbiata, per cui la prossima volta che Clayton organizza un rave in camera sua ti invito.»

«Un rave?»

«Sì, però senza le orde di persone, le droghe e i braccialetti fosforescenti. Pur sempre un'occasione perfetta per divertirsi.»

«E chi è Clayton?»

«Il mio vicino della stanza di fronte.»

Io intanto continuo a muovere le anche al ritmo della musica. Lei dimostra un eccezionale autocontrollo, del tipo 'questa qui sta smuovendo tutto dentro di me ma io non posso tradire me stessa'. «Vuoi dire che tu e il tuo amico Clayton vi ritrovate a ballare in camera sua con la musica del tuo iPod?»

La correggo. «Del *suo* iPod, perché ha dei pezzi niente male. Ma sì, più o meno è così che funzionano le cose.»

Scuote la testa, ma sul suo viso appare un piccolo, candido sorriso. È il tipico sorriso che si regala a chi ci piace, e ci rende felici. Ho la sensazione che Shelly non li regali troppo spesso, per cui mi sento onorata. «Kate, sei troppo forte.»

Ritorno al mio lavoro. Mi metto all'opera, limitando il ballo a semplici gesti con la testa; il mio corpo non può rimanere fermo quando ascolto della buona musica. È come se scorresse attraverso le vene, per cui proprio non riesco a smettere.

Ogni tanto, quando crede di non essere vista, Shelly si sporge verso l'iPod per leggere il titolo della canzone sullo schermo. Sorrido in modo discreto; ho parecchia musica europea, e buona parte non è in inglese. Ma poiché non parlo nessuna lingua straniera, non ho idea di cosa significhino quelle parole. Non importa; la musica è comunque fenomenale. Adesso è appena iniziata una nuova.

Shelly fissa di nuovo lo schermo, poi si rivolge a me: «Cos'è questo?»

«Hip hop francese. Ti piace?» Conosco già la risposta, perché altrimenti non me l'avrebbe mai chiesto.

«Non male.» Prende un pezzo di carta e una matita, e scrive il nome dell'artista e la canzone. Noto che ne scrive altre sei o sette, tenuti a memoria. «Dove trovi questi brani?»

«Io e il mio migliore amico collezioniamo musica da tanto tempo, è come un hobby.» Per quanto mi riguarda, non potrei vivere senza.

Quando inizia il brano successivo, le chiedo: «Allora, Shelly, hai un fidanzato?»

Annuisce, aprendosi in un sorriso dolce, vulnerabile. Credo di aver trovato la crepa nella sua armatura. È perplessa. «Sì.»

«Sì? Allora devi scrivere il titolo di questo brano. Se hanno mai composto un album per gli innamorati, non può essere che questo.» Perché è la verità. Questa band unisce le vibrazioni oscure degli anni Ottanta alla voce supersexy della cantante.

Prende nota. «Il Fidanzato ti ringrazia.»
Io sorrido. «Non c'è di che.»
Mentre il pomeriggio trascorre piacevole, Shelly ogni tanto mi lancia domande. Credo che abbia deciso che i miei gusti musicali non fanno schifo. Questa è la seconda parte della sfida musicale.
«Dimmi le tre cantanti preferite.» Le brillano gli occhi. «E se nomini una regina del pop sei licenziata.»
Rido della minaccia. Potrei rispondere anche mentre dormo. «La prima, Romy Madley Croft degli xx. La seconda, Alison Moyet degli Yazoo. La terza, Johnette Napolitano delle Concrete Blonde. Menzione d'onore, perché l'ho ascoltata un sacco questa settimana, va alla leader delle Royal Thunder. Lei sì che sa cantare.»
«E il miglior chitarrista?»
«Il mio migliore amico.»
Non sembra convinta. «Tra tutti i grandi chitarristi del mondo, tu dici il tuo migliore amico?»
Le sorrido ancora. «Certo.»
«D'accordo. Miglior bassista?»
«Facile. Nikki Monninger dei Silversun Pickups. I suoi riff sono molto cattivi. E poi indossa bei vestiti quando suona, è figa ed elegante insieme. Mi piace.»
«Migliore band punk?»
«I Teenage Bottlerocket. I loro concerti dal vivo ti devastano, sono divertenti da guardare ma si poga anche parecchio.»
«La band più sottovalutata?»
«Senza ombra di dubbio, i Dredg.»
«Chi?»
«Appunto. Dovrebbero essere famosissimi.»
«Se avessi la possibilità di incontrare una band o un musicista, chi sceglieresti?»
«Credo che sarebbe stupendo uscire con Dave Grohl. Sembra così carino, umile. Un ragazzo normale, però con un talento pazzesco.» Shelly mi sorride, e io ricambio.

Sono le sette quando stacca la dock e mi passa l'iPod. «Bene, Kate, credo di aver trovato il pusher giusto.» Ha la lista in mano. «Devo acquistare un po' di questa roba.»

Apprezzo il complimento. «Sono contenta che ti sia piaciuto.» Mi inchino. «Il mio lavoro qui è finito.»

«Ti va di mangiare insieme una pizza? Più tardi vado con il Fidanzato e il suo compagno di appartamento al Red Lion Road per una pizza e una birra. Ti possiamo passare a prendere.» All'improvviso Shelly non fa più paura; per qualche motivo si è sciolta con me. E la verità è che è reciproco.

«Mi dispiace, ma non posso. Devo studiare e ho promesso a Clayton che avremmo cenato insieme.»

Lei sorride. «Appuntamento con il raver?»

«No, la solita cena platonica alla mensa.»

«Allora niente divertimento.»

«Mi dispiace davvero, grazie dell'invito. Un'altra volta, d'accordo?» La verità è che non ho abbastanza soldi. Mi sono rimasti cinque dollari che devono durare fino a venerdì, quando riceverò la paga. Con quelli non riuscirei nemmeno a comprarmi un pezzo di pizza e la birra, non ho nemmeno l'età per bere. Ma non posso dirglielo. Non voglio diventare il caso pietoso. Invece la mensa è gratuita, e poi sto già pregustando la tazza di caffè da Grounds che mi concederò domani mattina, prima di andare al corso di letteratura. Dato che nei dormitori non sono permesse le caffettiere (nemmeno il Santo Graal) e il caffè della mensa sa di terra, ho già deciso. Non posso assolutamente spendere questi cinque dollari.

Martedì 30 agosto

Keller

La campanella suona e io alzo lo sguardo. Non è un gesto volontario, quanto un'istintiva curiosità. Dato che Romero aveva un impegno presto questa mattina, ci sono io al bar a sostituirlo, finché non ritorna.

La prima cosa che noto di lei è quanto sia minuta. Poi vedo i vestiti, il suo stile; non è di queste parti. E per terzo, lo sguardo arrabbiato, indirizzato alla campanella appesa alla porta; ho la sensazione che abbia già una lunga storia con lei. È l'apparizione più graziosa che mi sia capitato di incontrare da parecchio tempo. Il genere di grazioso che ti fa sorridere, anche involontariamente. Si avvicina al bancone e il broncio scompare, sostituito dal sorriso più candido e sincero. I sorrisi non sono sempre felici; il suo lo è. Aperto, contento, sicuro. E lei sembra amichevole nel senso più letterale del termine, perché giureresti di conoscerla da anni, e sai che ha scoperto tutti i tuoi segreti anche più nascosti. E nonostante tutto, ti vuole ancora bene.

Dopo una pausa esagerata da parte mia, sorrido e le rivolgo il solito saluto: «Benvenuta a Grounds. Cosa ti posso preparare?» Mi accorgo che il mio tono è molto più contento del solito, e mi schiarisco la gola.

Il suo sorriso si espande, come se anche lei se ne fosse accorta, e arriva fino agli occhi, che sono della più luminosa sfumatura di giada mai vista, e raccontano una storia tutta loro. Alla fine, capisco quanto sia bella, e la consapevolezza mi arriva addosso con la stessa potenza di un treno merci. Dagli occhi, al sorriso, ai capelli ondulati biondo sole, al corpo minuto ma così ben proporzionato, tutto è bello di lei.

Continua a sorridere. «Buongiorno.»

La voce è calda. Non riesco a capire come mai, ma percepisco che si insinua da qualche parte dentro di me, e si radica. È il genere di voce che non si sente con le orecchie, perché riecheggia in te. E non appena la sento, non vorrei mai smettere di ascoltarla. Mi ritrovo a provare a sorridere come lei. «Buongiorno a te.» Forse sto perdendo la testa, ma questa volta non voglio che la conversazione con lei finisca troppo presto. Allora mi metto a flirtare, cosa che non faccio da tanto tempo. «Lasciami indovinare, cappuccino con caramello, di soia, senza schiuma?»

Mi guarda sorpresa, con la testa inclinata leggermente di lato, ma continua a sorridere. «Quindi è questa la tua specialità? Indovinare gli ordini dei clienti?»

Non riesco a trattenere le mie emozioni. Voglio stare ancora più vicino a questa ragazza, che è a un metro da me. Con i gomiti appoggiati al bancone, mi sporgo in avanti e incrocio le mani. Missione compiuta: ho guadagnato qualche centimetro. Noto che ha una leggera spolverata di lentiggini sul naso, deliziosa. «Di solito ci riesco.» Invece è una bugia, mai fatto prima.

Si gratta la testa come per riflettere. Alla fine, i capelli sono ancora più disordinati di prima, ma non le stanno male, anzi. Mi sfida. «Allora sarei una ragazza da caramello, soia e via dicendo? Accidenti, non so proprio come prenderla.»

Rimango con le mani e i gomiti appoggiati al bancone. Penserei di averla offesa, ma il sorriso è ancora lì. Però sembra determinata. «Ci scommetto.»

«A dire la verità, mi sento un po' offesa, ma lascio perdere. Pensavo che la mia passione per il caffè fosse dipinta a chiare lettere sul mio viso, come una specie di medaglia all'onore. Grossa tazza di caffè, della casa... e nero, grazie.»

Nero? Non può essere vero, non lo chiede mai nessuno. Sono tutti convinti di volerlo, finché non ci aggiungi qualsiasi altra cosa. «Con aggiunta di...?»

Lei aggrotta la fronte. «Di niente, grazie.»

Continuo. «Panna? Latte? Soia?»

Scuote la testa. «No, grazie.»

«Zucchero?»

«No, basto io a addolcirlo.»

Detto da chiunque altro, sarebbe sembrato stucchevole, ma lei è così diretta che non credo ci stia provando con me. Accidenti, mi ha fatto perdere la testa. Rido. «Ci scommetto.» Verso il caffè, poi glielo passo. Quasi scatto quando, per prendere il bicchiere, le sue dita sfiorano le mie. Non l'ha fatto apposta, ma devo soffocare una reazione vocale. Mi schiarisco di nuovo la gola e cerco si parlare in modo normale. «Credo di averti frainteso. Benvenuta nel club.»

Mi passa un biglietto di due dollari, e ammicca. «Mi capita spesso.»

Ha ammiccato. Fortuna che mi trovo dall'altra parte del bancone, nascosto dalla vita in giù, perché mi sento imbarazzato come un adolescente. Faccio cadere il resto sul palmo della sua piccola mano, perché non voglio rischiare di toccarla un'altra volta.

Lei lo butta nel barattolo delle mance e solleva in aria il bicchiere. «Grazie. Ti auguro uno stupendo martedì.»

Chi può dire 'uno stupendo martedì'? Lei. Lei sì. Potrebbe diventare la mia frase preferita. «Stupendo» ripeto. Non riesco a smettere di sorriderle, è come se avesse acceso un interruttore dentro di me. «Anche a te» ricambio con un saluto anonimo, abitudine che ho preso per avere lavorato tanto con Romero.

Guardo l'orologio. Sono solo le 6:55, ma il mio martedì è già stato *stupendo*.

Che cosa è successo? Mi sento come se mi fossi appena svegliato, dopo un sonno durato anni.

Mercoledì 31 agosto

Kate

Sono da due ore nella stanza di Clayton e Pete. Prima abbiamo parlato, poi Clayton ha proposto: «Giochiamo a ferita mortale, unione civile, scopata?»

Guardo Pete per vedere se ha la minima idea di cosa sia, ma lui sembra confuso quanto me, poi capisco. «Bello, io non voglio giocare a ammazzo, sposo, scopo.»

Clayton mi guarda stupito. «Se lo chiami così, sembra orrendo. Ma perché no?»

Alzo gli occhi al cielo. «Non ci gioco da quando avevo quindici anni.»

Pete è ancora nella nebbia. «Cos'è ammazzo, sposo, sc...?» Non riesce nemmeno a finire la parola. Allora è sicuro, non ci ha mai giocato. Sorrido, perché l'ingenuità di Pete è adorabile.

Guardo Clayton, che mi osserva impaziente, e rispondo: «John, il responsabile del nostro dormitorio, Hector, il tipo che lavora nella mensa, e Sugar, la mia compagna di stanza.»

«Oddio, Katherine, che scelte orribili.»

Sorrido e lo punzecchio: «Sei tu che hai proposto il gioco. E Hector non è per niente orribile, anzi.»

«Come fai a saperlo?»

«Ci parlo ogni sera, quando vado a portare i piatti sporchi nella cucina della mensa.»

«Quello che fate voi due non è parlare. È una triste combinazione di inglese e spagnolo e sciarade.»

«Lui mi insegna lo spagnolo, e io l'inglese» mi difendo.

Ride. «Cosa ti ha insegnato lui?»

Adesso rido anche io, perché non posso mentire. L'inglese di Hector è estremamente limitato, e le nostre sono davvero più simili a sciarade che a normali conversazioni, ma ce la mettiamo tutta. Mi gonfio il petto. «So dire *Mi nombre es Kate* e *Como estás* e *Gato*. Ah, dimenticavo: *A mi no me gustan las zanahorias,* che significa 'Le carote sanno di merda'.»

Pete mi guarda, scettico: «Ti ha insegnato a dire 'Le carote sanno di... merda'?»

«Credo che significhi 'Non mi piacciono le carote', ma io preferisco 'Le carote sanno di merda'. Perché è la verità.» Osservo Clayton, che adesso è imbarazzato. «Per tornare al gioco: John, *mi amigo* Hector e Sugar. Adesso spara.»

Peter non ha ancora capito.

Clayton sospira. «Ferita mortale deve essere per forza Sugar per me. Però gli altri due mi fanno venire la nausea.»

«Scopri le tue carte, bello.»

Chiude gli occhi, poi noto lo sguardo di Pete e capisco che ha colto il significato del gioco. Ha le guance della sfumatura che denota il più completo imbarazzo. Clayton spara: «Scopata John, perché è troppo tirchio per passarci insieme tutta la vita, e unione civile Hector, anche se non parlo una parola di spagnolo e la retina per capelli, i jeans larghi e slavati e le scarpe da ginnastica bianche non coordinate sono orripilanti.» Non riesce nemmeno a parlare a velocità normale; incrocia le braccia sul petto in un gesto stizzito. «Non gioco più, mi sono stancato.»

Io batto le mani e rido per lo sguardo disgustato sul suo viso. «Classico, Clayton.» Pete è a disagio perché ha paura di essere il prossimo, per cui smetto. «D'accordo, cambiamo gioco.»

Adesso una persona deve fare una domanda cui tutti devono rispondere, così ho imparato che Pete è nato in Texas ma cresciuto a Omaha, Nebraska. Il cibo che preferisce è la bistecca al sangue con contorno di funghi all'aglio, il giocattolo preferito da piccolo era un microscopio (ma si può definire giocattolo?), e preferirebbe che gli tagliassero il mignolo del piede con le cesoie piuttosto che passeggiare nudo per il campus. Il libro preferito di Clayton è *Il signore degli anelli*, e odia i cani, soprattutto quelli di piccola taglia. Da bambino ha partecipato a gare di pattinaggio artistico (non so cosa avrei pagato per poterlo vedere), e non si farebbe problemi se dovesse passeggiare nudo per il campus; di certo lo preferirebbe al posto di perdere un dito, a patto di poter indossare gambaletti rossi e i suoi anfibi neri lucidi alti fino al ginocchio (ma questa è un'affermazione che andrebbe verificata).

Dopo che Pete è andato a dormire, io e Clayton abbiamo deciso di studiare insieme. Ma adesso i miei occhi non riescono più a stare aperti.

Chiudo il libro di storia europea e sussurro: «Clayton, tu sì che sai come far divertire una ragazza, ma adesso è meglio se me ne vado. Non ce la faccio più.»

«D'accordo, è meglio che anche io mi dedichi a un sonno ristoratore.»

Infilo la borsa a tracolla. «Buonanotte, Clayton.»

«Buonanotte, Katherine.» Mi butta un bacio, seduto a gambe incrociate sul pavimento.

Anche io gli butto un bacio, e attraverso il corridoio senza far rumore. Noto un nastro rosso legato alla maniglia della mia porta, ma sfortunatamente non segnala nessun pericolo nella mia testa assonnata, finché ormai è troppo tardi. Accade tutto in fretta. Io vedo solo un intreccio di gambe e sederi nudi. E a quel punto, i gemiti vengono sostituiti da esclamazioni di rabbia.

«Che cazzo!» grida Sugar. Cerca di urlarmi qualcosa, ma non ha fiato. Chiaramente era nel mezzo di una sessione molto aerobica. «Esci subito!»

La scena e il nastro rosso alla fine si compongono nella mia testa. «Oh, merda. Scusami bella.» Chiudo in fretta la porta. Ho il cuore che va a mille, adesso sono completamente sveglia. Riattraverso il corridoio e finisco nel bagno, dove mi lavo il viso e considero le varie opzioni: mi conviene aspettare fuori dalla porta, o dormire da un'altra parte? Ritorno da Clayton e busso piano. La scarica di adrenalina è passata, e ho di nuovo sonno. Lui viene alla porta, con addosso un pigiama di seta viola.

«Katherine, hai dimenticato qualcosa?»

«No. Prima di tutto, quando ti sei trasformato in Hugh Hefner, bello? Il tuo pigiama è fantastico.»

Sorride e accenna un inchino. «Grazie.»

Indico la porta dietro di me. «Sono entrata mentre Sugar stava facendo sesso, e le ho guastato la festa. Ti dispiace se dormo da te stasera?»

Spalanca la porta. «Certo che no, Katherine. Non hai notato il nastro annodato alla maniglia?»

Scuoto la testa e sussurro, perché non voglio svegliare Pete. «Lo so, lo so. Forse ero stanca e non ci ho pensato. E poi, non abbiamo mai stabilito il segnale che indica 'Attenzione, sto facendo sesso selvaggio'.»

Clayton entra nel suo letto e fa spazio tra le coperte. «Dài, Katherine, sali su. Siamo piccoli, c'è abbondanza di spazio.»

«Oh, no, Clayton, mi sistemo qui sul pavimento.»

«Non dire sciocchezze, dài.» E ammicca. «Sei adorabile, ma non sei il mio tipo.»

Sorrido e mi infilo dentro. «Grazie, Clayton, sei il migliore. Buonanotte.»

Mi bacia sulla guancia. «Buonanotte, Katherine.»

Ho condiviso il letto con qualcuno per quasi tutta la mia vita. Non ci avevo mai pensato, ma ne sentivo la mancanza. Così va decisamente meglio.

Giovedì 1 settembre

Kate

Cos'ha di speciale il caffè? È la bevanda perfetta: riscalda il corpo e l'anima. E mi rende felice come una pazza. Anche la tuonante campanella non mi disturba questa mattina. Ho deciso di farci pace, dato che so che non ci posso ragionare. Ho provato a spingere piano la porta, per essere sicura, ma quell'aggeggio infernale è troppo forte.

È presto, e Romero mi porge il suo solito saluto. «Buongiorno, Kate» dice e io mi metto in fila.

Mentre aspetto, il ragazzo che lavorava qui martedì scorso esce da una porta sul retro.

Sì, è stupendo. Non mi nota subito, allora continuo a osservarlo mentre si infila il grembiule e se lo lega in modo goffo dietro la schiena.

Sembra più grande di me, ma visto che lavora qui sarà uno studente. Di media altezza, magro e asciutto, deve essere forte come una roccia – riesco a vedere i muscoli scolpiti delle braccia e delle spalle – e sicuro di sé, ma non presuntuoso. La sua mi sembra una sicurezza ben radicata, che anche se ogni tanto sparisce, nessuno lo nota, perché lui sa mascherare molto bene i suoi punti deboli con la simpatia. Non una simpatia forzata, però, che ti sbatte in faccia, ma sottile. Direi più una piacevolezza che ti conquista, e prima di saperlo e di domandarti dove stai andando, hai già comprato il biglietto, sei salita sull'autobus e stai viaggiando da un pezzo.

E per fortuna, il paesaggio è spettacolare. I capelli spettinati, come se si fosse appena alzato dal letto, sono castano scuro, quasi neri, come la barba sul viso. Oddio, il viso. Ha il candore di un bambino, e lo farebbe passare da innocente anche se avesse ucciso qualcuno. Perché lui non è innocente, è che proprio non puoi dirgli di no. Comunque, la cosa più impressionante sono gli occhi. Azzurri, quasi acquamarina. Il fatto che siano contornati da ciglia spesse, lunghe e nere li rende così espressivi e profondi che ti sembra di poterci cadere dentro. Per dirla in due parole, è bello in modo stratosferico.

Saluta Romero con un cordiale «'Giorno, Rome» e si gira per servire la persona in fila che, per un caso di fortuna sfacciata, sono io.

In silenzio mi dico: Grazie, Dio, il ragazzo davanti a me è un esemplare stupefacente. Hai fatto proprio un bel lavoro, a più tardi. Poi fisso quegli occhi così azzurri.

Sorride sollevando un angolo della bocca. «Ah, il ritorno dell'esiliata.» Da così vicino, gli occhi sono ancora più chiari di quanto ricordassi, e brillano. Potrebbero rappresentare un grosso problema per me. Fortuna che mi limito a guardare.

Ricambio il sorriso, non riesco a trattenerlo. «Esiliata?»

«Sì, non sei di queste parti.»

Romero ci guarda mentre scalda il latte alla macchina degli espressi. «Kate viene dalla California.» Di nuovo scandito in cinque sillabe.

«Ah, California. Avevo indovinato, allora.» Il dio del caffè guarda Romero, poi di nuovo me, prima di tornare su di lui. «Kate? Vi chiamate già per nome? Allora aiutami, Rome, perché non mi presenti?»

L'amico ride. «Keller Banks, lei è Kate Sedgwick. Kate Sedgwick, ti presento Keller Banks.» Lo guarda. «A lei piace il caffè nero.»

Keller sorride. «Me lo ricordo, Rome. È già nel club.» Mi porge la mano. «Sono contento di conoscerti in modo ufficiale, Katie.»

Gli stringo la mano. È calda e ha le punte delle dita callose, lo sento quando toccano la mia. La stretta è forte, ma stranamente gentile, calorosa. Non vorrei lasciarla, ma non posso. «Anche io, Keller. E mi chiamo solo Kate.»

Annuisce. «Grande, forte e miscela della casa?»

«Sì. Oggi non è il giorno adatto per interrompere le tradizioni...» Con la mente vago verso l'orgasmico mocaccino di Clayton. «O di provare nuove soluzioni.» Anche se mi limito a guardarlo, mi sento già abbastanza eccitata.

Aggrotta la fronte in modo interrogativo, mentre preme il coperchio del mio bicchiere di caffè e me lo porge. «Provare nuove soluzioni?» Scuoto la testa e gli passo i soldi. «Niente di importante.» Mi mordo le labbra cercando di bloccare il sorriso che vorrebbe esplodere in modo prepotente.

Sul suo viso ritorna un mezzo sorriso, come se mi stesse leggendo nel pensiero. «Fammi sapere se posso aiutarti a provare nuove soluzioni.» Appoggia i gomiti sul bancone e si avvicina, poi abbassa la voce: «Posso esserti di *grande* aiuto.» Mi passa il resto facendolo scivolare sul bancone.

Ho il cuore che batte all'impazzata, spero che non si noti quando infilo i soldi nel barattolo delle mance. Oddio, è come se sapesse che c'è un'allusione al sesso, o forse fa sempre così, con tutte le ragazze. Alzo il bicchiere e sorrido. «Non lo metto in dubbio, Keller Banks. Ti auguro una giornata superlativa.»

Continua a fissarmi, senza nemmeno sbattere le palpebre. «Certo, superlativa davvero. Anche a te, Katie.»

Ho ancora lo stomaco in subbuglio quando esco. C'è forse qualcosa che non va se entro innocentemente in un bar per chiedere un caffè e ne esco immaginandomi il ragazzo dietro il bancone nudo? E a letto come sarà? Respiro profondamente. Gli ho anche permesso di chiamarmi Katie.

Maledizione.

Venerdì 2 settembre

Kate

Da qualche giorno io e Gus riusciamo a sentirci solo tramite messaggi e con chiamate di due minuti quando è in pausa sigaretta. Il suo ritmo è brutale. Di sera riescono a riposarsi poche ore e poi via di nuovo. Quindi rimango sorpresa quando ricevo un messaggio mentre sono alla mensa con Clayton e Pete. Mi chiede: 'Skype?'

Gli rispondo: 'CERTO! Dammi 15 minuti.'

Mi scuso e torno di corsa al dormitorio per accendere il portatile.

Quando vedo il suo viso sullo schermo, mi sento pervadere dalla solita ondata di felicità. Ha l'aria distrutta, ma è contento. «Hola, señorita bonita.»

«Cómo estás, bello?»

«Tutto bene, Bright Side, tutto bene. E tu?»

«Da dio. Cosa c'è di nuovo nel mondo del rock and roll? Mi dici quali altre canzoni compongono l'album o devo aspettare ancora? La mia pazienza ha raggiunto il limite.»

Gus è sul balcone e ha già la sigaretta in mano. Ecco perché è calmo. Sorride. «Sei pronta?»

Salto sulla sedia. «Certo, prontissima! Mi vuoi far prendere un colpo? Accidenti, mi sembra di aspettare da una vita, quindi spara.» Visto poi che non l'ho ancora detto, indico la sigaretta sullo schermo del computer: «Ah, e dovresti smettere.» Sono così contenta che non sono affatto convincente.

Lui continua a sorridere. Poi mi legge l'elenco, e io spunto le canzoni a mente. Rimango sbalordita. «Accidenti, ti devo dire una cosa.»

Lui si preoccupa. «Cosa?»

«Sarà il miglior album di tutti i tempi. Spero che tu sia pronto a diventare ricco e famoso, vivere nella tua isola privata quando non sei in tour, e sposarti con una nuova supermodella ogni due anni. Avrai un leone come animale domestico, e vivrai di whisky e di eroina.»

Ride. «Bright Side, detto da te sembra meraviglioso. Mi prometti che accadrà davvero?» Lo adoro quando è ironico.

«Certo, però se al posto del leone preferisci una scimmia, o la vodka al whisky, basta dirlo. Adesso che sei diventato il re del rock and roll, puoi tutto.»

Scoppia in un'altra risata. «Accidenti, lo sapevo che il mio scopo non era la musica, perlomeno finché c'è un mondo di perdizione che mi aspetta.»

«Credo che perdizione e quotidiano siano sinonimi tra gli dèi del rock.»

«Tu mi conosci, Bright Side, anche se per qualche strano colpo di fortuna riusciamo ad avere un po' di successo con questo album, probabilmente continuerò a vivere con mia madre, farò surf ogni volta che potrò, e vivrò di tacos vegetariani e sigarette.»

Ha ragione. Anche se diventasse un milionario, Gus vivrebbe esattamente così. Ha i piedi ben piantati per terra. I soldi non significano granché per lui, ecco perché andiamo così d'accordo. La gente è la mia priorità, e sono contenta che lui la pensi alla stessa maniera. «Davvero, bello, sono così orgogliosa di te. Quando lo posso ascoltare?»

«Spero di poterne avere uno la prossima settimana, così te lo spedisco. Però mi devi promettere di non prendermi in giro. Ho bisogno di una critica sincera.»

Alzo la mano destra. «Giuro solennemente di non prenderti in giro.»

«Così va bene.» Silenzio. «Bella, prima stavo ascoltando *Missing You*, e mi chiedevo se, sai... se hai pensato di riprendere a suonare il violino.»

Faccio di no con la testa. «Onestamente, non ne sento la mancanza. È triste, vero? Forse un giorno, in futuro, chi lo sa? Adesso no.» Mi ricorda troppo Grace. È troppo doloroso.

«D'accordo, peccato però, perché il mondo è un posto migliore quando suoni. Non aggiungo altro.» Rimango in silenzio, allora continua: «Cosa succede dalle tue parti? Come va l'università? E il lavoro, la spogliarellista, lo schiavo del sesso?»

Mi sento sollevata perché ha cambiato discorso, e rido. «L'università va molto bene, ancora non mi sembra vero che io sia qui. E il lavoro è perfetto, ti piacerebbe la mia collega Shelly. È una arrabbiata fuori e dolce dentro.»

«Sembra il tipo di ragazza perfetta per me.»

«La spogliarellista invece... la spogliarellista... non so come dirlo in modo gentile.»

«Perché gentile? Non ti sei mai fatta questi scrupoli. Dài, confidati.»

«La spogliarellista ha una vita sessuale molto attiva, nella nostra stanza. L'ho vista con i miei occhi.»

«Con i tuoi occhi? Il Minnesota ti sta trasformando in una specie di pervertita? Sei rimasta a guardare? La prossima volta mi dirai che giri video porno con il vicino di stanza maniaco.»

«È capitato per caso, bello, e non sai quanto mi è dispiaciuto. Urla come un'ossessa.»

Gus spinge indietro la sedia da quanto ride. «Non ci credo! È troppo divertente.»

«Invece non è così divertente, se sei tu la cretina che la interrompe. Poi, correggimi se sbaglio, ma quando vai a trovare una tua amica per fare sesso, poi non rimani nei paraggi il resto della serata, vero?»

«Certo che no. Sono robe da una botta e via, togli il disturbo non appena hai finito il lavoro. Ma aspetta un attimo, dove hai passato la notte mentre in camera tua c'era il pigiama party?»

«Ah, Clayton mi ha fatto dormire con lui.»

Il viso gli diventa serio all'improvviso. «Il vicino omosessuale, o il pervertito con i pantaloni di pelle?»

«Clayton è omosessuale al cento percento.»

Adesso ha assunto un tono paterno. «Bright Side, non puoi fiondarti nella stanza di due ragazzi che hai appena incontrato.»

«Gus, sono innocui. Forse mi farebbero più paura un paio di gattini.»

Si passa le dita tra i capelli e se li lega in una coda. È avvilito, lo capisco. Si tocca sempre i capelli quando si sente così. «Bright Side, ascoltami. Non hai idea di quanto tu sia straordinariamente bella, o dell'effetto che hai sui ragazzi. Non appena ti vedono, vogliono entrarti nelle mutande. Basta passare cinque minuti in tua compagnia, che si innamorano tutti.» Sbuffa, e io capisco che da un momento all'altro comparirà un'altra sigaretta. «Dico solo che devi stare attenta, va bene?»

Alzo gli occhi al cielo. «Forse sei un po' esagerato? Gus, stai parlando a Kate Sedgwick, hai presente? Io non frequento i ragazzi, e so come respingere le avance indesiderate.»

«Non potresti, pesi trenta chili da bagnata. Per favore, promettimi che starai attenta. Se qualche figlio di puttana ti desse fastidio... cazzo. Verrei in Minnesota e lo ammazzerei, anche se so che la prigione non è nei progetti di MFDM.»

«Gus...»

Mi interrompe. «Riscuoterai parecchio successo da quelle parti, i ragazzi ti si butteranno addosso. Mi raccomando, sii selettiva... perché meriti molto di più del primo cazzone che passa e ti scopa nel retro di un furgone o nella camera degli ospiti della madre.»

Questa è più o meno la mia storia, in fatto di sesso. Pochi ragazzi, perché io sono molto selettiva; non mi definisco facile, forse più opportunista, nel senso che colgo l'occasione. Poi, quando è finito, niente legami e niente scuse. Mi sono sempre divertita. Invece con Gus è stato diverso, perché lui non era nei piani, e non è nemmeno capitato per caso. Però sta parlando anche di sé. «Gus.» Vorrei che non dicesse queste cose, si sta sminuendo.

«No, Bright Side, ascoltami. Perché tu sei speciale. Ti meriti qualcuno che esca con te seriamente, che ti compri i fiori e via dicendo. Perché se esiste una persona al mondo capace di pazzesche quantità di amore e che merita di essere amata allo stesso modo, questa sei tu.»

Scuoto la testa. «Non sono la tipa da fiori e cuoricini, Gus.»

«Aspetta di trovare il ragazzo giusto e vedrai. Si vede che ancora non l'hai incontrato.» La sua voce è velata di tristezza.

La vita non mi ha mai concesso né l'opportunità né il tempo per frequentare qualcuno. Gli amici e la famiglia sono sempre stati la mia priorità, e li ho amati con tutta me stessa. I ragazzi, il sesso: era tutta questione di attrazione e di atto fisico. Con Gus è stato diverso, perché era amore ma allo stesso tempo non lo era. L'amore è un concetto sfuggente, irreale, alieno. Conosco persone che lo provano, e io non mi sento di pietra. Anzi, sono ottimista, ma prima di tutto realista. La mia vita non sarà una favola, e va bene così. Perché la mia è una vita vera, l'unica realtà che ho. Nella mia realtà non ci si innamora né ci si sposa e si vive per sempre felici e contenti, perché è più complicata. E incasinata. Sono contenta che la favola esista per qualcuno, come Shelly (mi prenderebbe a calci se sapesse che ho inserito il suo nome e la parola favola nella stessa frase).

«Aspetta un attimo.» Mi alzo, esco e busso alla porta di Clayton e Pete, perché voglio che Gus stia tranquillo.

Risponde Pete. «Ciao, Kate.»

«Pete, puoi venire con Clay nella mia camera un secondo? Soltanto un secondo.»

Pete guarda Clay che deve essere dietro la porta, perché poi sento la sua voce: «Certo, tesoro.»

Mi seguono in camera. Gus ha la testa appoggiata allo schienale della sedia, con gli occhi chiusi. Sta quasi per finire la sigaretta. È talmente assorto nella sua tranquillità che non mi sente rientrare.

«Svegliati, bell'addormentato.»

Sorride, poi riapre gli occhi. «Voglio presentarti due miei amici.» Mi faccio da parte così che Gus possa vedere Clayton e Peter.

Gus capisce subito: loro sono i ragazzi meno minacciosi che si possano incontrare. Sono sicura che sia evidente, anche attraverso lo schermo di un computer. «Ciao, ragazzi.»

Clayton saluta con la mano e arrossisce. «Ciao.» Oddio, forse è appena scoccato un colpo di fulmine. Gus è a petto nudo, e ha un aspetto magnifico. Clayton è andato in iperventilazione, e a me verrebbe da porgergli un sacchetto di carta o fargli la rianimazione cardiopolmonare. Ci sarà un defibrillatore nel dormitorio?

Peter alza la mano sinistra ma sembra confuso e spaventato allo stesso tempo. «Ciao.»

Io intervengo e indico lo schermo. «Vi presento il mio miglior amico, Gus Hawthorne. Gus, questi sono Clayton e Peter, i miei amici del Minnesota.»

Clayton e Peter sono in preda al panico, forse perché Gus è un tipo che intimidisce: alto, spalle larghe, muscoloso. Ha una presenza... imponente, anche da dietro lo schermo di un computer. Poi, quando i ragazzi sono belli come Gus, la gente sembra volerli sfidare, flirtare o indietreggiare intimidita. Clay e Pete stanno indietreggiando, anche se Clay sembra ancora stordito. Forse non l'hanno ancora capito, ma Gus è un orso buono.

Clayton e Pete parlano all'unisono: «Piacere di conoscerti» e «Che bello conoscerti.» Sono così educati.

Gus sorride e so che gli verrebbe da ridere, ma si sforza di essere educato. «Anche io sono molto contento di conoscervi.»

Batto le mani. «Bene, adesso che vi siete presentati, possiamo dire che siamo una grande famiglia.» Guardo Gus. «Sei contento adesso?»

Il viso è illuminato dal sorriso più impertinente che gli abbia mai visto. «Non hai idea.»

Mi giro verso Clayton e Pete. «Grazie per essere venuti. Vi raggiungo appena finisco.»

Entrambi annuiscono, ammutoliti.

Gus è divertito. «Ragazzi, vi auguro una serata stellare. Prendetevi cura della mia ragazza, d'accordo?»

Annuiscono di nuovo, a bocca aperta, e tornano nella loro camera, uno con l'aria più confusa dell'altro. Pete è intimorito e Clayton forse è molto eccitato. Gus ha questo effetto sulla gente.

Anche lui batte le mani, poi non appena sente chiudersi la porta, scoppia in una risata fragorosa. «Oddio, Bright Side, non solo non devi stare in guardia, ma con quei due sei al sicuro come dentro una cassaforte. Te lo voglio dire, Pete non è affatto il tipo da giochi di ruolo sadomaso, però ho fatto fatica a non pensarlo in versione spogliarellista come dicevi tu. Questa sì che è divertente.»

Cerco di rimanere seria ma non riesco a trattenermi, perché la risata di Gus è contagiosa. «Te l'avevo detto.»

«Hai ragione, sembrano due bravi ragazzi.»

«Lo sono.»

Sorride. Rimaniamo in silenzio per qualche secondo.

«Grazie che ti preoccupi per me, comunque. È bello sapere che c'è qualcuno che si interessa.»

«Io ci sono sempre, preoccuparmi degli altri è lo scopo della mia vita. Adesso però devo lasciarti, Bright Side. È stato stupendo, micia.»

«Anche per me. Ci sentiamo quando vuoi.»

«Bright Side, ti voglio bene.»

«Anche io ti voglio bene, Gus.»

«Buonanotte.»

«Buonanotte.»

Chiudo il portatile e vado nella stanza dei miei amici. La porta è rimasta aperta per me, per cui entro subito.

«Scusate se vi è sembrato strano, ma grazie. Gus era un po' preoccupato perché ho dormito nella vostra camera, quindi volevo che vi incontraste perché smettesse di rompermi.»

Clayton è sdraiato sul letto, si sta sventolando con una rivista. Ha ancora le guance rosse. «Katherine, perché non mi hai detto che esci con Apollo?»

«È un gran bel ragazzo, vero?»

«Bello? È stupendo.»

«Però non è il mio ragazzo, ma il mio migliore amico.»

Pete si intromette: «Perché allora ha detto 'Prendetevi cura della mia ragazza'?»

«Non lo so, Pete. Mi chiama così, è una specie di soprannome.»

Clayton aggrotta la fronte. «Come no. Ascolta, non so cosa ci sia tra voi, ma se te lo lasci scappare sei fuori come un balcone.»

«Fuori come un balcone?»

Annuisce. «Sì, come un balcone.»

Domenica 4 settembre

Kate

Mando un messaggio a Maddie e spero che non sia ancora arrabbiata con me. Sono preoccupata per lei e voglio che lo sappia.

Non mi risponde.

Allora è ancora arrabbiata.

Lascio passare qualche altro giorno, poi riproverò.

Lunedì 5 settembre

Kate

Clayton mi aspetta fuori dalla mensa alle sette e mezza, come stabilito. Sono appena uscita dal lavoro e chiaramente sono in ritardo. Mentre entriamo, mi prende a braccetto. «Katherine, ti ho già detto quanto ti voglio bene?»

Io lo guardo sospettosa. «No... cos'hai in mente?»

Abbassa la voce fino a sussurrare. «Ho trovato un locale a Minneapolis che organizza una serata per chi ha meno di ventun anni.»

«Perfetto! Quando andiamo?»

Fa un mezzo sorriso, e cerca di sembrare speranzoso. «Stasera?»

«Va bene, a che ora partiamo?»

«Dici sul serio?»

«Sì, certo. Ti ho detto che sarei venuta con te, no?»

Mi abbraccia forte, sollevandomi da terra. Non credevo che avesse tanta forza. Non so nemmeno se uno di noi superi i quaranta chili. «Katherine, ti voglio bene. Sei la migliore.»

«Clay, ti dispiace se invito anche la mia amica Shelly?»

Batte le mani. «Più siamo, meglio è.»

La chiamo subito.

«Ciao, *bella*» mi risponde sarcastica, anche se credo che le piaccia usare il mio intercalare.

Riuscirò a convertirla completamente.

«Fai qualcosa stasera?»

«No, perché?»

«Perfetto. Io e il mio amico Clayton andiamo a ballare e tu vieni con noi.»

«Tu vuoi che *io* venga a ballare?»

«Certo.»

«Non mi sento dell'umore giusto per uno pseudorave nella camera di Clayton.»

«No, andiamo fuori, in un locale vero.»

«Dove?»

«In un posto che si chiama Spectacle, a Minneapolis.»

«Kate, quello è un locale gay.»

«Sì, lo so.» Rimaniamo in silenzio per così tanto tempo che mi viene da pensare che Shelly si sia addormentata o abbia riattaccato e se ne sia andata. «Shelly, ci sei?»

«È un locale *gay*» ripete.

«E allora?»

«Noi siamo etero, Kate.»

«Lo so.»

Nessuna risposta.

«Non è mica vietato alle donne, Shelly. Ci divertiremo, vedrai. D'accordo?»

«Non lo so.» Lo capisco dalla voce, sta per cedere.

«Shelly, la regina delle danze che è in te farà scoppiare una rivoluzione se dici di no. Non voglio che ti accada. Passiamo a prenderti alle nove e mezza.»

«Oddio» mi sembra di vederla alzare gli occhi al cielo. Ma poi sospira e si arrende. «D'accordo.»

Di ritorno al dormitorio, passo più di un'ora distesa sul letto di Clayton a guardarlo mentre prova vari accostamenti. Non l'ho mai visto così nervoso.

«Riprovati i pantaloni grigi.» Devo aiutarlo, altrimenti non andremo da nessuna parte. È pure peggio di Gus.

Fa una piroetta.

«Sono perfetti. Ti fanno un sedere bellissimo.»

Sorride, contento. «Ho un bel sedere, è vero.»

«Certo che ce l'hai.» Salto fuori dal letto per andare in camera mia. «A proposito di pantaloni, mi devo cambiare.»

«Cosa ti metti?» chiede, infilandosi una camicia nuova.

«Ah, non so, forse i miei soliti jeans neri.»

Ha un sussulto. «Jeans? Vuoi indossare jeans? Non hai un vestito corto o qualcosa del genere?»

«Tesoro, prima di tutto andiamo in un locale gay. Intendo dire che non ho la carrozzeria giusta per attirare l'attenzione. Secondo, guarderanno tutti il tuo sedere avvolto in quegli splendidi pantaloni. Terzo, non posso competere con le drag queen, sono stupende. Quindi, il ruolo mio e di Shelly questa sera è quello delle amiche etero, le uniche femmine senza pene nel locale. Voglio ballare fino a sfinirmi e godermi la miglior serata che Minneapolis ha da offrirmi.»

«Almeno ti metti i tacchi? E una maglietta con i lustrini? Se non ce l'hai, ti posso prestare io qualcosa.»

Adoro il suo entusiasmo. «Non ti preoccupare, credo di poter soddisfare le tue richieste.» Vado in camera mia.

Pochi minuti dopo, ritorno con indosso i miei jeans stretti neri, un paio di scarpe con il tacco nere e una canottiera con lustrini, sempre nera, scollata. Gus chiama questa mise Johnny Cash chic, in onore del cantante, che si vestiva sempre di nero. Clayton esulta: «Oddio, che seno fantastico.»

Non riesco a trattenere le risate, guardando la mia scollatura. È la prima volta che riceve un complimento sincero, senza allusioni a sfondo sessuale. «Non devi mai sottovalutare il potere di un buon push-up, amico mio.»

Passiamo a prendere Shelly e io sfreccio verso Minneapolis. Quando arriviamo allo Spectacle e trovo un posto per parcheggiare, sono quasi le dieci.

Clay alza le mani che teneva attaccate al cruscotto e si schiarisce la gola. «Katherine, prima di tutto voglio ricordarti che tu sai quanto io ti adoro,» si schiarisce di nuovo la gola «ma questo è stato il viaggio in macchina più spaventoso che io abbia mai fatto.»

Guardo Shelly seduta nel sedile posteriore, che annuisce d'intesa. Mi fissa con gli occhi sbarrati e respira molto velocemente. «Kate, io non mi spavento molto facilmente, però è stato tremendamente pauroso. Me la sono fatta addosso.»

Aggrotto la fronte, incredula. «Cosa intendi?»

«Non so se il limite di velocità in California è di centocinquanta chilometri orari, perché mi rendo conto che da quelle parti fate le cose in modo diverso da qui, però in Minnesota è di cento, che più o meno è la velocità con cui prendi le curve.»

Guardo Clay, poi Shelly, poi ancora Clay. Annuiscono entrambi, impalliditi. Alzo la mano destra e chiudo gli occhi. «Prometto di rallentare un po' quando torniamo a casa.»

«E di usare le frecce» aggiunge Clayton.

«E di usare le frecce» ripeto. Poi rivolgo una domanda silenziosa a Dio: Perché non mi hai mai detto che guido da schifo? Forse perché in California guidano tutti male? Non credevo di essere un tale macello, e non ho mai avuto un incidente. Grazie comunque perché non ho mai ucciso nessuno. A più tardi.

La fila davanti al locale è piuttosto lunga. All'ingresso, ci controllano le carte d'identità e danno un cinturino a Shelly, perché ha ventidue anni. A me disegnano una grande X nera sul palmo della mano. Da dentro esce una musica a tutto volume; il basso rimbomba dentro di me. Le luci scintillano e la pista da ballo è già piena. Non vedo l'ora di tuffarmici dentro.

«Dài, Shelly, cominciamo a ballare!»

Lei mi indica il bar alle nostre spalle. «Prima ho bisogno di un po' di coraggio liquido. Non esiste che io balli da sobria. Voi due cominciate pure.»

Clayton mi prende per mano e ci fermiamo al bordo della pista: da lì riusciamo a vedere Shelly. La musica continua a vibrare dentro di me: è una sensazione che adoro. Passano pochi istanti, e arrivano altre persone, per cui ci troviamo a muoverci al ritmo della musica, pressati l'uno contro l'altra. Conosciamo entrambi la canzone e ne cantiamo ogni singola parola. Clayton è felice in questo mare di bei ragazzi.

Balliamo ancora qualche canzone, poi noto un ragazzo che sta puntando il mio amico, alle sue spalle. È bello: altezza media, con la pelle color cioccolato e la testa rasata, che mette ancora più in evidenza i suoi lineamenti marcati. Incrocia il mio sguardo e con gli occhi indica Clayton, come se mi stesse chiedendo il permesso. Io sorrido e annuisco. Lui appoggia una mano sulla spalla del mio amico, si allontanano insieme e, prima che io me ne accorga, mi ritrovo sola: Clayton ha preferito Mr Zigomo a me. Vabbè, dopotutto è questo il motivo per cui siamo qui. E poi, ho notato che Shelly ha già bevuto due shot e una birra. È arrivato anche per lei il momento di ballare.

Cerco di avvicinarmi e le faccio cenno di raggiungermi. Sembra un po' più rilassata di quando siamo entrati, ma si scola tutta la birra prima di arrivare da me.

«Non riesco a credere che lo stia facendo» mi mormora, risentita.

Sorrido, perché anche se è imbronciata, noto che il suo viso si è addolcito. Ho la sensazione che sto per assistere a una trasformazione. «Shelly, rilassati. Ascolta la musica, sentila dentro di te, sai come fare.» Le prendo le mani e gliele tengo strette, mentre lei si lascia andare al ritmo e cerca di copiare quello che faccio io. È rigida e imbarazzata, ma quando inizia la seconda canzone, è più rilassata e mi lascia andare le mani.

«La regina delle danze che è in te è molto contenta in questo momento! La rivolta è stata sedata!» le urlo nelle orecchie, sopra la musica.

Mi mostra la lingua, ma poi sorride; è felice, liberata. Non so se grazie all'alcol, o perché ha finalmente deciso che non le importa niente.

Proprio in quel momento sento due mani appoggiarsi sui miei fianchi. Rimango sorpresa, ma poi mi accorgo che sono le mani gentili della persona che mi sta appiccicata alla schiena. Non mi volto; chiunque sia, segue il mio ritmo alla perfezione. Adoro ballare con le persone che sentono la musica come la sento io, e questo ragazzo ci riesce. Balliamo per altre due canzoni, poi lui mi urla all'orecchio: «Cara ragazza, tu sì che ci sai fare! Di solito non ballo con le donne, ma non ho saputo resistere. Grazie!» Mi bacia sul collo. Io gli sorrido e lui mi strizza l'occhio, prima di sparire tra la gente, verso il centro della pista. Accidenti, quanto era bello. Vabbè, non si possono avere tutti.

Shelly mi guarda con la bocca aperta. La prendo per mano e la trascino via dalla pista. «Prendiamoci qualcosa da bere. Sono tutta sudata.»

La bocca è ancora spalancata, ma gli angoli sono arricciati in un sorriso accattivante. «Kate, è stato come vedere due persone fare sesso vestite.»

Mi fa ridere. «Cosa dici? Abbiamo solo ballato.»

«Quello non era ballare. Era troppo sexy, mi devi insegnare.»

Allora le insegno. Shelly è un'ottima alunna. Passa un'ora, e quasi non mi ricordo che aveva detto che non sapeva ballare. Basta iniettarle un po' di alcol, e le inibizioni scompaiono.

Verso l'una, poiché siamo sfinite, decidiamo che è ora di andare a casa. Prima dobbiamo trovare Clayton, e la pista è ancora piena di gente. Alla fine, lo vediamo ballare con lo stesso ragazzo che lo aveva trascinato via da me, ben tre ore fa. Ha la camicia bagnata di sudore. Mi sento uno schifo quando gli dico che dobbiamo andare via, e anche peggio quando Mr Zigomo prende l'adorabile visino di Clayton, lo avvicina al suo e lo bacia per salutarlo. Ma poi gli scrive il numero di cellulare sulla mano, così mi sento molto meglio. Lo ribacia ancora, poi Clay mi prende per mano e ce ne andiamo.

Aspetto di essere all'esterno per dare al mio amico un cinque di congratulazioni e un abbraccio. «Accidenti, quello sì che è stato un bacio sexy, amico mio. Sono invidiosa.» Non è vero, non sono invidiosa. Sono felice da impazzire per lui.

Clayton cammina a tre metri da terra, sospeso in una nuvola di pura estasi. «È stata la serata più bella della mia vita.» È radioso.

Shelly annuisce. «Non credevo che ballare potesse essere così divertente.» Un istante dopo, gli occhi sono tornati cupi e la voce di nuovo acida. «Non ci provare a ripetere quello che ho detto, Kate. Ho una reputazione da mantenere.»

Faccio una croce sul petto. «Te lo prometto. Quello che succede allo Spectacle, resta allo Spectacle.» Guardo Clayton e indico Shelly. «Hai visto la ragazza là dentro?»

Scuote la testa e chiude gli occhi. «Mi dispiace, ero preso da altri pensieri.»

«È una magnifica regina delle danze.»

Clayton si illumina con il più adorabile dei suoi sorrisi. «Credevo che fossi io la regina delle danze.»

Shelly ride. Mi piace la sua risata. «Il titolo è tutto tuo, Clayton.»

Mi sento sfinita, ma ne è valsa la pena.

Martedì 6 settembre

Kate

È trascorsa quasi una settimana serena e perfettamente felice. Purtroppo, stasera torno a casa da una corsa sul tapis roulant della palestra del campus e ritrovo il nastro rosso legato alla maniglia della porta.

Clayton è sempre un perfetto ospite. Dopo la doccia, insiste perché io prenda in prestito un suo pigiama. Non mi sta nemmeno troppo largo. Adesso sono io a sentirmi come Hugh Hefner.

Mi ha persino comprato uno spazzolino e un dentifricio, e li ha infilati in una bustina di plastica, così che li possa mettere via dopo averli usati, e tenerli nel suo armadio.

Clayton è il migliore.

Mercoledì 7 settembre

Kate

Passo da Grounds insolitamente presto questa mattina. Mi sentivo irrequieta e non riuscivo a rimanere chiusa nel dormitorio, quindi ho deciso di uscire per una breve corsa. Com'era da aspettarsi, sono finita davanti alla mia fonte di dipendenza mattutina. L'aria è fredda e sono sudata per la corsa, così mi siedo su una panchina davanti a Grounds, con le braccia strette attorno a me. Ascolto musica classica dal mio iPod e leggo il giornale locale che ho trovato sul gradino davanti alla porta del bar. Lo tengo appoggiato sulle gambe, così posso continuare a tenere le mani dentro le maniche della felpa. Anche con una maglietta e una felpa addosso, sento freddo. Sono le sei meno un quarto, Grounds apre alle sei e io sono qui dalle cinque e mezza.

Sento un colpo sul vetro alle mie spalle. Keller si sta avvicinando alla porta. Quando la apre e la campana tuona, io la noto appena. È un progresso.

«Buongiorno, Katie.» Sembra stanco. Non si è rasato, e ha i capelli neri sparati in ogni direzione, come se fosse appena caduto dal letto. Forse sono un po' troppo lunghi, un bel taglio non gli starebbe male. E ha gli occhi ancora assonnati, ma il colore è sempre impressionante, anche sotto le palpebre semichiuse. L'azzurro si abbina perfettamente alla maglietta che ha indosso. A parte tutto, anzi forse proprio per questo, è davvero tanto bello.

Sorrido. Si è ricordato il mio nome. «Buongiorno, Keller.» Gli passo il giornale. «Tieni, gli ho dato un'occhiata; nessun grande scandalo a Grant da segnalare questa mattina, però da Sam's Meat Palace il macinato è in sconto, se ti interessa. Ah, e alla Nostra Signora di Eterna Luce organizzano una cena di beneficenza a base di spaghetti. Sabato prossimo, dalle cinque alle sette, per raccogliere fondi per il restauro della sala riunioni.»

Spunta un mezzo sorriso, ma si trasforma subito in una smorfia di dolore. Scuote piano la testa, come se anche il minimo movimento gli costasse molta fatica. «Troppe informazioni per le sei meno un quarto di mattina, Katie.»

«Il mondo non si ferma perché tu dormi... o devi smaltire la sbornia.»

Si infila il grembiule dietro il bancone. «Colpito e affondato. Però sono solo stanco, sono rimasto sveglio tutta la notte per studiare.» Mi fissa per un istante, e io mi accorgo che sto sorridendo come una stupida; non posso farne a meno. «Sei sempre così felice di mattina presto?»

«È un difetto genetico. Ma sono sveglia da qualche ora, non riuscivo a dormire.» Cerco di riposarmi di più ultimamente, però a volte proprio non riesco a rilassarmi, e il sonno passa. Non mi sono mai sentita così stanca.

«Allora oggi hai proprio bisogno di una grossa dose di caffè.»

Sento un brivido in tutto il corpo, e mi stringo nelle braccia. «Sì, grazie.»

«Hai freddo?»

Sto quasi saltando da un piede all'altro nel tentativo di scaldarmi. «Si congela là fuori.»

Aggrotta la fronte. «Katie, saranno diedi gradi là fuori. E tu lo chiami freddo? È mite. Aspetta fino all'inverno, quando andrà di molto sotto lo zero.»

Mi chiudo le orecchie con le mani. «Basta così. Farò finta di non aver sentito.»

Indica gli auricolari che pendono dal collo della felpa. «Cosa ascolti?»

«Mozart.»

«Musica classica? Davvero? Ma è noiosa.» Finge di mettere il broncio. Mi sta prendendo in giro, ma non in modo sgarbato.

«Noiosa, dici?» Non mi offendo. Molte persone della mia età sono della stessa idea. A volte mi sembra di essere ambasciatrice della musica classica.

«È tutta uguale.»

Ecco, un dibattito sulla musica di mattina presto. Sono pronta. «La tua è una generalizzazione banale. È come dire che il rock classico fa schifo perché non ti piacciono i Led Zeppelin, o che la new wave degli anni Ottanta è fenomenale perché ti piacciono i Cure, anche se non hai sentito nient'altro di entrambi i generi.»

Mi passa il bicchiere di caffè, che afferro grata, poi appoggia i gomiti al bancone, incrociando le sue lunghe dita sottili, e mi risponde: «Prima di tutto, nessuno direbbe mai che i Led Zeppelin fanno schifo.»

«Certo, sono d'accordo. Non era un gran esempio.» Appoggio i due dollari sul bancone.

«E i Cure erano mediocri» continua.

Non posso nemmeno fingere di contenermi. «Ehi, bello! Che stronzate, la tua è eresia vera e propria. I Cure sono mitici, eterni, una delle band migliori di sempre. Hanno fatto storia.»

Scuote la testa. «Non è vero.» Sorride. «Gli Smiths erano meglio.»

«Certo, onore e gloria a Morrissey, ma Robert Smith è... un dio!» dichiaro.

Keller alza le mani in segno di resa, continuando a sorridere. Mette i miei soldi nella cassa e mi passa il resto, che io infilo nel barattolo delle mance. «Voglio dire che dovresti concedere un'altra possibilità alla musica classica. Ha una cattiva reputazione, e certo, qualcosa può essere noioso, ma è anche bella e sexy. Prova con Debussy.»

«Sexy, dici?» Ritorna il suo mezzo sorriso. Me lo immagino a provare davanti allo specchio, consapevole dell'effetto che provoca nell'altro sesso.

Io ammicco. «Secondo me, rimarrai sorpreso.» Alzo il bicchiere di caffè come per un brindisi. «Grazie per la conversazione di mattina presto. Ti auguro una giornata stellare, Keller.»

Risponde al saluto. «Alla prossima, Katie. E grazie per avermi fatto sapere della carne macinata da Sam's.»

«Non ti dimenticare la cena a base di torte salate alla Nostra Signora di Eterna Gloria» gli rispondo senza voltarmi. A volte metto alla prova le persone, solo per vedere se mi ascoltano sul serio.

«Di Eterna Luce» mi corregge. Il tono della voce è contento. «Ed è a base di spaghetti» aggiunge, prima che la porta si chiuda alle mie spalle.

Anche io sono contenta. Ha passato l'esame a pieni voti.

Giovedì, 8 settembre

Kate

Sono le tre e mezza di pomeriggio e sto andando a Minneapolis. L'appuntamento è alle quattro, ma visto che l'ultima volta che ho guidato per questo tragitto Clay e Shelly hanno pregato Dio di uscirne vivi, ho deciso di partire un po' prima del solito e di limitarmi a centoventi chilometri orari. Una velocità di tutto rispetto, anche se mi sento anziana.

La scuola elementare che cerco dovrebbe essere a qualche isolato dall'appartamento di Maddie. Non ci metto molto a trovarla.

La scorsa settimana, mi è capitato di sentire una forte insoddisfazione che non riuscivo a calmare, allora sono andata dal counselor universitario e gli ho chiesto informazioni sulle opportunità di volontariato. Non sono scesa nei dettagli, perché non ho bisogno di essere psicoanalizzata. Inoltre, non voglio che nessuno mi dica cosa non va. Lo so già, è semplice. Mi manca Grace.

A ogni modo, Mr Counselor mi ha messo in contatto con una scuola elementare di Minneapolis che collabora con l'università di Grant. Si scopre che c'è un alunno di quinta, Gabriel, il cui insegnante di sostegno sarà assente per due settimane per un intervento chirurgico. Ecco dove mi inserisco io. Sono molto contenta, perché se devo essere sincera, ho davvero troppo tempo libero. Non ho problemi a stare al passo con le lezioni e il lavoro, e voglio qualcosa di più, che mi faccia sentire bene. Per me, qualcosa di più significa poter essere utile. Ma sono egoista, perché in questo modo so che, in definitiva, sono io a essere aiutata.

Mi presento all'ufficio della scuola, e poiché ho spedito per email tutta la documentazione pochi giorni fa, mi accompagnano subito alla mensa, dove organizzano il doposcuola. La segretaria mi presenta alla direttrice: si chiama Helen ed è gentile, ma mi tiene gli occhi fissi addosso mentre parliamo, come fosse una mamma orsa che cerca di proteggere i suoi cuccioli. «Gabriel è affetto dalla sindrome di Down. È un bambino dolcissimo... il novantanove percento delle volte. Capita che reagisca in modo violento.»

«Come succede a molti bambini. So di cosa parla.»

«Conosci bambini con la sindrome di Down?» chiede, poco convinta.

«Sì, mia sorella» rispondo. *Sono molto più esperta di quanto potrai mai diventare tu, bella.*

«Certo, capisco. Saprai dargli l'attenzione di cui ha bisogno e si merita?»

«È il motivo per cui sono qui.»

Lei annuisce in modo stizzoso. «Mi aspetto una relazione completa alla fine di ogni sessione, così che io possa passare le informazioni a sua madre. Se ti trovi in una situazione difficile, puoi rivolgerti a me.»

«Sì, certo. Dov'è Gabriel? Vorrei incontrarlo.»

Lei respira profondamente, poi si gira e chiama: «Gabriel.»

Una testa di capelli neri si volta dal tavolo più vicino al nostro. Helen gli fa cenno di avvicinarsi, lui si alza in modo goffo e rimane in piedi accanto al tavolo, come se stesse aspettando di avere il permesso.

La donna sorride in modo forzato. «Gabriel, vieni qui per favore. C'è qualcuno che vorrebbe conoscerti.» Parla con lentezza, come se lui fosse un animale spaventato.

Gabriel si avvicina, con lo sguardo abbassato. Prima che Helen possa aggiungere un'altra parola, mi inginocchio davanti a lui, così adesso è più alto di me. Gli porgo la mano. «Sono Kate, Gabriel. Vorrei diventare tua amica, posso?»

Lui non ricambia il gesto, ma quando solleva il viso per guardarmi, sta sorridendo. E il suo sorriso è semplicemente fantastico.

«Ciao, Bel Sorriso. Ti va di andare in biblioteca, così mi mostri i libri che tieni nello zaino?» Indico la cartella appoggiata per terra, accanto al tavolo cui era seduto. È nera, ricoperta di disegni di chitarre colorate.

Il suo sorriso si espande, e lui corre a prenderla. «Cammina, Gabriel» lo rimprovera Helen, severa.

Lui torna da me; è felice. Io sono ancora inginocchiata e gli sussurro: «Andiamo, Bel sorriso.»

A quel punto si china verso di me, mi prende la mano nelle sue e mi sussurra all'orecchio: «Voglio essere tuo amico.»

Con un groppo in gola che non mi fa respirare, mi alzo. Sorrido, perché per qualche secondo non riesco a parlare. Nei suoi occhi rivedo Grace.

Mentre attraversiamo il corridoio, prendo a dondolare le nostre braccia avanti e indietro. Rimaniamo in silenzio fino alla biblioteca.

«Bene, Bel Sorriso, questa è la tua scuola e io invece sono appena arrivata, quindi ho bisogno che tu mi dica dove ci dobbiamo sedere.»

Lui osserva la stanza e, dopo averci pensato su tutto serio, mi accompagna a un piccolo tavolo con due sedie, vicino alla finestra.

«Sono proprio felice che sia stato tu a scegliere, è perfetto. Se fosse stato per me, saremmo finiti laggiù.» Indico il tavolo all'angolo. «E ci saremmo persi il panorama.» Fuori, c'è una piccola aiuola ancora fiorita.

Il sorriso di Gabriel si espande. È orgoglioso di sé. Ho la sensazione che non riceva troppi complimenti.

Gli indico lo zaino. «Mi puoi mostrare cosa hai fatto a lezione di matematica, oggi, Bel Sorriso?»

Lui apre la cartella, perplesso. «Perché mi chiami Bel Sorriso?»

«Perché hai il più bel sorriso che io abbia mai visto.» Ed è vero. Illumina tutta la stanza.

Non è ancora convinto, ma non riesce a nascondere la contentezza. «Ma io mi chiamo Gabriel. Tutti mi chiamano Gabriel.»

Mi passa il libro di matematica, e io lo appoggio sul tavolo. «Allora diciamo che è un soprannome, un nome speciale che possono usare soltanto gli amici.» Gli piace l'idea, glielo leggo negli occhi. «Se non ti va Bel Sorriso, ti posso sempre chiamare Gabriel, perché anche Gabriel è un gran bel nome.»

Ci pensa su. «Bel Sorriso mi piace.»

«Anche a me.»

«Adesso tu hai bisogno di un soprannome.»

Io annuisco, per incoraggiarlo. «Certo. Come mi vuoi chiamare?»

Mentre pensa, piega la testa avanti e indietro, e stringe gli occhi. È concentrato sul mio viso e ne osserva ogni centimetro quadrato prima di gridare: «Brufoli!»

«Brufoli?»

Mi indica il naso. «Sì, Brufoli.»

Ci metto un secondo, poi capisco che sta parlando delle mie lentiggini. «È vero! Ho i brufoli sul naso.»

Annuisce contento.

«Sai Gabriel? Tra tutti i soprannomi che ho mai avuto, Brufoli è il mio preferito.» Ho il cuore che mi scoppia di gioia.

Bel Sorriso è decisamente quel qualcosa in più.

Venerdì 9 settembre

Kate

Shelly ha cercato di convincermi per tutta la settimana. Adesso è al telefono con me, e mi parla usando una specie di cantilena, che però assomiglia più a un ordine che a una richiesta. «Devi venire, Kate. È la festa di inizio anno; lo so che è una tradizione stupida, ma ci vanno tutti.»

«Shelly, perché ci devo venire anche io? Sono sicura che ci saranno tutti i tuoi amici.» La verità è che sono troppo stanca stasera.

Ci potrei giurare, sta facendo il muso. «Perché, *bella,* con te mi diverto di più.» Sa che a me piace quando anche lei dice 'bella'. Sta cercando di intortarmi per bene, da cima a fondo. E funziona. «Davvero, Kate, mi diverto molto di più quando ci sei anche tu. Mi fai uscire dalla mia zona sicura.»

«Invece ti dà fastidio.» È la verità.

«Lo so... ma mi piace anche.»

Questa piccola ammissione mi fa sentire meno stanca. «Se mi assicuri che ballerai con me stasera, allora ci vengo.»

Shelly fa un respiro di sollievo così profondo che sembra quasi un'esclamazione di dolore. «Ti prometto che ballerò.»

«Cosa? Parla più forte, non ti ho sentito.»

«Accidenti a te, Kate. Ti prometto che ballerò. Vuoi che esca di casa e lo urli al mondo intero? Saresti contenta?»

Credo stia sorridendo, anche se a denti stretti.

«Devo essere sincera? Mi renderesti la ragazza più felice di Grant. Mentre lo fai, puoi anche muovere il sedere per piacere? Così sarebbe perfetto.»

«Non chiedere troppo, Sedgwick.»

«Però non mi travesto. Ho sentito che è una festa mascherata, ma a me non va.»

«Nemmeno a me.»

Mi passa a prendere al dormitorio alle dieci, e due minuti dopo parcheggiamo davanti alla casa della confraternita. Sembra l'edificio di una città fantasma.

«Cosa succede? Dove sono tutti?» Shelly è arrabbiata. So che ha detto che era una tradizione stupida, invece credo che ci tenesse parecchio. Nota un ragazzo che esce dalla porta laterale, e si irrigidisce. È come una leonessa pronta ad assaltare la preda. «Rimani qui, vado a vedere cosa è successo.»

Lo raggiunge e comincia a fargli domande a raffica, come a me la prima volta che ci siamo incontrate. So quanto possa sembrare minacciosa quando non la si conosce (a volte anche quando la si conosce). Il ragazzo è curvo, come se volesse proteggere il suo punto più debole. Poi lei estrae il cellulare dalla tasca e compone un numero. Segue una breve conversazione in cui gesticola parecchio, e ritorna da me con le novità. «La polizia ha mandato tutti a casa venti minuti fa. Un idiota ubriaco vestito da Superman ha deciso di buttarsi da una finestra del secondo piano per una scommessa. Si è rotto il femore; era messo talmente male che hanno dovuto chiamare l'ambulanza, e così è arrivata anche la polizia. Il resto lo sai già.» Alza gli occhi al cielo, arrabbiata. Lei non tollera la stupidità. «Che scemo.»

«Mi dispiace, bella. A dire la verità, mi dispiace più per non aver visto un ragazzo saltare dalla finestra con addosso una tuta da Superman. Intendo dire, peccato che la festa sia stata interrotta, e che il tipo si sia fatto male, però sarebbe stato molto divertente.»

«Ridicolo, direi» mi corregge.

«Divertente, ridicolo... La differenza è molto sottile.» Voglio continuare a parlare, finché non riesco a farla ridere. «Stanno bene insieme, come se fossero entrambi membri della stessa famiglia, ma...»

Gli occhi cominciano a tradirla. «Basta, Kate.» Poi sento una risatina.

«Sul serio, un ventenne in calzamaglia che pensa di volare? E non ti sembra divertente? So di essere di basso livello e che mi basta poco per essere contenta, ma per me questo è davvero un buon materiale.»

Finalmente ride anche lei, tirando su con il naso. L'ho sentita tirare su con il naso solo una volta, nel locale di Minneapolis. È il suo massimo. Ogni volta che la sento ridere, provo una grande soddisfazione, perché so di poter suscitare in lei, sempre così seria, una felicità liberatoria. Me lo permette, e questo mi fa stare bene.

Sbatte con forza la mano sul volante. «Grazie, bella. Ne avevo bisogno. Adesso andiamo a berci qualcosa.»

«D'accordo. Però promettimi che ci penserai bene, prima di provare a sentirti un supereroe e fare un salto nel vuoto dal secondo piano.»

Parcheggiamo davanti al Three Petunias, per cui credo che andremo nel suo appartamento. Non c'è problema, posso tornare al dormitorio a piedi. Quando esce dalla macchina e attraversa la strada, rimango confusa. «Dove stiamo andando?»

«A incontrare il Fidanzato.» È buffo che lo chiami così. Mi sa che non ho mai sentito il suo vero nome, è sempre stato il Fidanzato. «Vediamo se lui e il suo coinquilino sono già ubriachi. Erano quasi arrivati a casa quando l'ho chiamato, pochi minuti fa.»

«Dove vivono?» Mi strofino le braccia, perché ho soltanto una maglietta e una felpa e stasera fa troppo freddo. Non avevo calcolato di camminare molto.

«In fondo alla strada, abitano nella stanza dietro Grounds.»

Il tragitto è breve, basta girare l'angolo. Per strada è parcheggiata una gigantesca vecchia Suburban. È arrugginita, tutta verde a parte lo sportello del lato del guidatore, che è rosso. Accanto alla macchina, l'entrata dell'appartamento del Fidanzato, o 'stanza', come l'ha chiamata lei.

Prova a girare la maniglia, ma è bloccata. Comincia a bussare.

Appare un ragazzo alto, con i capelli rossi e una barba folta, che spalanca la porta e poi ci si appoggia, come se non riuscisse a stare in piedi senza quel sostegno. Sorride a Shelly – lo stesso sorriso sdolcinato che ha lei quando mi parla di lui. Ma mentre il suo è appena accennato, quello del Fidanzato è molto evidente. «Tesoro, sei a casa!» Non ho mai sentito nessuno farfugliare una frase con tanto entusiasmo.

Lei lo bacia su una guancia ed entra. «Quando avete cominciato a bere?»

Lui riprende a balbettare. «Non mi ricordo. Alle tre, forse? Oggi è la festa di inizio anno!» È un ubriaco allegro, mi piace. Non riesco a stare vicino agli ubriachi arrabbiati, mi ricordano mia madre.

Sussulta quando dà un'occhiata dietro Shelly e scorge me, ferma all'entrata. Non voglio passare da maleducata e fiondarmi dentro o fare qualche movimento improvviso, perché credo che lui stia vedendo doppio, anzi triplo. Cerca disperato di concentrarsi soltanto su una mia persona.

Alzo la mano e saluto, piano. «Ciao, come stai? Tu devi essere il Fidanzato.»

Lui mi guarda con fatica, come se fossi un'apparizione sfocata e danzante. «Kate?» si rivolge con lentezza a Shelly. «Tesoro, lei è Kate? Quella di cui parli sempre? Alla fine ci sono riuscito a incontrarla di persona!»

Shelly alza gli occhi al cielo. «Taci, Duncan. Fai entrare la povera ragazza, che fuori si congela.»

Lui indietreggia, e con un gesto plateale mi invita nel suo appartamento.

«Grazie, bello.»

Lui fa una risatina, ed è buffissimo, perché un ragazzo così grosso e barbuto non dovrebbe fare una risatina. Eppure non c'è altro modo di descriverla. «Aspetta, io ti conosco, vero? Ma come faccio a conoscerti?»

Prima che io possa rifiutare o togliermi il cappuccio dalla testa, Shelly mi passa una birra. «Duncan, tu non la conosci. Dove l'avresti incontrata?»

Lo guardo di nuovo e all'improvviso anche a me lui è familiare. Ho già visto quella barba, ma in che occasione? Poi capisco. «Grounds. Ci siamo incontrati da Grounds prima dell'inizio dell'università. Cioè, una specie di incontro. Abbiamo parlato del tempo.»

Lui prova a schioccare le dita, ma non ci riesce e non sembra nemmeno farci caso. «Sì. Sì! Lo sapevo. Tu sei del club.» Si rivolge a Shelly: «Tesoro, lei è nel club.»

Sorrido e annuisco. «Sì, sono nel club.»

Shelly scuote la testa, ma lo guarda tenera, come fosse un cucciolo abbandonato. «Duncan, per favore, siediti prima di cadere. E basta alcol, sennò ti lascio.»

Lui si trascina fino a un piccolo divano e cade a sedere accanto a lei.

Mi guardo intorno e capisco perché Shelly non lo chiama appartamento. È semplicemente una stanza, un minuscolo spazio aperto con il soffitto molto alto. Tutto è piccolo, però comodo e accogliente. C'è un angolo cottura lungo il muro di mattoni in fondo, un divanetto con una sgangherata poltrona reclinabile nel mezzo, e due divisori ai lati della porta da cui sono entrata. Deduco che il letto di Duncan sia dietro uno dei due, e l'altro nasconda quello del suo compagno di stanza. In teoria, zero intimità. Io non ho particolare difficoltà ad andare d'accordo, ma l'unica volta che mi è capitato di condividere una stanza così piccola è stato con mia sorella, e l'intimità non era una priorità. Ci sono altre tre porte, tutte chiuse; una deve essere il bagno, un'altra forse è un armadio, e l'ultima sembra portare direttamente da Grounds.

Duncan si china goffo e appoggia una mano sulla poltrona accanto a lui. «Vieni a sederti, Kate. Non mordiamo mica; meglio che ti accomodi prima che il mio amico esca dalla doccia. Una ragazza alla casa della confraternita ha cercato di sedurlo, ma quando lui non ci è stato, lei gli ha tirato addosso un bicchiere di birra. Che cavolo, chi fa una roba simile? Aveva un odore disgustoso, si è dovuto lavare quando siamo arrivati a casa.» È un narratore molto istrionico e parla parecchio, molto più di Shelly.

Lei ride. «Sono sicura che ha iniziato lui. Sai quanto diventa fastidioso quando è ubriaco.»

«Ehi, lui è il mio amico. Perché lo devi trattare sempre male?» Si china verso di lei, praticamente cadendole addosso. È proprio bevuto.

«Sai come è fatto. Quando è sobrio, le ignora, poi quando beve si mette a flirtare solo per dare fastidio.» Shelly mi guarda. «Pensa sia divertente farle sperare, poi non le guarda più e loro si arrabbiano. A lui piace così, invece è un gioco crudele. Lui le provoca...» Si interrompe a metà frase perché la porta del bagno si è appena aperta. Sorride furba, sa di averlo fatto apposta.

Prima di voltarmi verso di lui, sento la sua voce. «Shel, lo sai che i muri qui sono di cartone. Credi che non ti abbia sentito? È successo solo una volta, per una scommessa che avevo fatto con il tuo ragazzo. Non c'è bisogno di esagerare.» Non è offeso, anzi sembra divertito. «Grazie per avermi sostenuto, Duncan.»

Shelly ride; noto che è molto più rilassata in presenza del fidanzato, e questo mi piace.

Poi lo vedo. Mi blocco, e la bottiglia di birra mi sfugge quasi dalle mani. Perché dal bagno, avvolto soltanto in un asciugamano annodato alla vita, è uscito Keller Banks. Il dio del caffè. Accidenti, quanto è gloriosamente divino. Sbatto le palpebre, mi sento mancare il respiro. *Respira, Kate, respira.* Lui ancora non mi ha notato.

«Banks, abbiamo un'ospite.» Duncan indica verso di me, ma non sortisce alcun effetto.

«Ciao, Keller.» Il tono sembrava normale, anche se avevo il cuore che mi batteva a mille.

La sua posa rilassata si irrigidisce, e sgrana gli occhi assonnati. «Katie? Cosa... Come... Cosa ci fai qui?» Balbetta in modo sconnesso. Non in modo scortese, è solo che non riesce a trovare le parole.

Da un certo punto di vista, questo mi lusinga, perché non sembra un tipo timido, soprattutto in presenza di una persona dell'altro sesso. Non dev'essere nemmeno troppo sicuro di sé;

il fatto è che i ragazzi così belli sembrano sapere istintivamente come parlare alle donne. Forse sta a me spiegare. «Sono uscita con Shelly questa sera, la festa è stata interrotta, credo perché Superman non sia riuscito a volare. Quindi eccoci qui.»

Shelly e Keller si fissano confusi e parlano all'unisono: «Come fai a conoscere Kate?» e «Sei amica di Katie?»

Mi rivolgo prima a Keller. «Lavoro con Shelly al Three Petunias. Ed è anche la mia compagna di ballo quando andiamo per locali.» Non riesco a essere seria, soprattutto quando vedo Shelly alzare gli occhi al cielo, furiosa. Che coincidenza. «E conosco Keller grazie a Grounds. Parliamo di musica e io lo aggiorno sulle notizie importanti della città.»

Keller scuote la testa. Credo che sia difficile pensare se si è persi tra i fumi dell'alcol. Forse non è così bevuto come Duncan, ma anche lui ha avuto la sua parte. Alza le mani, con le braccia allungate in avanti, come se volesse dirci di non parlare, ma ondeggia avanti e indietro. Sono sul punto di alzarmi per aiutarlo a non cadere. «Aspetta, scusa. Questa è proprio...»

«Credo che sia schizzato perché c'è una ragazza nel nostro appartamento» dice Duncan a Shelly nel sussurro più forte che abbia mai sentito. «Quando l'ha portata a casa?»

Shelly vuole chiarire, prima che la confusione aumenti. «Duncan, non è stato Keller a portarla a casa. Kate è arrivata con me. Ti ricordi?»

Duncan alza le spalle, poi appoggia la testa sulle gambe di Shelly.

Io faccio quei tre o quattro passi necessari per avvicinarmi a Keller. È ancora sorpreso, così gli porgo la mano. «Ti posso aiutare?»

Lo sguardo è inquieto, come se si dovesse adattare alla mia improvvisa vicinanza. «Katie.» È un respiro più che una parola. Mi fissa negli occhi. Cosa ci vede? Se non sapessi che è ubriaco, mi sentirei molto eccitata. Forse è davvero bevuto come Duncan.

Gli porgo di nuovo la mano. «Dài, bello.»

Keller allunga con lentezza la sua, poi si trattiene. «Sei qui, davvero?»

«Certo. Hai bevuto uno o due cocktail, stasera?»

Annuisce, con la bocca semiaperta, e alla fine mi prende la mano. La stretta è delicata, come se avesse il pieno controllo delle sue azioni, ma so che non è vero; pochi istanti, e incomincia a inclinarsi verso di me.

«Tieni stretto l'asciugamano, amico. Non vogliamo rischiare qualche incidente frontale.» Intendo dire, a me non dispiacerebbe, ma...

Dal divano arriva la risata di Duncan. «Che classe, Banks.»

Devo aiutarlo ad andare a letto, anche se l'idea smuove qualcosa dentro di me, qualcosa di profondo... un bisogno... No, è puro egoismo. *Basta! Niente sesso.*

Lo vorrei, tanto. Ma non cederò.

Non posso.

È un ragazzo carino, non potrei fargli una cosa simile. Niente legami.

Qualche cotta innocente a senso unico, condita con po' di erotismo? Sì, grazie, basta così.

Devo solo aiutarlo ad andare a letto, così che lui possa svenirci dentro e dormire finché non gli passa. Ecco cosa devo fare. Insieme, cominciamo a muoverci piano.

Shelly mi dice ad alta voce: «Il letto di Keller è a destra.»

«Grazie» sbuffo, perché a questo punto lui ha entrambe le braccia incollate alle mie spalle e mi sembra di trascinare un peso morto. Ma quanto pesa?

Dietro il divisorio, ci sono un letto matrimoniale e una piccola cassettiera; in un angolo, scorgo una chitarra acustica accanto a una bici. Poche cose, ma non c'è spazio per muoversi.

«Suoni la chitarra, Keller?»

«Sì» e non aggiunge altro.

È destino, devo avere un feeling particolare con i chitarristi.

Mi sporgo in avanti ai piedi del letto e lui ci cade dentro, tipo effetto domino, trascinando dietro anche me.

Adesso siamo sdraiati, una sull'altro. Sono sicura che è già addormentato. Potrei rimanere così tutta la notte, distesa sulla sua pelle calda, ma so che è sbagliato, sotto tanti punti di vista. Chiudo gli occhi e mi concedo cinque secondi di paradiso.

Respiro il fresco odore che emana, di sapone, di menta e di pulito. Appoggio le mani contro il suo petto, sento i muscoli in tensione, anche se mi sembra rilassato. Poi...

I cinque secondi sono passati. Apro gli occhi e sposto le mani sul letto, vicino alle sue spalle. Faccio forza, nel tentativo di districarmi dalle lunghe braccia che mi avvolgono, ma lui non si muove. Sto per chiamare Shelly perché venga in mio aiuto, quando sento la sua voce assonnata. «Rimani, Katie.»

Il mio cuore batte di nuovo all'impazzata. Alzo la testa e lo fisso negli occhi. È così vicino, e le sue labbra... scommetto che sono morbide. Sta per addormentarsi profondamente, quindi gli rispondo piano: «Devi riposarti, Keller. Chiudi gli occhi.»

Le sue palpebre sono pesanti, sta per cedere. «Ho ascoltato Debussy, non era noioso, anzi proprio... sexy.» Poi crolla, sfinito dall'alcol e dalla stanchezza.

Sorrido, mi sollevo e lo bacio con delicatezza sulla fronte. Devo evitare quelle labbra. «Buonanotte, dolcezza.» Questa volta, quando cerco di staccarmi da lui, le sue braccia non oppongono resistenza. Ha le gambe per metà fuori dal letto, ma l'asciugamano è ancora a posto. Gli infilo il cuscino sotto la testa e lo avvolgo nel piumone come un burrito, perché non prenda freddo. Il suo viso da bambino ha un'aria così innocente mentre dorme. Provo qualcosa dentro di me: non è solo il desiderio sessuale, ma un'attrazione diversa. Lo guardo, e mi si stringe il cuore. Con tutta me stessa vorrei rimanere qui a osservarlo mentre dorme, accarezzargli i capelli, toccare i lineamenti perfetti, stargli vicino. E basta. Non ho mai provato nulla del genere, ma non mi sento turbata. Al contrario, sento una calma profonda.

Basta. Devo andarmene subito.

Quando ritorno da Shelly, la trovo ancora seduta sul divano. Duncan sta russando, con la testa appoggiata sulle sue gambe. «Mi dispiace che la serata sia finita così, Kate. Non vorrai più uscire con me.» Ha un'aria molto rilassata.

Le sorrido. «Non è stata una brutta serata, solo che non è andata come avevi programmato. Certo che vorrò ancora uscire con te.» Guardo Duncan. «Il Fidanzato sembra proprio carino.»

Lei sorride, rattristata. «Lo è, soprattutto da sobrio. Mi dispiace che l'hai dovuto conoscere in questo stato. Non fa altro che lavorare e studiare; non esce quasi mai, e beve di rado. Posso contare sulle dita di una mano le volte in cui l'ho visto ridotto così, e stiamo insieme da un anno.»

L'amore che prova per lui affiora nella voce. Sono contenta per chi è capace di un sentimento simile, perché è raro. La gente non vuole trovare il tempo per scoprirlo e si arrende troppo presto. Oppure lo trova, ma non capisce quanto sia prezioso.

Shelly invece lo sa, e anche Duncan.

Lei riesce ad alzarsi, e dopo aver sistemato Duncan sul divano, lo copre con una coperta e lo bacia sulla guancia.

«Adesso, bella, torniamo da me, ti preparo due uova strapazzate e poi ti riporto a casa. Non voglio che giri a piedi da sola, di notte.»

Lei sa quanto io ami le uova strapazzate, ne abbiamo parlato la scorsa settimana. È uno dei cibi che mi fa stare subito meglio. «D'accordo, ci sto.»

Shelly spegne la luce, si avvicina alla porta poi si volta a guardarmi, con uno sguardo severo e preoccupato. «Ti prego, non ti innamorare di Keller. Ho notato come l'hai guardato. Non fraintendermi, è un bravo ragazzo, anzi forse uno dei miei migliori amici. Lui è il tipo di persona che vuole sapere tutto di te, e alla gente piace aprirsi con lui perché sa ascoltare e c'è sempre nel momento del bisogno.» Sospira. «Ma il rovescio della medaglia è che è estremamente riservato per quanto riguarda la sua vita. Non ci fa entrare nessuno, forse un po' Romero, ma soprattutto Duncan. Lui lo conosce da anni, ha persino vissuto a casa della famiglia di Keller a Chicago prima di arrivare a Grant. Per Duncan è come un fratello, e io sono contenta, ma... credo che ci siano troppi scheletri nel suo armadio. Per esempio, lavora come un matto ma non spende mai i soldi, a parte per tornare a Chicago in aereo ogni due fine settimana...»

«Chi c'è a Chicago?»

Shelly alza le spalle. «Lo sa solo Duncan, e non me lo vuole dire. Ho sempre pensato che fosse la fidanzata, perché qui non esce con nessuna. Ogni volta che glielo chiedo, non mi risponde. Di sicuro nasconde qualcosa. È il grande segreto di Keller.»

«I segreti non sono sempre negativi, Shelly. Ognuno ha il suo carico.» È come una confessione. Mi viene da chiudere la frase con un 'Amen'.

«Sì, lo so, ma Keller è pieno di ragazze che gli ronzano intorno. Non è disponibile, e allora cosa vogliono? Si mettono in fila perché lui spezzi a tutte il cuore. Perché, sai bene, ognuna è convinta di riuscire a farlo innamorare. A dire la verità, lui non inganna nessuna, quello che ho detto prima era solo una provocazione. Se non ha una ragazza a Chicago, non rimarrei sorpresa se fosse gay o vergine. Non che mi importi granché della vita sessuale di Keller; lui è mio amico, e anche tu lo sei. Voglio solo che le cose rimangano tali. La morale della storia è che, senza volerlo, Keller lascia alle spalle una lunga scia di cuori spezzati, quindi ti prego, cerca di salvaguardarti.»

«Io e Keller siamo amici, tutto qui. Non cerco altro.» Quando le parole si sono formate nella mia mente erano vere, ma non appena le sento uscire e rimangono sospese tra di noi, qualcosa cambia. Sanno di bugia. È tutta colpa di quel viso da bambino, dei suoi occhi azzurri, del suo corpo, del suo mezzo sorriso... e di quella voce così sexy.

Accidenti.

Meglio che io non possa coinvolgermi. Meglio non avere niente a che fare con chi mi può spezzare il cuore.

Quindi mi ripeto nella mente: Io e Keller siamo solo amici. Io e Keller siamo solo amici. Quando siamo nell'appartamento di Shelly, quasi ci credo. Quasi.

Sabato 10 settembre

Kate

Sento il cellulare che vibra in tasca. È Gus. In California sono le sette meno un quarto.

«*Bonjour*, Gustov» rispondo. Il mio accento francese è volutamente forzato.

«Ciao, Bright Side. Non ti ho svegliata, vero?» Sa che mi alzo sempre presto.

«No, qui è praticamente pomeriggio... Sto andando da Grounds per un caffè. Cos'è che ti rende così allegro tanto presto di sabato mattina?»

«Abbiamo un giorno di vacanza, per buona condotta. Vado a casa per il pranzo con la mamma, poi questo pomeriggio faccio surf con Mags e Stan.»

«Che bello. Di' a tutti che li saluto.»

«Vorrei tanto che tu fossi qui, bella. Questo è il primo giorno normale dopo un sacco di tempo, ma non sembra completo senza di te.» È sentimentale. So cosa prova.

«Bello, sei tu il fortunato. Oggi vivrò per procura, tramite te. Ricordatelo bene, devi fare ogni cosa per tutti e due.»

«Scatterò una foto del tramonto, se ti fa piacere, poi te la mando via mail?»

Sa sempre cosa dire. «Certo che mi fa piacere. Anche Gracie sarebbe contenta.»

Capisco che sta sorridendo dal tono della voce. «Passo a trovare Miss Grace prima di tornare a casa questa mattina. Ieri sera ho comprato un mazzo di tulipani gialli, e più tardi mi fermo a fare benzina e le compro una barretta di cioccolato. L'aria condizionata del furgone non funziona e non voglio che se si sciolga prima di arrivare, quindi aspetterò il più possibile.»

È sempre così premuroso. «Comprale un Twix. Sai che a lei piace tanto.»

«Bright Side, credo di averle comprato almeno tremila barrette di Twix in tutta la mia vita. So cosa preferisce.»

Sorrido, perché non è un'esagerazione, anzi.

C'è silenzio per alcuni secondi.

«Mi manca, Gus» sussurro.

«Lo so, Bright Side.»

Di nuovo il silenzio. Lui mi ci lascia immergere per un po', poi mi tira fuori. «Dimmi qualcosa di bello che è successo questa settimana e che ancora non so.»

Ci penso su un attimo. Gabriel. La mia voce si fa più serena. «Giovedì c'è stata la mia prima sessione di tirocinio in una scuola elementare di Minneapolis.»

«Benissimo!» Ecco che ritorna il suo solito, pazzo entusiasmo. «E come è andata? Hai un alunno o un'alunna?»

La sua vitalità è contagiosa, mi sento subito meglio. «È stato stupendo. È un alunno dell'ultimo anno delle elementari, si chiama Gabriel ma io l'ho soprannominato Bel Sorriso, perché ha il sorriso più bello del mondo.»

«Ci credo. Ha bisogno di sostegno?» Gus è il miglior ragazzo con cui conversare, perché è una delle poche persone che ascolta davvero quando parli. Lo si capisce, anche al telefono.

«Sindrome di Down, ed è un po' timido.»

Gus mi interrompe con una risata. «Ha trovato la persona perfetta per tirarlo fuori dal suo guscio. Tu sei la migliore cura per la timidezza, non è così?»

«Se devo dire la verità, penso proprio di potercela fare.»

Ride. «Adesso ti riconosco.»

«Lo staff dell'ufficio ha detto che ha problemi comportamentali, ma con me è stato un angelo. Secondo me, troppe persone trattano i bambini con bisogni speciali in modo diverso da tutti gli altri, e a volte questo li fa reagire in modo negativo. Sono bambini e basta, non vogliono altro che attenzione e gentilezza. Come tutti, del resto.»

«Ecco perché tu diventerai la miglior insegnante del mondo, e rivoluzionerai la professione.» Mi incoraggia sempre.

«Mi è piaciuto stare con lui ieri.»

«E scommetto che anche lui ha provato la stessa cosa. Ti ha ricordato Grace? È stata dura?»

«I suoi occhi me la ricordano. Sono pieni di fiducia e innocenza, sai. E li strizza quando sorride, proprio come Gracie. È bello stargli vicino.»

«Sono contento, te lo meriti.»

«A te come va, dio del rock?»

«Bene! Comincio a vedere la luce in fondo al tunnel. L'album esce martedì, ma oggi non ci voglio pensare, oggi voglio solo fare surf con gli amici e passare il tempo con mia madre.»

«Non c'è niente di meglio al mondo.»

«Ascoltami, Bright Side, sto per fermarmi a fare benzina e comprare la barretta di Twix per Grace. Ti posso chiamare più tardi stasera, quando torno a L.A., se non hai nessun impegno?» Forse pare a me, ma la sua voce sembra velata di tristezza.

«Nessun impegno. Sarò libera, a meno che non finisca nel letto di Clayton perché Sugar ha portato a casa un altro ragazzo. Chiamami pure.»

C'è un silenzio troppo prolungato, poi mi chiede: «Tu e Clayton dormite davvero appiccicati?»

«Tranquillo, bello, non sei stato rimpiazzato. Non c'è nessuno meglio di te.»

Ho passato centinaia di notti a casa di Audrey e di Gus in questi anni e ho sempre dormito con lui. Soprattutto nelle settimane in cui ho vissuto a casa loro, prima di trasferirmi in Minnesota. Non c'è stata una sera in cui ho dormito sola, in camera di Gus, o nella stanza degli ospiti, o sul divano. E fino all'ultimo è sempre stato platonico, anche se stavamo abbracciati. Non credo di essermi mai sentita così protetta come in quelle settimane. Non riuscivo a dormire se le sue braccia non erano attorno a me, e poiché Gus è un ragazzo grande e gentile, era come uno scudo che mi riparava dal mondo esterno. Sono grata che abbiamo condiviso momenti simili.

Sento il rumore dell'accendino, poi quella prima boccata così familiare. «Bene a sapersi.»

«Dovresti smettere.»

«Sì, lo so, dovrei.»

«Stai parlando sul serio?» chiedo speranzosa.

«No. Ti voglio bene, Bright Side.»

«Anche io ti voglio bene, Gus.»

«A presto.»

«A presto, ciao.»

La campana tuonante annuncia il mio arrivo da Grounds, che è deserto. Sono sicura che questa mattina Keller non c'è. Sarà ancora a letto, in stato comatoso. E invece eccolo, dietro il bancone con le mani alle orecchie, gli occhi chiusi e il viso contratto in una smorfia di dolore.

Apre gli occhi quando arrivo al bancone e la campanella smette di suonare.

«Scusami per il casino» gli sussurro. «Hai un aspetto sconvolto.» Intendiamoci, è sempre molto bello, ma è pallido e ha le occhiaie. Solo lui riesce ad avere mal di testa e rimanere sexy. Poi però mi ricordo: io e Keller siamo solo amici.

Si mette a ridere. «Credo di meritarmelo.»

Con questa breve conversazione, so che tra noi è tutto a posto. Siamo solo amici. Perché così si comportano gli amici. E va bene, anzi perfetto, perché gli amici sono i doni della vita. «Non so se ti meriti di stare così male, ma senza dubbio te la sei cercata.»

Lui scuote la testa e si sfrega gli occhi con le mani. «Prometto di non bere più.»

«Fino alla prossima volta?» Sorrido.

Lui ricambia. «Accidenti, è come se mi conoscessi già.»

«Be', ieri sera ci siamo ritrovati in una posizione leggermente compromettente, che di solito è il primo passo verso una conoscenza più approfondita.»

L'espressione del volto è di puro terrore. «Pensavo di ricordarmi quasi tutto quello che era successo. Tu sei finita nel mio letto, ma non... come posso dire...» e incomincia a mangiarsi le unghie.

Scuoto la testa e rido. «No... non è successo nulla.» Non che non mi sarebbe piaciuto.

«Sei sicura? Perché ora che ne parli, mi ricordo che tu eri sopra di me e io non avevo la maglia, perché ho sentito le tue mani fredde.» Arrossisce al ricordo. È così carino. Mi sembra poco probabile, ma forse davvero non ha mai avuto esperienza con le ragazze.

«Quando siamo arrivate, tu avevi appena finito la doccia. Ecco perché non avevi la maglietta. Visto che facevi fatica a stare in piedi e a camminare, ti ho aiutato ad andare a letto, tu ci sei caduto dentro, e per caso mi sono ribaltata anche io, su di te. Ma non è successo nulla, ti sei addormentato appena hai posato la testa sul cuscino.»

«Tipico» mormora. Torna a fissarmi, ma a fatica, come se si fosse subito pentito del rapido movimento, poi il suo volto si distende. «Questa mattina il caffè lo offro io.»

«Non c'è bisogno, Keller. Ascoltami, davvero non è successo niente. Sei stato un perfetto gentiluomo. Praticamente nudo, forse, ma pur sempre un gentiluomo.»

Le guance arrossiscono. «Sono uno scemo, scusami.»

Non posso fare a meno di ridere di nuovo perché Keller in versione imbarazzata è ancora più bello. «Dài, non sei uno scemo. Sto scherzando, non ti devi preoccupare di nulla.» Per rassicurarlo, aggiungo: «Sul serio.»

Apre la bocca, poi la chiude; forse ha cambiato idea su quello che voleva dirmi. Inclina la testa e mi sorride. «Katie, possiamo ricominciare da capo? Forse potremmo uscire una volta, da amici?»

I legami d'amore sono pericolosi, ma l'amicizia è necessaria. «Certo» gli rispondo, e gli porgo la mano. «Piacere, mi chiamo Kate Sedgwick.»

Sorride. «Keller Banks.»

Appoggio due dollari sul bancone e scrivo veloce il numero di cellulare su un tovagliolino. Lui li prende entrambi, mettendo i soldi in cassa e l'altro in tasca.

Dopo aver inserito il resto nel barattolo delle mance, ricambio il sorriso. «Ti auguro un giorno grandioso, Keller. Spero che ti sentirai meglio.»

«Già mi ci sento. Grazie, Katie, anche a te una buona giornata.»

Mi volto e gli ammicco. «Lo sarà di sicuro!»

Domenica 11 settembre

Kate

Provo a chiamare Maddie.
Non risponde.
Lascio un messaggio.
Non mi richiama.
Sì, è ancora arrabbiata.

Più tardi, sento vibrare il cellulare nella tasca. È un messaggio di Gus. 'Skype alle 8:30?'

Gli rispondo subito. 'Perfetto.'

Quando il suo viso appare sullo schermo, non è solo e un coro di «Ciao, Kate!» esplode dagli altoparlanti del computer. A parte Gus, che ovviamente dice: «Ciao, Bright Side!» Ci sono tutti i quattro membri dei Rook.

«Ehi, ciao, belli. Come state? Non è mica il mio compleanno oggi, perché tutta questa allegria?»

«Bright Side, ecco a te *Rook*, l'album d'esordio della band omonima.» Avvicina la custodia di un cd, perché io possa vedere la copertina.

Sono improvvisamente sopraffatta dall'emozione. Cerco di parlare, ma la mia voce è ancora più bassa di un sospiro. «Oh. Mio. Dio. Gus, allora è tutto vero!» Poi urlo: «Ma è vero! Aprilo, voglio vederlo!»

Lui lo apre. Il cd brilla, ha su scritto ROOK in nero, e c'è anche un corvo, il loro simbolo.

Una risata isterica comincia a nascermi in gola, ma cerco di trattenerla. Non mi ricordo l'ultima volta che mi sono sentita così contenta. «Oddio, quanto vorrei essere lì con voi, per darvi l'abbraccio più grande del mondo. Congratulazioni!»

«Volevamo che fossi tu la prima a vederlo, e anche ringraziarti, a nome di tutta la band, per il tuo contributo. Sai già che *Missing You* è mitica, grazie al tuo eccezionale talento. Perché sai essere mitica come nessun altro.»

«Non prendermi in giro, Gus. Quando potrò sentire la canzone?»

Lui sorride. «Ti ho già inviato una copia con la posta prioritaria, probabilmente arriverà domani. Mi dispiace che non l'ho potuto fare prima, ma ancora non si può scaricare.»

«Non c'è problema. Grazie, bello, non vedo l'ora di ascoltarlo. Avete reso la mia giornata speciale.»

Gus sembra un po' agitato. «C'è un altro motivo per cui volevamo parlarti stasera. Abbiamo una sorpresa per te.» Si volta a guardare i compagni.

«Cosa?» Credo sarà qualcosa che non mi renderà felice.

Gus non continua, allora prende la parola Franco, il batterista: «Dài, diglielo.»

«Bright Side, prometti di non arrabbiarti?»

I miei sospetti vengono confermati. «Dipende.»

Franco si avvicina allo schermo e alza gli occhi al cielo, in segno di esasperazione. «Kate, gli hai tagliato le palle e le hai portate con te in Minnesota?»

Gus spinge via l'amico. «Fanculo, bello.»

Sento il cuore battere sempre più veloce e lo stomaco chiudersi. «Dimmi tutto, per favore.»

Gus sospira. «Vogliamo che tu ascolti la versione finale di *Killing the Sun*.» Preme Play sul lettore cd che ha in mano e lo avvicina al microfono del suo portatile. «Forse l'audio non sarà perfetto, ma almeno ti fai un'idea.»

«Da dove hai tirato fuori un lettore cd? Non sarai mica diventato un hipster rétro? Non è che tra poco apparirà anche uno stereo a cassette o uno stereo8?» Adoro prenderlo in giro. E a lui piace. Ecco perché siamo migliori amici da sempre.

«Zitta e ascolta.»

Il familiare assolo di chitarra inizia, e comincia a crescere quando la voce di Gus si inserisce, soffice e graffiante come sempre. Verso la fine della prima strofa, batteria, basso e seconda chitarra si uniscono a lui e danno il via a un crescendo che sfocia nel refrain, come un inno. Adoro questa canzone. Ho la pelle d'oca ogni volta che l'ascolto. Però adesso mi accorgo che non è la voce di Gus che sto ascoltando... ma la mia. Sono scioccata, troppo scioccata per parlare. Il resto della canzone scivola su di me come in un sogno, poi torna il refrain e sono di nuovo io a cantare.

Scuoto la testa quando è finita. «Mmm, Gus, spero che sia uno scherzo, perché non dovrei essere io a cantare il refrain di *Killing the Sun*. Quello è compito tuo.»

Gus sposta il lettore cd e indietreggia, spingendo Jamie, il bassista, davanti allo schermo. «Bright Side, per favore non uccidermi, ma è così che doveva essere. Ho capito quanto la canzone potesse essere più bella quando te l'ho sentita cantare quella sera allo studio di registrazione. L'ho fatta ascoltare ai ragazzi e abbiamo deciso tutti insieme. La tua voce era proprio quello che mancava per renderla perfetta.»

«Gus, io non sono una cantante.»

Jamie si intromette: «Cosa stai dicendo? Ho sempre saputo che sapevi cantare, ma dopo che ti ho sentito credo che potrei anche innamorarmi di te. Kate, vuoi sposarmi? Avremo bambini bellissimi e molto dotati...»

Gus lo spinge indietro per un braccio e torna davanti allo schermo. «Adesso basta. Jamie ha ragione, hai una voce stupenda, una voce che viene dall'anima.» Si guarda intorno, verso i suoi compagni.

Stanno tutti facendo di sì con la testa, tranne Franco, che non sembra essere dello stesso parere. «Personalmente, credo che avrebbe potuto fare di meglio.» Sorride e ammicca. Mi provoca sempre, ma chiaramente questa volta il suo bersaglio è Gus.

Che infatti esclama: «Che cazzo dici?» Poi continua: «Bright Side, ti volevamo condividere con il mondo.»

Mi viene in mente una cosa. «Non dovevate chiedermi il permesso?»

Sorride. «Te lo abbiamo chiesto. Ti ricordi i documenti che hai firmato quando sei venuta con noi allo studio?»

Capisco. «Forse avrei dovuto leggerli, vero?»

«Per favore, non ti arrabbiare. Non abbiamo inserito il tuo nome tra i credits per entrambe le canzoni, perché hai insistito tanto per *Missing You*. Compari solo tra gli 'Amici', come volevi tu, anche se penso che sia una cazzata. Bright Side, quello che sei riuscita a creare, suonando e cantando con noi... forse è stato il regalo più grande che mi hai fatto, ed è dire tanto, perché mi sei sempre stata vicino. Quindi grazie, dal profondo del cuore.»

Vabbè, se la mette così mi arrendo. «Prego. E non sono arrabbiata.»

Gus batte le mani. «Così ti riconosco.»

«Adesso siete tutti in debito con me. E di parecchio.»

Sento la voce di Franco: «Kate, vuoi che ricambi in natura? Perché con tutte queste allusioni, la questione sta diventando imbarazzante...»

Scoppio a ridere. «Ti piacerebbe, Franco, ma non voglio che ti sdebiti in questo modo. Piuttosto, mi potreste procurare un pass per il backstage e un biglietto in prima fila a uno dei concerti.»

Gus ride. «Bright Side, avrai un biglietto per ogni concerto che desideri, e anche il biglietto aereo per raggiungerci!»

Sorrido. «Un concerto mi basta.»

«Adesso è meglio se andiamo. Per festeggiare, MFDM ci ha invitato a cena in un locale costoso, e ci dobbiamo cambiare perché secondo lui non ci fanno entrare in pantaloncini.» Guarda diritto nella telecamera. «Vorremmo che fossi qui con noi.»

Tutti i membri della band mi salutano, io ricambio con un cenno della mano. «Ciao a tutti. E congratulazioni!»

Gus si avvicina allo schermo e mi sussurra: «Grazie, dal profondo del mio cuore. Ti voglio bene, Bright Side.»

«Anche io ti voglio bene, Gus.»
«Buonanotte.»
«Buonanotte.»

Lunedì 12 settembre

Kate

Il pacchetto di Gus mi aspettava al tavolo d'ingresso del dormitorio. L'ho recuperato in pausa pranzo. Ho scaricato subito il cd nell'iTunes e nel mio iPod, ed è tutto il pomeriggio che lo ascolto. Mi fa venire la pelle d'oca, mi trasporta lontano, in un posto quasi perfetto, dove tutto è buono e funziona e non ci sono brutte notizie. Il posto dove vorrei trovarmi oggi, perché per quanto mi sforzi di non pensarci e di non permettere che la vita mi trascini giù, a volte non ci riesco. Ma non voglio cedere, perché la vita è un dono. Diciamo che ascoltare questa musica... è come se Gus mi avesse lanciato un salvagente. Che mi fa sentire meglio.

Martedì 13 settembre

Kate

Mando un messaggio a Gus mentre sto andando da Grounds: 'Buongiorno di uscita dell'album! Sono tanto, tanto, tanto orgogliosa di te, dio del rock! Ti voglio bene!'

Più tardi nel pomeriggio, il cellulare vibra nella mia tasca mentre sto andando al Three Petunias per il mio turno di tre ore. È Gus.

«Oddio, sto parlando con il dio del rock!»

Ride. «Come ti pare, Bright Side. Ti ho disturbato? Non sei ancora al lavoro, vero?» È buffo che, tra tutte le cose che gli stanno succedendo in questi giorni pazzeschi, lui si ricordi dei miei impegni.

«No, sto andando ora. Ho circa dieci minuti. Dimmi tutto.»

«Questa mattina abbiamo aggiunto alcune date al tour, e ho grandi notizie.» È superagitato, e contagia anche me. «Suoneremo nell'auditorium di Grant il giorno dopo il tuo compleanno.»

Mi blocco. Forse non ho capito bene. «Ehi, bello... hai detto Grant? Grant in Minnesota?»

«Esatto.»

«Ma è stupendo!» Adesso incomincio a saltellare. La gente mi fissa, ma non mi interessa. I Rook saranno qui tra poche settimane!

«Sì!» esclama. Sono sicura che anche lui stia saltando, all'altro capo del telefono. «Basta che mi fai sapere di quanti biglietti hai bisogno, e ti garantisco che riceverai i pass VIP per te e i tuoi amici.»

«Ma è... è... stupendo.» Li conto a mente: Keller, Shelly, Duncan, Clayton, Pete. E Maddie, anche se non mi parla, ma è sempre meglio includerla. Forse dovrei aggiungerne uno in più in ogni caso, se Clayton e Pete avranno qualcuno con cui venire. «Otto biglietti compresa me. Sono troppi?» All'improvviso mi sento egoista e mi rispondo da sola. «Sono troppi.»

Gus si mette a ridere. «Non c'è problema. Voglio incontrare tutti i tuoi amici. In un certo senso, mi sembra già di conoscerli.»

«Giuro che se dirai qualcosa di imbarazzante davanti a loro, ti uccido.»

«Non mi dire che il Minnesota ti ha fatto sparire il senso dell'umorismo? Sai che non posso farci niente.»

Ha ragione, proprio non è capace. Probabilmente mi imbarazzerà, ma a me non dispiace, perché in fondo è un suo modo per dimostrare affetto. «Non riesco ancora a crederci che tra poco ci rivedremo, e non attraverso lo schermo di un computer. Sono così contenta, ti mostrerò dove vivo e l'università.» Per un istante, mi perdo nei pensieri. Non avrei mai creduto che un giorno tutto questo si sarebbe avverato.

«Bright Side, non vedo l'ora. Ti devo chiedere un favore. Pensi che, cioè... che potresti suonare il violino in *Missing You*, o cantare con noi *Killing the Sun*?»

Mi dispiace dirgli di no, ma sa che sta chiedendo troppo. «Bello, proprio non posso.»

Sospira, come se finora avesse trattenuto il fiato. «Mi immaginavo. D'accordo.» È deluso.

«Gus, io voglio solo venire al concerto e ascoltarvi, come ai vecchi tempi. Vedrai che sarai fantastico. E poi... non voglio rubarti la scena.» Ma nessuno potrebbe rubare la scena a Gus. Quando è sul palco, non si nota nessun altro, perché lui cattura tutta l'attenzione. E non lo fa nemmeno apposta, gli viene naturale.

«Mi potresti rubare la scena ogni volta che vuoi.»

Rido.

«Mi sa che non ci rimane più tanto tempo per parlare.»

«Sì, devo andare al lavoro, è meglio che ti lasci. Grazie per la bella notizia e congratulazioni per l'uscita dell'album. Ancora non mi sembra vero, sono così contenta per te. Lo sai, vero?»

«Lo so. Ti voglio bene, Bright Side.»

«Anche io, Gus.»

«Ciao.»

«Ciao.»

Mercoledì 14 settembre

Kate

Gus mi scrive un messaggio: 'Skype? Adesso?'

Io sono appena uscita dalla doccia e ho mezz'ora libera prima di andare al lavoro. Sugar è a lezione, quindi ho tutta la stanza per me. Accendo il portatile e gli rispondo: 'Sì, sì e ancora sì.'

Quando riesco a connettermi con lui, sul mio schermo appare una sedia vuota. «Gus, dove sei?»

Sento la sua voce forte e chiara. «Sono qui, Bright Side, ciao. Voglio la tua opinione su una cosa.»

«Va bene, ma non ti vedo.»

«Sono dietro il computer. Voglio che tu sia onesta, quindi per piacere non ridere, d'accordo?»

«Certo.»

Vedo i pantaloncini blu e verdi, i preferiti di Gus, passare davanti allo schermo. Poi lui si abbassa e si siede.

Mi sento mancare il fiato per la sorpresa. «Merda, Gustov Hawthorne!» I capelli lisci, lunghi fino quasi alla vita, sono spariti. Adesso gli arrivano appena alle spalle e sembrano ondulati, come i miei, ma arruffati, da perfetta rockstar.

«Ti spiego: la casa discografica ha chiamato un parrucchiere. Ci ha detto che non possiamo più andare in giro come un branco di surfisti disperati. E basta anche con i pantaloncini e le infradito, credo.»

Non so cosa dire. Sembra un'altra persona.

Si morde le labbra, nervoso. «Fanno così schifo, Bright Side? Sii sincera, sembro uno scemo?»

Scuoto la testa. «Bello, non so come altro dirlo: sei sexy da impazzire.»

A giudicare dallo sguardo stupito sul suo viso, non è quello che si aspettava. «Davvero? Pensavo che i miei capelli lunghi ti piacessero.»

«Certo, ma non ti vedo con i capelli così corti da quando eravamo bambini. E sei sexy da paura. Dovrai difenderti dagli assalti delle ragazze, lo sai?» Ha sempre avuto donne di tutte le età che si gettavano ai suoi piedi. Ma adesso, con quel taglio di capelli, il numero potrebbe aumentare di parecchio.

«Credi?» La sua bellezza lo mette un po' a disagio.

Ne sono convinta, dico tra me.

Giovedì 15 settembre

Kate

Mentre sto per salire in macchina dopo il mio ultimo turno con Gabriel, noto un messaggio sul mio cellulare. È di Clay. 'PASSA DA ME QUANDO TORNI IN DORMITORIO!'

Gli rispondo: 'NON GRIDARE! Ci vediamo tra dieci minuti :)'

Il cellulare cinguetta di nuovo. 'RISPETTA I LIMITI. FACCIAMO CHE CI VEDIAMO TRA VENTI MINUTI.'

Rido perché sa che sono a Minneapolis.

Clay mi ha fatto sentire in colpa, così adesso vado più lenta, ma non troppo. Arrivo al campus quindici minuti dopo.

Non mi dà nemmeno il tempo di bussare che spalanca subito la porta.

«Ciao, bello, cos'è tutta questa urgenza?» Mi viene da ridere, perché ha l'aria di uno cui è successo qualcosa, ma niente di preoccupante; direi più un 'oddio non so cosa fare'.

Mi afferra le spalle e mi trascina in camera, poi chiude veloce la porta. Pete è seduto sul suo letto immerso nella lettura di un libro, ma mi saluta con il suo solito «Ciao, Kate».

«Ciao, Pete, tutto bene?» gli dico, poi torno a concentrarmi sul piccolo uomo molto agitato davanti a me.

È così ansioso che i suoi occhi sfrecciano avanti e indietro, come se non sapesse dove posare lo sguardo. «Katherine, ho bisogno di te» mi dice, molto serio.

C'è soltanto un modo per stemperare il dramma... Guardo il suo compagno di stanza. «Ehi, Pete, ti ricordi quando ti ho detto che Clay era un osso duro? Credo che finalmente stia per cedere alle mie avance. Puoi concederci pochi minuti da soli? Mezz'ora al massimo.»

Le guance gli diventano di un rosso intenso, ma alla fine sorride. Oddio, lo sto corrompendo.

Clayton sospira, come se non avesse tempo per scherzare. «Katherine, è una faccenda seria.»

Aggrotto la fronte, stupita. «Merda. Allora dimmi tutto.»

«Katherine, ho bisogno che tu venga con me allo Spectacle, stasera.»

«Tutto qui? Mi era sembrato di capire che fosse qualcosa di serio, tipo pagare la cauzione di un tuo amico in carcere. Non vuoi nemmeno uno dei miei reni?»

Lui sbuffa. Io rido, poi però smetto perché so che significa molto per lui. «Ma è giovedì, bello. Non possiamo entrare, non ho una carta d'identità falsa.»

Comincia a mangiarsi le unghie. «E se ti dicessi che conosco qualcuno che ci lascerebbe passare?»

«Allora certo che sì!» Lo squadro sospettosa perché ho capito che non mi sta dicendo tutto. «Chi conosci, Clayton?»

Lui alza le spalle, ma le guance arrossate lo tradiscono.

Mi siedo sul suo letto, a gambe incrociate. «D'accordo, Clayton. Cos'altro mi devi dire? Perché a giudicare dal colore del tuo volto, lui deve essere molto importante per te.»

«Come l'hai capito?»

«Bello, sei diventato rosso come un peperone. Deve trattarsi per forza di un ragazzo.»

Anche Pete si mette a ridere.

«D'accordo, va bene, hai presente quel ragazzo sexy con cui ho ballato la sera dello Spectacle?»

«Come potrei dimenticarmi di Mr Zigomo? O di quel bacio bollente?

Alza gli occhi al cielo. «Si chiama Morris. Alla fine l'altra sera ho trovato il coraggio di chiamarlo...»

«Bravo, Clayton!» lo interrompo.

Il rossore si fa più intenso e lui si schiarisce la gola. «Morris è il manager dello Spectacle e mi ha telefonato oggi. Vuole che lo incontri là stasera.»

Guardo Pete, che sta tentando di concentrarsi sul libro e rimanere fuori dalla conversazione. «Hai sentito, Pete? Il nostro ragazzo è cresciuto. Ma non so se mi sento pronta a lasciarlo uscire con il fidanzato. E tu che ne dici? Gli hai parlato, come dire... dei fiori e delle api, e delle malattie sessualmente trasmissibili? Forse dovremmo fargli vedere come si usa il preservativo... Ci pensi tu?»

Pete scuote la testa e sorride di nuovo.

Clayton batte un piede sul pavimento, spazientito. È così carino quando lo fa. «Katherine, devi venire con me.» Mi alzo dal letto e lo abbraccio. Non posso più punzecchiarlo. «Sono con te, bello.» Lo bacio sulla guancia. «Sono con te. A che ora?»

«Possiamo partire alle otto? Dobbiamo arrivare prima dell'apertura, così Morris ci può far entrare.»

«Ogni tuo desiderio è un ordine» gli dico, prima di andarmene.

Clayton si presenta alla mia porta alle otto meno un quarto, per provare a velocizzare i miei preparativi. Sa che sono una ritardataria cronica. Ho chiamato Shelly, ma stasera lei esce con il Fidanzato, per cui credo che starò da sola.

Come promesso, Morris ci aspetta davanti alla porta sul retro del locale, il che rende tutto più losco. Certo, la cosa è già illegale di per sé, ma quando andavo a ballare con Gus a San Diego ci facevano sempre passare per l'entrata principale. Ho come la sensazione che tra un po' mi richiederanno anche la parola d'ordine o un codice segreto.

Morris ha proprio i lineamenti marcati come mi ricordavo. Viene da Manchester, Inghilterra, e il suo accento è fantastico: educato, corretto, e così intrigante. Potrei rimanere ad ascoltarlo per tutta la sera, per il modo in cui non pronuncia la prima e l'ultima lettera di certe parole, o intere sillabe, come se non fossero importanti. All'improvviso ti trovi d'accordo con lui, e ti chiedi perché per esempio ci diamo tanto da fare a pronunciare certe lettere, quando il suo accento è tanto più sexy... Non c'è da meravigliarsi che Clayton sia in stato confusionale. Dopo aver parlato con Morris per alcuni minuti, perché il mio amico sembra rimasto senza parole, lo trovo davvero carino, affascinante accento a parte. Mi rassicura, in un certo senso. Ma non dimentico il motivo per cui sono venuta qui stasera: assicurarmi che Morris non si approfitti dell'innocente Clayton.

Per essere più sicura, lo spedisco al bar a comprare due Coca-Cola. Non appena è a distanza di sicurezza, mi rivolgo a Morris: «Morris, bello, voglio andare subito al sodo. Sembri davvero carino e credo che tu mi piaci, quindi non fraintendermi.» Lo guardo dritto negli occhi. «Non fare cazzate con Clayton. Lui è un ragazzo speciale, dolce, e tu gli piaci parecchio. So che ancora non vi frequentate, ma non fargli perdere la testa se non vuoi una relazione seria. Clayton non ha mai avuto un ragazzo, ricordatelo bene. Il suo cuore è rimasto da solo per diciotto anni, quindi se te lo offrirà, non considerarlo un giocattolo nuovo, da buttare quando non ti va più di giocare. E non prendertene più di quello che ti spetta, se non hai intenzione di offrirgli il tuo. Per favore... non finire a letto con lui se vuoi solo una botta e via, mi hai capito?»

Morris sgrana gli occhi. «Kate, tu sei una che va diritta al punto.»

Continuo a fissarlo. Voglio una risposta, e lui lo sa.

«Clayton mi piace. Desidero conoscerlo meglio. Tu credi che l'abbia invitato stasera perché mi voglio approfittare di lui, ma non è così. L'ho pensato ogni minuto da quando ci siamo incontrati. Credevo...» Si ferma e mi guarda imbarazzato. «Credevo che non mi avrebbe mai chiamato. E invece l'ha fatto.»

Sorrido. Morris mi sembra sincero. Però devo fargli un'altra domanda. «Quanti anni hai?»

«Ventuno.»

«E sei il manager di un locale?» Strizzo gli occhi. Il cuore del mio amico è ancora a rischio.

«Mio zio è il proprietario. Vive a Londra e mi ha chiesto di aiutarlo, dato che ho appena finito l'università. Sono qui soltanto da un mese, e non ho nemmeno trovato un appartamento.» Poi abbassa la voce fino a sussurrare: «Sta arrivando. Non gli farò del male, te lo prometto.»

«Grazie.»

Poiché Morris in teoria sta lavorando, Clayton passa gran parte del tempo con me; quando invece si libera e lo porta via, scopro che i compagni di ballo non mancano, e sono fantastici.

Rimaniamo fino all'ora di chiusura. Per tutto il tragitto di ritorno, godo di felicità riflessa: Clayton è talmente immerso nell'amore o nel desiderio che non si lamenta nemmeno di come guido.

Torniamo in dormitorio, e notiamo il familiare nastro rosso sulla maniglia della mia porta. Clayton, come sempre, è molto premuroso.

«Bello, mi fa strano dormire con te, adesso che sei impegnato.»

«Katherine, silenzio. Sei sempre la benvenuta nel mio letto. Andiamo a dormire» mi dice, con ancora una luce speciale negli occhi.

Venerdì 16 settembre

Kate

Sento il suono d'avviso di un nuovo messaggio proprio mentre sto entrando al Three Petunias. Oggi non sono di turno, ma Shelly mi ha chiesto di passare. Mi ha scaricato un cd e vuole che io gli dia un'occhiata. Pesco il cellulare dalla tasca mentre aspetto che lei finisca una conversazione al telefono. È Maddie. 'Mi puoi prestare $ 500? Devo pagare l'affitto entro domani.'

Rimango molto sorpresa per il messaggio, e Shelly se ne accorge. Appena chiude il telefono, mi chiede: «Cosa c'è che non va, Kate?»

«Niente. Ho appena ricevuto un messaggio da mia zia. È un po' che non la sento.»

«La zia che vive a Minneapolis?»

«Sì, era arrabbiata con me. Sono due settimane che cerco di contattarla.»

«Ancora arrabbiata?»

Alzo le spalle. «Non lo so. Dice che ha bisogno di soldi.»

È scioccata. «E li viene a chiedere a te? Quanti anni ha?»

Sto ancora riflettendo sul messaggio. «Ventisette.»

«Non vorrai mica prestarglieli, vero?»

Sospiro, ma ho deciso. «Forse sì. Ha parecchi problemi in questo periodo. Dice che ne ha bisogno, non verrebbe a chiedermeli se non fosse disperata.»

Shelly mi fissa. Al posto del suo viso, rivedo Audrey, materna e preoccupata. «Non so, Kate. Tu lavori tanto per guadagnarti i tuoi soldi. E ne hai bisogno.»

Indico il computer sul bancone. «Posso usarlo un secondo?»

«Certo» mi risponde, ancora con quell'aria materna.

Cerco l'indirizzo di Rosenstein & Barclay, l'ufficio di avvocati per cui lavora Maddie, e lo appunto su un pezzo di carta, insieme alle indicazioni per arrivarci. Ho un po' di tempo libero questo pomeriggio, e lei ha detto che l'affitto deve essere pagato domani. Quindi ho deciso, le porterò i soldi adesso. Però che strano, perché deve pagare l'affitto a metà mese?

L'edificio dove lavora Maddie è proprio in centro a Minneapolis, quindi trovo un parcheggio, lo pago, entro e prendo l'ascensore fino al terzo piano. Quando si aprono le porte, mi ritrovo direttamente all'entrata di Rosenstein & Barclay. Il pavimento è di marmo tirato a lucido, molto a lucido. Davanti alle porte di vetro alte fino al soffitto, e che segnano l'ingresso allo studio legale, c'è un tavolo con sopra un enorme mazzo di fiori freschi. In infradito, jeans e maglietta con la scritta VIRGINIA IS FOR LOVERS mi sento seminuda, e all'improvviso mi pento di non aver chiamato prima. Voglio dire, gli avvocati sono sempre superoccupati, no? Probabilmente Maddie sarà nel mezzo di una riunione importante, o forse addirittura in tribunale. Chi può saperlo? Mi sento una cretina. Prendo un respiro profondo, apro una delle pesanti porte e la solita campanella squilla, annunciando il mio arrivo.

Una donna alla reception alza lo sguardo e mi saluta: «Buon pomeriggio.» È cortese e vestita con un completo nero che le sta d'incanto. Ha un'aria troppo professionale per stare dietro questa scrivania.

Mi schiarisco la gola. «Buon pomeriggio. Mi scusi, cerco Maddie Spiegelman. Mi può dire se è occupata?»

La donna sorride. «Certo, dovrebbe tornare da un minuto all'altro.» La donna si copre la bocca con la mano e abbassa la voce, per non farsi sentire: «È corsa un secondo in bagno. Prendo io le sue chiamate, finché non ritorna.»

Mi sento confusa. «Prende lei le sue chiamate? Intende dire che Maddie è la segretaria?»

La donna annuisce, ma sembra stupita della mia domanda.

«Mi dispiace, Maddie è mia zia. Io non... non sapevo che lavoro facesse.»

Annuisce. «Be', eccola che arriva.»

Mi volto, e il viso di Maddie è pietrificato. Mi ha vista. Si avvicina e mi dice con voce bassa, cattiva: «Kate, cosa ci fai qui?»

In mano ho l'assegno, già firmato, con cui lei può ritirare i soldi dal mio piccolo gruzzolo che tengo da parte per i casi di emergenza. «Il tuo messaggio sembrava urgente. Volevo essere sicura che lo potessi avere entro oggi, visto che il tuo affitto deve essere pagato domani.»

«Avresti dovuto chiamare, Kate. Un po' di educazione, per favore» mi rimprovera.

«Scusami, bella. Se i soldi non ti servono più, non farò la fatica di...»

Lei mi interrompe, strappandomi l'assegno di mano. «No, questo lo prendo. Ho avuto un sacco di spese non previste di recente... tu non puoi capire.»

«Davvero?» 'Allora non mi conosci' vorrei dirle. 'Già-sperimentato-tutto-grazie' è il mio soprannome.

Sono leggermente irritata, ma anche un po' preoccupata per lei. «Perché non hai mai risposto ai miei messaggi? Volevo solo sapere come stai.»

Respira in modo profondo e abbassa la voce. «Sto bene, non c'è niente da aggiungere.»

Anche io parlo piano: «Perché mi hai mentito sul tuo lavoro?» Non voglio essere meschina, sto solo facendo una domanda. Una domanda cui lei, da adulta, dovrebbe rispondere.

O forse no... Continua a fissarmi come se l'avessi insultata. «Devi andartene subito. Devo lavorare. Forse tu non sai nemmeno cosa significhi, visto che sei la figlia di Janice Sedgwick. Scommetto che hai avuto una vita davvero dura, passata a divertirti sulla spiaggia e a spendere tutti i soldi di mammina.»

Rimango sbigottita. «Accidenti... quindi è così che la pensi...» Non riesco nemmeno a finire la frase; sono scioccata, e ho le guance che mi bruciano di rabbia. Mi volto verso la porta; ormai l'adrenalina scorre impetuosa nelle mie vene. Appena oltrepasso la soglia, mi giro e la fisso negli occhi. «Sono molto contenta che tu riesca a pagare l'affitto questo mese, Maddie. Prego, non c'è di che.» E lascio che la porta si chiuda, sbattendo dietro di me.

Sabato 17 settembre

Kate

Un messaggio da Maddie: 'Devi avvisare prima di venire. È maleducazione non farlo.'

Maddie ha un modo davvero strano di scusarsi. Le rispondo 'Certo, hai ragione', perché non posso aggiungere altro. Non ne vale la pena.

Non mi aspetto una risposta e sono già pronta a considerarla una faccenda conclusa, ma poi lei continua. 'Possiamo parlare?'

Mi sono già intenerita, non so tenere il muso. O forse sono solo una rammollita. In entrambi i casi, non ci metto molto a perdonare. 'Chiamami' le rispondo.

Maddie richiama immediatamente e mi rovescia addosso un mare di problemi, molto superficiali. Non vuole andare al fondo, al cuore della questione: la bulimia. Parliamo di soldi, invece. Ma diciamocelo: se tutti i soldi del mondo si rompessero in piccoli pezzi e venissero spazzati via, lei vivrebbe bene uguale. Se invece non guarisce dalla bulimia, muore. Però capisco che non è ancora pronta a parlarne, per cui non la forzo. Almeno adesso stiamo comunicando.

Dice che mi ha mentito sul lavoro perché pensava che l'avrei giudicata male se avessi saputo che era una segretaria e non un avvocato. Come se mi interessasse. Potrebbe anche fare la spazzina, per quanto mi riguarda. La gente si dà troppo da fare per i titoli e le etichette. Poi mi dice che è immersa nei debiti fino al collo, che la sua compagna di appartamento si è trasferita all'improvviso a luglio, e lei non è riuscita a trovare un nuovo inquilino che la rimpiazzasse e pagasse la metà dell'affitto. È in ritardo di due mesi e l'hanno già minacciata di sfratto. Ecco perché mi ha chiamata, non sapeva cos'altro fare. Mi dispiace per lei, ma per me la tenacia con cui certe persone rimangono attaccate a uno stile di vita che non si possono più permettere è sconcertante. Io sono passata da una casa fronte mare a un garage, da dividere con mia sorella. E in fondo, preferivo di gran lunga il garage. Credo che Maddie non ce la farebbe mai; le confido qualcosa, ma le risparmio i dettagli, il dolore. È sempre stata una lotta, ed è solo questo che ha bisogno di sapere. Non cerco compassione. A volte capita che se la gente riesce a mettersi nei tuoi panni, è come se tu le dessi un consiglio, indirettamente. Perché a nessuno piace che gli si dica cosa deve fare, ci vuole arrivare da solo. La sessione di autoanalisi sta per finire; all'improvviso mi torna in mente la conversazione di ieri sera con Morris. Ho un'idea. «Ti scoccerebbe condividere l'appartamento con un uomo?»

La sua voce si ravviva. «No, soprattutto se è attraente e libero.»

«Attraente sì, libero non proprio.»

«I migliori sono già tutti occupati.»

«E poi è omosessuale. Ti fa sentire meglio?»

«Non proprio.» Ride e per la prima volta da quando l'ho incontrata, mi sembra di conoscere la vera Maddie. Mi parla in tono sincero, stanco, come se la vita fosse davvero troppo e per un momento non si stesse preoccupando di cosa pensano gli altri.

«Mi dispiace. Però ha un viso meraviglioso, che non mi dispiacerebbe stare a guardare tutto il giorno.»

«Ti prendo in parola.» Ride di nuovo; le dona.

«Lo contatto entro oggi e gli dico di telefonarti. Si chiama Morris.»

«D'accordo.»

«Bene. Spero che funzioni.»

Mando un messaggio a Clay, chiedo il numero di Morris, poi lo chiamo. Un'ora dopo, Maddie e Morris si incontrano e alle cinque e mezza lui ha già liberato la stanza d'albergo e si è trasferito da lei.

Mi piace quando qualcosa funziona.

Domenica 18 settembre

Kate

«Mmh, Sugar, hai forse bisogno d'aiuto?»

Entro in camera e trovo la mia compagna di stanza a frugare tra le mie cose nell'armadio. L'ho colta di sorpresa, e scatta al suono della mia voce. Si sente in colpa, mi ricorda Grace quando la scoprivo a rubare biscotti prima di cena. Forse non mi ha sentito arrivare... o non si aspettava che ritornassi così presto.

«No... io... non trovo una delle mie camicie e pensavo che forse... forse è finita tra la tua roba sul pavimento, e magari senza volerlo l'hai infilata nel tuo cassetto.»

Sta mentendo. Ha le guance della sfumatura di rosso che indica colpevolezza, non ci si può sbagliare. La faccenda non mi piace, ma la voglio chiudere qui, perché mentre si stava giustificando senza che l'avessi accusata, io sentivo solo la voce di Gracie quando diceva: «Non li volevo mangiare, Kate.» Passo davanti a lei e appendo la borsa alla mia sedia. A quel punto noto due mie camicie sul suo letto. Sono strasicura di non averle appoggiate lì, ma fingo di non averle viste. «Come è fatta la tua camicia, bella? Forse posso aiutarti a trovarla.»

Lei si passa la lingua sulle labbra, poi lo sguardo guizza verso il suo letto, e le mie camicie. Sa che è stata colta in fallo, ma riesce comunque a rispondermi seccata: «Non ti preoccupare, forse sarà in lavanderia.»

Mi chiedo se si rende conto di quanto è bugiarda.

Vado verso la porta. «Se lo dici tu. La natura chiama, devo correre in bagno.» Poi indico le mie camicie sul suo letto. «Un'ultima cosa: se ne vuoi prendere in prestito una, devi soltanto chiedere. Però ricordati, ci sono molto affezionata e mi piace sempre sapere dove sono.» Chiudo la porta, senza nemmeno voltarmi.

In corridoio, urto contro Peter, anche lui appena uscito dalla sua camera. «Ciao, Peter, scusami.»

«Ciao, Kate. Nessun problema, nemmeno io ti avevo vista.»

«Dove stai andando, *mon frère*?»

«Alla mensa. Stavo aspettando Clayton, ma mi ha appena mandato un messaggio. Cena con Morris a Minneapolis.»

La notizia mi rende felice. Da quando siamo andati allo Spectacle, Clayton è uscito con Morris ogni sera. È al settimo cielo. «Bene così. So di non essere come lui, Pete, ma se non ti dispiace aspettare due secondi, vado in bagno e poi possiamo cenare insieme.»

Peter sorride, in quel tipico modo nervoso che significa: a) è sollevato che non debba mangiare da solo, e b) è contento di non dover chiedere a qualcuno di accompagnarlo, in modo che non sia solo. «Per me va bene. Ti aspetto fuori.»

Inizio subito a correre verso il bagno. «Arrivo tra due minuti.»

La cena è una nostra routine, anche se ormai io e Pete ci stiamo abituando a mangiare senza Clayton. Mi manca, ma non mi dispiace passare un po' di tempo da sola con Pete.

All'inizio ero io a condurre la conversazione, visto che lui è timido e silenzioso. Ma non mi pesava, perché è un ragazzo gentile, e ho sempre apprezzato la sua compagnia. Poi ho scoperto che si interessa molto di politica nazionale e internazionale e di cronaca. Anche se a volte abbiamo idee diverse, perché lui tende più a destra e io a sinistra, siamo entrambi abbastanza aperti da ascoltare le opinioni altrui. Non sono tutti così, a me piace l'apertura mentale. Poi, l'intelligenza di Pete è un dono. Se devo essere sincera, sono rimasta un po' male quando si è stupito che io potessi discutere con lui di politica estera o di crisi economica in Europa, ma sono abituata alle persone che mi considerano soltanto una bionda svampita. Ammetto che a volte fingo di esserlo, perché mi diverte. Se poi qualcuno ti considera importante, si prenderà tutto il tempo necessario per scoprire che non sei affatto svampita. E Pete ha fatto proprio così.

Stiamo parlando della situazione in Congo, quando noto che i suoi occhi continuano a spostarsi verso la mia sinistra. Mi volto fingendo di cercare qualcosa nella tasca della felpa appesa allo schienale della sedia. La mensa è quasi vuota, a parte una ragazza seduta da sola alle mie spalle. La incontro qui ogni giorno; si siede e si immerge nella lettura di qualche libro. È minuta e ha i capelli castani sempre tirati all'indietro in una crocchia disordinata. Tiene gli occhiali sulla punta del naso, un po' come quelli degli anziani, però i suoi sono grandi e rotondi. Anche oggi è totalmente presa dal suo libro. La mensa potrebbe crollare e io sono convinta che non se ne accorgerebbe. Ammiro chi riesce a concentrarsi così intensamente. Leggere è una fuga dal mondo esterno; tutti ne hanno bisogno, per mantenersi sani.

Mi giro e torno a mangiare i piselli nel mio piatto, spingendo le carote ai bordi, perché sono disgustose: quelle cotte hanno lo stesso sapore del cibo per bambini mescolato con il fango. È la prima volta che mi capita di veder servire piselli e carote insieme. Che brutto abbinamento. Pensavo che fosse un'invenzione di *Forrest Gump* – 'eravamo come i piselli e le carote' – ma adesso credo di no. Mi piacevano Forrest e Jenny; adesso, mentre separo le carote dai piselli, mi dico che forse non erano fatti l'uno per l'altra, dopotutto. Oppure erano più come piselli e burro, o piselli e cipolle... tutto tranne le carote. Indico con la forchetta dietro di me. «Dimmi un po', Pete, conosci quella ragazza là?»

Le sue guance si infiammano. Scuote la testa.

Sono contenta, perché sono sicura che la stava osservando. «Sta sempre seduta da sola; forse la dovremmo invitare a unirsi a noi.»

Il rossore diventa più profondo, ma a parte questo non c'è alcun movimento. Rimane in silenzio.

Mi chino verso di lui e sussurro: « È molto carina, Pete. Ha l'aria semplice e sexy da bibliotecaria.»

Sorride leggermente e si tradisce, ma evita di guardarmi negli occhi e fissa il purè di patate davanti a lui così intensamente, come se si aspettasse di sentirlo parlare da un momento all'altro.

Abbasso la voce, sperando di non imbarazzarlo: «Bello, dovresti chiederle di uscire.»

Lui mi guarda terrorizzato e scuote di nuovo la testa.

Io continuo: «Pete, l'hai guardata per tutto il tempo che siamo stati seduti qui. Non dirmi che non sei interessato.»

«Non saprei cosa dirle» mi confida. Sembra bloccato, forse è sfiduciato, oppure tutte e due le cose insieme.

«Che ne dici di: 'Ciao, mi chiamo Peter Longstreet. Ti dispiace se mi siedo qui con te?' Poi avvii una normale conversazione.»

«E se invece non accadesse? Se lei mi ignorasse, o... o... o mi dicesse di smammare?» Lo riconosco: quello nella sua voce è panico puro.

Sorrido. «Bello, credo che nessuno dica più 'smammare'. Puoi stare tranquillo.»

Il suo viso si illumina. «Hai capito cosa intendo.»

Appoggio la mia mano sulla sua, per impedirgli di continuare a battere con il cucchiaio sul tavolo. «Pete, bello, tu sei straordinario e lei sembra una ragazza molto carina. Cos'hai da perdere? Dovresti andare da lei e parlarle. Ascolta, io ho finito di mangiare e devo incominciare una ricerca, per cui torno in dormitorio.»

«Non dovresti girare da sola» mi dice. Lui e Clayton sono sempre preoccupati per me se giro di sera per il campus. Mi hanno comprato due confezioni di spray al peperoncino: una da attaccare al mio portachiavi, e l'altra da tenere in borsa.

«Andrà tutto bene, stai tranquillo. Quando mi alzo, prenditi alcuni minuti per trovare il coraggio, ma promettimi che ti fermi e le parli prima di uscire, d'accordo?»

Ha l'aria di uno sul punto di svenire o di vomitare; annuisce e sembra deciso, anche se terrorizzato. «D'accordo.»

Mi infilo la felpa e prendo i piatti. «Sei perfetto, Pete. Questo è il tuo nuovo mantra: 'Io sono perfetto.' In bocca al lupo.»

Sospira. «Grazie, Kate.»

Riporto a posto i piatti sporchi, saluto Hector con un «Hola», e mentre sto uscendo, noto che anche Pete si è alzato. So che ho a disposizione circa quarantacinque secondi: vado dritta verso il tavolo della ragazza. Lei non alza lo sguardo dal libro, neanche quando sono a meno di venti centimetri da lei. Sto invadendo il suo spazio e mi dispiace, ma non ho tempo da perdere. Mi schiarisco la gola. Niente. Allora mi inginocchio e comincio a parlare. «Scusami» le dico, e i suoi occhi guizzano verso di me. «Ciao, mi chiamo Kate. Scusami se ti interrompo, ma tra circa trenta secondi il mio amico Peter si fermerà qui per parlare con te. È molto agitato, però ricordati che è un tipo carino, davvero molto carino. Per favore, ascoltalo.» Lei si acciglia, ma annuisce. «Grazie.» Esco velocemente senza voltarmi.

Pete bussa alla mia porta circa quindici minuti dopo. Ha un sorriso così radioso che gli sono spuntate per la prima volta le fossette sulle guance. Incomincia subito a parlare a raffica. *A raffica*, lui che di solito è così riservato e ponderato anche quando fa battute! Questa è già una novità. «Si chiama Evelyn, è una matricola, studia storia americana. Le piace leggere i classici, ma adora le biografie e anche i romanzi di fantascienza.» È così contento di sé stesso.

«Fantastico.»

«È stato facile parlare con lei.»

Gli do una pacca sulle spalle. «Grandioso. Vedi? Ti ama già. Hai il suo numero?»

Adesso mi risponde un po' esitante: «Pensavo che sarebbe stato troppo chiederglielo la prima volta. Cosa ne dici, sarebbe stato troppo?»

«No, se te la sentivi e lei ti piace, non sarebbe stato troppo.» Il suo candore è adorabile.

Distoglie gli occhi dai miei e stringe le labbra. È arrabbiato con sé stesso. «Maledizione.»

«Non ti preoccupare. Vuol dire che la prossima volta che la incontri, avrai qualcosa di cui parlare.»

Adesso il sorriso con le fossette ricompare di nuovo. «Ci vediamo domani sera alle sette, alla mensa. Ceniamo insieme.»

Io batto le mani. «Ben fatto, Pete, questo è praticamente un appuntamento.»

«Grazie, Kate.» Abbassa gli occhi, poi incrocia di nuovo il mio sguardo. «Per il tuo incoraggiamento. Avrei passato tutto il semestre a fissarla e basta se non ci fossi stata tu.»

Non mi aspetto di essere ringraziata, però non prendo mai alla leggera un 'grazie', soprattutto quando è sincero come il suo. «Sarebbe stato pazzesco, non credi? Comunque, prego, non c'è di che.»

Mi saluta e si volta per aprire la porta della sua camera.

«Pete?»

«Sì?»

«Quello che ho detto prima è la verità. Sei un ragazzo straordinario, ed Evelyn è fortunata. Buonanotte.»

Mi sorride, timido. «Buonanotte.»

Mi sento come se avessi visto per la prima volta sbocciare in lui la gioia e la fiducia in sé stesso. Un bell'abbinamento.

Lunedì 19 settembre

Kate

«Come stai, bella?»

«Ciao, Gus. Tutto a posto. E tu, *mon ami*?» È bello sentire la sua voce finalmente. In questi ultimi giorni abbiamo comunicato via messaggi, lui ha avuto centomila impegni. Ma non è la stessa cosa, io preferisco di gran lunga ascoltare la sua voce. Mi radica alla realtà, e in me stessa.

«Non ne posso più, non vedo l'ora di uscirne fuori.»

Gus non è proprio il tipo di persona che apprezza tutte le varie fasi di un processo. È sempre stato coccolato da sua madre, e ha avuto una vita facile. Non che non si faccia un mazzo così, ma per lui è stata facile. Preferirebbe evitare le cose spiacevoli, anche se sono necessarie per raggiungere un risultato importante, e ottenere subito quello che desidera. Forse siamo tutti uguali; non è questione di essere egoisti, ma di semplice natura umana. A volte dobbiamo ricordarci invece che tutto è importante, il buono come il cattivo. Quindi gli dico: «Lo so, bello, ma bisogna organizzare tutto per bene, non credi?»

Sospira, non sembra il Gus di sempre. «Non credi che dovrebbe essere qualcun altro a organizzare tutto? E anche a occuparsi del marketing? Voglio dire, la compagnia discografica e il nostro agente e manager vengono pagati valanghe di soldi per questo, no?» Si sta arrabbiando sul serio. «Noi dobbiamo suonare e basta; non dovremmo preoccuparci di nient'altro. E poi sono un branco di pazzi, Bright Side. È impossibile andare d'accordo, cambiano sempre tutto e dicono tante cazzate. Per esempio, oggi abbiamo dovuto passare un'ora ad ascoltare un tipo che ci ha spiegato come funzionano le interviste, cosa bisogna dire e cosa no. Invece, guarda un po', io credo che bisogna essere onesti e parlare della propria musica quando qualcuno ti rivolge delle domande!»

«Accidenti, Gus. Vacci piano. Loro stanno solo cercando di proteggere la tua immagine. Sei in un posto dove puoi fumare?» La sua ansia è aumentata in modo esponenziale in quest'ultimo mese. Non mi piace vederlo così stressato. Adoro i compagni della band, ma so che è lui a portare sulle spalle il carico più grosso, e da solo; loro... non lo fanno e basta.

«Sì» risponde brusco.

«Forse...»

Vengo interrotta dal rumore di un accendino e dalla solita lunga boccata. «Ti ho preceduta, Bright Side. Non aggiungere nulla.»

So che non dovrei perché sta davvero da schifo, ma so anche che non è colpa mia, per cui non la prendo sul personale. «Ma dovresti, come dire... smettere.»

«Basta.» La sua risposta è piccata e risolutiva. Mi siedo e aspetto che finisca la sigaretta, poi arrivano le scuse. «Mi dispiace. Non volevo sfogarmi con te.»

«Ho una domanda da farti. Come ti saresti sentito se MFDM fosse arrivato nello studio con le sue canzoni e ti avesse obbligato a registrarle, al posto di quelle dei Rook?»

«Lo avrei mandato affanculo.»

«Giusto. Loro hanno ovviamente bisogno di te, e che tu partecipi alla registrazione della musica, perché in definitiva è la *tua* musica.»

«Certo.»

«Ma è sempre stata comunque una collaborazione, no? MFDM si è dato molto da fare, giusto?»

«Sì.»

«Ecco, quindi il passo successivo è preparare voi per l'uscita dell'album dei Rook, più tutto il tour, che serve a lanciare l'album.»

«Dove vuoi andare a parare?» Il tono è impaziente e curioso allo stesso tempo.

«Be', se in un certo senso ti devi fidare di loro, che sono gli esperti, per l'uscita dell'album e il tour, questo non ti esenta dal fare la tua parte. Se non ti dai una mossa e partecipi in prima persona a ogni passo di questo processo, ti tornerà indietro come un boomerang. E allora non avrai nessuno cui dare la colpa, se non a te stesso. Forse è il caso che inizi a pararti il culo, bello.»

Lui sbuffa e io so che è d'accordo con me, anche se fa fatica ad ammetterlo. «Ma fa schifo. Gli incontri sono un mucchio di cazzate senza senso. Mi metto seduto ad ascoltare, e dopo cinque minuti mi chiedo come hanno fatto a trasformarsi tutti in Charlie Brown adulti. È solo un *bla, bla, bla*. E non ne posso più di tutte queste foto. A cosa servono?»

Cerco di stemperare con un po' di ironia. «Forse sei così bello che non riescono a trattenersi.» È ora di riportare Gus alla realtà. «Ascolta, Gus, sono dalla tua parte, lo sai. Ma, *stai parlando sul serio, bello?* In questo momento fai una cosa per cui la gente venderebbe l'anima. Hai appena registrato un album di tue canzoni. Le canzoni di Gustov Hawthorne. In più, aggiungi che è il migliore album che mi sia capitato di ascoltare da parecchio tempo. Esce tra poche settimane, e stai per partire per *un tour nazionale*. Vivrai da rockstar ogni giorno, nei prossimi tre mesi. E in cambio, cosa ti chiedono loro? Di avere un ruolo attivo nella promozione della band, dell'album e del tour, perché abbia più successo possibile. Gus, ti devo forse ricordare che stiamo parlando della *tua* band, del *tuo* album e del *tuo* tour? Non ti devi sacrificare, né dimenticarti chi sei, ma è nel tuo interesse curare attivamente ogni aspetto. Non fare il cazzone, datti da fare e basta. È il tuo lavoro.»

Gus sospira e so che sono riuscita a farmi capire. «Hai ragione, lo so. Piagnucolo come un bambino del cazzo.»

Sorrido. «Arriveranno le belle cose, te lo prometto. Prima che tu te ne accorga, suonerai in una città diversa a sera e la tua più grande preoccupazione sarà quella di decidere se vuoi uscire con la bruna sexy della prima fila che ti ha mostrato le tette, o con le due gemelle bionde che hai incontrato nel backstage dopo il concerto. O forse con tutte e tre contemporaneamente.» Il pensiero mi fa rivoltare lo stomaco, ma so che sto parlando la lingua di Gus: le donne.

«Adesso però basta parlare di me. Come è stata la cena stasera?»

Cerco di imitare un accento sofisticato: «Deliziosa, caro. Purè ai formaggi, fave e insalata. Ho cenato in compagnia di Clayton, Pete e della sua fidanzata, Evelyn.»

«Aspetta un attimo, hai detto Pete? Il Pete con i pantaloni da spogliarellista ha una ragazza? Da quando? Devo aver perso qualche puntata.» Gus segue la mia vita come fosse una telenovela. È buffo vedere quanto sia interessato ai miei amici, soprattutto con tutto quello che gli sta capitando nella vita. O forse è proprio per tutto quello che gli sta capitando nella vita. Per lui è una specie di fuga, come i reality alla televisione.

Adesso torno a parlare in modo normale, sennò mi costa troppa fatica. «Ieri sera. Pete l'ha notata, lei era seduta a un angolo della mensa, ed è stato amore a prima vista. Sono orgogliosa di lui. Pensa che non ha mai avuto una ragazza, era spaventato a morte, però le ha parlato e si sono subito piaciuti. Hanno già programmato di cenare insieme e studiare in biblioteca tutte le sere questa settimana. È bellissimo vedere quanto sono impacciati, quando sono vicini. Ce la stanno mettendo tutta. Io mi sento come se avessi guadagnato di nuovo fiducia nell'umanità.»

«La fiducia nell'umanità non ti è mai mancata, Bright Side. Ma sono contento per lui. Com'è lei?»

Il suo interesse è sincero.

«Gli assomiglia molto, a dirla tutta...»

Mi interrompe: «Quindi anche lei pratica sadomaso e ha i pantaloni di pelle?»

Rido. «No.» Poi scoppio a ridere ancora più forte. «No... cioè... non voglio nemmeno pensarci.»

Ride anche Gus. Dopo qualche secondo, mi chiede: «E di te, cosa mi racconti?»

«Non pratico sadomaso e non ho i pantaloni di pelle.» Faccio finta di non capire. «Il mio sedere è troppo piatto, non mi starebbero bene, anzi, sarebbe uno spettacolo pietoso.»

Ride di nuovo, ma non è naturale. «Non voglio nemmeno parlare dei pantaloni di pelle.» Poi aggiunge piano: «Ma non c'è niente che non va con il tuo sedere. Niente.»

Per tornare alla domanda originaria: «Cosa vuoi sapere di me?»

«Adesso che Clayton ha il fidanzato e Pete la fidanzata, mi stavo chiedendo se... come dire... se hai incontrato qualcuno?» Sembra nervoso; gli capita di rado, soprattutto con me. Sa che mi può chiedere tutto.

«Non voglio un ragazzo, Gus, lo sai.»

«Come fa la ragazza più ottimista del mondo a non credere nell'amore? Sei una contraddizione vivente. Sono sicuro che i ragazzi rimangono colpiti da te di continuo, proprio come succedeva qua.»

Mi schiarisco la gola. «A dire la verità, no. Nessuno mi ha chiesto di uscire da quando sono arrivata.»

Ride. «Lo sai che non è perché non vogliano, ma perché li intimidisci, bella. Bisogna avere le palle per flirtare con te, a maggior ragione per chiederti di uscire. Tu li spaventi, i ragazzi: capiscono subito che sarà un rifiuto, e sanno di non avere nessuna chance.»

«L'unico ragazzo che ha flirtato un po' con me è Keller, il tipo che lavora al caffè che frequento. Ma è stato solo un gioco innocente.»

«Sei attratta da lui?» Sembra esitante.

«Non lo so, sì, di sicuro è molto bello. Però in questo momento non sono alla ricerca di qualcuno per fare sesso.»

«E se lo fossi?» Comincia a essere insistente.

«Ma non lo sono. Inoltre, forse ha una relazione a distanza, per cui non so davvero di cosa stiamo parlando. Non mi voglio immischiare. Siamo solo amici.» Fine del discorso.

Sospira. Non è soddisfatto delle mie risposte, credo. Rimaniamo in silenzio.

«Ascolta, bello, adesso è meglio se torno a studiare, ma... Gus?»

«Sì?»

«Lo so che tutto quello che ti sta capitando adesso, tra l'album e il tour e il resto... non deve essere divertente, anzi, ci scommetto che è molto faticoso, però è la vita, bello. A volte fa schifo, ma sai cosa ti dico?»

«Cosa?»

«Che andrà sempre meglio.» Fondamentalmente ancora ci credo anche io, anche se devo ricordarmelo di continuo. È duro quando i sentimenti, i comportamenti che una volta erano spontanei diventano forzati, faticosi.

Rimaniamo in silenzio per alcuni secondi, poi Gus mi esorta: «Vivi radiosa come dice il nome che ho scelto per te, d'accordo, Bright Side?» Mi sembra di percepire un sorriso nel tono della voce, debole, ma pur sempre un sorriso.

«Ci provo, bello. Ci provo.» Ogni giorno, ogni ora, ogni minuto continuo a provarci. «Sii mitico.»

«Sii mitica» ripete. Bisogna continuare a dirsele, certe cose. Lì sta il segreto. Un giorno ci crederò anche io. «Mi manchi.»

«Anche tu mi manchi. Ogni giorno.»

«Ti voglio bene, Bright Side.»

«Anche io ti voglio bene, Gus.»

«Buonanotte.»

«Buonanotte.»

Martedì 20 settembre

Kate

Sto andando in macchina a Minneapolis per fare un favore a Shelly e prendere dei fiori che aveva ordinato. È stressata perché il suo fornitore ha fatto confusione, e lei deve finire tre composizioni entro domani mattina.

La guida è piacevole: strade vuote, cielo limpido. La radio è sintonizzata sulla stazione dell'università.

Proprio mentre sto parcheggiando, perché sono arrivata a destinazione, comincia una nuova canzone. Sento le prime tre note e mi si ferma il cuore. È *Killing the Sun*! *Killing the Sun* dei Rook... alla radio! Oh. Mio. Dio. La canzone di Gus alla radio! Mi sembra di sentirla meglio, più forte rispetto al mio iPod, perché so che in questo preciso istante altre centinaia di persone la stanno ascoltando insieme a me.

Cerco subito il cellulare dentro la borsa. Devo assolutamente chiamare Gus. Voglio condividere questo momento con lui. Perché la prima volta capita soltanto una volta, chiaramente. E questa è la prima volta che ascolto la sua canzone alla radio.

Risponde dopo il secondo squillo. «Bright Side...»

Lo interrompo. «Gus, silenzio e ascolta.» Alzo al massimo il volume e metto il telefono vicino all'altoparlante del cruscotto. A questo punto la canzone è al primo refrain, ed è la mia voce a riempire la macchina. Mi porto di nuovo il cellulare all'orecchio. Urlo perché non riesco a contenermi. «Bello, stanno dando la tua canzone alla radio, la sento mentre sono in macchina!»

Sembra confuso. «Stai ascoltando il cd? Sei ubriaca? Perché urli?» Non ha capito.

«Bello, non è il cd! È la radio dell'università che sta dando la tua canzone! È la radio!»

«Cosa?»

Abbasso il volume per non continuare a urlare. «Gus, sono seduta nella mia macchina a Minneapolis, Minnesota, e sto ascoltando 93.7 FM. Hanno mandato in onda una canzone dei Rook.»

«Non è possibile!»

«Sì, invece! Ti ho chiamato per condividere il momento con te. È fantastico!»

«Non è possibile.» Sembra stordito. «Ma è vero, Bright Side?»

«Certo che sì, è vero. È il tuo momento, bello. Hai una canzone alla radio e il tuo tour comincia questo fine settimana. Vivilo fino in fondo, sfrutta ogni singolo secondo.»

Sento il rumore dell'accendino e la lunga, familiare boccata che dà vita alle sue sigarette.

«Dovresti smettere.» Non aspetto la sua risposta. «Aspetta, voglio dirti un paio di cose una volta per tutte, perché sento che te lo devo, da amica.»

«Spara.»

Mi sembra ben disposto, per cui vado avanti: «Durante il tour, tre regole: niente droghe – non buttare nel cesso questa esperienza, bello; usa sempre i profilattici; e non perdere la testa, d'accordo?»

«È tanto da tenere a mente.» Mi sta provocando. «Pensi che me le potresti scrivere in un foglietto, così poi lo incollo accanto alla mia cuccetta sul pullman, per non dimenticarle? O forse è meglio se me le faccio tatuare sul culo?»

«Ah ah.»

«Lo so, Bright Side, niente droghe – sono comunque troppo vecchio per quelle cazzate; i profilattici li do per scontati – sono i migliori amici dell'uomo, non esco mai senza. Ma per quanto riguarda perdere la testa... forse me lo dovrai ricordare, ogni tanto. Sei sempre stata la voce della coscienza.»

«Coscienza è un altro dei miei soprannomi.»

«E io che pensavo fosse Saputella. Bright Side Saputella Sedgwick.»

«Complimento accettato con piacere. Adesso devo andare. Ti ho chiamato per farti sapere che sei ufficialmente alla radio.»

«Grazie, Bright Side.»

«Di nulla. Ti voglio bene, Gus.»

«Anche io.»

«Ciao.»

«Ciao.»

Mercoledì 21 settembre

Kate

Bussano alla porta, che strano. Sono appena rientrata dalle lezioni e non ho incontrato nessuno in corridoio.

Apro e trovo John, il responsabile del dormitorio. Lui mi piace, anche se sembra sempre irritato dal suo lavoro. «Il corriere ha portato questo pacco per te stamattina» borbotta. Accidenti, è proprio scocciato, forse lui non è parte dell'esperienza universitaria a Grant. Mi sono spesso chiesta come sia riuscito a ottenere un posto simile, data la sua più totale mancanza di entusiasmo. Adesso frequenta un corso postlaurea; forse all'inizio era molto gasato, poi con gli anni si è sgonfiato. Il mio scopo prima della fine del semestre sarà di farlo ridere.

Prendo il pacco.«Grazie, John. Molto gentile da parte tua.» Esagero perché credo che nessuno badi a lui, mentre tutti hanno bisogno di attenzioni. Non ha molti amici e nel dormitorio si dice che sia uno stronzo. Forse è solo, e anche un po' esaurito. Forse fa questo lavoro da troppo tempo e non ne può più.

«Per rispondere alla porta ho dovuto interrompere qualcosa di molto importante.»

Annuisco, capendo quello che mi vuole dire. «Ah, ci scommetto, e lo apprezzo molto.»

«Bene, adesso devo andare.»

«Grazie ancora, John.»

Lui annuisce brusco, e se ne va.

Non ho idea di cosa possa contenere la busta. La apro e guardo dentro. Ecco gli otto biglietti VIP per il concerto dei Rook a Grant che Gus mi aveva promesso. Incredibile. Ho già visto altri concerti dei Rook prima, ma questo sarà fantastico. La vendita dei biglietti è cominciata ieri e sono già finiti. Credo che il Minnesota ami i Rook, e fa proprio bene.

Mando un messaggio a Gus con un enorme ringraziamento, poi esco e porto i biglietti con me, per distribuirli nel pomeriggio. La mia amicizia con lui non è un segreto, ma la sua identità di rockstar sì. Quasi tutti sanno che il mio amico in California si chiama Gus, ma nessuno di loro lo associa a Gustov Hawthorne, leader dei Rook. Anche per me, lui rimane Gus, e lo sarà sempre. I Rook sono fantastici e io sono orgogliosa di lui, ma la sua parte migliore... è il Gus che è sempre stato mio amico, con cui ho fatto surf, che comprava barrette di Twix per Grace, che mi ha offerto una spalla su cui piangere nel giorno più brutto della mia vita; che mi provoca di continuo, ma che mi incoraggia anche tanto. Gus.

Non esistono le coincidenze nella vita, ne sono convinta. Quindi, quando oggi pomeriggio entro nel Three Petunias e sento *Killing the Sun* alla radio, sorrido.

Shelly la sta cantando piano. Alza lo sguardo e mi dice: «L'hai sentita, Kate? È la mia nuova canzone preferita, in assoluto.»

«Ah, sì? In assoluto?» le chiedo. Il suo entusiasmo mi rende felice.

«L'hanno mandata in onda per tutta la settimana. È un gruppo nuovo, i Rook. Sono fantastici. Non so che aspetto abbia il cantante, ma la sua voce è troppo sexy.»

Sorrido perché non riesco a trattenermi. «Cercali su Google.»

«Giusto. Perché non ci ho pensato prima?» Tira fuori il cellulare dalla tasca e comincia a digitare. «Merda. Ma è stupendo, Kate. Si chiama Gustov Hawthorne, dài un'occhiata.» Mi mostra lo schermo.

Rido perché se guardo il mio cellulare, ci trovo lo stesso viso. Sembra diverso sul suo telefono, solo perché ha i capelli più corti. Questa foto deve essere stata scattata durante un servizio fotografico promozionale, organizzato dopo il cambio di stile. «Non è male, se ti piacciono i tipi alti, muscolosi, molto biondi e bellocci.»

«Non è male? *Non è male?* Kate, qualsiasi ragazza sarebbe disposta a spogliarsi per lui.»

Rido, non resisto. «E io che pensavo ti piacessero i rossi con le barbe chilometriche.» Quella di Duncan sembra sempre più folta, di giorno in giorno.

«Sì, certo, io amo il Fidanzato con tutta me stessa. Ma lui è reale, mentre questo ragazzo qui no, è di fantasia. E poi canta e suona la chitarra.» Torna a fissare lo schermo del suo cellulare.

Infilo la mano in tasca, estraggo due biglietti dei Rook e li appoggio sul bancone davanti a lei. «Allora faresti meglio a vederlo in carne e ossa. Però mi raccomando, non ti spogliare quando apparirà sul palco. Visto che ci sarà anche Duncan, potrebbe risultare imbarazzante: l'altro biglietto è per lui.»

Rimane a bocca aperta. Guarda me, poi i biglietti e poi di nuovo me. «Come hai fatto a trovarli? Ho sentito questa mattina che sono già stati venduti tutti.» Li guarda meglio, poi me li mostra. «Kate, questi sono posti VIP.»

«Diciamo che me li ha mandati un amico. È ora di divertirsi, ci andremo tutti insieme.» Shelly mi stringe in un grande abbraccio, e io quasi non riesco a parlare. Ma sul mio viso appare un sorriso gigantesco.

A cena, quella sera, do a Clayton e a Pete due biglietti a testa, così possono portare Morris e Evelyn. Clayton mi ha già sentito cantare i Rook; anche se non è il genere di musica che gli piace, li trova interessanti. Pete invece non li conosce per niente, ma accetta di buon grado.

Faccio un'altra strada e mi fermo da Keller, di ritorno dalla mensa. A casa non c'è nessuno. Pensando di non trovarlo, avevo già messo il biglietto in una busta, dove scrivo: 'Spero che tu possa venire. Kate'

Poi la infilo nella buca delle lettere inserita nella porta.

Poche ore dopo, mi arriva un suo messaggio: 'Grazie per il biglietto! Non vedo l'ora!'

Domenica 25 settembre

Kate

Il cellulare mi sveglia da un sonno quasi comatoso. Sfilo la mano da sotto il cuscino e la allungo sulla scrivania per riuscire a prenderlo, ribaltando un libro nel mentre. Ancora non ho aperto gli occhi, quindi quando spingo il tasto per rispondere e lo avvicino all'orecchio, non so con chi sto per parlare. Dico: «Ciao» o qualcosa del genere. Credo.

«Merda, scusami, Bright Side. Stavi dormendo, vero?»

Strizzo gli occhi e mento: «No... no... ciao, Gus.»

«Bella, scusami. Chiamami più tardi. Quando sei completamente sveglia, d'accordo?» Si è preoccupato.

Sbadiglio e guardo l'orologio. Sono le 8:30. È da tanto che non dormo fino a tardi. «No, davvero, non c'è problema. Devo svegliarmi.»

Gus sembra esitante. «Ti ho chiamato, sai, per raccontarti del concerto di ieri sera.»

I miei occhi si spalancano e all'improvviso mi sento molto più che sveglia. Ieri ho aiutato Shelly tutto il giorno a preparare addobbi per due matrimoni. Ero sfinita quando sono tornata in camera mia, e mi sono completamente dimenticata del concerto dei Rook. Che amica che sono. «Accidenti, Gus, mi dispiace che non ti ho né chiamato né messaggiato ieri sera. Mi sono addormentata presto. Com'è andata? Il pubblico della nostra città ti ha mostrato tutto il suo affetto?» Il primo concerto era a San Diego.

«È stato fantastico, e anche la gente è stata meravigliosa. Avrei voluto che tu fossi qui.»

Sorrido, perché è tanto contento. Mi piace quando è così felice. «Anche a me sarebbe piaciuto esserci.» Guardo di nuovo l'orologio e faccio qualche assonnato calcolo a mente. «Bello, in California sono le sei e mezza, hai dormito un po'?»

«No, non ci riesco. Sono ancora troppo eccitato.»

«Rinfrescami la memoria... quando sarà il prossimo, e dove?»

«L.A. stasera e Phoenix martedì.»

«Oddio, ti rendi conto quanto sia incredibile la nostra conversazione? Sei in tour!» grido. Do un'occhiata al letto di Sugar e sono contenta di vedere che è vuoto. Almeno non l'ho svegliata.

«Lo so, è pazzesco, no?»

«Sei il mio eroe, dio del rock.»

«Vabbè.»

Sento qualcuno urlare il suo nome. Gus abbassa la voce: «Aspetta un attimo.»

«Ti sto trattenendo da qualcosa.»

«Non è niente di importante. Dopo il concerto, MFDM ha prenotato una suite in centro come regalo o altro, e dentro stanno festeggiando tutti insieme. Io sono fuori, in balcone.»

«Torna subito ai tuoi festeggiamenti, bello, te li meriti. E in bocca al lupo per stasera. Questo è l'inizio di qualcosa di grande, me lo sento.»

«Vedremo. Grazie, Bright Side. Una buona stradomenica.»

È da tanto che non diceva 'stradomenica', e mi fa sorridere. «Anche a te, ti voglio bene, Gus.»

«Anche io ti voglio bene.»

«Ciao.»

«Ciao.»

Venerdì 7 ottobre

Kate

Oggi pomeriggio, durante la lezione di storia americana, ho trovato un biglietto da cinque dollari nella tasca dei jeans. L'ho considerato un segno: mi devo regalare una tazza di caffè prima di andare a Minneapolis a incontrare Gabriel. La scuola mi ha chiamato ieri pomeriggio, dopo che il suo insegnante di sostegno non è tornato: mi hanno chiesto se potevo sostituirlo ancora e incontrarmi con lui oggi dopo le lezioni. Se la mia settimana fosse un arcobaleno, Gabriel sarebbe la pentola d'oro alla fine: è cooperativo, curioso, felice, dolce e testardo tutto insieme. Mi piace, perché è una persona vera. Dice quello che gli passa per la mente e non si tiene niente dentro. La vita sarebbe tanto più facile se facessimo tutti come lui.

Fortunatamente, lo spazio per parcheggiare davanti a Grounds è libero.

La campana tuona ma io la ignoro. Sono in missione.

Mi aspetto di vedere Romero, e invece c'è Keller.

Mi accoglie con quel mezzo sorriso, così caratteristico. E che significa che gli va di flirtare. Sto cominciando a capirlo. «Hai sentito che ero qui e non sei riuscita a starmi lontana?»

Alzo gli occhi al cielo. «Non ti montare la testa, non ti sto addosso.» Tiro fuori dalla tasca la banconota accartocciata e la lascio cadere sul bancone. «Ho trovato un biglietto da cinque oggi, e l'ho considerato un regalo da parte del dio del caffè.»

Prende i cinque dollari e li guarda davanti e dietro. Sono morbidi e scoloriti – di sicuro saranno finiti in uno o due bucati. «Sono patetici, Katie.» Li guarda ancora, poi me li passa. «Non li posso accettare.»

«Cosa?» Cosa ha detto? Desidero questo caffè con tutta me stessa. Ne ho bisogno. «Mi stai rifiutando una richiesta, Keller Banks?»

Lui versa il caffè in un bicchiere enorme, l'appoggia sul bancone e me l'avvicina. «Non una richiesta, soltanto i tuoi soldi. Questo te lo offro io.» Tira fuori dalla tasca due dollari e li mette nella cassa, prende il resto e lo infila nel barattolo delle mance.

Guardo stupita il barattolo. «Allora fai sul serio?»

Sorride. «Certo. Sostituisco Rome per circa venti minuti, le mance sono solo per lui oggi, non per me. Mi sentirei in colpa se non gliela lasciassi. Intendo dire, so di passare per tirchio, ma non mi abbasserei mai a tanto.»

Sono sicura che è sincero, per cui alzo il bicchiere. «Grazie, bello, a buon rendere.»

«Non c'è problema. Però, non so come fai a berlo alle tre e mezza del pomeriggio; io rimarrei sveglio tutta la notte. Forse hai programmi per stasera?»

«Io e la caffeina siamo un'unica cosa.» E incrocio le dita per dimostrarglielo. «Non dormo molto, comunque. Però effettivamente, adesso che me ne parli, mi aspetta una lunga serata.» Di recente, forse per l'alternanza di notti in bianco e lunghe dormite tipo stato comatoso, il mio ritmo circadiano è cambiato. Questa settimana, per esempio, ho conosciuto l'insonnia, che è diventata una nuova amica. Il mio corpo non mi ama molto. Sto cercando di stare al passo, ma è dura. In passato dormivo soltanto quattro o cinque ore per notte, e stavo bene tutto il giorno. Adesso, se sono fortunata e ne dormo tre o quattro, mi sveglio con il bisogno di dormirne altre dieci o quindici. Così è la vita, credo.

Mi guarda scettico. «Una lunga serata? Ma non ti incontro mai fuori.»

«Non sono una tipa che va alle feste. Tra il lavoro e le lezioni, non mi rimane molto tempo libero. Credo che studierò questa sera, invece di andare fuori.» Sgrano gli occhi. «Pazza, vero?»

Lui ride. «Ho capito. Anche io non esco molto. Quindi cosa fai oggi?»

«Alle quattro vado a Minneapolis, per fare da tutor a un adorabile ragazzo di dieci anni.» Controllo l'orologio. «E arriverò in ritardo se non mi do una mossa.»

Sorride. «Bambino fortunato.»

«No, sono io la fortunata. Non hai idea di che regalo sia per me.»

«Poi? Cosa fai dopo?»

«Devo scrivere un saggio per il corso di letteratura, su *Racconto di due città,* da consegnare lunedì. Sono ancora al capitolo quattro, perché non mi sta prendendo molto. Come ti dicevo, sarà una lunga serata.»

Strizza gli occhi. «Non hai mai letto *Racconto di due città,* di Dickens?»

All'improvviso mi sento a disagio. «No.»

Si scosta dal bancone e si passa la mano tra i capelli disordinati. «Non ci posso credere. Chi non l'ha letto?»

Alzo la mano, imbarazzata. «Io, per esempio.»

Appoggia i gomiti sul bancone e abbassa la voce: «È uno dei miei romanzi preferiti. L'ho letto almeno dieci volte, se vuoi ti posso dare una mano domani.»

Questa sì che è una sorpresa. Ho sempre pensato che fosse un tipo sveglio: c'è una calma particolare in lui, ed è un osservatore silenzioso, e in genere le persone così sono sempre intelligenti. Ma non avevo capito che fosse anche appassionato di classici della letteratura. Oddio, sono spacciata. Keller è già sexy da impazzire così, ma questa scoperta lo fa balzare in cima alle classifiche. Mi piacciono i ragazzi intelligenti. «Non vai sempre a Chicago il fine settimana?»

«Solo due volte al mese.»

«Allora d'accordo» dico. La mia mente corre. «Ci possiamo incontrare qui domani alle otto? O è troppo presto?» Mi mordo le labbra, sperando di non tentare troppo la fortuna.

«Ah, Katie, mi vuoi uccidere.»

Che cogliona. Quali studenti si svegliano così presto il sabato mattina, se non devono andare a lavorare, o soffrono di insonnia come me? Lui di sicuro non deve lavorare, visto che si è offerto di aiutarmi. «Scusami, bello, sai cosa ti dico? Non ti preoccupare. Sei molto gentile, ma...»

Mi interrompe. «Fammi finire di parlare.» È ancora chino sul bancone, appoggiato ai gomiti, ma quando solleva appena il mento, mi guarda attraverso le sue incredibili ciglia lunghe e nere. Vedere i suoi stupendi occhi azzurri mi toglie il respiro. «Sono disposto a farlo per te. Però non fare tardi. Ormai ti conosco.» Guarda l'orologio appeso al muro. Sono le quattro meno un quarto. «A proposito, ho sentito dire che guidi come un pipistrello impazzito, ma adesso faresti meglio ad andare.»

Ho perso la cognizione del tempo... di nuovo. Se non parto subito farò tardi. «Merda.» Vado dritta verso la porta e gli parlo senza voltarmi: «A domani... e la prossima volta il caffè lo pago io.» Alzo il bicchiere. «Grazie ancora, bello. Passa una serata fantastica.»

Il mezzo sorriso riappare sul suo viso. «Non c'è di che, anche tu passa una serata fantastica, Katie.»

Sabato 8 ottobre

Kate

La campana annuncia il mio arrivo alle otto e dieci. Keller scuote la testa, come se fosse deluso per il mio ritardo. Poi però noto che sta sorridendo, quindi non può essere troppo scocciato.

Lascio cadere la mia borsa accanto al divanetto dove è seduto. È il miglior posto del locale, proprio davanti al caminetto. Mi ci avvicino e comincio a scaldarmi le mani, mentre riprendo fiato e mi scuso: «Mi dispiace, bello, mi sono svegliata tipo dieci minuti fa in biblioteca e sono corsa fin qui.»

«Perché, dormi in biblioteca?»

«A volte la mia camera non è libera... ma questa è un'altra storia. Ci sono andata ieri sera a leggere e devo essermi addormentata. L'ultima volta che ho controllato l'orologio erano circa le cinque di mattina.» Finalmente comincio a sentire di nuovo le dita; devo procurarmi un paio di guanti. Guardo verso il bancone mentre mi apro la felpa. «Buongiorno, Romero, come va?»

Il suo sorriso è caldo e aperto. «Buongiorno, Kate. Io sto bene, e tu?»

Mi sento ancora la testa avvolta in un velo di stanchezza, ma sorrido. «Non mi lamento.» Guardo Keller mentre appoggio la felpa sul bracciolo del divano. «Ho bisogno di caffè. Tu come lo preferisci? Grande? Nero?»

Indica l'estremità del tavolo vicino a lui. «La colazione è servita.» Vedo due grosse tazze di caffè e due danesi.

«Uno è all'amarena?» Mi è venuta l'acquolina. Ieri sera ho saltato la cena.

«Uno all'amarena, l'altro alla mela, non sapevo quale preferissi.»

«Keller Banks, penso di amarti già da adesso.» Oddio, forse mi sono esposta troppo, perché un po' lo intendevo pure... e mi fa paura. Ma ho talmente fame e sono così stanca che non mi interessa.

Sorride, poi mi passa la pasta all'amarena e un caffè. «Questo è il più bel complimento che ho ricevuto per ora. Rome di solito aspetta fino a dopo pranzo per dichiararmi il suo amore.»

Noto allora che Romero è in piedi dietro di me. Sta riordinando un tavolo con uno straccio. «Non dare retta a questo ragazzaccio, Kate.»

Keller alza le mani, in segno di finta mortificazione. «Basta così, Rome. Sarebbe troppo chiedere una parola gentile davanti a Katie?»

Romero scuote la testa. «*Aye, niño.*» Poi guarda me. «Keller è come un figlio per me, è un bravo ragazzo, Kate.»

Sorrido per la sua sincerità.

Keller lo guarda. «Grazie, Rome, così va molto meglio. Rimango piacevolmente sorpreso, ti dovrò offrire una cena per lo sforzo che hai fatto.»

L'altro gli dà una pacca sulle spalle. «Se prepari le tagliatelle al ragù, *amigo*, è affare fatto.»

«Benissimo, basta solo stabilire il giorno.»

Mi piace guardarli insieme, fanno tenerezza.

Sto finendo l'ultimo morso della mia pasta, quando l'attenzione di Keller torna su di me. Si sfrega le mani. «Allora, *Racconto di due città*. L'hai finito?»

«No, ma quasi.» Sento il bisogno di scusarmi perché lui è qui ad aiutarmi e mi sento come davanti a uno dei miei professori. «Mi dispiace.»

Lui non ci fa caso. «Non c'è problema, c'è tempo per finirlo.

Promettimi solo che lo farai.» Di nuovo quello sguardo autorevole.

«Te lo prometto.» Non amo sentirmi in colpa perché non ho finito un libro. «Un conto è se comincio un libro e un paio di capitoli dopo decido che non mi piace più, e un conto è se arrivo a metà, perché in quel caso non posso smettere. Devo finirlo.» Lui mi sta guardando. «È sciocco, lo so.»

Scuote la testa quasi in modo impercettibile. «No, non lo è. Io finisco anche i libri che non mi piacciono da subito.» Ed è sincero, ci scommetto. Ha un'aria da professore, gli dona.

Devo spezzare quest'incantesimo in cui mi ha fatta piombare, per cui prendo la borsa ed estraggo il computer portatile. «Dunque, il mio saggio si deve incentrare su un personaggio del libro, e lo scopo è quello di imparare la scrittura persuasiva. Deve essere diviso in due parti, e basarsi sulla tecnica del poliziotto buono-poliziotto cattivo. Nella prima parte, il lettore deve amare il personaggio; nella seconda deve condannarlo, ma sempre per gli stessi motivi. Un po' come l'avvocato del diavolo, lo scopo è quello di creare argomentazioni.»

Mi piace che non sia impaziente o frettoloso, al contrario mi ascolta attento e non è distratto con quello che ci succede intorno. È concentrato. Come sempre, del resto, ma la sua è una dote rara. Si passa le dita sulla barba di pochi giorni che ha sul mento. «Mmm, interessante. Un sacco di possibilità. Quale personaggio hai intenzione di descrivere?»

«Tu chi sceglieresti?» Mi sembra il modo perfetto per conoscere qualche suo lato nascosto. Il Keller 'topo di biblioteca' è anche più sexy del Keller di tutti i giorni. E il Keller di tutti i giorni è tanto, tanto sexy.

Aggrotta la fronte. «Questo è compito tuo, prima me lo dici tu e poi parlo io.» Di nuovo la tecnica tipo 'prima scopriti tu, e poi semmai vengo avanti io'.

«Sydney Carton.»

«Perché?» La sua voce è gentile, pacata e intrigante. Mi fa sentire come se fossi sulla buona strada. È come se lui riuscisse a tirare fuori da me le informazioni senza nemmeno provarci.

«Perché secondo me era un idiota.»

Ride. «Mi sembra giusto.»

«Non credi? Per me lo era davvero.»

«Non sto facendo polemica. E...?» Mi sta spronando ancora.

«E... mi è piaciuto per questo. Era pieno di difetti, ma alla fine è il più umano di tutti, sai? Le persone sono sempre arrabbiate e confuse, quindi per me lui è un personaggio credibile. L'ho anche scelto perché era intelligente. E non ho mai pensato agli avvocati come sexy, ma adesso credo di non aver mai capito niente. Mi sto innamorando di lui.»

Sorride ai miei ultimi commenti. «Ironia della sorte.»

«Cosa hai detto?»

Con quel mezzo sorriso impertinente ancora sul viso, scuote la testa. «Niente. Pensi di riuscire a presentare entrambi gli aspetti di Sydney?»

Alzo le spalle. «Certo. Sono sempre stata brava a considerare le persone nella loro interezza, accettando il lato buono con il cattivo. Io vedo il tutto, senza che questo poi mi offuschi la capacità di giudizio. Le persone sono complicate, ma è la vita stessa a essere complicata.»

«Puoi dirlo forte.» Per un istante, nei suoi occhi appare uno sguardo distante, che svanisce rapido così come era apparso. «È importante però che tu finisca il libro prima di scrivere il tuo saggio. Non voglio rivelarti nulla, dico solo che alla fine potresti considerare il personaggio sotto un'altra luce.»

Sono seduta di traverso, con una gamba piegata appoggiata sopra il divanetto che tocca la sua. «Lo farò.» Gli tocco il ginocchio con il piede. «Allora, dimmi di te, professor Banks. Quale personaggio sceglieresti?»

«Anche io Sydney. È affascinante, forse per le ragioni sbagliate.» Aggrotta la fronte. «Per quanto potrebbe sembrare negativo, quello che fa alla fine del libro mi ha sempre colpito. Se penso a cosa può averlo spinto così lontano... Deve essere stato intenso.»

«Hai smosso la mia curiosità, bello.»

«Te ne potresti pentire» continua, come un avvertimento.

«Adesso devo proprio chiedertelo: studi letteratura inglese? Perché mi sembra di capire che ti piaccia parecchio.»

Appare un sorriso, a metà tra il triste e il malizioso. «La adoro... ma studio legge.»

Mi copro gli occhi, dispiaciuta per il commento sugli avvocati sexy. Vorrei aver tenuto per me la mia cotta per Sydney Carton.

Ride e mi risparmia una spiegazione, cambiando argomento e riportando la conversazione su di me. «Qual è la tua materia principale?»

Apro gli occhi, grata. «Pedagogia speciale.»

«Bella. Però forse dovrai leggermente moderare il linguaggio quando sarai un'insegnante.»

Nonostante i miei sforzi, avvampo. «Lo so, bello. Cattive abitudini che ho assunto per aver sempre frequentato ragazzi.»

Una voce improvvisa alle nostre spalle mi fa trasalire. «Keller B., cosa combini?»

Keller si volta per guardare un ragazzo in piedi dietro il divanetto. Entrambi sollevano il mento, nel tipico modo di salutarsi tra ragazzi, quando dirsi 'ciao' implicherebbe troppo sforzo. «Niente, amico.» Senza scomporsi, Keller si rigira per guardarmi negli occhi. «Jeremiah, ti presento Kate.»

Jeremiah solleva una mano in un saluto pigro. «Ciao, Kate.» Io gli sorrido. È la prima persona in Minnesota che appena guardo, mi fa sentire nostalgia di casa. Potrei incrociarlo all'angolo di una via di L.A. e non notarlo nemmeno; qui invece risalta come un dito in un occhio. I capelli neri tagliati corti sono di sicuro tinti, con lunghi ciuffi che gli coprono gli occhi castano scuro. Ha piercing sul labbro e sul naso, e le sue orecchie sono strapiene di orecchini. Indossa un cappotto di lana nera che sembra dell'era della Guerra civile, e noto alcuni tatuaggi gli arrivano fino al collo e sbucano dal colletto del maglione. Anche le nocche sono tatuate, ognuna con una lettera diversa, ma non riesco a leggere cosa c'è scritto. I jeans neri strappati sono infilati in anfibi sempre neri, alti fino al ginocchio.

«Ciao, Jeremiah. Mi piace il tuo cappotto.»

Un angolo della bocca si contrae veloce in un sorriso, come se il complimento lo avesse colto di sorpresa. «Grazie.» Lo sguardo ritorna su Keller. «Ehi, amico, stasera vai al concerto dei Reign a Milwaukee?»

«No, perché oggi la Green Machine serve a Duncan, e comunque è troppo lontano.» La delusione sul suo volto è evidente. Jeremiah annuisce lentamente. «Neanche io posso. Non ho i soldi. Adesso devo andare. A più tardi, fratello. È piacere di averti conosciuta, Kate.»

«Piacere mio, Jeremiah. Buona giornata.»

Quando Keller si volta verso di me, sul suo viso è rimasto il dispiacere per non poter andare al concerto. Mi sembra di essere davanti a un bambino che non ha ricevuto nessun regalo a Natale. «Che cos'è la Green Machine?»

«La mia Suburban. Duncan e io ce la dividiamo.»

«Ah, e chi suona a Milwaukee?»

Lui alza le spalle. «I Reign to Envy. Sono la mia band preferita.»

Io sfoglio mentalmente il mio catalogo musicale e trovo almeno due canzoni che conosco. Non sono male. Se i Deftones e i 69 Eyes avessero un figlio insieme, sarebbe simile ai Reign to Envy. Suonano rock, parecchio duro e un po' dark, ma non così tanto da non passare per le radio. Sono ancora underground, ma stanno emergendo molto, saranno presto famosi. «Sì, conosco alcune canzoni. Sono buone.»

«Sì.»

«Perché non ci andiamo? Io posso guidare, e tu intanto paghi la benzina e i biglietti del concerto. Al momento ho solo cinque dollari, ma ti prometto che ti restituisco i soldi quando mi danno la paga venerdì.» Ormai che l'idea mi è entrata in testa, non so cosa fare se dice di no. Ho bisogno di andare a un concerto.

Rifiuta subito. «Katie, Milwaukee è a sei ore di macchina da qui.»

«E allora? Sono solo le nove di mattina, Keller. Possiamo partire alle due ed essere lì per le otto.»

Keller sta combattendo una dura battaglia con sé stesso, glielo leggo negli occhi. «Non posso. Ho troppe cose da fare e devo studiare. Ho un esame lunedì mattina.»

«E allora? Io devo consegnare un saggio su un libro che non ho nemmeno finito di leggere. Ti garantisco che domani mattina per colazione sarai a casa.»

Non dovrebbe essere così difficile come la mette lui. Smette di mangiarsi le unghie e si passa le mani tra i capelli spettinati, togliendoseli dalla fronte. «È una pazzia.» Ma sta per cedere, lo sento.

Mi guarda dritto negli occhi. Io me lo immagino come se fosse impegnato in una gara di tiro alla fune. «Sei sempre così impulsiva?» Ho la sensazione che la vita di Keller sia rigidamente organizzata. Non fa nulla su due piedi.

«Devi cogliere l'attimo, Keller. Li hai mai ascoltati dal vivo?»

Ha ripreso a mangiarsi le unghie, ed è la prima volta che noto quanto siano corte. Sembrano le mie. «No.»

Questo decide la questione. Chiudo il mio portatile e lo infilo nella borsa. «Allora bisogna farlo, non accetto una risposta negativa.» Mi alzo e mi infilo la felpa. «I rimorsi possono attendere. L'importante è non avere rimpianti.» Afferro borsa e caffè, prima di sfiorare il suo ginocchio con il mio. «Grazie per la colazione e l'aiuto, sei il mio eroe, Keller Banks. Adesso va' a studiare. Ti passo a prendere alle due in punto.»

Chiaramente non arrivo prima delle due e un quarto. Lui è già fuori casa, ad aspettarmi con la borsa a tracolla. È bellissimo. Ha un tipico abbigliamento alla Keller: Converse nere, jeans scuri molto stretti, t-shirt nera con le maniche lunghe e il collo alto, e felpa nera. Semplice, ma non sciatto. Perfetto, in modo discreto. Non cerca di attirare l'attenzione su di sé ma, per ironia della sorte, così facendo ottiene l'effetto contrario. Essere così belli a volte deve essere una seccatura.

Quando sale in macchina, noto che ha un paio di occhiali con la montatura nera. Non li avevo mai visti prima, lui mi dice che li porta di sera quando si toglie le lenti a contatto. Questi rendono i suoi occhi di un azzurro ancora più intenso e vivido; così incorniciati, non puoi proprio fare a meno di guardarli. Keller il cervellone mi sta uccidendo. Non sono così attratta da qualcuno da tanto, tanto tempo.

Osserva il cruscotto della mia macchina. «Questo modello è carino, Katie. È anche turbo, scommetto che sia veloce.» Ha uno sguardo molto colpito.

«Riesce a stare al passo con me, ed è fondamentale» lo provoco.

Si allaccia la cintura, sembra vagamente preoccupato. «Shel mi ha raccontato, e io cito le sue testuali parole: 'Kate Sedgwick è la peggior guidatrice sulla terra.' Quindi... dovrei essere spaventato?»

«Andrà tutto bene, abbi fiducia.» Gli strizzo l'occhio. «Sai, nei prossimi mesi ho varie cose in programma, non ho intenzione di morire questa sera. Che divertimento ci sarebbe?»

Ci immettiamo nell'autostrada e io guido alla mia solita velocità. Lui non sembra teso. E non sta fingendo, me ne accorgerei. Quando è nervoso, si mangia le unghie; lo so perché anche io faccio così.

«Da quanto tempo hai questa macchina? Ti piace?» mi chiede. Si vede che si interessa di automobili.

«La adoro. L'ho presa pochi mesi fa, prima avevo un furgoncino.»

Keller ridacchia. «Un furgoncino?»

Sorrido e strizzo gli occhi, minacciosa. «Ehi, bello, non ridere del mio furgoncino. Adoravo Old Blue, è stata la mia prima auto. Siamo andati dovunque insieme, era una specie di necessità. Ma è una lunga storia.»

Alza le mani, come in segno di resa. «D'accordo.»

«A ogni modo, non appena sono stata ammessa alla Grant la scorsa estate, il mio amico ha cominciato ad avere dubbi sulle capacità di Old Blue di affrontare la neve. Sai, era a trazione posteriore. Allora l'ho venduta e ho comprato questa macchina, che è un po' da vecchia zia. Però è una quattro ruote, quindi dovrebbe andare bene per la neve, giusto?»

Keller scuote la testa. «Da quando sei diventata così rammollita, Katie? Pensavo che fossi una donna forte e indipendente. Temi la neve?»

«Bello, io non sono rammollita. Vengo dalla Southern California. Il problema è che non ho mai visto la neve vera.»

Lui ride, e mi dà una pacca sul braccio, come per rassicurarmi. «Gli inverni non sono così male, solo che nevica un po'. Ma in fondo è facile come bere un bicchier d'acqua. Quando arriva la prima grande tormenta, ti insegnerò io.»

La conversazione cede il posto al silenzio. Keller apre la sua grossa borsa e tira fuori un libro di legge più grosso della Bibbia. Ci si immerge per tutto il viaggio. L'unica volta che alza lo sguardo è quando io sto guardando nello specchietto retrovisore e mi chiede cosa sto fissando.

«Il tramonto» rispondo. «È l'ora dello spettacolo.»

Allunga il collo per guardare dal finestrino posteriore. La luce si riflette sulle lenti dei suoi occhiali.

E ne vale davvero la pena. È arancione in basso e rosa in cima, come se il cielo stesse arrossendo nello sforzo di spingere giù il sole.

Quando l'orizzonte si fa buio, Keller torna al suo libro e io mi concentro sulla strada. Non glielo dico, ma sono contenta che abbia condiviso con me lo spettacolo.

Grazie all'autostrada semideserta e all'aver ogni tanto sorpassato il limite di velocità, arriviamo a Milwaukee verso le otto meno un quarto.

Il concerto è stato indescrivibile! Alla fine conoscevo un sacco di canzoni, ma non sapevo che fossero tutte loro. Il solista aveva un'energia incredibile. Ha corso da un'estremità all'altra del palco per tutta la sera, ed è pure sceso tra il pubblico nel parterre. Mi ha ricordato Gus. Anche Gus è un solista fenomenale.

Anche se io e Keller non abbiamo bevuto, abbiamo saltato e cantato a ogni canzone. La gente si è nutrita dell'energia della band, l'atmosfera era vibrante. Ci siamo dovuti tenere per mano quasi tutto il tempo, per evitare di venire divisi dalla folla in continuo movimento. Verso la fine, durante l'ultima canzone, siamo stati trascinati fin sotto il palco. Il chitarrista ha preso la chitarra e l'ha suonata come se volesse domarla. Quando ha finito, si è abbassato, mi ha sorriso e mi ha regalato il suo plettro. A me.

Aspetto finché non siamo fuori, poi mentre torniamo alla macchina, lo do a Keller. «Non dire che non ti ho mai fatto un regalo». La mia voce sembra provenire da lontano, ho le orecchie che rimbombano. Dopotutto, sono la sua band preferita. Ed è lui che suona la chitarra, non io.

Keller sta ancora fissando il plettro, quando ricade sul sedile accanto al mio. Ho le orecchie che stanno ancora tintinnando così forte che mi chiedo se sentirò questo chiasso costante per il resto della notte, o della settimana, o forse per sempre.

Mi guarda con uno sguardo acceso e un sorriso che non si potrebbe paragonare nemmeno a quello di un bambino di cinque anni. «Grazie, Katie. Per essere venuta. Per avermi spinto a venire. È il miglior concerto che io abbia mai visto. Non mi divertivo così...» Si ferma e alza le spalle. «Da sempre.» Avevo sospettato che Keller non si scioglie troppo spesso. Credo di averci indovinato.

«È stato divertente. Penso di essere diventata fan dei Reign to Envy. Grazie, bello.» Esco in retromarcia dal parcheggio e guardo l'orologio sul cruscotto. Segna le 00:13.

«Non sarei mai venuto così, su due piedi. Ammiro la tua spontaneità, Katie. Io non ce la posso fare.»

Gli do una gomitata. «Mi dispiace dirtelo, ma lo hai appena fatto. Io avrei perduto alcuni dei migliori momenti della mia vita se non avessi deciso su due piedi. Onestamente, cerco di non pensare troppo al futuro. Sono una grande sostenitrice del presente.»

«Invece io guardo sempre al futuro.» È diventato serio all'improvviso. «Non posso permettermi il contrario. Il futuro è tutto quello che ho.»

«A volte gli si dà troppa importanza.» E fa paura.

«Non certo io.»

«Non sto dicendo che non dovresti seguire i tuoi sogni e i traguardi. Però non abbandonare il presente per l'incertezza di un futuro. Tanta felicità passa via senza che noi nemmeno la notiamo, e viene dimenticata, rimandata a un tempo lontano di anni e che potrebbe non arrivare mai. Non stare a contare le ore: il presente ti sfugge, per un domani senza certezze.»

Ormai siamo sull'autostrada diretti verso casa. Arriva il silenzio, e lo gustiamo per alcuni minuti. Keller appoggia la testa contro lo schienale e mi guarda con gli occhi felici e stanchi. Non lo vedo, ma lo sento. «Da dove sei venuta?»

Alzo le spalle. «Da San Diego.»

Scuote la testa, perché non è una domanda cui avrei dovuto rispondere. Era retorica. Lo capisco in ritardo.

«Ti manca?»

Mi fermo a pensare. «Non molto. Intendo dire, mi manca il mio migliore amico, Gus, ma al momento lui è in viaggio, quindi non ci sarebbe nemmeno. A volte mi manca la spiaggia. E fare surf.»

«Tu fai surf?»

«Sì.» Perché tutti rimangono sorpresi?

«Certo, tu vieni dalla Southern California.»

Alzo gli occhi al cielo. «Come preferisci, bello.»

«Allora, Gus è il tuo fidanzato?»

«No, siamo migliori amici da sempre.»

«Sei la migliore amica di un ragazzo?» Lo dice come se fosse impossibile.

«Cosa c'è di così strano?»

Sorride malizioso. «Non fraintendere, ma se io avessi una migliore amica simile a te, avrei una grossa difficoltà a rimanere tale. È omosessuale?»

Al pensiero mi viene da ridere. «Non sarebbe un problema se lo fosse, ma no, Gus è decisamente etero.»

«E non ti ha mai messo le mani addosso?»

Rido alla domanda inaspettata. Non so se devo rispondere sinceramente, oppure no.

Incrocia le gambe e appoggia un piede sul ginocchio opposto. «Lo ha fatto, te lo leggo negli occhi.»

Io e Keller siamo amici. E dopo questo viaggio insieme, mi sento ancora più vicina a lui, per cui decido di aprirmi. Non ho nulla da nascondere o di cui vergognarmi. «Non mi ricordo chi ha messo per primo le mani addosso all'altro» dico.

Ride perché io scherzo sulla sua scelta di parole. «Ma ci siamo spinti...» Non voglio dare l'idea di una persona leggera. «Diciamo, *trasportati* l'ultima sera che ho passato a San Diego.»

La domanda arriva velocemente. «Non state insieme adesso? Cioè, non lo consideri il tuo ragazzo?»

Scuoto la testa. «No.»

Si muove sul sedile in modo da guardarmi diritto negli occhi. «D'accordo, soltanto per mettere in chiaro le cose che mi stai dicendo, hai fatto sesso con il tuo migliore amico di una vita l'ultima sera in cui sei stata a San Diego, prima di venire a Grant?»

Io mi sento confusa. «Sì.» Non so cosa possa pensare di me adesso.

«E non state insieme, ma siete ancora migliori amici?» Il tono è quello di una persona che si sta sforzando di capire.

«Sì. E non è una situazione confusa tipo 'amici con benefici'.»

«Gli amici con benefici non esistono. Lo sai, no? Una persona che finisce in quel tipo di legame è sempre innamorata dell'altro, ma non si ha l'onestà di ammetterlo.»

Annuisco. «Probabilmente hai ragione. Nel mio caso, è successo, semplicemente. È stata l'avventura di una sera.»

«E non ti sembra strano?»

Lo guardo, mi chiedo se mi stia osservando come se mi fosse spuntato un terzo occhio. «No, lo so che è difficile da capire e forse non ha senso, ma la nostra amicizia ha superato situazioni molto più problematiche. Penso che potremmo affrontare tutto quello che ci accade e uscirne più uniti di prima.» Alzo le spalle. «Non sono mica una puttanella che dorme con ogni ragazzo che incontra, Keller.»

Lui ride. «Non ho detto questo.»

«Lo so che non l'hai detto, ma suvvia, sii onesto, mi stai giudicando anche adesso.» Non ci sto andando giù duro; voglio solo sapere cosa pensa di me.

Rimane pensieroso per alcuni secondi. «Hai ragione, ti sto giudicando, però forse non come credi. Non conosco il tuo amico, ma spero che si renda conto quanto sia incredibilmente fortunato a definirti la sua migliore amica. E non sto parlando del fatto che avete fatto sesso.»

Sorrido. «Direi che entrambi sappiamo esattamente quanto siamo fortunati.»

Annuisce. «Bene. Non ti svendere mai, Katie. Sei intelligente e sei divertente e sei dolce e sei bellissima. E la cosa migliore è che riesci a essere così senza nemmeno provarci. Spero che il ragazzo che un giorno conquisterà il tuo cuore lo meriti davvero.»

«Grazie, Keller.»

Sbadiglia. «Prego, figurati.» Noto il suo mezzo sorriso con la coda dell'occhio. «Svegliami tra un'ora circa e ti do il cambio alla guida. Buonanotte, Katie.» Volta la testa verso il finestrino, e meno di un minuto dopo sta russando piano.

Continuo a sorridere per molti, molti chilometri. Di solito non mi piacciono i complimenti, ma quando è la giusta persona a farteli, ti spingono lontano. Potrei nutrirmi di quello che mi ha detto per settimane.

Domenica 9 ottobre

Kate

Stasera Gus è in pullman, diretto a un concerto nel nord dello Stato di New York.

Mi ha mandato un messaggio dicendomi che questa mattina hanno avuto problemi con una ruota che si è forata, quindi sono in ritardo sulla tabella di marcia.

È più facile per lui mandarmi messaggi se è in pullman, dove parlare può essere difficile e soprattutto non è mai una questione privata.

Quando finisco il pranzo, gli rispondo.

IO: Ci sei ancora?
GUS: Altre tre ore
IO: Che noia
GUS: Appunto
IO: Concerto dei Reign to Envy ieri sera a Milwaukee
GUS: Come è stato?
IO: Non sono i Rook, ma mi piacciono ;)
GUS: Ho sentito che hanno organizzato un concerto molto bello
IO: Sì
GUS: Secondo tour americano in progetto. Tarda primavera. Molte più date
IO: Stupendo!
GUS: Poi l'Europa
IO: Cosa???!!! Europa!!!

GUS: Deciso questa mattina. Metà gennaio. Ancora non ci credo. Vuoi venire?
IO: Come no... mi sa che dovrai andarci da solo.

Metà gennaio. Non programmo più così a lunga distanza.

Mercoledì 12 ottobre

Kate

Ieri notte è nevicato! Non riesco a crederci. E io che pensavo che l'inverno cominciasse a dicembre, invece è solo ottobre! L'inizio di ottobre, per giunta!

Avevo deciso di boicottare il freddo, e cercavo di convincermi che non sarebbe arrivato finché non avessi comprato il cappotto. So che detto così sembra ridicolo, ma è un puro e semplice giochino mentale. Invece la nemesi, carica di neve, si è abbattuta su di me, dimostrandosi una formidabile nemica.

Mi dichiaro sconfitta. Ho deciso di andare in uno di quei negozi di Minneapolis dove si spende poco. Guido con le mani strette al volante e tengo il limite di velocità tipo nonnina, anche se il vecchio inverno ha dimostrato un po' di pietà lasciando le strade semplicemente bagnate invece che ghiacciate o coperte di neve. Non mi sento ancora pronta ad affrontare una cosa del genere. Ho bisogno di fare tutto a piccoli passi, se voglio abituarmi a questo clima di merda.

I miei sforzi vengono premiati quando nel reparto ragazzi trovo un cappotto di lana termica – a quadri blu e verdi, con il collo di pelo – per cinque dollari. Mi sta bene, ed è carino. È persino nuovo, ha ancora le etichette attaccate. Ma soprattutto, è caldo.

Non vedo l'ora di mostrare a Clayton il mio tesoro, che di sicuro approverà a pieni voti. Adoro avere qualcuno che apprezzi il mio bizzarro senso dello stile.

Trenta minuti prima di incontrare Pete e Evelyn alla mensa, ricevo un messaggio da Gus. 'Puoi parlare?'

Sugar è uscita per cui rispondo: 'Sì!!!'

Passano pochi minuti, e sul mio telefono appare il sorriso di Gus. «*Konnichiwa*» rispondo. «Com'è la vita sulla strada, oggi?»

«Jamie mi ha battuto vergognosamente a poker e Franco ha avuto la diarrea da birra, sul pullman. Quindi, come puoi capire, va tutto in modo fantastico, Bright Side. Fantastico.»

«Il tempo è bello?»

«Sì, siamo a Austin. Arrivati circa un'ora fa, saranno quasi trenta gradi.»

«Vorrei poter dire la stessa cosa.» Sospiro. «Beccati questo: ieri sera è nevicato. Intendo dire, veri fiocchi di neve del cazzo.» Sto cercando di sembrare arrabbiata, ma non ci riesco perché sono felice di poter parlare con Gus. So che non posso farlo per molto, quindi devo sfruttare il mio tempo al massimo.

Ride. «Mi dici la verità?»

«Sì, lo so, è ottobre. Ma la neve non dovrebbe essere fuori legge o qualcosa del genere almeno fino a dicembre?»

«Stai rivolgendo la domanda al ragazzo sbagliato. Fa freddo?»

«Mi sono dovuta comprare un cappotto. Pensa che la gente di qui lo considera ancora un clima da maglietta. Te lo giuro, gli abitanti del Minnesota hanno una specie di gene mutante che li rende insensibili al caldo e al freddo. Fanno paura.»

Lui ride di nuovo, poi si fa serio. «E un paio di stivali? Li hai comprati? Ne avrai bisogno.» È buffo quando si comporta da genitore.

Io fingo di essere scossa dai brividi. «Basta per oggi. Già comprare il cappotto è stato difficile. Non voglio ancora cedere agli stivali da neve, ho bisogno di altro tempo. Forse il prossimo mese, o quello ancora dopo.» La verità è che sarò costretta a comprarne un paio nuovi, perché le scarpe usate mi fanno senso, ma prima devo mettere da parte un po' di soldi. Ci vorrà tempo.

«Hai ragione, devi trovare un tuo ritmo.» Mi sta provocando.

Allora lo provoco a mia volta: «Ti devo forse ricordare che sei in tour per gli Stati Uniti questo inverno? Guarda, prima o poi arriverai negli Stati ghiacciati del Nord. Anche tu ti troverai a dover comprare un cappotto per l'inverno, sai?»

Sospira. «Lo so. Per ora faccio finta che il freddo non esista.»

«Fare finta che, bel concetto da applicare alla propria vita. Peccato che non funzioni sempre.» Forse dovrei essere io la prima a seguire i miei consigli.

«Bright Side, stai citando Confucio o JFK? Perché mi suona familiare.» Anche se non lo vedo, so che ha la sua tipica espressione un po' vuota, sarcastica, capace di farmi ridere tutte le volte.

«Bello, penso che fosse Yoda, nell'*Impero colpisce ancora*. Deve essere una parte dell'addestramento da Jedi di Luke, o qualcosa del genere.»

Scoppiamo a ridere. Gus e Grace amavano guardare *Star Wars*. Abbiamo visto tutti gli episodi talmente tante volte che ho perso il conto.

Quando torniamo seri, mi dice: «Bene, Bright Side, mi stanno chiamando. Credo che siano pronti per il controllo del suono. Scusa se non possiamo parlare più a lungo. È che volevo sentire la tua voce.»

«Non c'è problema. Anche io sono sempre contenta di sentirti, bello.»

«Ti chiamo presto.»

«Ti voglio bene, Gus.»

«Anche io ti voglio bene.»

«A presto.»

«A presto.»

Giovedì 13 ottobre

Kate

Torno dalle lezioni del pomeriggio e trovo un Post-it attaccato alla porta della mia camera. C'è scritto: 'Pacco alla reception per Kate Sedgwick.' Sembra la scrittura di John.

Che strano.

Lo vado a ritirare, ma credo che ci sia un errore. Viene da un'azienda di articoli sportivi online che non ho mai sentito prima.

Torno in camera e lo apro. Dentro, sotto due strati di carta da pacchi, ci sono stivali da neve alti fino al ginocchio, leggeri e pazzescamente caldi.

C'è anche un biglietto: 'Fanne buon uso. Siamo felici che servano a te e non a noi! Con amore, Gus e Audrey.'

Mi tolgo le scarpe per provare i miei nuovi stivali. Sono perfetti. I miei piedi hanno subito la sensazione di essere avvolti di pelliccia, da quanto sono caldi. Mi sembra di aver vinto la lotteria. Non sarei mai riuscita a comprarne un paio come questi da sola.

Li chiamo entrambi, ma mi risponde la segreteria. Lascio messaggi di ringraziamento per tutti e due, perché mi sento pazzescamente grata. Non solo per gli stivali. Soprattutto per gli Hawthorne.

Lunedì 17 ottobre

Kate

Clayton mi manda un messaggio mentre sono di ritorno dalla mensa: 'Vieni con me allo Spectacle stasera? Carina, per favore, con una ciliegina sulla testa.'

È da tanto che non esco con Clayton. Gli rispondo subito: 'Okay ;)'

Lo Spectacle è pieno come al solito. Morris lavora, quindi ho Clayton tutto per me per gran parte della serata. Mi è mancato. Cantiamo, balliamo e ridiamo per ore. Prima di rendercene conto, sono le due ed è già finita la serata. Aspettiamo che Morris chiuda il locale, così possiamo andare insieme fino al parcheggio dall'altra parte della strada.

Proprio mentre arriviamo alla porta sul retro che dà su un vicolo, Morris si accorge di aver lasciato il cellulare nell'ufficio di sopra. «Arrivo subito, voi intanto aspettate davanti all'entrata. Non voglio che rimaniate qui.»

In effetti il vicolo è buio, illuminato soltanto dalla debole luce di una lampada sopra la porta. Fa un po' paura. Prendo Clayton per mano. Il contatto lo rilassa. Facciamo appena dieci passi, quando noto due ragazzi proprio nel marciapiede dove stiamo andando noi. Ci vedono, si fermano, e io mi sento accapponare la pelle. Quando poi si girano e cominciano a camminare verso di noi, mi sento un groppo enorme che mi chiude la gola. Ho paura. Non appena uno di loro inizia a parlare, capisco perché.

«Guarda cosa c'è qui, una checca.»

Prima prego. *Dio, per favore, fa' che non ci facciano del male.* Poi urlo e mi volto per correre, tirandomi dietro Clayton.

Non facciamo cinque passi, che il mio amico viene afferrato da dietro.

Adesso sono veramente spaventata, ma non mi blocco. Comincio a urlare: «Fermatevi! Lasciatelo, bastardi! Fermatevi!» Salto sulla schiena di uno, oscillo il mio braccio destro e gli sferro un pugno nell'orecchio, perché sembra il posto sensibile più a portata di mano. Emana un tale odore di alcol che mi viene il vomito. Sotto il mio peso, lui inizia a barcollare.

Quando però riesce a trovare l'equilibrio, afferra le mie mani, le stacca dalla sua testa e mi butta per terra. «Puttana!» Mi sputa addosso.

Io atterro su un fianco, e la forza con cui colpisco il suolo mi toglie tutta l'aria dai polmoni. Rantolo, cercando di inspirare. Vedo lampi neri agli angoli degli occhi, devo aver battuto la testa. Il pavimento è ruvido e mi graffia la pelle sulla guancia. Poi dolori lancinanti mi assalgono la coscia e lo stomaco, ed è ormai tutto finito quando capisco che sono stati i pugni, o i calci, dell'uomo. Adesso è tornato a interessarsi di Clayton, che riesco a vedere a malapena, piegato sotto le ginocchia dell'altro. Cerco nella mia borsa, e quando le mie dita riconoscono lo spray al peperoncino, lo afferro stretto. Prima che il mio assalitore riesca di nuovo ad attaccare Clayton, glielo spruzzo in faccia a distanza ravvicinata. Lui si mette a urlare, sfregandosi gli occhi con le dita.

Mi lancio verso l'uomo che è seduto su Clayton e gli sferro un calcio di lato, più forte che posso. «Vattene, figlio di puttana!» Gliene mollo un altro, poi un altro e un altro ancora. Non riesco a spruzzargli niente, perché rischio di colpire anche Clayton. Almeno però ha smesso di prenderlo a pugni. Mi afferra un piede e mi ribalta.

In quel momento sento la voce di Morris. «Toglietele quelle cazzo di mani di dosso, figli di puttana.» Da terra, vedo Morris sbottonarsi la sua giacca e aprirla, per mostrare una pistola infilata in un fodero appeso alla cinta.

Il tipo su Clayton alza le mani come in segno di resa e si solleva piano. L'altro si sta già allontanando. Anche cazzoni ubriachi capiscono il concetto di autodifesa.

La voce di Morris è misurata ma carica di pura rabbia. La mano destra si avvicina alla pistola. «Sparite o giuro su Dio che vi faccio scoppiare le vostre teste di cazzo.»

Entrambi gli uomini si girano e fuggono senza nemmeno voltarsi.

Morris si inginocchia e aiuta Clayton a sollevarsi. Ha un labbro sanguinante e si sta tenendo le costole. Gli occhi sono chiusi e la fronte è imperlata di sudore. La voce di Morris è dolce e gentile: «Stai bene?» ma le mani gli tremano.

Le guance di Clayton sono rigate di lacrime. «Dammi un minuto.» Si controlla la parte superiore del corpo. «Niente di rotto. Ma ho un grande dolore.»

Morris non è convinto. «Ti portiamo all'ospedale, Clayton.»

Il mio amico sospira, non piange più. «Mi hanno picchiato così tante volte, credimi, lo saprei se avessi bisogno di andare all'ospedale. Sulla scala delle percosse, questa volta è stato circa un quattro. Forse sono le costole ammaccate, tutto qui. In pochi giorni starò bene.»

Mi sento male fisicamente e ho il cuore a pezzi. Mi immaginavo che per Clayton potesse essere difficile, ma non avevo idea fino a questo punto. «Dovremmo chiamare la polizia. Non possono farla franca così.»

Clayton mi guarda come se stessi dicendo sciocchezze. «Katherine, il mio fidanzato ha appena minacciato qualcuno con un'arma. Forse non è la migliore idea. Inoltre, non sappiamo nemmeno chi sono. Sono stato vittima occasionale di un crimine d'odio. Chiamare la polizia non porterebbe a niente, se non a farmi perdere ancora più tempo.»

Mi inginocchio accanto a lui e gli pulisco il sangue che cola dal labbro con la mia camicia.

Clayton mi prende per mano. «Katherine, fermati. La rovinerai tutta.»

La mia mano trema nella sua. «Non mi interessa la camicia in questo momento.» Ho appena visto una delle persone cui sono più legata al mondo venire picchiata per il suo orientamento sessuale. L'ignoranza delle persone e la loro capacità di violenza mi fa schifo.

«Ma quella è una delle mie camicie preferite, si intona benissimo al colore della tua pelle.»

Solo Clayton è capace di dire una cosa del genere in un momento simile. «Bello, me ne posso comprare un'altra. Tu invece non puoi mica trovare un labbro nuovo.»

Sbuffa, ma mi lascia finire.

Gli occhi di Morris guardano Clayton da cima a fondo. Non sa cosa fare. «Mi dispiace così tanto. Non avrei dovuto lasciarvi qui da soli a quest'ora della notte.» I suoi occhi grandi e scuri trovano i miei e sono molto più che inquieti. «Stai bene, Kate?»

Io indico la pistola alla sua cinta e gli rispondo con una domanda: «La porti sempre con te?»

«Solo quando finisco di lavorare tardi, ma non pensavo che mi sarebbe servita.» Stringe le mani a pugno, come se volesse uccidere qualcuno.

Clayton è visibilmente scosso. Io lo avvolgo in un abbraccio delicato, stando attenta a non fargli male. «Oh, Clay. Scusa che non sono riuscita ad aiutarti.»

Lui si gira e mi guarda negli occhi. «Katherine, se non ci fossi stata tu forse adesso potrei anche non respirare più. Sei una delle persone più coraggiose che abbia mai incontrato. Mi hai spaventato a morte quando sei saltata sulla schiena di quel bruto. E quando ti ha scaraventato a terra, il mio cuore si è fermato. Sei ferita? Hai battuto la testa? Forse sei tu che devi andare all'ospedale.»

La schiena mi fa male e la testa mi batte, ma mento: «Sto bene, tesoro.» Lo bacio in fronte prima di alzarmi in piedi e di aiutarlo a tirarsi su. L'ospedale è l'ultimo posto dove voglio andare, soprattutto quando i medici cominciano a farti domande.

Clayton guarda Morris. «Forse è meglio che vada a casa. Ho un esame di storia tra poche ore.»

Morris è di nuovo al suo fianco e l'espressione del volto si distende, mentre accarezza la guancia di Clayton. «Cosa posso fare per te?» gli chiede piano. «Cosa posso fare?»

Clayton sorride dolcemente. «Mi puoi baciare e dirmi che mi ami e poi mi puoi accompagnare fino alla macchina di Katherine.»

Morris fa tutte e tre le cose.

Arriviamo ai dormitori, e aiuto Clayton a raggiungere il bagno dei maschi dove finisco di pulirgli il viso. Controllo entrambi i suoi occhi e i miei, per vedere se le pupille sono dilatate o ci sono altri segni di trauma cranico. Niente.

Poi lo aiuto ad arrivare in camera sua. Anche se cerchiamo di fare più piano possibile, svegliamo Pete, che si spaventa quando ci vede entrambi. Non lo posso biasimare; siamo parecchio malconci. Mentre aiuto Clayton a cambiarsi e a infilarsi il pigiama, perché gli fanno così male le costole che non riesce a sollevare le braccia sopra la testa, Pete va a prendere un po' di ghiaccio dal loro minifrigo e lo avvolge in uno straccio. Lo offre a me con sguardo interrogativo, ma non dice una parola. Gli consiglio di tornare a letto e gli prometto che gli racconterò tutto domani. Pete annuisce triste e torna a letto. Si mette sotto le coperte, ma non ci toglie gli occhi di dosso. Clayton geme quando spingo con gentilezza il ghiaccio sulle labbra e la guancia, ma sente che il freddo è di grande aiuto.

Chinandomi verso di lui, gli bacio la fronte. «Buonanotte, Clayton.» Sono esausta, mentalmente e fisicamente. Ho bisogno di andare a letto.

Quando arrivo alla porta, lo sento mormorare: «Katherine?»

«Sì?» gli chiedo piano.

«Grazie. Prima di oggi, nessuno mi aveva mai difeso.»

Ho una fitta al cuore. «Ci sarò sempre per te.»

«Ti voglio bene.»

«Anche io ti voglio bene. Adesso cerca di riposarti.»

Martedì 18 ottobre

Kate

Quando arrivo al lavoro, la campanella appesa alla porta del Three Petunias tintinna leggermente, e io noto due paia di occhi che mi osservano con uno sguardo che può essere definito di estrema preoccupazione. Sono come raggi laser puntati sul livido che la scorsa notte mi è fiorito in viso, in basso a sinistra. Non fa più male come quando mi sono svegliata questa mattina, ma ha un'aria arrabbiata, e va dalla tempia alla mascella. Quello che invece fa tanto male è il resto del corpo... dappertutto. Se potessi spararmi una flebo di ibuprofene in vena, direi subito di sì. Anche se il corpo mi ha lasciato dormire per quasi quattro ore, questa mattina mi ha dimostrato tutta la sua scontentezza quando l'ho trascinato fuori dal letto e sono andata a lezione. Non c'è bisogno di dirlo, oggi io e lui siamo ai ferri corti. Spero che prima o poi torneremo a essere amici.

Il viso di Clay si corruga e le lacrime gli riempiono gli occhi. «Oh, Katherine, mi dispiace tanto.»

Non lo avevo ancora incontrato oggi. Stava dormendo quando sono uscita per andare a lezione questa mattina e non era in camera sua quando sono passata verso mezzogiorno per sapere come stava. «Clay, come va?» Non voglio parlare di me.

«Mi sento come se fossi stato investito da un camion e lasciato morire a lato della strada.»

Posso concordare.

«Senza offesa, ma sembra davvero che un camion ti abbia investito, tesoro.» I tagli sul viso non sono male come ieri sera, ma il labbro inferiore e la guancia destra sono gonfi e di un innaturale colore rosso fuoco-viola.

Sorride un po'. «Volevo dirti ancora grazie per tutto quello che hai fatto ieri sera.»

«Non è necessario, Clay.»

Mi bacia sulla guancia sana. «Lo è. Sei la prima vera amica che io abbia mai avuto, Katherine. E sono sicuro che quando passerò le mie giornate seduto su una sedia a dondolo da perfetto gentiluomo anziano, vestito di tutto punto, ripenserò alla mia favolosa vita e saprò senza ombra di dubbio che non mi poteva capitare in dono una benedizione migliore della tua amicizia.»

Se apro la bocca per parlare, le parole saranno accompagnate dalle lacrime. Ma io non piango. Quindi annuisco.

Clayton si volta verso Shelly. «Ciao, regina delle danze» ed esce.

Shelly non risponde, si limita a guardare con aria triste. Da come mi sta guardando, so che Clay le ha raccontato tutto, per filo e per segno.

Preferirei che nessuno sapesse, ma almeno non devo essere io a spiegare. «Shelly, sto bene. Possiamo parlare di qualcos'altro oggi?» Sorrido, e lei capisce che non sto cercando di fare la difficile. «Mettiamoci al lavoro.»

Annuisce. So che sta facendo molta difficoltà a rimanere in silenzio, ma le voglio bene anche per questo. «Devo fare alcune consegne oggi pomeriggio. Ce la fai a mandare avanti il negozio da sola?»

«Certo.» Mentre si incammina verso la porta, aggiungo: «Per favore non dirlo a Keller» indicando il mio viso. «Ho ricevuto raffiche di sguardi di compatimento tutto il giorno.» Esito, poi aggiungo: «Tipo adesso.» Lei si volta. «Mi fa sentire male. Odio la pietà, mi spegne.» Lo fa sul serio.

Lei respira forte. Sembra più abbattuta che irritata. Dopo pochi istanti, annuisce ed esce.

Io mi metto al lavoro. Sono più lenta del solito, perché mi muovo alla velocità di una novantenne in convalescenza dopo un doppio intervento alle anche.

La campanella suona, è entrato qualcuno. Ho la schiena rivolta verso la porta e le mie mani sono temporaneamente tenute in ostaggio dal nastro che sto cercando di sistemare attorno a un vaso di rose. «Arrivo subito» grido.

«Non sei passata a salutarmi questa mattina. Come mai? Devo passare ai ricatti o alla corruzione?» È Keller. Cosa ci fa qui?

Rimango di spalle. «Bello, la mia dipendenza è forte, ma la posso anche soddisfare con il caffè gratuito della mensa, anche se è decisamente meno buono. Inoltre, ero in ritardo.» Nastro a posto, mi giro per guardarlo e affrontare lo stupore. «Cosa c'è?»

Gli manca il respiro. «Oddio, Katie, cosa ti è successo?»

Sono grata perlomeno che i lividi sullo stomaco e sull'anca, che stanno ingiallendo in modo spettacolare, siano nascosti dai vestiti e non in bella mostra, altrimenti lui darebbe di matto. «Mi crederesti se ti dicessi che sono caduta dalle scale?»

Le sue labbra sono così serrate che diventano una sottile linea bianca; c'è paura e rabbia nei suoi occhi. Scuote la testa.

«Che mi sono data alle corride?»

«No.»

«Ai combattimenti clandestini di boxe.»

«Chi è il bastardo che ti ha ridotto così?»

Perché quando una donna ha i lividi, soprattutto sul viso, la gente dà per scontato che siano dovuti alla violenza domestica? Sono colpevole anche io di saltare alle stesse conclusioni – che però di solito nascono da una realtà che si ripete di continuo. «Non è come credi» sbuffo, esasperata. «Uno schifoso miscuglio di ignoranza, odio e alcol si è scaraventato addosso al mio amico Clayton questa mattina.» Indico la mia faccia. «È stata una piccola ripercussione. Sto bene, Keller.»

La paura e la rabbia svaniscono dai suoi occhi, lasciando il posto al desiderio di protezione. Almeno non è compassione. «No, non stai bene.» Abbasso lo sguardo e vedo che le sue mani sono appoggiate al bordo del bancone, così strette che le nocche sono diventate bianche.

Appoggio le mani sulle sue. «Ehi, stai tranquillo. Sto bene. Davvero.»

Scuote la testa, si toglie il berretto di lana e i capelli si riversano in tutte le direzioni. Per un attimo vengo distolta dai miei pensieri. Anche i capelli sono belli. Non posso fare a meno di sorridere.

«Perché sorridi?» mi chiede, inclinando la testa.

Allora il mio sorriso si espande. «I tuoi capelli. Sono stupendi.»

Lui li tocca, poi se li pettina con le mani, provando a domarli, ma con scarsi risultati. Credo che siano una delle cose più attraenti. Si schiarisce la gola e arrossisce.

«In cosa posso aiutarti, Keller?» Ora che la faccenda dei lividi è stata affrontata, non posso negare di sentirmi felice di vederlo.

Si morde la guancia come se non fosse sicuro di cosa rispondere. O forse non ha finito con l'argomento precedente. «Sei sicura di stare bene? Perché a me fa male soltanto guardarti.»

Taglio corto. «Sto bene.»

Annuisce ma ha ancora l'aria preoccupata. «Sono stato mandato per una commissione romantica da Rome. Mi ha chiesto di comprargli un'orchidea per Dan. È il loro anniversario e vuole portargliela a casa stasera. Voleva venire qui a pranzo, ma non ci è riuscito. Quindi, hai qualcosa del genere?»

Esco da dietro il bancone e insieme prendiamo un'orchidea bianca dalle mensole. Dopo che ha pagato, creo uno spesso tubo di carta arricciata per proteggerla dal freddo.

Arrivato alla porta, si ferma prima di uscire. Si schiarisce la gola. «Dovresti passare da Grounds domani mattina, ti offro una tazza di caffè. Così non bevi il veleno della mensa per due giorni di fila.»

Rido. «Cerco di mantenere una rotazione molto rigida per evitarlo. Ci vediamo domani. Ma pago io, ti devo ancora i soldi del viaggio a Milwaukee...»

«No, non è vero.»

Sorrido. Lui non mi conosce. Anche se insiste sul non volere i soldi, troverò un modo per farglieli avere. «Molto presto sarò così indebitata che per ripagarti dovrai prendermi come tua schiava personale.»

«Mmm.» I suoi occhi si illuminano. «Mi potresti essere utile sotto molti punti di vista.»

Sorrido. «Non correre troppo. Meglio limitarsi ai soldi, non ho molto tempo libero per fare il lavoro sporco per te.»

Il suo sorriso si storce. «Lavoro sporco? Ancora meglio.» Mi strizza l'occhio e apre la porta.

Scuoto la testa, ma dentro mi sento rinata. So che tra noi non può succedere niente, ma dio mio, quanto mi piace flirtare con questo ragazzo.

«Mi devo tagliare i capelli. Me li tagli tu e siamo pari.»

«Non so tagliare i capelli. E se viene fuori un brutto taglio, di certo la questione non è sistemata.»

«Mi fido di te.»

Sono felice di sentirglielo dire. La fiducia è importante. «Davvero?»

«Per questioni di vita... e di capelli. Sei libera venerdì sera?»

«Certo.»

«Otto in punto?»

«Mi sembra perfetto.»

«Da te o da me?»

So che non è un appuntamento, ma nel sentire Keller chiedermi una cosa del genere, d'un tratto sono contentissima. «I venerdì da Kate e Sugar possono essere imprevedibili. Quindi da te.»

Sorride. «Perfetto. Ciao, Katie.»

«Ciao, Keller.»

Venerdì 21 ottobre

Kate

Sono le otto e dodici quando busso alla porta di Keller. Mi sento le farfalle nello stomaco. Non sono mai stata il tipo di ragazza da farfalle nello stomaco, per cui mi sembra strano. Sono perfettamente sobria, ma è come se avessi bevuto un paio di drink; anche se la mia mente è convinta che non sia ubriaca, è come se il mio corpo pensasse il contrario. Credo di essermi innamorata delle farfalle.

Keller apre la porta, entro, e mi prende il cappotto. Non ci diciamo nulla. È un po' goffo. Non a disagio, ma goffo. Quindi, comincio io: «Non è troppo tardi per tornare sui tuoi passi, bello. Sicuro che ti fidi ancora di me adesso che hai avuto alcuni giorni per pensarci?» La sua fiducia è molto importante per me. Ce ne sono vari gradi, e in generale sono convinta che gran parte della gente non sia male. L'amicizia poi la considero vitale, e la fiducia ne è una parte importante, che però rimane a un livello più profondo. La fiducia non è un sentimento di cui si può parlare con leggerezza. Davvero poche persone se la sono guadagnata; Grace, Gus e Audrey. Ecco. È qualcosa che si costruisce con gli anni. Non so perché, ma sento che Keller è già finito in questa cerchia ristretta. È un bene, ma fa anche paura, perché è successo tutto così in fretta.

Sorride, e l'imbarazzo scompare. «Mi sa che mi fido.»

Bella. Risposta. Cazzo. «Va bene, diamo inizio alla festa.»

Si morde le labbra, ha gli occhi divertiti. Forse vuole dire qualcosa, ma poi ci ripensa. Prende una sedia pieghevole dall'armadio e la sistema dietro il divano. Lo guardo muoversi, ma in realtà non sto davvero guardando, perché quello che vedo è più un sogno a occhi aperti: mi immagino il suo petto sotto quella camicia. Penso a come sia calda la sua pelle, e come potrebbe essere sotto quelle...

«Bagnati o asciutti?» Si ferma quando non gli rispondo, e indica i capelli. «Vuoi che me li bagni?»

Ah, giusto, i capelli. Ecco perché sono qui. «Bagnati, forse. Non è così che fanno i professionisti?» A me li ha sempre tagliati Audrey: due volte l'anno, nella cucina degli Hawthorne, sia che ce ne fosse bisogno o no. Non sono mai stata da uno vero.

«Vada per bagnati. Torno subito.»

Keller sparisce in bagno e riappare due minuti dopo con addosso soltanto i jeans. Gesù, Giuseppe e Maria. Senza camicia è stupendo. La mia mente si scioglie e ho come la sensazione che lui possa vedere ogni mio pensiero, anche quelli più nascosti. E adesso ho di nuovo lo stomaco sottosopra. Cosa mi sta succedendo?

Si sistema sulla sedia, e io cerco di sembrare calma. «Come li vuoi, Mr Banks? Una spuntata? Molto corti? Sono disposta a tutto.» Oddio, lo sono davvero.

«Secondo me una spuntata, ma tu cosa dici? Pensi che dovrei provare un taglio nuovo?»

«No. Mi piace come sono adesso.» Tantissimo.

«Allora vada per la spuntata.»

E adesso sono nervosa, perché non voglio fare un disastro.

«Keller, bello mio, c'è una sorta di piano B se combino un guaio?»

Ride e alza le spalle. «Sono solo capelli, Katie. Se combini un guaio, ma so che non succederà, li rasiamo a zero.»

Non mi ha aiutato. «Ah, grazie, nessuna pressione.»

Lui è molto rilassato. «Infatti, nessuna pressione.»

Non appena incomincio a tagliare, ogni pensiero negativo

sembra abbandonarmi e andare lontano, come le ciocche di capelli che cadono per terra. I suoi sono davvero spettacolari: castano scuro, quasi neri, con una leggera ondulazione che aggiunge volume meglio dei ricci. Ne ha una tonnellata, ma fini come quelli dei bambini e ugualmente soffici e lucenti. Li porta leggermente lunghi; ricadono appena sotto le orecchie e sono sempre ribelli, che secondo me è la caratteristica più bella. Non mi piace quando i ragazzi ci vanno giù pesante con i loro capelli; naturalmente spettinati è il look più sexy di tutti.

Un'ora dopo, ho finito. La conversazione è stata minima. Ho cercato di non trasformare i ciuffi di Keller in un disastro, e lui me lo ha permesso, rimanendo in silenzio. Dopo aver dato un'occhiata allo specchio del bagno, torna da me e raccoglie i capelli sul pavimento. Gli sorrido. Non è stato un disastro.

«Bene, di sicuro non sei veloce, ma sei meticolosa. Bel lavoro.»

«Meticolosa è il mio secondo nome. Speravo che ti sentissi di aver ricevuto un taglio che valeva i soldi spesi.»

«Ogni centesimo. Grazie, Katie. Vuoi qualcosa da bere? Ho un po' di birra in frigo. Te la sei meritata.»

Vorrei rimanere, ma la mia coscienza mi opprime in modo incredibile. Ha la fidanzata, ne sono sicura. Non dovrei essere qui da sola con lui, soprattutto con i brutti pensieri che hanno cominciato a ronzarmi in testa. «No, grazie. Forse è meglio che torni in dormitorio.»

Lui abbassa lo sguardo, e un lampo di delusione gli attraversa il viso prima di riguardare me e sorridere. «Sei a piedi o in macchina?»

«In macchina. È un freddo del cazzo, là fuori.»

Ride. «Freddo del cazzo.» Mi sta provocando. Prende la felpa dal divanetto e se la infila. «Ti accompagno fuori.»

Stiamo in piedi, accanto alla mia macchina. Non riesco a non sentirmi felice dentro di me: non ho mai avuto un ragazzo che mi accompagnasse alla macchina. Poi la mia mente mi ricorda che non è il mio ragazzo, e il suo è un semplice gesto di cortesia. Di solito non sono per questo tipo di cose, ma stasera mi fanno piacere.

«Grazie ancora, Katie.»

«Prego, figurati. Mi sento così bene a non essere più in debito con te.»

Ridiamo entrambi, poi torna il silenzio. Ci guardiamo negli occhi, come se non sapessimo cosa fare. Potremmo rimanere così per tutta la notte, quindi faccio quello che mi viene spontaneo fare con gli altri amici. Allargo le braccia. «Vieni qui.»

Lui è lento a reagire, ma quando le sue braccia mi avvolgono, mi sento sopraffatta dalle emozioni. Alcune persone sono eccellenti nell'arte dell'abbraccio: è come se ti stringessero con tutto il loro essere, tu ti senti inondata dal loro calore e capisci di essere amata e protetta.

Keller è un maestro nell'arte dell'abbraccio. Il suo, da sogno, è due volte più lungo di uno normale, ma non tanto quanto vorrei. Quando ci separiamo, sento freddo e istintivamente afferro la maniglia per entrare in macchina.

«Stai attenta, Kate.»

«Certo, ti auguro un gran buon fine settimana, bello.»

«Chicago domani, poi torno lunedì mattina presto.» Sta sorridendo.

Ecco, mi sono comportata bene. Chicago. L'altra vita. La ragazza. «Divertiti. Ci vediamo lunedì.»

«A lunedì» ripete. «Ci vediamo lunedì.»

«Buonanotte, Keller.»

«Per me lo è già. Buonanotte, Katie.»

Lunedì 24 ottobre

Kate

Oggi hanno sospeso le lezioni, causa neve. Ne è caduta tantissima questa mattina. Tutti la definiscono una tempesta fuori stagione, a me invece sembra più appropriato 'madre natura dopo una cura a base di steroidi'. E non fa compromessi quando è così.

Adesso capisco perché si fa tutto questo casino. Fortunatamente sta smettendo, ma questa mattina presto, quando mi sono infilata gli stivali e ho camminato sulla neve fresca fino a Grounds, scendeva proprio copiosa. Ne è valsa la pena affrontarla, per rimanere qui tutta la mattina a bere caffè e a leggere.

La campanella tuona e io la ignoro, sono troppo concentrata sul libro appollaiato sulle mie gambe. Ho il posto carino sul divanetto davanti al fuoco, e niente mi può distrarre dalla mia mattina di pura estasi.

Tranne forse la voce che sento vicino al mio orecchio. «Questo posto è libero?»

Mi giro leggermente verso sinistra e incontro il viso di Keller. A un centimetro dal mio. È chino sullo schienale del divanetto, con il mento appoggiato sulle braccia incrociate. Il viso è rasato e pulito. È da un po' che non lo vedo così. Sembra tanto più giovane. «Ehi. Certo che sì, siediti.» Sposto la borsa e la poso sul pavimento, per fargli spazio.

Si mette a sedere di fianco a me dopo aver tolto cappotto, berretto e guanti. «Accidenti, per la quantità di neve che c'è là fuori, si direbbe che siamo in Minnesota.»

Alzo gli occhi al cielo. «Non me lo ricordare.»

Lui ride, e mi dà una leggera gomitata mentre estrae da un sacchetto un sandwich avvolto nella carta cerata. «Dopotutto, non è così male. Guarda come è bello là fuori.» È sincero, per cui non commento e do un'occhiata alla grande finestra alle nostre spalle.

Il cielo è così nuvoloso che sembra quasi sera, mentre invece è soltanto mattina. I fiocchi di neve stanno cadendo di nuovo, radi e lenti. Le strade sono vuote. È bello, ma perché mi trovo dentro, davanti al fuoco, all'asciutto e al caldo. «Come sei riuscito a trovare un volo da Chicago questa mattina, con tutta questa bellezza?» gli chiedo, indicando fuori.

«Ne ho preso uno ieri sera, prima che cominciasse a nevicare. Avevano detto che sarebbe stata pesante, e credo che una volta tanto abbiano avuto ragione.» Mi dà un'altra gomitata. «Ti va metà del mio sandwich, Katie? È di tacchino.»

«No, grazie.» Cerco sempre di evitare i 'No, grazie, sono vegetariana' perché qualcuno lo trova irritante. Non so perché, ma a volte la gente ti guarda come se avessi appena detto qualcosa di incomprensibile. Tutti ne restano turbati. Quindi, offro solo una spiegazione se sono obbligata.

Lui insiste, e prova a passarmelo. «No, davvero, è gigantesca. Mi sento maleducato a mangiare davanti a te. Prendine metà.»

Adesso sono obbligata. «Non sentirti male, bello, sono vegetariana. E comunque non ho proprio fame; ho mangiato un muffin poco fa.»

Lui sbatte le palpebre. «Allora... non ti scoccia se lo mangio davanti a te? Cioè, ti scoccia? Perché posso aspettare o... o sedermi più lontano.» Muove la testa di fianco, per indicare un posto all'altro capo della stanza.

Io lo guardo per alcuni secondi di troppo prima di rispondere, perché l'offerta era così educata. «No. Mangia pure tranquillo. Grazie per avermelo chiesto, però. Sei stato... carino.»

Lui sorride e ne prende un morso, e la maionese e la mostarda spuntano agli angoli della bocca. Parla tra un morso e l'altro. «Allora, perché sei vegetariana? Motivi di salute, religiosi o per i diritti degli animali?»

Alzo le spalle. «Non lo so. Non mi è mai piaciuta l'idea di un animale che nasce, viene allevato e poi ucciso solo perché io dovrei mangiare. Ci sono un sacco di altre opzioni per il nostro mantenimento, là fuori.»

Aggrotta le sopracciglia come se non ci avesse mai pensato. Annuisce. «Giusto.» Finito il sandwich, accartoccia la confezione di carta e la deposita nel sacchetto, poi batte le mani. «Dovremmo andare fuori a guidare oggi pomeriggio. Adesso ci sarà quasi mezzo metro.»

Guardo di nuovo fuori, e a giudicare dalla neve sulla macchina parcheggiata dall'altra parte della strada, ha ragione. È una buona occasione per imparare. «Per me va bene. Che ne dici dell'una? Oggi devo andare a lavorare alle tre.»

«Mi sembra perfetto.»

Sposto il libro che stavo leggendo sul tavolino davanti a noi, così posso aprire la borsa sul pavimento. «Passo a prenderti?»

Lui annuisce distratto mentre osserva il mio libro. «È bello?» mi chiede.

«Non lo hai mai letto?» Sono stupita.

«No, anche se mi sarebbe sempre piaciuto.»

Ripenso alla reazione che ha avuto quando gli ho detto di non aver mai letto *Racconto di due città*, così lo provoco: «Quale studente non ha letto *Il buio oltre la siepe*?»

Il suo sorriso si espande. «Me lo merito.»

«Certo che te lo meriti. Io lo rileggo ogni anno. È uno di quei libri che riesce a essere sempre meglio ogni volta che lo leggi, e ti ritrovi a innamorarti di lui ogni volta.»

Sorride. So che può capirmi, dopo che mi ha confidato di aver letto varie volte il romanzo di Dickens.

«Inoltre, uno dei protagonisti è un mio eroe. Hai presente il detto 'Cosa farebbe Gesù'?»

Annuisce.

«Be', la mia versione è 'Cosa farebbe Atticus'? Lui sa sempre cosa fare.» Mi alzo, infilo il cappotto di lana e tiro fuori i guanti dalle tasche. Mi metto la borsa a tracolla e saluto Keller. «Ci vediamo all'una.»

«All'una in punto. Ti accompagnerei ai dormitori, ma Dunc ha la Green Machine.»

«Non ti preoccupare. Là fuori c'è il Paese delle meraviglie in versione invernale.» Sgrano gli occhi per aumentare l'effetto. «Non voglio perdermelo.»

Lui ride al mio sarcasmo.

Mentre sto per uscire, sento Keller che mi dice: «Katie, hai dimenticato il libro.»

Sorrido. L'ho fatto apposta. «Tienilo, è tuo. Qualcun altro dovrebbe iniziare ad amarlo.» È il mio libro preferito. Mi sento bene a sapere che lo lascio a qualcuno che lo apprezzerà.

«Ma non hai finito di leggerlo.» Mi mostra il segnalibro.

«Tanto so già come finisce. Tu no.» Ammicco e sorrido, ma la schiettezza e la verità di quelle semplici parole mi colpiscono. È così, lui non sa, non conosce la mia storia. Ed è così che deve rimanere, perché ho sempre preferito i finali allegri. «Devi conoscere Atticus Finch. È un avvocato con le palle.»

Mi fermo davanti alla porta di Keller all'una e un quarto, e prima di suonare il clacson, lo vedo già fuori, come se stesse in ascolto o mi avesse spiato. Scuote la testa.

«Ragazza mia, riuscirai mai a essere puntuale?» Scherza, ma so che è una cosa che gli dà fastidio.

«No. Un'altra cattiva abitudine. Ormai è diventata cronica.» Alzo le spalle; io sono così. Dopotutto, c'è ben di peggio che essere in ritardo. «Il fatto è che dovevo stare attenta a tutta questa bellezza. Mi ha rallentato.»

Lui sorride. «Bene, ci sei riuscita. È un buon inizio.»

Keller è un istruttore di guida nato. La sua pazienza sfiora quella dei santi. Mi guida attraverso le strade deserte e ghiacciate, fino ad arrivare al parcheggio dell'auditorium. Sono felice che non ci sia nessuno fuori perché mi sento un pericolo pubblico. Almeno, se faccio confusione, nessuno si farà del male. Keller non alza mai la voce al di sopra del suo solito livello, pratico, calmo, suadente. È la voce che mi guida sana e salva attraverso la bufera, ricordandomi di allentare la presa sul volante, e di rallentare, e di usare il freno, e di non trattenere il respiro. Mi rilassa. È un sostegno solido e costante. E io ho imparato ad apprezzarne il valore.

Venerdì 28 ottobre

Kate

«Buon compleanno a te... Buon compleanno a te... Buon compleanno, cara Bright Side! Buon compleanno a te!»

Si può dire che la vita non è vita, finché Gustov Hawthorne non vi canta gli auguri di compleanno al telefono. Lo fa ogni anno... a pieno volume, ogni nota puro straordinario entusiasmo. «Accidenti, questa è quasi una sveglia telefonica, Gus.»

«Merda. Stavi dormendo, Bright Side? Sono le sei dalle tue parti, vero? Pensavo che saresti stata già in piedi.» Le sue frasi si accavallano le une sulle altre.

«Non c'è problema, bello, sono in piedi da un pezzo.» Per la precisione, dalle cinque meno un quarto. Sono già uscita per fare una corsa sul tapis roulant del centro sportivo del campus, dall'altra parte della strada, davanti ai dormitori. Questi giorni è faticoso correre anche un chilometro. Però sono in piedi, ho già fatto la doccia e sto camminando lungo Main Street verso Grounds per il mio caffè mattutino.

«Ah, bene.» È sollevato. Adesso è tornato a parlare a una velocità normale, con qualche sfumatura etilica.

«Bello mio, sei ubriaco. Dove ti trovi?»

«Mmm» dice assonnato, poi alza la voce: «Ehi, Robbie, dove siamo, bello?» Sento la risposta, poi Gus che fa eco: «Indianapolis. Siamo a Indianapolis, Bright Side.»

È proprio bevuto; non mi ricordo l'ultima volta che l'ho sentito così. C'è un forte rumore di sottofondo, sono sicura che non siano in pullman. «Come è stato il concerto ieri sera?»

«Mi sono rotto le palle!» Questo è troppo, anche per Gus.

«Tesoro,» è ora di riportarlo sulla terra «una domanda: so che sei a Indianapolis, ma dove di preciso?»

Ci pensa alcuni secondi; io me lo immagino a guardarsi intorno alla ricerca di qualcosa che lo aiuti a rispondere. «Non lo so. Sembra una stanza di hotel. C'è tutta la band!» Si ferma, poi grida: «Ah, ciao, Robbie!» come se lo avesse notato adesso per la prima volta e non si ricordasse di avergli parlato venti secondi fa.

«Gus, bello mio, grazie per gli auguri di buon compleanno. Adesso ti devo lasciare. Fammi un favore, trova qualcuno sobrio che ti possa dire dove sei. Sono sicura che stasera suonerete a Chicago.» Cerco sempre di ricordarmi le tappe del tour. Aiuta a sentirmi legata a lui, visto che non riusciamo più a parlarci tutti i giorni. «Forse dovresti già essere in viaggio, in questo preciso momento.»

Sta tornando in sé. «Merda» mi dice al telefono, prima di urlare: «Merda, ragazzi» verso il resto della stanza. «Stasera siamo a Chicago. Dobbiamo uscire di qui.»

«Bravo, Gus. Andrà tutto bene. Vai alla reception e chiedi che chiamino un taxi per portarvi al posto dove avete suonato ieri sera. E telefona al tuo agente; sarà parecchio incazzato se non vi trova.»

«Giusto. Grazie.» Adesso ha un tono leggermente più sobrio.

«Ti voglio bene, Gus.»

«Anche io ti voglio bene, Bright Side. Buon compleanno.»

«Grazie, ciao.»

«Ciao.»

Ho uno strano rapporto con il mio compleanno. Non ne parlo con gli altri perché non mi è mai piaciuto festeggiarlo. Mia madre ci riempiva di regali, ma solo quando eravamo molto piccole. Visto che non ci concedeva il suo tempo, ci comprava cose. Era un surrogato, anche un bambino di cinque anni lo capisce. Quando siamo cresciute, e lei è diventata più instabile, ha smesso. Niente regali... ma anche niente tempo. È stato un peggioramento continuo.

Fortuna che, con quelli di Gus, gli auguri sono finiti, qui nessuno sa quando sono nata. O almeno così credo, ma poi verso le sei e mezza, mentre sono in biblioteca, ricevo un messaggio da Shelly.

SHELLY: Buon compleanno!
IO: Grazie! Come hai fatto a saperlo???
SHELLY: Patente di guida, contratto di lavoro.
IO: Violazione della privacy?
SHELLY: Forse. Pizza alle 19, ti vengo a prendere ai dormitori.
IO: Okay.

Non si può discutere con Shelly, quindi torno di corsa in camera e mi cambio, passando dalla tuta ai jeans e a una camicia pulita. A quel punto ricevo un altro messaggio. Sono le sette meno un quarto.

SHELLY: Qual è la tua stanza#?
IO: 210

Meno di un minuto dopo, sento bussare alla porta. La apro, e me la ritrovo davanti, con indosso un cappotto viola. Il naso e le guance sono rossi per il freddo.

Guardo l'orologio. «Cosa c'è? Ho ancora quindici, venti minuti.»

Lei sorride ed entra dentro, poi si distende sul mio letto. «Lo so. Il fatto è che guida Keller, e lui è sempre in anticipo... come tu sei sempre in ritardo. Ha la fissa di arrivare in tempo, scusa.»

Mi slego la coda e passo le mani tra i capelli. «C'è anche Keller stasera?»

Lei sta guardando le foto sulla scrivania. «Sì, gli ho detto questa mattina che era il tuo compleanno. La cena è stata una sua idea.»

«Ricevo più sorprese per questo compleanno che per tutti gli altri diciannove.»

Indica le foto. «Chi sono queste persone, Kate?»

Di solito, sono molto riservata. Non parlo della famiglia o di Gus con nessuno. Clay e Pete sanno di Gus, ma quella è stata una necessità. E Sugar conosce i nomi, ma al di là di quello non le potrebbe fregare di meno. «Lei è mia sorella Grace e lui il mio migliore amico, Gus.»

Shelly appoggia con tenerezza un dito sul viso di Grace. «Non sapevo che hai una sorella.»

«La migliore.» Mi fermo qui. Sono grata quando passa all'altra foto.

La solleva e la tiene tra le mani. «Cazzo, che bel ragazzo, Kate.»

«Vai sulla fiducia, visto che metà viso è nascosto dai capelli.» Sono contenta che non lo abbia riconosciuto. È diverso con i capelli lunghi.

Mi fissa con i suoi grandi occhi neri. «Ma lui è... Intendo dire, di persona deve essere bello da paura...»

«Sì, è uno spettacolo per gli occhi.»

Scuote la testa e ripone la cornice sulla scrivania. «Cazzarola» e non aggiunge altro.

Prendo il mio cappotto di lana e siamo fuori alle sette meno cinque. Stasera ho segnato un mio record personale: cinque minuti di anticipo.

Shelly apre lo sportello sul retro della Green Machine, accostata al marciapiede davanti ai dormitori. «I posti ce li siamo giocati a morra cinese. I ragazzi hanno ottenuto quelli davanti, noi due siamo finite sul retro. Mi dispiace.»

«Non c'è problema» le rispondo, finché non mi accorgo che invece un piccolo problema effettivamente c'è.

Niente sedili posteriori, soltanto tre grossi sacchi.

«Oddio, Keller. Sacchi?»

Sacchi.

Lui sorride. «Ciao, festeggiata. Scusami per la mancanza di sedili tradizionali.»

«Oh, cavolo.» Salgo e mi sistemo alla meno peggio su uno.

Shelly per scherzo mi presenta di nuovo Duncan, che si scusa per il nostro primo incontro, la sera della festa di inizio anno, quando ci siamo parlati per due secondi e poi lui è subito crollato, completamente bevuto. «Certo non è stata una delle mie serate migliori» dice.

I sacchi sono in realtà piuttosto comodi, e quando ci fermiamo davanti al parcheggio del Red Lion Road, mi hanno convinto. «Perché le macchine non sono fatte tutte così?» chiedo a Shelly.

Duncan si volta; è d'accordo con me. «Vero?!»

Shelly alza gli occhi al cielo. «Forse perché in caso di scontro frontale, seduto sui sacchi sei destinato a morte certa? Non lo so, Kate.»

Annuisco e sorrido. «Sì, c'è questo piccolo, macabro dettaglio. Me lo ricorderò quando torniamo a casa. Grazie per avermi rovinato la magia di questo momento, Shelly.» Saltiamo fuori e ci incamminiamo insieme verso il ristorante.

Shelly si sistema sulla panca accanto a Duncan, e Keller si siede accanto a me. Il tavolo è stretto. Cerco di mantenere un po' di spazio tra noi, ma ci tocchiamo con i gomiti.

Keller mi dice a bassa voce: «Te lo avrei dovuto chiedere prima, però ti piace la pizza, spero.»

«Certo.»

Shelly ci guarda. «Due grandi, ai peperoni e salsiccia?»

«Una ai peperoni, una al formaggio. Katie è vegetariana» annuncia Keller con aria d'intesa.

Shelly aggrotta la fronte. «Sei vegetariana?»

Annuisco.

Lei non sembra convinta, come se io e Keller le stessimo facendo uno scherzo. «Per davvero?»

Lui risponde per me. «Davvero, Shel.» Poi appoggia dieci dollari sul tavolo. È buffo vedere quanto è orgoglioso di sapere una cosa su di me.

Shelly e Duncan mettono a loro volta una banconota da dieci, poi lei commenta: «Si impara sempre qualcosa di nuovo.»

Io infilo le mani in tasca e pesco un biglietto da cinque e cinque pezzi da uno. Li appoggio sul tavolo, ma Keller li prende e me li passa. «I tuoi non valgono questa sera, festeggiata.»

Riprendo il biglietto da cinque, e lo guardo davanti e dietro. «Perché hai sempre problemi con i miei soldi? Questo non ha nemmeno subito dei lavaggi. Se non mi permetti di pagare, presto comincerò a sentirmi un'approfittatrice.»

Mi prende la mano e me la chiude, con i soldi dentro. «È la cena del tuo compleanno, paghiamo noi. E poi io lavoro qui al bar qualche sera a settimana, quindi ho uno sconto sulla pizza.»

«Tu hai due lavori?» So che è sempre occupato, ma non immaginavo così tanto.

Alza le spalle. «Devo, per forza. Le mance sono buone.»

Duncan sorride. «Le mance sono buone perché Keller piace alle donne sobrie... e quelle ubriache invece lo adorano.»

«Sono solo un bravo barista» si difende lui. Fa tenerezza quando è così serio.

Duncan mi guarda e sorride. «Kate, Keller pensa di ricevere le mance per la sua bravura nel preparare cocktail. Come no, sei davvero un bravo barista.»

Keller annuisce. «Grazie, amico.»

L'altro continua: «Questo ragazzo non ha ancora capito che metà delle donne che vengono qui ogni santo martedì o giovedì sera lo fa per un unico motivo: Keller Banks. Se ci pensi, è molto divertente.»

A volte sembra anche a me di andare da Grounds solo per incontrarlo. È talmente bello che posso capire.

A dimostrazione delle parole dette, una graziosa rossa ci passa accanto e gli sorride. «Ciao, Keller» lo saluta con tono flirtante.

Lui alza una mano, in una specie di segno d'intesa. Gentile, anche se poco esplicito.

«La conosci?» Duncan ride di nuovo.

Keller scuote la testa. «Non so chi sia.»

L'amico scoppia in una risata. «Vedete? Non hai capito, la tua bravura non c'entra niente.»

Keller arrossisce ed è Shelly a venire in aiuto. Si china sul tavolo e si rivolge a noi: «Odio riprendere la conversazione, ma intendi dire che Keller Banks, il tirchio, ti ha offerto qualcosa... pagandola con i suoi soldi?»

Alzo le spalle, mentre Keller esce dalla panca per andare a ordinare.

Il sorriso di Shelly si allarga sempre più. «Interessante.»

Venti minuti dopo, un enorme boccale di birra e una pizza ai peperoni e salsiccia vengono portati al nostro tavolo, seguiti da una pizza al formaggio con venti candeline accese. Shelly, Keller e Duncan subito attaccano con *Buon compleanno*. Non mi piace essere al centro dell'attenzione, ma sapere che ho amici così premurosi mi fa sentire bene.

Sabato 29 ottobre

Kate

Caffè. Devo assolutamente bere un caffè. Ieri sera sono stata fuori con Keller, Shelly e Duncan fino a tardi. Non ho bevuto, eppure stanotte non ho dormito bene. Quindi ho bisogno di una grossa dose di caffeina per iniziare la mia giornata di slancio. Stasera c'è il concerto dei Rook, ma la band arriverà nel primo pomeriggio. Devo svegliarmi.

Ci sono poche persone da Grounds. Romero mi saluta e sorride mentre parla con un uomo in giacca e cravatta. Keller è dietro il bancone, con la schiena rivolta a me. Credo non mi abbia ancora visto, quando prende l'ordine da una tipa bruna. Lei flirta con lui. Lui no. Mi viene da ridere. Oddio, non l'avevo mai notato, ma le ragazze ci provano davvero parecchio. A un certo punto, Keller incrocia il mio sguardo e ammicca. È un cenno quasi impercettibile; se non lo stessi fissando, non lo avrei colto. Però non sono stata l'unica a notarlo, perché non lo sto guardando solo io. La bruna sposta i capelli sulle spalle e mi lancia un'occhiata arrabbiata. Per un istante sento come un'urgenza dentro di me, un bisogno di dimostrare a tutti che Keller è solo mio. Combatto il fortissimo desiderio di saltare dall'altra parte del bancone e baciarlo fino a farlo svenire. Ma poi mi ricordo che lui non *è* mio, e l'urgenza svanisce. Cosa mi sta capitando?

Arriva il mio turno, e Keller dà una pacca sul braccio a Romero. «Puoi preparare tu il caffè a Katie, Rome? Grande, nero. Torno subito.» Corre verso la porta dell'appartamento. «E offro io, mi raccomando» aggiunge, poi sparisce. Ritorna subito, e mi fa cenno di spostarmi in fondo al bancone. Mi dà un piccolo pacchetto con su scritto 'Buon compleanno, Katie' in una grafia disordinata, tipica dei ragazzi. Forse dovrebbe fare il medico invece dell'avvocato. «Buon compleanno, Katie.»

«Keller, cos'è, la settimana del compleanno? Non dovevi. Mi hai offerto la cena ieri sera, ti ricordi?»

Lui alza le spalle. «Quello era da parte di tutti noi. Questo è da parte mia e basta.»

Lo apro. È un buono regalo da venti dollari per Grounds. «Grazie, è perfetto.» Pensando alla nostra conversazione al Three Petunias, aggiungo: «Ricatto o corruzione?»

«Nessuna delle due. È una specie di garanzia.»

«Garanzia?»

«Sono dodici tazze di caffè. Dodici volte da Grounds, dodici occasioni di vederti.» Ha un sorriso adorabile, da ragazzino. Si è di nuovo rasato, e il suo aspetto è irresistibile.

Lo abbraccio, gli do un bacio sulla guancia e gli sussurro all'orecchio prima che mi lasci andare: «Garanzia che assomiglia molto a corruzione.» Poi lo guardo dritto negli occhi. «Non c'è bisogno di corrompermi, sai? A me piace passare il tempo con te. Grazie.»

Mi aspetto il suo mezzo sorriso furbo, invece la sua espressione è dolce, sincera. «Prego. Anche a me piace passare il tempo con te, Katie.» Indica il bancone alle spalle. «Ascolta, adesso è meglio che torni al lavoro, ma ci vediamo questa sera. Non vedo l'ora di andare al concerto.»

«I Rook organizzeranno un grande spettacolo, vedrai.» Ammicco mentre mi allontano verso la porta. «Stai pronto, mi raccomando.»

«Certamente.»

Gus mi manda un messaggio poco dopo le due: 'Sono qui! Siamo alla sala concerti!'

Rispondo: 'Arrivo tra dieci minuti.'

Afferro la borsa sul letto e mi dirigo come un missile verso la macchina. Controllo se ho preso le chiavi mentre scendo di corsa i gradini fino al parcheggio. Poi, lo vedo, appoggiato contro lo sportello. Allora mi metto a correre ancora più veloce. L'enorme sorriso sul suo viso è contagioso; mi avvolge in un abbraccio e mi fa girare, e io sento i miei piedi che volano. Adoro gli abbracci di Gus. Lui è così grande che mi ci perdo dentro.

Mi mette giù e prende il mio viso tra le mani. «Non riesco a credere che sei davvero tu, Bright Side. Skype è un surrogato di merda della realtà.»

Sono d'accordo. Sorrido e gli tocco i capelli. «Come sei bello.»

Lui scuote la testa e poi indica l'edificio alle mie spalle. «Quello è il tuo dormitorio, vero?»

Annuisco.

«Allora andiamoci, voglio una visita guidata, devo incontrare tutti i tuoi amici. Sono libero fino alle cinque, poi devo tornare per il controllo del suono.»

Iniziamo dalla stanza davanti alla mia, ma c'è solo Pete, perché Clayton è a Minneapolis da Morris. All'inizio è molto timido, poi si scioglie – per quanto Pete *possa* sciogliersi. Gli racconto che Gus è in città per il concerto (senza dire che sarà *lui* a suonare), e Gus gli chiede da dove viene, cosa studia e se gli piace il Minnesota. Credo che Pete rimanga un po' sorpreso da tutte quelle domande e dall'interesse sincero mostrato da Gus. Quando è ora di andare, lo sguardo di Gus cade su una foto incorniciata di Pete e di Evelyn sulla scrivania. Un lampo malizioso gli compare negli occhi. Non mi piace. Lo so, sta per fare qualcosa di brutto.

Prende la foto. «Lei è la tua ragazza, Pete?»

«Sì, si chiama Evelyn» afferma, timido.

«Bella coppia. Dimmi, le piacciono i cowboy?»

«Cowboy?»

«E i pantaloni di pelle?»

O merda, ecco dove vuole arrivare.

Pete è perplesso. «Non lo so.»

Gus continua come se gli volesse svelare un segreto, ma

senza abbassare la voce: «Bello, ti do un consiglio. Alle ragazze piacciono i pantaloni di pelle. E anche qualche gioco erotico per vivacizzare il rapporto.» Gli sorride, come se gli avesse fatto un grosso favore. «Non aggiungo altro.»

Pete arrossisce profondamente.

Prendo Gus e lo spingo con forza fuori dalla stanza, poi aggiungo piano: «Mi dispiace.»

Ma Gus non ha finito: «Cibo per il pensiero, bello. Cibo per il pensiero.»

Sul viso di Pete si accende un debole sorriso. «Grazie.»

Non appena siamo al sicuro dietro la porta della mia stanza, gli sferro un pugno.

«Cosa c'è?» mi chiede innocente. Poi scoppia a ridere. «Gli ho solo fatto un favore. Hai visto che faccia aveva quando siamo andati via? Ci sta facendo un pensierino, bella. Evelyn mi ringrazierà per questo, Bright Side. Mi ringrazierà.»

Scuoto la testa, ma se dopotutto avesse ragione?

Visto che Sugar non è in camera, possiamo passare il tempo a rilassarci insieme. Gus osserva ogni minimo dettaglio della piccola stanza, con una curiosità che ho visto solo nei bambini, nei gatti e... in Gustov Hawthorne. Non è ficcanaso o invadente, ma vuole sapere tutto, e a fondo. Un luogo, un oggetto o una donna richiedono una certa attenzione, ma di solito la gente non ne è capace, o non ha tempo.

Lo accompagno per il campus e gli mostro dove vado a lezione. Mi fa un sacco di domande, e io racconto. Se fossi con un'altra persona, penserei di annoiarla, ma con Gus no. Lui è davvero interessato a ogni aspetto della mia vita, come se fosse la sua o forse anche di più. E per me è lo stesso, ecco perché siamo migliori amici.

Il nostro tempo insieme sta per finire, quindi torniamo alla macchina. «Vuoi un caffè prima che andiamo all'auditorium?»

«Dal famigerato Grounds, di cui ti sento sempre parlare?»

Annuisco.

«D'accordo. Ero così contento di vederti oggi che non ho dormito molto ieri notte. Un po' di caffè mi farebbe bene.»

Sorrido. «Anche a me.»

***

Non appena Gus apre la porta del locale, la campanella comincia a tuonare. Lui si spaventa e guarda in alto, poi mi sussurra all'orecchio: «Che cazzo ha quella campana?»

Io rido, sono d'accordo con lui.

Mi volto verso il bancone, ma rimango stupita perché l'uomo che vedo non è né Keller né Romero. Non lo conosco, deve essere sui quarant'anni, ed è molto bello. Alto, ha un'aria professionale, persino distinta. I capelli grigi alle tempie e gli occhi scuri, seri, sembrano fuori posto qui. Il suo saluto è cordiale: «Benvenuti da Grounds.»

Adesso capisco. È Dan, il fidanzato di Romero. «Dan?»

Lui risponde confuso: «Sì...»

Gli porgo la mano. «Ho sentito molto parlare di te. Io sono Kate.»

Si illumina, credo che abbia capito. «La Katie di Keller?»

Gus mi guarda come se ci fosse qualcosa che non gli torna, ma io sono confusa tanto quanto lui. «Sì, sono l'amica di Keller.»

Dan mi stringe la mano in modo molto energico, forse troppo. «Sono contento di conoscerti, finalmente. Anche io ho sentito molto parlare di te.»

Gli presento Gus e non posso fare a meno di notare che Dan è freddo con lui.

Ordino il mio solito caffè grande e nero. Gus chiede la stessa cosa, poi come al solito ci aggiunge mezza tazza di zucchero. Ogni volta che lo vedo, mi fanno male i denti.

Saliamo in macchina, e Gus affronta subito la questione. «Bright Side, esci con qualcuno?»

«No. Io e Keller siamo solo amici.»

«E lui lo sa? Perché il tipo là dentro si è comportato come un padre che incontra per la prima volta la fidanzata del figlio. È stato un po' strano.»

Accompagno Gus all'auditorium. Dopo uno scambio di abbracci con gli altri componenti della band, mi siedo e rimango a guardarli mentre fanno il soundcheck. Sono senza parole: esibirsi ogni sera per un mese gli ha fatto proprio bene, sono perfetti. A San Diego passavo molto tempo ad ascoltare le loro prove. Lavoravano alle nuove canzoni, cercavano di perfezionare il suono e a volte cantavano alcune cover. A me piaceva, perché era come il karaoke con una band dal vivo. Quindi sono felice quando Gus mi chiede: «Sei pronta per una canzone, Bright Side?»

Guardo la band, mi stanno sorridendo tutti. Sembra una delle tante prove, se non fosse per la grandezza dell'auditorium tutto vuoto in cui ci troviamo. Ma con loro accanto, anche quello appare intimo e sicuro. «Cosa volete suonare?»

Franco sta facendo girare le bacchette tra le dita, per lui ormai è un'abitudine. «Io voto per *Sex*.»

«Solo come canzone?» provoco.

Si sfrega il mento, per riflettere. «Posso dire in entrambi i sensi?»

Gus mi abbassa l'asta del microfono, io salgo sul palco e li raggiungo. «No, non puoi. E non facciamo *Sex*» dice.

«Perché no?» gli chiedo. «È una bella canzone, e a te piacciono i 1975.»

Gus mi sorride e scuote la testa. «Bright Side, pensaci bene. Franco ha altri motivi. Se tu cantassi la canzone, sarebbe...»

Franco annuisce ed esclama: «Trasgressivo!»

«Non canta con noi soltanto per nutrire le tue fantasie, cazzone.»

Franco scoppia a ridere. «Ci ho provato.»

Gus passa a sistemare la chitarra. «Facciamo invece *Panic Switch*.»

Sa che a me piace molto. Tutta la band lo sa. Come le migliori canzoni dei Silversun Pickups, questa è puro caos controllato. Se si ascoltano separatamente la batteria, il basso, la chitarra e le parole, sembrano quattro brani diversi. Basta metterli insieme, ed è un colpo di genio. «D'accordo, ci sto.»

Gus sistema la pedaliera degli effetti, poi inizia. Sembra che il suono nasca dal nulla, e io provo una grande gioia; è bello sciogliersi e ricominciare a cantare. E poi, siamo tutti insieme. Io canto e ballo attorno al palco; è come essere tornati a provare nel garage di Gus. È meraviglioso.

Quando abbiamo finito, mando un messaggio a Keller, Shelly, Clayton e Pete: li incontrerò direttamente al concerto. Prima, devo riuscire a fare entrare tutta la band nella mia macchina e portarli a cena a Minneapolis, visto che Grant non offre molto. Il concerto comincia alle nove, quindi abbiamo parecchio tempo per mangiare, bere (guido io, quindi mi limito all'acqua) e aggiornarci sulle novità. Le cose non sono cambiate. Jamie è gentile, Franco è il conquistatore, e Robbie il ragazzo di poche parole che è sempre stato. L'amicizia con loro, soprattutto con Franco, è spontanea, naturale, rassicurante. Ci rispettiamo e sosteniamo a vicenda.

Approfitto di un momento di silenzio mentre torniamo a Grant per chiedere la loro opinione su un argomento di contesa. «Ragazzi, ho una domanda per voi. Sono così male a guidare?»

Gus si volta di scatto per guardarmi dritto negli occhi. È sorpreso, ma prima che possa aprire bocca, è Franco a rispondere, dal retro: «Definisci il concetto di male.»

«Non lo so, bello. Pericoloso? Ti sembra che la tua vita sia in pericolo con me al volante?»

Adesso è la volta di Gus. «Non c'è niente che non va con la tua guida. Chi ti ha detto una cosa del genere? Sono stato io a insegnarti a guidare, ricordi?»

«Ma proprio per questo non puoi essere obiettivo. Silenzio, non sei tu a dover rispondere alla domanda.» Guardo gli altri attraverso lo specchietto retrovisore. «Allora, ragazzi?»

Jamie mi sorride. «Perché ce lo chiedi?»

Controllo un attimo la strada prima di tornare a loro. «Qualcuno ha palesato una certa preoccupazione dopo essere salito in macchina con me.»

Robbie ride. «Kate sta cercando di dire che ha spaventato a morte un suo passeggero.»

Sul mio viso appare un sorriso colpevole. «Uno o due.»

Gus si intromette: «Sono tutte cazz...» ma lo interrompo con un cenno della mano.

Franco spinge il ginocchio contro il mio sedile, così che io lo possa sentire. «Non ti preoccupare, Kate. Sono tutte cazzate.

Tu hai una guida veloce e aggressiva, non c'è niente di male. Prossimo argomento, prego.»

Con la coda dell'occhio noto un sorriso sul viso di Gus, che per me significa appoggio e sostegno. Già mi sento meglio.

Keller

Non riesco a mentire a me stesso. Sono rimasto male quando ho ricevuto il messaggio di Katie che mi diceva che ci avrebbe incontrato direttamente al concerto questa sera. Non ne avevamo mai parlato, ma avevo capito che ci saremmo visti prima e che saremmo andati insieme. E invece ho perso un'occasione per stare con lei. Io vorrei sempre starle vicino, non mi basterebbe nemmeno ogni secondo e ogni minuto di ogni singolo giorno.

Ma poi, sono rimasto molto male quando verso le sei sono andato da Grounds per una tazza di caffè e Dan mi ha raccontato che Katie era già passata. In compagnia di un ragazzo. Non riusciva a ricordarsi il nome, ma mi ha riferito che era alto, muscoloso e biondo. La descrizione non mi ha detto nulla. L'ho messo alle strette, e per tutta risposta lui mi ha chiesto scusa. Nessuna buona notizia comincia con delle scuse. Ha detto che erano molto a loro agio insieme, che lui aveva un braccio attorno a lei quando erano usciti da Grounds e che l'ha baciata sulla fronte prima di entrare in macchina. Merda! Perché non le ho ancora detto quello che provo per lei? Magari adesso sta già con qualcun altro. Sapevo che non avrei dovuto innamorami di lei, perché mi devasterà. L'ho capito dal primo momento in cui l'ho vista. Non farebbe mai intenzionalmente del male a nessuno, ma è inevitabile... andrà a finire così. È tutta colpa mia. E non mi piace quello che provo adesso, so che è irrazionale, ma sono incazzato con lei. Questa sera non andrò al concerto, basta.

Dopo la mia telefonata serale a Chicago, prendo l'unica bottiglia di liquore che abbiamo in casa: tequila. È un diversivo perfetto, perché rende insensibili a tutto. Lo posso confermare, perché quando Dunc e Shel vengono a prendermi alle otto e mezza, la bottiglia è vuota e io ho cambiato idea, adesso voglio andare al concerto che poche ore prima avrei evitato a tutti i costi.

Shel manda messaggi a Katie per tutto il tempo in cui rimaniamo in fila prima di entrare nell'auditorium, poi ci riferisce che lei è stata a cena con alcuni suoi amici venuti in città per il concerto. Io veramente so che era uscita con un amico. Che è anche il motivo per cui sono così ubriaco, cazzo.

Entro barcollante nell'auditorium proprio mentre la band sale sul palco. Il pubblico è in delirio. Dopo che Shel ha urlato al telefono per provare a trovare Katie, ci facciamo largo tra centinaia di altri studenti e finalmente la incontriamo, insieme ad altri due suoi amici. Uno, Clayton, l'ho incontrato una volta, quando era venuto da Grounds con lei, ma l'altro non lo conosco. Nessuno di loro è biondo e muscoloso come il tipo descritto da Dan, quindi butto fuori tutta l'aria che stavo trattenendo, perché almeno so che adesso Katie non è con lui. Non voglio guardarla, ma non ci riesco. È bella come tutte le altre volte che l'ho incontrata. Ha i capelli sciolti e spettinati, come se si fosse appena alzata dal letto... dopo aver fatto sesso. Merda. Ha una di quelle magliette fatte da lei, che sarebbero ridicole addosso a chiunque altro, ma che a lei stanno perfette. Le dona e mette in evidenza le sue forme. Su questa c'è scritto I LOVE SAN DIEGO; non credo di avergliela mai vista prima. Mi sorride come se fosse felice di vedermi. Vorrei tanto che fosse vero.

Le sue mani mi stringono un braccio; anche se mi sento stordito, avverto il freddo del contatto e la mia pelle che va a fuoco al suo tocco.

«Sono così contenta che sei qui!» urla nel mio orecchio tra la musica.

Non riesco a stare zitto: «Dov'è il tuo amico?» Le parole mi escono lente e confuse. Non sembro nemmeno io a parlare.

Lei si blocca e mi guarda, stupita. «Sei ubriaco?»

«Sfatto» rispondo. «Dan ha detto che oggi pomeriggio sei passata da Grounds con un amico.» Poi mi pento. Che coglione. Lei non è la mia ragazza.

«Il mio *amico* è qui. Vi incontrerete dopo il concerto.» L'ho ferita, e torna a guardare verso il palco. Quando iniziamo a muoverci lentamente, Katie finisce schiacciata tra Shel e Clayton, ma faccio in modo di rimanerle sempre dietro. Non sta mai ferma, è come se stessi puntando un bersaglio mobile.

All'inizio la musica è puro suono, o rumore, nelle mie orecchie. Lascio che vibri dentro di me, perché mi stordisce come la tequila in cui mi sento affogare. Non guardo nemmeno il concerto. Mi sembra di essere un pervertito del cazzo, ma non riesco a toglierle gli occhi di dosso. La sua schiena, così vicina, e il modo in cui si muove al ritmo di musica mi spingono a immaginare le fantasie più sfrenate. Desidero strapparle i vestiti di dosso e fare l'amore in mille modi diversi davanti a tutti.

Le canzoni continuano una dopo l'altra, ma presto la nebbia nella mia testa diminuisce e la cacofonia si trasforma in parole e in suoni distinti. Comincio a smaltire la rabbia, insieme all'alcol. Forse sono i pensieri indecenti, o la vicinanza di Katie, ma all'improvviso mi rendo conto di quanto sia assurdo arrabbiarmi con lei, perché non posso pretendere la sua presenza nella mia vita. Poi arriva una ballata lenta. Il resto della band ha lasciato il palco e il cantante ha sostituito la chitarra elettrica con una acustica. Devo ammettere che il ragazzo ha talento. Il brano è triste, e anche se la mia mente non può ancora distinguere ogni parola, so che racconta la perdita di qualcuno che si ama. È ovvio che la canzone sia autobiografica; la sua voce è nuda, ferita. In me fa sorgere un profondo desiderio. Devo soddisfare la voglia di contatto fisico. Appoggio le mani sui fianchi di Katie, e quando capisco che a lei non dispiace, lentamente le sposto sulla pancia. Con i pollici le sfioro i seni, mentre le altre dita scorrono sulla cintura dei jeans. Sotto la maglietta sottile, sento le forme del suo corpo. Katie si appoggia a me e lascia che io la sostenga. Le sue mani toccano le mie braccia e il fuoco divampa sulla mia pelle.

Sto perdendo la testa, è chiaro. Prima di incontrarla, era così semplice. Ho sempre fatto tutto quello che dovevo, quando dovevo e come dovevo. E adesso? Adesso tengo le braccia attorno a lei. Che però è fidanzata. Ed è bellissima. Non riesco a togliermela di mente, è un'ossessione. Due secondi mi separano dal fare qualcosa di davvero pazzesco. Due secondi, un secondo...

No, non posso fermarmi.

Appoggio il mento sulla sua testa e lascio che la mia guancia scivoli sulle onde dei suoi capelli. Respiro il suo profumo. Sa di buono. Il corpo si blocca, ma visto che non sposta le braccia, lo prendo come un permesso. Arrivo al suo orecchio, poi muovo la punta del naso su e giù per il collo. Il mio cuore sta battendo all'impazzata, e so che lei l'ha percepito. Sposta una mano sulla mia coscia, e la circonda proprio sotto il sedere. Inclina la testa di lato, per permettermi di toccarla meglio. Spingo il mio corpo più verso il suo, e lei fa altrettanto. Lo stato della mia eccitazione mi dovrebbe imbarazzare tra tutte queste persone, ma sono troppo ubriaco per preoccuparmene. E poi, siamo appiccicati come sardine e guardano tutti verso il palco. Non lo noterà nessuno. Le mie labbra premono sul suo collo morbido, caldo e umido. La vorrei mangiare. La punta della lingua sfiora la sua pelle, ma poi il momento più caldo della mia vita si interrompe bruscamente.

La canzone finisce e il pubblico scoppia in un applauso assordante, che ci separa. Veniamo allontanati per una pura questione di fisica, una reazione, un corpo contro l'altro.

Dunc mi dà una gomitata, e quando incrocio il suo sguardo, aggrotta la fronte e sorride. Non gli sfugge mai niente.

Kate mi guarda. Si morde le labbra, i suoi occhi cercano i miei, poi si spostano sulla mia bocca. Il cuore continua a battere all'impazzata.

Shel, che per tutta la serata non ha smesso di bere birra ed è ubriaca come me, contribuisce a guastare l'atmosfera. Salta su e giù come un'adolescente sfatta di crack, abbraccia Katie e le farfuglia qualcosa su quanto è bella la canzone, e sul cantante formidabile.

Il colpo mortale però arriva quando il resto della band torna sul palco. Il cantante si toglie la maglietta sudata e si mette la chitarra al collo. Ogni ragazza presente nell'auditorium comincia a urlare, tranne Katie, che scuote la testa e sorride.

L'energia emanata dalle persone intorno sembra trasportarla sempre più lontano da me.

Intanto, lui prende il microfono e chiede di fare silenzio. Tutti ubbidiscono; devo riconoscere che il tipo è riuscito a tenere il pubblico per l'intera serata, perché pendevano tutti dalle sue labbra. «Abbiamo un ultimo pezzo per voi. Sfortunatamente, la versione dal vivo non è così bella come quella che trovate nell'album, perché lì non sono solo io a cantare.» Scoppiano risate tra il pubblico, ma lui alza le mani per chiedere ancora silenzio. «Abbiamo un'amica di grande talento, con la voce di un angelo. È lei che rende questa canzone così speciale, ma come vedete» e indica la band «non fa parte del gruppo.» A questo punto comincia un forte brusio, perché tutti hanno capito di quale brano stia parlando, e anche io: è *Killing the Sun*, che mandano di continuo alla radio. È una bella canzone, ma ha ragione, la voce della ragazza fa la differenza, perché riesce a penetrarti dentro; è sexy, delicata e sicura allo stesso tempo.

Dopo un'altra pausa per calmare il pubblico, continua: «Ma ho una buona notizia per voi, Grant.» Si rivolge verso il batterista e, anche se non sta parlando al microfono, le parole sono chiare, udibili da tutti: «Bello, si incazzerà come una belva con me.» E poi, di nuovo alla folla: «Lei è qui, nell'auditorium, e spero che vorrà cantare con noi stasera.» Il pubblico esulta, fischia, batte i piedi.

Siamo a quasi dieci metri dal palco, e noto che il cantante sta guardando dalla nostra parte.

«Dài, Bright Side, non farmi pregare.» Lui si inginocchia e stringe le mani davanti al petto ampio, nudo, muscoloso. Assomiglia a Thor del film. «Dài... dài...» Fa cenno al pubblico che lo sostenga, e il pubblico ubbidisce ancora. Adesso tutti nell'auditorium stanno gridando, me compreso, perché con una voce così voglio vedere chi è questa ragazza.

Lui scuote la testa e ride. «D'accordo, l'hai voluto tu. Puoi salire quassù da sola, oppure vengo io a prenderti. Scegli.» Incrocia le braccia sul petto e si ferma pochi secondi. «Ti avevo avvisata.» Appoggia veloce il microfono e salta giù dal palco, scavalca le transenne e si fa largo tra il pubblico. Ogni ragazza cerca di toccarlo, e lui avanza a fatica, ma alla fine si ferma davanti a Clayton, che ha la faccia di uno che sta per svenire. In questo preciso istante, noto che dietro Clayton c'è Katie, accovacciata come se non si volesse far vedere. E infatti, il cantante supera Clayton e le dà una pacca sulle spalle. Lei alza lo sguardo, e lui le fa cenno di seguirlo con un dito.

Katie scuote la testa. «Scordatelo, bello» urla.

«Per favore, Bright Side. Non mi va davvero di fare scenate.»

Lei si raddrizza e lo mette in guardia: «Forse è già troppo tardi, non credi?»

Lui si guarda attorno, ha tutti gli occhi puntati addosso. «Forse.» La prende sulle spalle come se non pesasse nulla; lei non può opporre resistenza, e si dichiara sconfitta.

Cosa.

Cazzo.

Succede.

Mi guardo intorno, tutti gli amici di Katie sono confusi. Almeno non sono l'unico. Lei canta? Come mai non lo sapeva nessuno? La sua voce si sente alla radio! Perché non ce l'ha detto?

Ormai lui l'ha portata sul palco, e adesso sale dietro di lei. Il bassista si avvicina e l'abbraccia, mentre il cantante le aggiusta il microfono. Quando finisce, lei guarda il pubblico, poi parla davanti al microfono, che non volendo amplifica le sue parole. «Oh, merda. Ma quanti sono?»

Il batterista urla: «Mi raccomando, Kate, non fare cazzate.»

Lei gli mostra il dito medio, senza nemmeno voltarsi. Ha un modo di fare... La adoro.

Il cantante si mette al collo la chitarra e prende posto a pochi passi da lei. Le sorride come se si stesse divertendo da pazzi. Katie ha lo sguardo arrabbiato, ma è felice. «Io ti ucci-do. Lo sai, vero?»

Il pubblico ride, esulta, in attesa di vedere cosa succede. Mentre il cantante prova i primi accordi della canzone, le dice: «Basta che aspetti fino alla fine, Bright Side, poi sono tutto tuo.»

Forse è colpa dell'alcol, ma quello che segue è come una visione surreale, un sogno. Mentre la musica cresce, sul palco Katie diventa sempre più piccola, eppure emana una potenza straordinaria. Ogni volta che canta, chiude gli occhi e produce un'ondata di suoni di incredibile potenza, che si infrange contro di me. È l'equivalente sonoro di un grande momento di sesso. La canzone parla di vivere e amare all'infinito, perché puoi pensare a ogni notte come fosse l'ultima, oppure la puoi far durare per sempre. Uccidendo il sole, come dice il titolo, puoi evitare che arrivi il mattino, e quindi anche la fine. È come un inno. La folla salta, poga, canta. L'energia di questo posto è pazzesca, perché migliaia di persone vivono attraverso la canzone, e le parole.

E tutti sono innamorati di Katie. Lei si dà a loro, perché è totalmente presa da quello che sta facendo. Dopo aver cantato l'ultima strofa, si allontana dal microfono, cercando di distogliere l'attenzione da sé, ne sono sicuro. Si mette a saltellare al ritmo della musica, osserva il resto della band con un immenso sorriso, come se non volesse perdere un secondo di quello che le sta capitando. Non dà mai niente per scontato lei, e questo è uno dei suoi lati più belli. Apprezza e vive ogni momento.

Il batterista e il bassista si uniscono per cantare le ultime parole con il solista. L'armonia è profonda, e il sorriso di Katie si espande. Nell'istante in cui la canzone sfuma nel silenzio, il cantante urla al microfono: «Facciamoci sentire, per la mia ragazza!» Corre da lei, sposta la chitarra sulla schiena e la solleva in un abbraccio. Lei si tiene stretta e ride. Non vorrei guardarli: la scena è troppo intima, troppo privata. Ma non riesco a trattenermi.

Ho il cuore a pezzi. Certo, è lui il tipo che Katie ha portato da Grounds. Una rockstar del cazzo. Come posso competere con lui? La rabbia e il dolore mi devastano. Detesto questa sensazione, ma sono geloso da pazzi.

La band urla parole di ringraziamento e se ne va. Quando il pubblico capisce che il concerto è davvero finito, comincia a disperdersi. Katie è sotto il palco, dietro le transenne, e ci aspetta. Due grandi addetti alla sicurezza stanno davanti a lei e non permettono a nessuno di avvicinarsi.

Intanto, visto che possiamo sentirci, è tempo di presentazioni. Io sono gentile, ma talmente arrabbiato che mi dimentico i nomi dei suoi amici dopo due secondi. Tutti dicono che lei ha rubato la scena, e che non avevano idea della sua identità segreta, poi ci avviciniamo a Katie per farle i complimenti. Cioè, gli altri si congratulano, io invece sono incazzato, eccitato e ubriaco. Che brutta combinazione. Non riesco a guardarla.

Mostriamo i biglietti VIP, e la sicurezza ci lascia passare, per poter andare con lei nel backstage. Non ha idea di dove sia finita la band, ma Shel vuole a tutti i costi incontrare il ragazzo che io vorrei tanto stendere con un pugno in faccia.

Incontriamo il batterista. Ha la testa rasata e le braccia coperte di tatuaggi. Sembrerebbe minaccioso, se non stesse sorridendo. Abbraccia Katie. «Kate, hai cantato di merda. Grazie per averci rovinato tutto il concerto.»

Lei sorride maliziosa. «Anche la tua batteria ha fatto schifo, bello. Forse non ce la fai a tenere il ritmo di un concerto a sera.»

Ride. «Mi manchi, ragazzina» e le dà un bacio sulla testa.

Lei ce lo presenta; si chiama Frank o Fred, non lo so. Sono troppo ubriaco e incazzato per ascoltare.

Katie gli chiede dov'è il resto della band, e lui indica un'uscita in fondo al corridoio, che porta dietro l'auditorium. Lì è parcheggiato il pullman del tour, con il motore acceso. Il cantante ci sta appoggiato, e fuma. Quando vede Katie, la sua faccia si illumina come fosse Natale. Butta la sigaretta e si avvicina a noi.

Quello che accade dopo è un miscuglio di emozioni e alcol.

Presentazioni. Lui è il suo migliore amico, Gus, il tipo che conosce da una vita. Il tipo, cioè, con cui è andata a letto prima di trasferirsi qui – sue testuali parole. Adesso lo odio sul serio.

Foto e autografi per gli altri.

Shel vomita come una pazza vicino al pullman.

Clayton e il suo amico, e l'altro ragazzo con la fidanzata salutano e se ne vanno.

Gus mette le braccia attorno a Katie (dovrei essere io ad abbracciarla).

Lui le dice quanto sia stata fantastica stasera (non io).

Lui le dice quanto sia orgoglioso di lei (non io).

Lui le dice quanto le manchi (a me manca, nonostante sia a pochi passi).

Il conducente apre lo sportello del pullman e urla: «Gustov, io parto tra due minuti.»

Lei sorride triste, non vuole che se ne vada. E quel sorriso mi uccide.

Lui l'abbraccia e la bacia sulla fronte. «Grazie, Bright Side. Ci sentiamo domani. Ti adoro.»

Quando lei risponde «Anche io ti adoro, Gus» crollo.

«Perché non mi hai detto che stai con lui?» La mia voce è strozzata, disperata. Sono davvero io a parlare?

«Cosa?» È confusa. «Io non sto con lui.»

Mi avvicino. «Sei una gran bugiarda» dico, a voce troppo alta.

All'improvviso mi trovo faccia a faccia con lui. «Nessuno può permettersi di parlarle in questo modo.» È una minaccia, mi pare.

Voglio che lui mi dia un pugno, che metta fine al mio tormento. Quindi strizzo gli occhi e lo provoco: «Non stavo parlando con te, fratello.» So essere stronzo quando sono ubriaco.

La sua pazienza con me è al limite, lo sento. «Tu non mi conosci, non provarci a chiamarmi fratello.»

«Fanculo.»

Mi prende per la camicia. «Cosa hai detto?»

Prima che io possa rispondere, qualcuno mi blocca da dietro. Solo quando sento la voce forte e salda di Dunc al mio orecchio che mi dice «Basta, Banks» io collego la stretta sul mio braccio e il fatto di venire allontanato dal disastro provocato dalle mie parole. La mia camicia si strappa e vengo liberato dalla presa di Gus. Intanto Dunc cerca di farmi ragionare. «Calmati, amico. Adesso basta.»

Katie è di nuovo davanti a me. «Lui è il mio migliore amico, Keller. C'è qualche problema?» Non è arrabbiata, ma profondamente ferita.

Scoppio in una risata da pazzo. «C'è qualche problema?» Abbasso la voce in modo che sia solo lei a sentirmi. «Il problema è che io non scopo le mie migliori amiche.» È scioccata; so che dovrei stare zitto, ma la mia bocca non ci riesce e continua a sputare veleno. «Sennò le cose cambiano, non ti pare?» Dunc mi trascina via, e non oppongo più resistenza. Indico l'altro e grido: «Hai vinto tu, fratello.» La mia voce è strozzata, per cui ripeto: «Hai vinto tu.» La rabbia esplode in me mentre ammetto la sconfitta. «Lei è tutta tua.»

Poi più niente. Mi ritrovo nella Green Machine. Shel dorme distesa su un sacco nel retro della macchina, e Dunc mi fa la predica fino a casa. Non mi va di ascoltarlo.

Questo è tutto quello che ricordo, poi svengo sul mio letto, ma non prima di averlo imbrattato di vomito.

Domenica 30 ottobre

Keller

Se esiste il premio al più grande coglione del mondo, ieri sera l'ho vinto di sicuro. Mi sento di merda.

Quando Dunc si sveglia, prendiamo due tazze di caffè da Grounds e ci sediamo nell'intimità del nostro appartamento per un discorso a cuore aperto.

«Keller, amico, cosa è successo ieri? Intendo dire, ti piace Kate, ma quello che hai combinato è stato totalmente fuori luogo. Non eri in te, non ti riconoscevo.» Non mi sta rimproverando, sta solo parlando.

«Lo so» dico, fissando la tazza di caffè.

«Le hai parlato questa mattina?»

Scuoto la testa, e provo una fitta lancinante. Solo a pensarci mi sento male. Le devo delle scuse, però è meglio che aspetti. Non sono arrabbiato con lei, ma con me stesso, e non voglio che senta di nuovo la mia rabbia.

«Sai che è stata qui ieri sera?»

No, non lo sapevo. «Cosa? Katie è venuta qui?»

«Sì, è passata mezz'ora dopo che siamo tornati.»

Perfetto. Dormivo in un letto di vomito. Abbastanza inquietante.

«Era preoccupata per te.»

«Era preoccupata per me?»

«Sì, abbiamo parlato a lungo. Ci tiene a te, Keller. Le è dispiaciuto molto vederti così sconvolto.»

Mi prendo la testa tra le mani. Mi martella senza sosta. «L'ho trattata di merda, Dunc. L'ho trattata di merda, e lei si preoccupa che io fossi sconvolto.» Rido per l'assurdità della situazione.

«So che tu non vuoi una relazione per quello che è successo a Lily, ma ormai sono passati quattro anni. Anche io le volevo molto bene, amico, però il tempo passa.»

Chiudo gli occhi, mi bruciano troppo. Sentire il suo nome non mi addolora più come una volta. «E Stella?»

Aggrotta la fronte, come se non avesse una riposta alla mia domanda. «Ascolta, Banks, è la tua vita, ma Kate è davvero una persona eccezionale. È stata così positiva per Shelly – hai visto com'è cambiata da quando si frequentano. Shelly l'adora, e anche io l'adoro. Dopo la conversazione di ieri sera, poi, sono convinto che sia una delle persone più sincere e premurose del mondo. È un tesoro di ragazza, amico. Le ho fatto un sacco di domande e ha risposto a tutte. Non era tenuta a farlo... ma è stato così. Lei e Gus hanno un legame molto stretto, però le credo quando dice che sono solo amici. Lo conosce da una vita...»

«Ma ci è anche andata a letto insieme» lo interrompo.

Dunc aggrotta di nuovo la fronte. «E tu non hai mai fatto niente senza pensare alle conseguenze, vero, Banks?»

«Sì, ma...»

Mi interrompe brusco. «Sì, ma cosa, amico? Non la conoscevi nemmeno quando è successo. Non giudicare. Non è giusto.»

È troppo bravo a vedere sempre entrambi i lati di una questione. «Hai ragione, Dunc.» La testa mi fa ancora molto male, ma voglio guardarlo negli occhi. «Mi piace parecchio, così tanto che mi spaventa. Mi spinge a voler ricominciare tutto da capo, per riscrivere il mio futuro.» Il mio futuro, programmato per me da quando sono nato. Anche se faccio casino, basta un piccolo passo indietro e torno a seguire i binari. I miei genitori stanno attenti che vada sempre a finire così.

Lui sorride, si alza e mi dà una pacca sulle spalle. «Te lo avrei potuto dire già due mesi fa. Se me lo avessi chiesto, ti avrei risparmiato un sacco di problemi.»

«La dovrei chiamare?» chiedo, visto che sembra più lucido di me in questa faccenda.

«Le scuse sono d'obbligo. Riposati un po' e chiamala domani, quando torni in te.»

Lunedì 31 ottobre

Kate

Mi sveglio alle cinque con un tremendo mal di testa, ma non ho nemmeno la forza di uscire dal letto per cercare un ibuprofene.

Il dolore non mi dà tregua durante le lezioni della mattina; ero sicura che sarebbe successo, e voglio che sia così. Oggi è il giorno che temevo da quando è finito settembre ed è arrivato ottobre. È il compleanno di Grace.

Da quando mi sono trasferita qui, è la prima volta che mi manca San Diego. Ed è una sensazione che mi chiude lo stomaco e mi fa scoppiare la testa, talmente forte che non riesco nemmeno a vedere. L'unica cosa che mi farà stare un po' meglio sarà parlare con Gus. Lui è in viaggio verso Denver, per il concerto di questa sera.

Poiché le mie lezioni sono a ritmo molto sostenuto lunedì, mercoledì e venerdì, non ho nemmeno dieci minuti liberi dalle sette e mezza alle due, però alle due e un minuto, appena esco dall'aula, lo chiamo.

«Bright Side, stai bene?» Non è il suo solito saluto.

Cerco di sembrare allegra. Era da tanto che non dovevo fingere. «Ci sono stati momenti peggiori.» Forse.

«Giornata difficile.»

Mi ha scoperto subito, ma Gus è così. «Sì.»

Sì. Una minuscola parola, che contiene ammissione, intesa, accettazione.

Mi si stringe il petto e la gola mi fa male, la sento gonfia. So che non appena aprirò la bocca per parlare, mi verrà da piangere. Ma io mi vanto di non piangere. Che mi ricordi, mi è capitato solo una volta in tutta la vita. La sensazione è stata tremenda, come se tutto il mio essere fosse andato i frantumi, rotto in un milione di pezzi che non si sarebbero più ricomposti. Non voglio che mi accada di nuovo.

Gus mi lascia in silenzio e poi comincia a raccontare una storia. Dio, quanto gli voglio bene. Anche così lontano, sa che in questo momento ho solo bisogno di ascoltare la sua voce. «Ho pensato a Grace tutta la mattina, e mi sono detto che se oggi potessi scegliere dove stare, o cosa fare, vorrei essere a San Diego a pescare sul molo con te e lei. Non mi dimenticherò mai la prima volta che ha pescato un pesce. Girava il mulinello come una pazza da quanto era contenta, finché non si è resa conto che all'amo pendeva un pesce vero, vivo. La contentezza è sparita, e mi ha chiesto di liberarlo e ributtarlo in mare prima che morisse.»

Pensare a lei in questo modo alleggerisce la pesantezza che oggi mi sento addosso. «Sì, ma poi ci è voluta tornare la settimana dopo.»

«E non abbiamo più messo l'esca all'amo.» Gus sembra meno triste, da come parla credo che stia sorridendo. «Era capace di stare seduta lì per ore, sul bordo della sedia, e guardare la lenza muoversi sulle onde. Ogni cinque minuti, si convinceva di aver pescato un pesce enorme e si metteva a girare il mulinello finché l'amo non penzolava fuori dall'acqua. E quando non ci trovava niente, non si perdeva d'animo, anzi era sollevata.»

Me la ricordo come fosse ieri, ne avevo proprio bisogno. «Cosa ti diceva quando tornavate a casa? 'Mi sembra che ho avuto poca fortuna oggi con i pesci, Gus.'»

Lui ride. «Ogni volta.»

«E tu le dicevi 'Non è che hai avuto poca fortuna, Gracie, è che i pesci sono stati molto fortunati. Tanto noi non li mangiamo, e la mamma li può comprare al mercato se vuole.'»

«Ti ricordi? Lei faceva sempre dei sorrisi così grandi che quasi le si chiudevano gli occhi.»

«E poi tu ti mettevi a mordere le guance e a fare le labbra da pesce e lei scoppiava a ridere all'infinito, e ti diceva che sciocco che eri.»

Gus scoppia a ridere. «Gracie aveva la risata migliore del mondo. Ecco una delle cose che avevate in comune. Tutte e due amavate ridere.»

«È stata molto felice, Gus. La persona più felice che io abbia mai conosciuto. Anche quando la vita andava di merda, a lei non importava. Sorrideva sempre. Dio, quanto mi manca.»

«Anche a me, Bright Side. Anche a me.»

Di solito cerco di evitare le conversazioni tristi, perché non fanno altro che creare altri pensieri negativi e, ancora peggio, azioni negative. Sono come un catalizzatore di tristezza, e il prodotto è una spirale che ti trascina giù. Adesso sono le otto di sera e sto per uscire dalla mensa, non ne posso più e devo ammettere a me stessa che...

Oggi. È. Stata. Una. Giornata. Di. Merda.

Di merda perché mi manca Grace; ho la testa che ancora mi martella e lo stomaco che mi fa male. Prego per tutto il tragitto che mi separa dai dormitori. *Per favore, Dio, fa' che Sugar non sia in camera. Ho tanto bisogno di pace e di silenzio e di dormire.*

Invece sento la sua voce prima ancora di aprire la porta, e penso che forse Dio stasera non è in servizio.

La prima cosa che noto è Sugar seduta sul letto. Sta parlando al cellulare, e mi lancia una delle sue occhiate del tipo 'mi dai fastidio, vattene per favore'. Sabato era al concerto, e ho notato che la sua stronzaggine nei miei confronti è aumentata.

Le faccio un mezzo sorriso e la saluto. «Ciao, Sugar.»

La seconda cosa che noto è il saggio che ho finito di stampare oggi pomeriggio in biblioteca (perché non ho una stampante), lo stesso saggio che devo consegnare domani mattina alle sette e mezza perché il professore è uno vecchia scuola, non crede alla tecnologia né alle consegne via mail e pretende una copia cartacea: i fogli sono sparpagliati sul pavimento e sporchi di pedate fatte con stivali da neve.

Guardo subito le scarpe di Sugar. Come mi aspettavo, ha ancora ai piedi un paio di stivali.

Adesso dovrei tornare in biblioteca a ristampare il mio saggio e calmarmi prima di affrontarla, ma come ho detto, mi sono già arresa alla negatività ed è stato un giorno di merda, per cui la conversazione comincia con un «Che cazzo!» detto però a bassa voce. Io voglio soltanto andare a dormire.

Lei non mi degna nemmeno di uno sguardo.

Mi avvicino al suo letto. Ho il sangue che mi ribolle, ma mantengo la voce calma, la stessa che usavo con mia madre quando ero arrabbiata con lei e dovevo farle capire le mie ragioni ma Grace era nella stanza con noi e non la volevo turbare. Sono riuscita a controllare la mia voce per anni. «Sugar, che cazzo è successo, bella?» Indico i fogli.

Lei mi ignora, continuando a sussurrare al cellulare. Non posso crederci. La ragazza osa distruggere tutte le mie cose, e mi ignora.

Alzo leggermente la voce. «Sugar, cosa è successo ai miei fogli?»

Lei continua a ignorarmi.

Fanculo.

Adesso sono arrabbiata. Di solito non urlo, non mi è mai piaciuto perdere il controllo, e per me urlare è come il culmine della perdita di controllo. Per cui non lo faccio; trovo che abbassare la voce a un livello così basso che l'altra persona quasi si deve sforzare per ascoltarti sia molto più efficace, e in questo modo tu sai che sta davvero ascoltando ogni tua singola parola. «Sugar, giuro su Dio che non sono una persona violenta, ma se non chiudi il telefono e mi dici cosa è successo ai miei fogli, prendo il tuo telefono del cazzo dalla tua mano del cazzo e te lo ficco su per il culo.»

Sgrana gli occhi. «Ah, scusa, ti richiamo più tardi». Chiude la conversazione, e noto che ha di nuovo uno sguardo di sfida. «Cosa vuoi?» mi dice stizzita.

«Ehi, bella!» Indico il pavimento.

Alza gli occhi al cielo. «Ah, è stato un incidente. Li devo aver fatti cadere dalla scrivania quando ci sono passata di fianco.»

Scuoto la testa. «E poi cos'altro è successo? Cosa? Senza volerlo ci hai fatto sopra il ballo messicano del cappello?»

Lei alza le spalle. «Mi dispiace.» Sono le scuse più false che abbia mai sentito. Avrebbe anche potuto dirmi 'Vaffanculo'.

Afferro la borsa e la chiave USB sulla scrivania, poi la minaccio dalla porta. «Sai cosa ti dico, Sugar? Vorrei che fossimo amiche, ma tu stai rendendo tutto troppo difficile. Hai rovinato o fatto scomparire le mie magliette e camicie, mangi il cibo prendendolo dal frigo comune, e non mi permetti di dormire in camera diverse sere alla settimana. Finora ho sopportato tutto.» Il mio dito accusatore si sposta da lei al pavimento. «Ma come osi distruggere il mio lavoro? Non so perché tu sia qui, ma io ci sto perché voglio imparare, questa è la cosa importante per me.» Strizzo gli occhi e la minaccio: «Da adesso in poi, tieni le tue mani lontano dalla mia roba.»

Vedo la paura sul suo volto, ma cerca comunque di alzare gli occhi al cielo, come prova di sfida. Patetica. Riconosco la paura a mille miglia di distanza, e so che adesso lei è terrorizzata. «Vabbè.»

Vorrei strangolarla, ma opto per un più infantile, ma efficace «Vaffanculo, Sugar». E sbatto la porta dietro di me.

Cammino fino alla biblioteca, è freddo e nevica. Ci vogliono solo pochi minuti per ristampare il mio saggio, ma rimango a leggere per un'altra ora finché non mi sono rilassata, e poi decido di tornare in camera. Odio quando mi arrabbio così. Mi sento ancora più stanca di prima. Ma soprattutto, non so nutrire rancore.

Quando entro, Sugar non c'è più. Strano, ma mi sento un po' colpevole che lei non sia qui a causa mia. Però il senso di colpa scompare veloce, pensando che mi aspetta una nottata di sonno, *nel mio letto*.

Si vede che Dio era in servizio, dopotutto.

Martedì 1 novembre – mercoledì 2 novembre

Kate

Questi giorni sto prendendo ibuprofene troppo spesso. Ne ho quasi finita una scatola, quindi di ritorno dal lavoro mi fermo al supermercato davanti a Grounds.

Quando lo noto, è così pallido e curvo che quasi non lo riconosco. Mi fermo di scatto, incerta. Non vedo Keller da sabato sera, e questo incontro casuale non è quello che avrei voluto. Non sono una stratega quando si tratta di relazioni umane. Di solito improvviso, ma volevo concedergli qualche giorno in più per calmarsi. Per mezzo secondo, il mio lato egoista e protettivo urla: Voltati e fuggi prima che ti veda! Ma la mia parte più umana lo zittisce con una controproposta ragionevole: Ha un aspetto orrendo. Aiutalo.

La compassione batte sempre l'istinto di conservazione.

«Keller? Ehi, hai bisogno di una mano?»

Se l'ho spaventato, non lo dà a vedere, e forse voltare la testa verso di me implica più sforzo del dovuto. Ha gli occhi rossi e pesti, e occhiaie di un brutto colore viola. I capelli sono umidi e incollati alla testa. Sembra che non si faccia la doccia da settimane, ma so che non può essere così. Sta male.

Mi guarda vago e non dice niente, non so se perché parlare gli farebbe consumare troppa energia, o se non ne ha voglia.

Gli tocco la fronte, e lui ci si appoggia. È calda e madida di sudore. La febbre mi ha sempre spaventata; quando era Gracie ad averla, non riuscivo a dormire la notte e rimanevo seduta accanto a lei, tenendole sempre la mano.

Cerco di nascondere la mia paura e sussurro: «Keller, perché non sei a letto? Scotti.»

Lui è sfinito. Mi chiedo come sia riuscito a trovare la forza di camminare fin qui.

Guardo i ripiani davanti a lui. «Cosa stai cercando, tesoro?»

Alza le spalle. Deve avere la febbre molto alta.

Gli offro la mano e lui invece appoggia un braccio sulle mie spalle. È pesante, apatico. Lo accompagno a una panca in fondo al corridoio vicino al bancone della farmacia, poi lo faccio sedere, perché si appoggi contro il muro. Mi consulto con il farmacista e prendo quello che mi consiglia, insieme all'ibuprofene e a due barattoli di zuppa di noodle e pollo, uno di zuppa di pomodoro, e un cartone di aranciata.

Pago, ritorno da Keller e insieme riusciamo a fatica ad attraversare la strada e ad arrivare al suo appartamento. Nessuno risponde alla porta, per cui cerco la chiave nelle sue tasche.

Una volta dentro, si lascia cadere sul materasso con preoccupante pesantezza. Gli do le medicine, ma poi devo raffreddarlo. Mi concedo dieci secondi per contemplare tutte le opzioni, e alla fine scelgo quella che ha sempre funzionato con Grace. Keller sta così male che l'imbarazzo è l'ultima delle mie preoccupazioni, quindi non esito a spogliarlo fino ai boxer.

Malattie come questa mi caricano di così tanta ansia che vorrei solo fuggire, ma non posso. *Non posso.* Non perché finirei per sentirmi in colpa, ma perché a volte capita che le persone abbiano bisogno di te.

Il suo letto è abbastanza grande, e riesco a stringermi accanto a lui. Non c'è la testiera, allora mi appoggio con la schiena al muro. Gli prendo la mano, perché così sono io a sentirmi meglio, e gli accarezzo i capelli bagnati, liberandogli la fronte. Comincio a cantare, sottovoce: è un'abitudine di quando sono nervosa, e che mi tiene sveglia. Sento la sua pelle più fresca, e mi rilasso. Prima che me ne accorga, mi addormento anche io.

Quando mi sveglio, ci metto alcuni secondi per capire dove sono, nel buio. L'orologio sulla cassettiera segna le 00:17. Mi fa male il collo, perché mi sono addormentata seduta. La testa e un braccio di Keller adesso sono appoggiati sulle mie gambe, per cui non posso alzarmi. Trattengo il fiato e prego il signore che sta ai piani alti – *Per favore, fa' che la febbre sia sparita* – mentre con delicatezza gli tocco la fronte. La pelle è asciutta e fresca. Butto fuori l'aria che trattenevo nei polmoni, e guardo in alto. *Grazie, amico.*

Mi scoppia la vescica e ho lo stomaco vuoto. Il mio corpo mi sta uccidendo di dolore.

Considero le mie sensazioni contro il sollievo per il fatto che la febbre di Keller è passata e sta dormendo tranquillo. Ed è qui con me.

Quindi faccio il mio dovere. Appoggio di nuovo la testa contro il muro e mi lascio riempire dal benessere dato dalla nostra vicinanza fisica. Il tatto è un senso poco considerato, come anche il naturale bisogno umano di contatto. In passato, ho ricevuto le mie dosi giornaliere di abbracci e di baci da Gracie, Gus e Audrey, e so bene quanto mi mancano. Quindi cerco di sfruttare fino in fondo questo momento accanto a Keller. Poi, anche se cerco di restare sveglia, il sonno arriva anche per me, sfinita da una profonda stanchezza.

Un colpo di tosse mi sveglia di soprassalto e l'istinto agisce prima della ragione. «Gracie?» È buffo come il sonno non riesca mai a vincere completamente la preoccupazione e l'apprensione: per diciannove anni ho dormito con un occhio aperto e uno chiuso, in caso Grace avesse avuto bisogno di aiuto. Quando qualcuno dipende da te per scacciare i brutti sogni o per andare in bagno nel mezzo della notte, oppure perché vuole che tu gli tenga la mano per riaddormentarsi, ci sarà sempre un livello di allerta che anche il sonno più pesante non riuscirà a sconfiggere.

«Katie?» La sua voce è rauca e confusa.

Io rimango attaccata al pensiero di Grace per un altro secondo, poi lo lascio andare con un sospiro e mi scuso: «Scusami, Keller. Sì, sono io, Kate.»

Lui scivola sul cuscino, e mi guarda nel buio. «Cosa ci fai qui?»

«Ti ho incontrato al supermercato ieri sera, mentre cercavi delle medicine. Sono sicura che non ti ricordi, stavi proprio male. Ti ho accompagnato a casa, ma visto che Duncan non c'era, ho avuto paura a lasciarti solo. Spero che non ti scocci.» Guardo l'orologio. Sono le 3:53.

«Non c'era bisogno» dice triste.

«Invece sì, in un certo senso.» Sorrido. «Non ti ho mai detto che sono allergica ai sensi di colpa? Sarei potuta andarmene ma poi mi sarei riempita di bolle.» Lui non ride, quindi procedo con la domanda successiva. «Hai fame, Keller? Ho comprato una zuppa di pollo. Posso prepararla, se ti va.»

«Mi dispiace, Katie» sussurra. Non si riferisce alla febbre.

Non la faccio lunga quando si tratta di perdono, al contrario di altri, che lo considerano un gesto magnanimo, che cammina a braccetto con la superbia. Lo odio. Bene o male, io lo reputo un gesto facile, perché è così che vuole il mio cuore. Libero la fronte di Keller dai capelli e la bacio. «Lo so.» Faccio scivolare le gambe fuori dal letto e mi alzo in piedi. «Vado a preparare la zuppa.»

Dopo un lungo e necessario momento di pausa nel bagno, prendo tre analgesici e preparo due porzioni di zuppa. Keller mi raggiunge dopo aver indossato due maglioni e una maglietta. Cerca di aiutarmi, ma io voglio che si sieda nella poltrona reclinabile.

«Chi è Gracie?» Si riferisce al nome che ho detto quando mi sono svegliata di soprassalto.

«Mia sorella.»

I suoi occhi sono assonnati ma le labbra sorridono dolcemente. «Non sapevo che avessi una sorella.»

Annuisco. Continuo a mescolare la zuppa, ma sorrido. È quasi pronta, sta per bollire.

«Più piccola o più grande?»

«Più grande.» Verso la zuppa in due ciotole e le porto sul tavolino davanti a Keller.

«Vive a San Diego?»

Di solito non rispondo a ogni domanda sulla mia vita a casa. È la mia, ed è intima, ed è speciale. Ah, dimenticavo: ho già detto che è mia? Però, per qualche ragione in questo momento mi va di parlare di Grace. «Ieri era il suo ventunesimo compleanno. Lei era la mia eroina. L'ho sempre considerata un esempio. Era la persona con il cuore più puro del mondo.» Lui è seduto in poltrona, e anche se ha l'aspetto di uno che sia stato all'inferno ma è riuscito a tornare indietro, il suo viso è sereno. Mi ascolta con attenzione, come se non ci fosse nulla di più importante al mondo di questa conversazione. E io continuo, perché voglio condividere Grace con qualcuno che non l'ha mai conosciuta. «Ti è capitato di incontrare qualcuno che è contento, nel profondo del cuore? Quando stai vicino a una persona così, la sua felicità è contagiosa... e ti viene da pensare che vorresti essere migliore soltanto per sentirti degna di appartenere alla sua vita.»

Lui sorride e annuisce, e io so che capisce quello che sto provando a descrivere. Anche lui ha una Grace nella sua vita.

Ho di nuovo la sensazione che il mio essere si stia spezzando in un milione di pezzi. «Ecco, Grace era così.»

Lui adesso mi guarda come se temesse il peggio ma ha paura di chiedere, quindi gli risparmio l'incertezza e rispondo alla domanda muta. «È morta lo scorso maggio per complicazioni dovute a una polmonite e a un'infezione del sangue. L'ho portata al pronto soccorso tre volte quella settimana, prima che la ricoverassero. Non riusciva a respirare, aveva la pelle grigia. Durante l'ultima visita, ho fatto un tale casino quando hanno provato a mandarci a casa con una ricetta per uno sciroppo per la tosse, che hanno minacciato di chiamare la polizia e mi hanno buttato fuori. Però alla fine l'hanno ricoverata.» Respiro profondamente prima di continuare. «Aveva i polmoni pieni di liquido, poi ha preso una specie di infezione del sangue la prima notte che è stata lì. Due giorni dopo, se n'è andata.» Chiudo gli occhi per trattenere le lacrime, che invece vogliono uscire prepotenti. Mi sento la gola gonfia e sto cercando di ripetermi che io non piango, ma mi tremano le labbra. L'unica volta che ho pianto è stata quando è morta Grace.

Non apro gli occhi quando Keller mi prende le mani e mi fa stare in piedi. Non li apro quando mi tiene stretta a sé. Non li apro mentre le mie lacrime gli bagnano il maglione. E non li apro nemmeno mentre mi mormora con dolcezza: «Mi dispiace tanto, Katie» e mi accarezza la schiena.

Soltanto quando sento sollevarsi leggermente la pesantezza degli ultimi mesi, riesco ad aprirli. Le mie dita si distendono, e lasciano la presa sulla maglia, che ho sgualcito tra le dita. Faccio un passo indietro, asciugandomi gli occhi con il palmo della mano. Respiro molto profondamente, anche se a singhiozzi, e lo guardo. «Scusami. Non dovevi farlo.»

Gli angoli della bocca si sollevano, ma non c'è nessuna gioia nel suo sorriso. «Invece dovevo, in un certo senso.»

Ripenso alla nostra conversazione di prima. «Anche tu sei allergico ai sensi di colpa?»

«No. Mi uccide vederti triste. Non è proprio giusto che l'universo lo permetta. Tu e la tristezza... non dovreste mai stare insieme.» Mi tira a sé per riabbracciarmi. «Hai detto che non ti piace parlarne. Per questo non l'hai mai raccontato prima?»

Le mie mani afferrano di nuovo la sua maglia. Devo tenermi ben salda, prima che il mondo si ribalti e io cada per sempre in un pozzo infinito. Respiro e tremo. «Fa male.» Poi mi fermo. «Lei era il mio mondo. Sai cosa significa essere fortunati perché hai qualcuno di così speciale, amarlo fino a stare male, e poi vedere che ti viene portato via, per sempre?»

Appoggia il mento sulla mia testa e mi stringe più forte. «Sì, lo so.»

Sospiro. «Mi dispiace. Non voglio lamentarmi... ma fa male, no?»

«Sì, fa male.»

«Non devi rispondere se non te la senti, ma mi piacerebbe sapere chi era.»

«La mia ragazza. Fidanzata, per essere più precisi. È successo quasi quattro anni fa, si chiamava Lily.» Adesso è lui a respirare profondamente, ma mentre ne parla sembra più sollevato che triste.

«Anche tu non racconti di lei. C'è qualcuno che lo sa, qui?» Tengo la mia guancia contro di lui. Non voglio renderlo nervoso o metterlo a disagio guardandolo. Il contatto visivo può distruggere la franchezza più di ogni altra cosa.

«Dunc e Rome. Tengo la mia vita qui a Grant ben separata da quella di Chicago.» Alza le spalle. «Come hai detto tu, fa male. Anche se non come prima. Mi manca tanto... ma ho imparato che anche i vivi hanno bisogno di essere amati, e che volere bene a qualcun altro non diminuisce il sentimento che provavo per lei. Non mi ero mai sentito amato prima di incontrarla. I miei genitori sono molto... presi dalle loro cose, determinati. Non mi hanno dato né affetto né amore... ma mi hanno caricato di aspettative. Hanno preteso che io mi comportassi bene, che fossi educato, che prendessi buoni voti. Si aspettavano che io esaudissi ogni loro richiesta, e che frequentassi medicina o legge all'università, perché mia madre è avvocato e mio padre chirurgo. Tutta la mia vita è stata scandita da aspettative su aspettative, e io le ho esaudite tutte... finché non ho incontrato Lily.» Si ferma, respira profondamente. «Lei mi amava... per quello che ero, senza pretese, e per me è stato liberante. Quando l'ho perduta, ho perduto quella libertà. Sono ritornate le aspettative, ma con in più una nuova serie di regole.»

Adesso devo guardarlo. Per lui non è stato soltanto perdere qualcuno che amava, ma sé stesso. «Keller, è la tua vita. Sei tu che stai seduto al posto di guida, bello.»

Lui ride. «Ah, no. Non sono io a guidare. Io sono il passeggero, ma va bene così. È Stella che guida.»

Sorrido perché adesso lo vedo più sereno. «Stella?» Mi si dovrebbe spezzare il cuore, perché sento che sto per innamorarmi di Keller, ma so che non lo posso avere (soprattutto dopo aver sentito cosa è successo a Lily) e so che c'è una donna là fuori che lo rende felice. Questo fa felice anche me: sapere che c'è qualcuno che ama Keller, e che lui ama. Tutto il nostro flirtare, e quello che è successo la sera del concerto, è stato un fraintendimento da parte mia. Noi siamo amici. Stella è la sua favola.

Mi guarda, come se stesse decidendo se dirmi qualcosa oppure no. «Cosa fai questo fine settimana? »

«Dovrei studiare, perché?»

«Diresti di no se ti proponessi di studiare a Chicago? Voglio che tu incontri Stella.» Ha il suo solito mezzo sorriso, è irresistibile.

Pensando al nostro viaggio a Milwaukee e a tutta la fatica che ho fatto per convincerlo, lo provoco. «Sei sempre così impulsivo?»

Il suo sorriso si espande e scuote la testa con enfasi. «Mai. Sei una pessima influenza.»

Sorrido alla sua onestà. «Be' devo ammettere che sono curiosa. Mi piacerebbe venire a Chicago con te e incontrare questa misteriosa Stella.»

Lui mi abbraccia, e sento che adesso è diverso. Sì, siamo amici, e io credo di poter trasformare quello che provo per lui in amicizia. Mi dà un bacio in testa, e mi ricorda Gus. «Grazie, Katie. Sei una ragazza straordinaria... una pessima influenza, ma una ragazza straordinaria.» Rimaniamo abbracciati, a dondolarci.

«Questa potrebbe essere una delle cose più carine che mi siano state dette.» Mi è andata dritta al cuore. «Anche tu non sei male.»

Ride. «Sono un idiota, ma grazie lo stesso.»

Mi stacco da lui, con un sospiro. «Faresti meglio a riposarti ancora un po'. Niente lavoro o lezioni per te oggi. Hai ancora un'aria terribile.»

«Questa mattina mi fai molti complimenti.»

«Scusami, Keller, ma è la verità. Mi rendo conto che forse nessuna donna ti ha mai detto una cosa del genere. Però, bello mio, la scorsa notte hai lottato contro un nemico molto duro, ed è stata una bella battaglia. Devi mangiare la zuppa, poi farti una doccia e una bella dormita.»

Lui scuote la testa e sorride. Tutto a un tratto, noto che ha gli occhi assonnati. «Mi piace quando parli come un medico.»

Alzo gli occhi al cielo, ma in realtà adoro quando sto con qualcuno e scorre tutto così liscio. Come con Gus. Dopo aver riscaldato altra zuppa, la mangiamo, poi Keller si fa la doccia, io lavo i piatti e lo metto a letto. Sono le cinque. Lo bacio sulla fronte. «Adesso hai un buon profumo; prima, con la febbre, puzzavi parecchio.»

Ride. «Allora ti viene naturale farmi così tanti complimenti? Stai mortificando il mio ego.»

«Buon riposo, Keller. Più tardi chiamami, e fammi sapere come stai, d'accordo?»

«D'accordo, dr Sedgwick.»

Quando ho già la mano sulla porta, mi chiama. «Ti posso chiedere una cosa?»

«Certo.»

«Perché non hai detto a nessuno che sei una rockstar?»

Rido per l'assurdità. «Perché non lo sono. Quello è il lavoro di Gus, non il mio.»

«Sei stata incredibile l'altra sera. Hai una voce bellissima. Non riesco a credere che nessuno lo sapesse.»

Alzo le spalle. È tutta la settimana che cerco di evitare gli sguardi e le domande degli studenti del campus, e rispondo sempre che mi devono aver confusa con qualcun'altra. «Prima mi hai detto quanto ti piace tenere la tua vita qui separata da quella a Chicago. Anche a me.» Tutto qua.

«Grazie per prenderti cura di me, Katie.»

Sorrido, poi esco di corsa. La camminata di ritorno ai dormitori sembra molto più lunga del solito. Devo fermarmi due volte e sedermi. Mi fa male tutto il corpo, è sfinito. Quando riesco a raggiungere la camera, cado sul letto completamente vestita. Il sonno mi tiene prigioniera fino a dopo pranzo. Addio lezioni oggi.

Keller mi chiama alle tre meno un quarto mentre sto andando al Three Petunias. Dice che si sente molto meglio e mi chiede l'indirizzo email. Ricevo l'ordine perentorio di controllare la posta elettronica appena torno a casa.

Dopo cena, trovo una mail nella posta in arrivo: è la conferma d'acquisto di un biglietto per il volo diretto per Chicago di venerdì sera, con ritorno a Minneapolis domenica. Cosa?! Pensavo che avremmo guidato. Lo chiamo, ma lui non mi fa parlare. Io non posso permettermi di pagare cinquecentoventisette dollari per un volo di andata e ritorno, per un fine settimana a Chicago. Lui mi risponde che è un regalo, per averlo guarito.

Venerdì 4 novembre

Kate

Passo a prendere Keller alle quattro e un quarto. Cerca di non fare commenti, perché mi aveva chiesto di arrivare alle quattro, anche se il nostro volo è alle sei e mezza. Credo che sia uno di quelli per cui bisogna arrivare all'aeroporto con due ore di anticipo. Non mi sorprende. Io invece sono più una da 'corri al gate e salta sull'aereo due minuti prima che parta'.

Poiché non dobbiamo fare il check in del bagaglio, passiamo subito al gate e ci mettiamo a sedere. Sono le cinque e un quarto. Potrei infamarlo, ma mi trattengo. Lui è un tipo puntuale, e lo rispetto proprio perché è totalmente diverso da me. Credo che dovrei anche apprezzarlo.

Compriamo degli snack perché ceneremo tardi, stasera, con sua madre. Non so come mai, ma questo mi rende nervosa: non perché sia un avvocato, e meglio un avvocato ricco. Posso passare il tempo con chiunque... ho frequentato persone di ogni tipo. E qual è il segreto? Che sono tutte persone... esattamente come me. Quello che mi rende nervosa è il tono che Keller ha usato quando parlava dei suoi genitori, l'altra sera. C'era paura e risentimento nella sua voce, e questo mi mette a disagio. Fortuna che sono un eccellente paracolpi.

Dopo lo snack, voglio chiamare Gus per dirgli dove sto andando. Ci siamo scambiati alcuni messaggi i giorni scorsi, ma non gli ho ancora detto del mio viaggio a Chicago. Non so quanto potrò essere disponibile questo fine settimana, e non voglio che lui pensi che lo stia ignorando. E non voglio nemmeno essere maleducata parlando davanti a Keller, per cui gli chiedo: «Scusa, ti dispiace se faccio una telefonata veloce?»

«Fai pure con comodo.»

Gus risponde al secondo squillo. «Pronto, qui obitorio, voi li fate fuori, noi li teniamo dentro.»

Non ho mai sentito una cosa del genere e mi coglie alla sprovvista. Scoppio a ridere. «Ciao, Gus.»

«Bright Side, cosa si dice nella regione dei diecimila laghi?»

«Penso che il nome sia sbagliato, perché in tre mesi non ne ho visto nemmeno uno. Sono in aeroporto, bello, vado a Chicago. E tu come stai, *amigo*?»

«Ho il soundcheck tra mezz'ora, e ho appena finito quello che potrebbe passare alla storia come il cibo meno cinese tra i cibi cinesi che mi sia capitato di mangiare. Non è strano che ci fossero mais, patate dolci e fagiolini nella mia zuppa all'uovo?»

«Sì, è strano. E l'avranno pure fatta con il brodo di pollo. Spero che stasera, quando sarai sul palco, tu non debba correre al bagno.»

Keller sta cercando di pensare ai fatti suoi, ma noto che ha sorriso per quello che ho detto. In teoria dovrebbe leggere il libro che ha in mano.

«Ho costretto la cameriera a giurare sulla testa di suo figlio che era fatto di brodo vegetale.»

«Bello mio, e se non avesse figli? O se fosse atea?»

«Ah, non ci avevo pensato. In quel caso sarei spacciato. Allora, perché vai a Chicago?»

«Mi ha invitato Keller per il fine settimana. Lui abita lì.»

«Ma è una buona idea?» Riconosco una nota di ammonimento nella sua voce.

Rispondo con un «Sì» e guardo Keller, che si muove sulla sedia, a disagio.

Gus sbuffa. «Ascolta, so che sei grande, ma sei sempre la mia ragazza, e io mi preoccupo per te. So che hai detto che è una brava persona e che sabato era molto ubriaco, ma questo non lo scusa, perché ha pisciato fuori dal vaso.» Sta alzando la voce.

«Bello, io sono grande. Stai tranquillo, è tutto a posto.» Keller mi fa cenno di passargli il cellulare. Io sgrano gli occhi e scuoto la testa. Lui sospira e continua. «Sarà la tua fine» mormoro.

Keller prende il telefono e si schiarisce la voce. «Gus? Gus, sono Keller.»

Sento la voce di Gus, ma non riesco a distinguere le parole. Sta parlando molto forte. Nonostante la sua corporatura, non è un tipo violento, e ce ne vuole per farlo scoppiare, ma quando attacca.... non molla più.

«Gus? Gus...» dice Keller, cercando di interromperlo. «Posso dire una cosa, per favore? La faccio breve. Mi dispiace. Mi dispiace di essermi comportato male con te, e di aver trattato Katie in quel modo.» Mi guarda. «Sono davvero dispiaciuto. Se potessi tornare indietro, ritirerei tutto. Mi sento di merda per quello che ho fatto...»

Gus lo interrompe.

«Lo so che devo, e lo faccio. Non succederà più, vedrai...»

Gus lo interrompe ancora.

«Hai ragione. Merita molto più di...»

Ancora Gus. Ma adesso è più calmo.

Keller annuisce come se l'altro lo potesse vedere. «Sì, mi prenderò cura di lei. Stiamo a casa dei miei genitori.»

Ancora Gus. Poi: «Grazie. Alla prossima, Gus.» Mi passa il cellulare.

Perché mi sento come una quattordicenne che va al suo primo appuntamento? Appoggio il telefono all'orecchio. «Bello, o forse dovrei chiamarti papà, era per caso un interrogatorio di terzo grado?»

Lui sbuffa, è arrabbiato. Però sa che non dovrebbe esserlo, ormai lo conosco bene. «Bright Side...» Poi si interrompe, e sento il rumore dell'accendino e la boccata che lo calma.

«Dovresti smettere.» Non riesco a nascondere il mio sorriso; lui lo capisce dal tono, è sul punto di lasciarsi andare.

Lo so; anche io non so tenere il muso. Siamo uguali anche da questo punto di vista.

«Certe volte mi fai proprio impazzire, lo sai?» È più sereno, non ce la fa a fingere.

«Lo so, bello. Scusa, è uno dei vantaggi che ottengo per vivere nel mio piccolo mondo di rose e fiori.»

Ride. «Non ti dimenticare gli unicorni.»

Anche io rido. «Ah, grazie per avermelo ricordato. Ti auguro un concerto strabiliante.»

«Grazie, Bright Side, buon viaggio. Chiama se hai bisogno, sai dove trovarmi.»

«Anche tu. Ti voglio bene, Gus.»

«Anche io ti voglio bene.»

«Stammi bene»

«Anche tu.»

Keller mi guarda e scuote la testa. «Forse è stata la conversazione più strana che abbia mai sentito o cui abbia preso parte.»

Io alzo le spalle e ripeto: «È uno dei vantaggi che ottengo per vivere nel mio piccolo mondo di rose e fiori.»

«E di unicorni.»

Sorrido. «Perché continuo a dimenticarmi gli unicorni?»

Lui mi guarda e si fa serio. «Gus sembra un bravo ragazzo.»

Annuisco con convinzione. «Lo è. È il mio migliore amico. Essere un bravo ragazzo è la caratteristica numero uno tra i criteri di scelta dei migliori amici. Lo è sempre stata.»

«Soltanto un po' protettivo.»

«Mi dispiace. Da come mi è sembrato, quello era Gus a forza sei. Meglio non incontrarlo quando è a forza nove o dieci. Mio padre non so nemmeno dov'è, e credo che a volte lui cerchi di riempire quel vuoto.»

Aggrotta la fronte. «*Credi?*»

«Mi dispiace.»

Mi appoggia una mano sulla gamba. «Io sono davvero dispiaciuto, Katie.»

«Lo so.» Gli prendo la mano e lo tiro su, alzandomi. «Vieni con me.» Ho bisogno di cambiare argomento.

«Dove andiamo?»

«A guardare il tramonto.» Non ne vedo uno da giorni, ne sento la necessità. Lo vedo attraverso la fila di finestre dall'altra parte dell'aeroporto.

Rimaniamo a contemplarlo in silenzio – è il modo migliore. Quando torniamo a sederci, siamo immersi in una tranquilla serenità.

Il nostro volo parte in orario, e prima che me ne renda conto, Keller mi sveglia perché siamo già atterrati. Non mi ero accorta di essere così stanca. Mi sono addormentata con la testa appoggiata alla sua spalla. A ripensarci bene è strano, sapendo che tra meno di un'ora incontrerò Stella, la sua fidanzata.

Il taxi ci lascia davanti a un elegante edificio di molti piani. Qui non ci sono normali appartamenti, devono essere tutti enormi e molto costosi, e magari ti capita pure Oprah Winfrey come vicina di casa. Il portiere saluta Keller: «Buonasera, Mr Banks.» Lui risponde con la stessa formalità. Mi sembra di stare in un universo parallelo: tutti hanno un'aria professionale e camminano diritti e veloci, carichi di valigette e con indosso magnifici completi da lavoro. Che ci sta, peccato però che non sorrida nessuno – che tristezza. C'è tanta vita... ma non è vita. E la differenza la senti alla bocca dello stomaco.

Prendiamo l'ascensore fino al trentaduesimo piano. Siamo quasi in cima, ma continuiamo fino al quarantesimo. «I tuoi genitori hanno sempre vissuto qui?»

È nervoso. «Sì. Trent'anni. Io ci sono cresciuto.»

Vorrei dirgli che mi dispiace, perché questo è l'ambiente meno adatto a dei bambini che abbia mai visto, ma sarebbe un giudizio, e devo frenare i miei preconcetti. Voglio affrontare questo fine settimana con un'apertura di mente totale. «E come è stato?»

Usciamo dall'ascensore e ci troviamo in un atrio con pavimenti di marmo bianco e pareti ricoperte da mogano scuro, massiccio. C'è un grande mazzo di fiori freschi su un tavolo antico e decorato, accanto all'unica porta davanti a noi. Keller tira fuori una chiave dalla tasca dei jeans e la infila nella toppa. «Adesso capirai.»

Apre la porta e mi precede. Si sporge per guardarsi attorno, e poi mi fa un cenno di via libera. Posso entrare. Come se fossimo in una zona di guerra e non ci fossero nemici all'orizzonte. Ci togliamo le scarpe e le sistemiamo all'ingresso. Keller mi prende il cappotto e la borsa, e io lo seguo attraverso un salotto di rappresentanza, poi fino in fondo a un corridoio. Si ferma davanti a una porta e guarda dentro. «Stella, tesoro, ci sei?» La sua voce è dolce e pacata come non mai, gli dona. Richiude la porta. «Deve essere uscita con Melanie. Andiamo a portare le tue cose in camera.»

«D'accordo.»

La stanza degli ospiti è sontuosa. Un enorme letto a baldacchino la domina; sembra venire da un castello, ed è rivestito da una ricca coperta color porpora. Sono quasi sicura che solo la biancheria costi più della mia macchina. Appoggia il cappotto e lo zaino su un lussuoso divano antico, all'altro capo della stanza. «Vediamo chi è in casa.» Mi porge la mano, e io la prendo. Siamo amici, e non ho problemi a tenere per mano gli amici, però con lui mi sembra inopportuno.

Ha il palmo sudato.

Non appena ci avviciniamo all'ingresso, però, gliela lascio perché qualcosa si guasta. Keller è nervoso, ma c'è qualcosa di più... sembra paura. Si ferma, e io mi aspetto che si volti e mi guardi prima che sia io a parlare, perché voglio vedere cosa c'è nel suo sguardo. Poi chiedo: «Bello, tutto bene?» È rigido e gli occhi sono sgranati, attenti, come se dovesse reggersi forte prima di affrontare qualcosa di spaventoso.

«Togliamoci questo dente» mi dice.

Gli stringo la mano e lo seguo fino all'altro capo dell'appartamento. Keller bussa a una porta chiusa. Sento la voce di qualcuno provenire dall'altra parte. Lui apre piano, prima uno spiraglio, poi del tutto, ma con lentezza. Dentro la stanza c'è una donna con i capelli neri, con indosso una gonna stretta, una camicia rossa di seta e scarpe di vernice con il tacco alto. Cammina avanti e indietro davanti a una enorme scrivania di ebano. Sembra che il suo telefono sia in vivavoce, e lei sta facendo un fuoco di fila di domande alla persona all'altro capo, che già mi immagino farsi indietro, intimorita. Sa di essere al comando, e lo sguardo sul viso mi dice che si sta divertendo. Termina la chiamata premendo un tasto, infastidita. Il suo atteggiamento non cambia nemmeno quando nota Keller nella stanza. «Keller.»

Lui saluta con un cenno del capo. «Buonasera, mamma.»

«La cena è alle otto. Spero che per quell'ora riuscirai a vestirti in modo appropriato.» È un misto di sdegno e offesa, come se si stesse rivolgendo a un bambino maleducato, che non conosce.

Lui indossa jeans scuri e una camicia nera abbottonata fino al collo, a maniche lunghe. Per quanto mi riguarda, sta benissimo.

Ignora la frecciatina. «Dov'è Stella?»

«Al museo d'arte con Melanie. Forse sono rimaste bloccate nel traffico.» In questo preciso momento, mi vede, dietro Keller. «Ah» è tutto quello che dice.

Non mi è mai capitato di desiderare di farmi piccola e sparire, a parte questo preciso istante. Però respiro profondamente e indosso il mio miglior sorriso da 'salve, sono contenta di conoscerla', lo stesso che ho sfoderato con tutti i fidanzati di mia madre, quando lei voleva che facessi bella figura. Emergo da dietro Keller e le porgo la mano. «Mrs Banks, piacere di conoscerla. Sono Kate Sedgwick, compagna di università di Keller.»

Lei me la stringe con forza. L'intenzione sarebbe intimidatoria, ma conosco le regole del gioco. «Kate, dici? Che buffo, Keller non ha mai parlato di te prima.» Questo aveva lo scopo di ferirmi. Mi guarda dalla testa ai piedi e arriccia il naso come se puzzassi.

Alzo le spalle. «Non mi sorprende. Ci conosciamo soltanto da pochi mesi, e l'invito a venire qui è stata una decisione dell'ultimo minuto. Spero di non disturbare.» Mi sento di dover dire qualcosa per tranquillizzare Keller.

Lei si volta e torna a sedersi dietro la scrivania, poi si infila un paio di occhiali da lettura. Fissa un foglio, e mi risponde: «Be', in caso sarebbe un po' tardi, non credi, cara?» 'Cara' è chiaramente un insulto. Continua a leggere, perché ormai non è più interessata a noi.

Faccio un passo avanti e alzo la voce, per ottenere la sua attenzione. Le voglio sbattere in faccia tutta la sua stronzaggine. «Se è così, sarò ben felice di trasferirmi in albergo.»

Adesso sta scrivendo, e continua a ignorarmi.

«Mi scusi, non le voglio mancare di rispetto, ma le sto parlando. Mi può guardare, per favore?»

Lascia cadere la penna e strizza gli occhi. «Accomodati nella stanza degli ospiti. In casa mia non ti permetto di dormire con mio figlio.» Riprende la penna e continua a scrivere.

Sbatto le palpebre, incredula. «Mi scusi...»

Keller fissa il pavimento. È molto arrabbiato e interrompe senza guardarla. «Quando torna Stella?»

Lei fa un cenno con la mano, come se volesse mandare via una mosca. Ormai è solo un fastidio. «Non lo so. Chiama Melanie.»

Keller prende il cellulare dalla tasca e mi porta fuori, tirandomi per la camicia. Io chiudo la porta, grata dell'esistenza di questa barriera tra noi e l'odiosa, meschina donna. Proprio mentre sta per chiamare, sentiamo aprirsi la porta principale, poi la voce di una ragazza che dice: «Passami il cappotto, tesoro» seguita dalla risata di una bambina, il suono più puro che esista sulla terra. Potrei stare ad ascoltarlo tutto il giorno, non mi stancherei mai.

Il sorriso di Keller si trasforma in qualcosa di indescrivibile: è un raggio di sole, carico di amore e di orgoglio. «È arrivata Stella, vieni.» Si porta l'indice alle labbra, chiedendomi di fare piano mentre camminiamo in punta di piedi fino in fondo al corridoio.

All'ingresso, un'elegante ragazza bionda sta appendendo i cappotti nell'armadio. Deve avere la stessa età di Keller. Ecco finalmente Stella. Capisco che possa piacere, è molto bella. La bambina ha i capelli lunghi e rossi, che le ricadono sulla schiena in una cascata di fantastici boccoli. Tiene le braccia allungate, e gira in tondo fino a barcollare, poi cade. Non appena arriva per terra, le risate diventano ancora più sonore. Non so chi sia, ma d'istinto la prenderei tra le braccia. È così contenta, e a me piacerebbe essere contagiata dalla sua allegria.

La ragazza bionda si gira. Vede Keller, e il suo viso si illumina. Ecco la sua favola. Sono felice per lui, per loro. Solo per un istante mi lascio prendere dall'egoismo, e vorrei tanto che la favola fosse la mia.

Poi, in un secondo, tutte le certezze si sgretolano.

La piccola alza lo sguardo verso la bella ragazza, e si accorge che sta guardando qualcosa nella stanza. Il suo piccolo viso si volta, vede Keller e gli occhi brillano come fuochi d'artificio. Come se non esistesse nulla al mondo di più importante e meraviglioso di lui, si alza e grida: «Papà!» e comincia a corrergli incontro.

Papà?

Lui si inginocchia e l'abbraccia stretta. «Ciao, Stella. Mi sei mancata tantissimo, piccola.»

Lei gli dà un bacio sulle labbra. «Anche tu mi sei mancato, papà.»

Oddio. Keller ha una figlia! E che bambina adorabile.

E curiosa. Mi guarda, con gli stessi occhi azzurri del padre, e muove la piccola manina. «Ciao. Chi sei?»

Io le sorrido, saluto con la mano, e mi inginocchio dietro Keller per essere allo stesso livello del suo viso. «Ciao, Stella, sono Kate. Sono un'amica di papà.»

Lei si allontana leggermente e fissa Keller. «Hai amici, papà?»

Lui ride e annuisce. «Certo, piccola.»

«E ti incontri per giocare? Come me con Abby?»

Ride ancora. «Non proprio.»

«Peccato, papà, perché noi ci divertiamo tanto.» Poi si avvicina a me. «Vuoi vedere la mia tartaruga? Si chiama Miss Higgins.»

«Certo, con molto piacere.»

Mi prende per mano e mi porta nella stanza dove Keller l'aveva cercata appena siamo arrivati. Lui ci segue. Dopo Miss Higgins, incontro Melanie, la bella ragazza bionda. È la babysitter di Stella, tranquilla e simpatica, e ovviamente adora la bambina. Mi piace subito.

Siamo costretti a cenare con Mrs Banks, poi io, Keller e Stella torniamo nella sua camera. Per lei è ora di andare a dormire. Mi siedo in una grande poltrona, mentre padre e figlia si ritirano in bagno. Keller ha lasciato la porta aperta, e io mi incanto a guardarli, ad ascoltarli. Lui le fa il bagno in una vasca piena di schiuma, poi l'aiuta a infilarsi un caldo pigiama rosa. La tranquillizza e la incoraggia mentre si lava i denti. E lei è così orgogliosa quando Keller le dice: «Bravissima, piccola.» Poi entra nel suo letto enorme, e ci dice di sederci accanto a lei.

«Cosa leggiamo stasera, Miss Stella?» le chiede prima di darle un bacio.

«Mmm.» Ci pensa. È una bambina molto riflessiva, come il padre. «Il libro dei pony. Ma legge Kate, papà. Va bene?» A tre anni è mezzo, è già premurosa e sensibile.

«Certo. Anche io voglio che lo legga Katie.» Mi ammicca.

Inizio a leggere il libro dei pony. Che buffo, era uno dei libri preferiti di Grace. Forse gliel'ho letto duecento volte. Io sono bravissima a imitare i nitriti e il rumore del trotto, e posso essere molto teatrale. Quando finisco, Stella ride. «Sei buffa, Kate.»

«Lo so.» Le faccio il solletico e ride ancora di più. «Così è più divertente.»

Ha gli occhi stanchi, identici a quelli di Keller quando ha sonno. «Mi canti una canzone prima di dormire?»

«Certo.» Lui la bacia sulla fronte, scende dal letto e prende la chitarra appoggiata a un angolo della stanza, poi torna a sedersi accanto a noi, in modo da vederci entrambe.

Non riesco a trattenere un sorriso. «Sai che ho aspettato questo momento da quando ho notato la chitarra in camera tua?»

Tiene gli occhi bassi e strimpella qualcosa, per accordarla. «Non avere troppe aspettative. Io suono solo per divertimento.»

Metto un braccio attorno a Stella, lei si accoccola al mio fianco, e Keller incomincia a suonare. Dopo quattro o cinque note, riconosco la canzone. Anche Stella, che batte le mani ed esclama: «Mi piace questa, papà.»

Lui non è male a suonare, e credo che se si esercitasse sarebbe davvero bravo. È a suo agio con la chitarra: devo ricordarmi di aggiungere anche questo all'elenco di cose che lo rendono così irresistibile.

Quando finisce, lo guardo stupita.

«Cosa c'è?» chiede piano, come se non volesse che Stella sentisse.

«I Cure sono così mediocri.» Ripeto le sue stesse parole di qualche settimana fa. Strizzo gli occhi, ma non riesco a fermare il sorriso che si sta allargando sul mio viso. *Lullaby* è sempre stata una delle mie canzoni preferite e lui l'ha suonata bene, anche senza accompagnamento delle parole.

Cerca di rimanere serio, ma non ci riesce. «Ho mentito. Mi piacciono i Cure... e sì, Robert Smith è un dio. Sei contenta adesso?»

«Mmh.» Sì, adesso sono contenta.

«Papà, ne suoni un'altra?» Tiene le mani unite davanti a sé come in preghiera. «Una bella, per favore.»

Lui ride. «Ho un'idea. Ascoltiamo Katie.»

Stella mi guarda, con gli occhi sgranati per la sorpresa. Non ho ancora detto di sì, ma sto già pensando a quale canzone suonare.

Rimango in silenzio, mentre entrambi mi guardano e aspettano. Hanno gli stessi occhi, in due visi diversi, e io non posso dire di no a quegli occhi, a quei volti. Faccio cenno a Keller di passarmi la chitarra.

«Vuoi la mia chitarra?»

Annuisco.

«Tu suoni?» È incredulo.

«Non bene. Ma...» mormoro mentre me la passa «fingi finché non ci riesci, non si dice così?»

Stella si sposta vicino a Keller e io scivolo verso il bordo, per stare seduta accanto a loro. Suono un paio di accordi per sentirmi a mio agio, sono mesi che non prendo una chitarra in mano.

Guardo Stella che è salita in braccio al padre. Ha le ginocchia piegate, con le braccia attorno alle gambe. Keller la tiene stretta, come fosse una pallina soffice e rosa. «Stella, questa canzone si chiama *Angels*.»

Suono, e canto. Mi piaceva suonarla per Gracie, e anche a lei piaceva.

Quando finisco, mi accorgo di aver tenuto sempre gli occhi chiusi. Ne apro uno, e fisso la mia platea.

Stella batte le mani, è contenta, in uno stato tra la veglia e il sonno profondo. «Canti bene, Kate.»

Keller è stupito, ma in un modo che mi rende orgogliosa. «Eccome se canta bene. E non credevo che sapessi suonare la chitarra.»

Scivolo giù dal letto, per rimetterla a posto. «Me lo ha insegnato Gus. Si era stancato di sentirmi provare con la sua, e quindi, quando avevo tredici anni o giù di lì, ha incominciato a darmi lezione. Niente di regolare, ma abbastanza per riuscire a strimpellare qualcosa.»

«Quello non era strimpellare» dice, con ammirazione. «È stato molto bello.»

«Gli xx la fanno molto meglio, ma grazie lo stesso. Anche tu non sei male.»

Stella interrompe. «Papà, possiamo giocare con Kate domani?»

Keller l'abbraccia. «Mi sembra un'ottima idea.»

Ci abbraccia entrambi prima di infilarsi sotto le coperte. Keller accende la lampada da notte. «Sogni d'oro, piccola. Ti voglio tanto bene.»

«Anche io ti voglio tanto bene, papà.»

Non appena la porta si chiude dietro di lui, mi abbraccia. «Grazie, Katie.» Dall'abbraccio, capisco che si è liberato da ogni tensione. «Sei stata fantastica. Non avevi idea di cosa ti sarebbe aspettato stasera. So che ti ho organizzato un incontro al buio con Stella, e mi dispiace. Pensavo che ti saresti spaventata a morte se te lo avessi detto prima. Invece avrei dovuto saperlo. Lei ti adora.»

«Non voglio mentire, all'inizio è stato uno shock. Ma è tornato tutto a posto appena mi ha guardato e mi ha salutato. Che bambina intelligente, divertente, adorabile. Hai ricevuto un grande dono, Keller, e a me sono bastati due secondi per innamorarmi di lei. Credi che ci starebbe in valigia? Perché la vorrei portare via con me.»

Ride. «Stella sarebbe contenta.»

«Adesso però, bello, ho bisogno di dormire. Domani mi aspetta una giornata di giochi, quindi mi devo riposare.»

Lui ride e mi accompagna alla stanza degli ospiti.

«Grazie per avermi permesso di conoscerla, Keller.»

«Buonanotte, Katie.» Mi bacia sulla guancia. «Grazie per avermi permesso di condividerla con te.»

Domenica 6 novembre

Keller

Sabato e domenica volano veloci, poi sono di nuovo costretto a separarmi da Stella. Sempre troppo presto. Il nostro è stato un normale fine settimana, abbiamo passeggiato in città, giocato al parco e mangiato hot dog comprati al chiosco all'angolo, ma con Katie è stato come se vedessi tutto a colori, invece che in bianco e nero. Il divertimento si è trasformato in gioia pura. Stella è stata benissimo, ha riso quasi quanto Katie, che è tutto dire, perché Katie ride più di tutte le persone che ho incontrato nella mia vita. Ha affinato l'arte del divertimento e di vivere il presente. Non ho mai visto niente del genere, è incredibile. Io non sono così; ci provo, ma sono troppo concentrato sul futuro, soprattutto su quello di Stella. Questo fine settimana invece mi sono perso, ed è stato stupendo. Le ho osservate giocare insieme, e subito ho immaginato noi tre, come una famiglia. Il solo pensiero mi ha dato una pace che non avevo mai provato prima. Se c'è una persona al mondo che vorrei che mia figlia prendesse come esempio, questa è Katie.

Oggi abbiamo persino trascorso del tempo con mio padre. Di solito lui è sempre al pronto soccorso quando sono a casa, e non riesco a vederlo più come prima.

Adesso Stella è avvinghiata a me. Piange, lo fa sempre quando devo partire, e mi spezza il cuore. La cullo piano, cercando di calmare la sua tristezza. Ogni volta mi sento morire. Le accarezzo i ricci rossi, indomabili, che ha ereditato da sua madre. «Dài, piccola. Torno presto.»

Lei tira su con il naso e mi sussurra all'orecchio: «Lo so, ma quando non ci sei sono triste.»

Io le rispondo, sempre in un sussurro: «Anche io sono triste senza di te, tantissimo. Ma ti prometto che ti chiamo e ci parliamo al computer ogni mattina e ogni sera, finché non ci vediamo la prossima volta, d'accordo?»

Lei fa sì con la testa e si asciuga gli occhi sulla mia spalla. «Voglio dire ciao a Kate.» Poi si dimena, il che significa che è pronta per essere messa a terra.

La mia meravigliosa figlia si avvicina piano alla mia meravigliosa amica, e alza le braccia per chiedere di essere presa in braccio. Katie non esita. Stella si aggrappa a lei, appoggia la testa sulla sua spalla e si rannicchia. Non sempre quello che si vede in questo mondo sembra giusto, ma questo sì. Katie la tiene stretta a sé, con una gentilezza rassicurante; è la stessa sensazione che provo quando abbraccia me, e immagino la pace che adesso avvolge Stella. Poi la bacia sulla fronte. «Sono molto contenta di averti conosciuto, Stella.»

Lei solleva la testa per guardarla negli occhi. «Puoi tornare con papà, così giochiamo ancora?»

Katie mi guarda, e per un istante noto sul suo volto un dolore che mi stringe lo stomaco, ma è talmente passeggero che mi chiedo se me lo sia immaginato. Lei guarda Stella e sussurra: «Mi piacerebbe rivederti ancora.» Le dà un altro bacio sulla fronte, poi la mette a terra. «Prenditi cura di Miss Higgins.»

Stella sorride. «Va bene.»

Dopo altri due giri di baci e di abbracci e di «Ti voglio bene», io e Katie usciamo di casa e saliamo su un taxi. Il viaggio fino all'aeroporto è taciturno. Dell'essere padre di Stella odio una cosa: i saluti.

Soltanto quando siamo in aereo mi torna la voglia di parlare. Katie l'ha capito e non ha interrotto il mio silenzio, per permettermi di rimanere assorto nei pensieri e non nel mondo reale. Mi ha tenuto la mano per tutto il tempo – un piccolo gesto, ma non saprà mai quanto mi sia stato di conforto. Parlo senza guardarla: «Sai cosa ti dico? Non ho mai visto ridere mio padre.»

In lei non c'è né incredulità, né il desiderio che io mi spieghi meglio. Nessuna domanda. Mi lascia semplicemente parlare.

«Non ha mai giocato con me, ma forse non ha proprio mai giocato, nemmeno quando era piccolo lui. E invece arrivi tu e inizia subito con Memory, semplicemente perché glielo hai chiesto. L'hai provocato, dicendo che eri contenta che non si giocasse a Chirurgo perché ci avrebbe fatto il culo... e ha riso. Eppure lui non ride.» Adesso la guardo, ha un'espressione sorpresa, ma non giudicante. Scuoto la testa e ripeto: «Lui non ride.»

Katie è contenta. «Invece è stato divertente, visto che lui è un vero chirurgo.»

Non posso trattenere un sorriso. «Lo so, ho capito la battuta. Ma quello che è successo questo fine settimana... ogni cosa di questo fine settimana... è stata surreale. Mia figlia è innamorata di te, dalla testa ai piedi. Mia madre ti chiama per nome. Pensa che Dunc ha cominciato a chiamarlo Duncan solo l'anno scorso, anche se lo conosco da sei anni. Ha vissuto a casa con noi per un anno intero, e lei non gli parlava nemmeno. Mio padre ti ha perfino detto: «Torna ogni volta che vuoi, bella.»

Ride. «È buffo quando Shelly dice 'bella', ma tuo padre è imbattibile.» Si acciglia, per scherzo. «Scusami, forse sono stata una pessima influenza con tutte quelle parole da scaricatore di porto quando abbiamo giocato a Memory, però ho avuto la sensazione che piacesse anche a lui, sennò non avrei continuato.»

Scuoto la testa. «E io che credevo di essere abbastanza bravo a capire le persone... tu sei a un livello molto superiore. Tu sei... incantevole. Le persone non ti possono resistere.»

Lei minimizza e cambia argomento. È brava a spostare l'attenzione da sé stessa. «Lily era la madre di Stella?»

Annuisco.

«Ed era la sorella di Duncan.» Non è una domanda.

«Sì. Come hai fatto a capirlo?»

Lei alza le spalle, come se fosse ovvio. «I capelli.»

Rido. «Credo che i capelli rossi siano un buon indizio rivelatore. Stella assomiglia alla mamma, per fortuna.»

Katie sorride. «Immagino che Lily fosse bella, ma Stella ti assomiglia un sacco. Stessi occhi, stesso sorriso.» Ammicca. «Per fortuna.»

«Sì, lei ha i miei stessi occhi. Quelli di Lily erano castani, uguali a Dunc.» Adesso mi sembra il momento giusto per raccontare la storia. «Io lavoravo in una pizzeria quando frequentavo gli ultimi anni di scuola prima dell'università, perché desideravo un po' di normalità. Volevo guadagnare i soldi da solo, comprarmi una macchina da solo. I miei genitori non erano contenti, ma non mi hanno ostacolato. Lì ho incontrato Dunc e, tramite lui, sua sorella Lily. Vivevano insieme da qualche anno, la madre era una tossicodipendente e il padre non l'hanno mai conosciuto. Dunc è più grande di me di due anni, e Lily di tre. Quando ci siamo incontrati, lei frequentava una scuola per infermiere. Era tranquilla, riservata, intelligente. Non saprò mai cosa ci trovasse in un ragazzetto come me. Eravamo insieme da quasi un anno, quando ha scoperto di essere incinta. Io frequentavo l'ultimo anno di scuola, ed ero molto confuso. Sapevo di amarla, ma il mio futuro era già stato pianificato: visto che il sangue mi aveva sempre fatto troppa impressione per diventare un medico come mio padre, mi hanno iscritto a legge. Dovevo seguire le orme di mia madre, e un figlio non rientrava nei piani dei miei genitori. Erano furiosi, volevano che lei abortisse. Noi ci siamo rifiutati e io le ho chiesto di sposarmi. L'amavo, a me sembrava il passo giusto da fare.» Katie sorride, io lo prendo come un incoraggiamento a continuare, e respiro profondamente. «Il bambino doveva nascere nel periodo del mio diploma, e quando Lily avrebbe terminato il corso da infermiera. Abbiamo deciso di sposarci quell'estate e di trasferirci a Grant, dove io avrei ottenuto una borsa di studio dall'autunno, grazie in parte ai miei voti e in parte a mia madre, ex studentessa di quella università con un portafoglio molto gonfio. I piani però sono cambiati quando Lily è morta di parto.»

Le labbra di Katie si aprono leggermente – la sincera reazione di una persona umana. Perché lei sa ascoltare.

Questa storia non l'ho mai condivisa con nessuno. Ma adesso che ho incominciato, e rimane come appesa tra noi, voglio raccontarla tutta. «Hanno detto che è stata una complicazione molto rara. Una su un milione, e purtroppo è capitata a me. Perdere Lily è stato devastante, ma ero anche spaventato a morte all'idea di essere un padre solo, a diciotto anni. Non avevo idea di cosa fare con una bambina. I miei genitori hanno assunto subito una baby-sitter, perché secondo loro è così che si allevano i figli, ed è così che sono cresciuto io. Ho fatto del mio meglio, ma non so cosa avrei fatto senza l'aiuto di Melanie. Ho saltato il primo semestre a Grant per stare con Stella. Ancora una volta, i miei genitori erano furiosi perché stavo ritardando i loro piani. Non fraintendermi, adorano Stella, ma io ero una delusione continua. Alla fine mi hanno convinto ad andare all'università, e Dunc è venuto con me. Aveva sempre desiderato frequentarla ed entrare in politica. I miei genitori hanno detto che il posto migliore per Stella era a casa loro con la baby-sitter, così io mi potevo concentrare sui miei studi, fare carriera e poi in futuro occuparmi di lei, da solo.»

Sbatte quei bellissimi occhi verdi giada e mi chiede diretta: «Quale pensavi fosse la cosa migliore per Stella?»

Questa è la domanda che mi tormenta, ancora oggi. «Non lo sapevo, e non lo so.»

«Keller, perché a Grant nessuno sa di Stella?»

Mi passo la mano tra i capelli. «Oddio, penserai che sono una persona orrenda.»

Lei fa no con la testa. «No, non lo penso.» Ed è sincera. «Non starei seduta qui accanto a te se lo pensassi. Sono allergica alle persone orrende.»

Katie sa sempre cosa dire, e aggiunge una nota ironica ogni volta che ce n'è bisogno. «Credo che ci siano un sacco di motivi per cui non lo dico agli altri. Lei è mia, e una parte di me vuole nasconderla e non condividerla con nessuno, più di quanto non accada già adesso. Una parte di me teme che le persone mi giudichino per averla avuta così da giovane, per non essere il padre che vorrei, perché sto lontano da lei. Io la adoro, Katie, e voglio solo il meglio per lei. Ecco cosa desidero.»

Stringe la mia mano ancora più forte. «Keller, tu sei un genitore incredibilmente paziente, attento, premuroso e amorevole. Perché credi che Stella ti guardi come se tutto il mondo girasse attorno a te? Perché credi che sia così triste quando devi partire? Tu sei il suo universo, e ti adora.»

Mi sento un nodo alla gola alle sue parole. Quello che ha descritto è proprio ciò che voglio.

Lei capisce che mi sto commuovendo e comincia ad accarezzarmi la mano. «Keller, bello, hai solo questa vita da vivere. Immaginati per un istante libero da tutte le aspettative. Cosa faresti? Come vivresti la tua vita se non ti osservasse nessuno? Come sarebbe il tuo futuro?»

Non esito a risponderle: «Stella verrebbe con me a Grant. Lascerei legge e incomincerei a studiare letteratura, perché mi piacerebbe insegnare inglese nella scuola di una città dove lei potrebbe crescere sana, e felice.» Ho gli occhi pieni di lacrime. Dovrei essere imbarazzato, perché mi hanno sempre insegnato che i ragazzi, gli uomini non piangono. Con Katie invece mi sento libero.

Mi prende il viso tra le mani e lo volta verso di sé, perché la possa guardare negli occhi. Mi fissa per alcuni secondi; ha catturato completamente la mia attenzione. «Fallo. Fai quello che ti senti.» È un ordine. «Niente, e intendo niente, dovrebbe ostacolarti, perché la tua vita dovrebbe essere proprio così come dici, Keller. Quella bambina dovrebbe stare con suo padre ogni giorno, e tu sei un insegnante nato.»

Non mi lascia andare, aspetta una risposta. Chiudo gli occhi perché non riesco a sostenere il suo sguardo quando parlo. «Non è così semplice.»

«Guardami» mi ordina di nuovo. Non è arrabbiata, ma la disperazione nella sua voce è impressionante. A lei interessa. A lei interesso io e quello che voglio. Mi sono dimenticato di come ci si sente, nessuno mi ha trattato così dopo Lily, e anche Lily non mi ha mai spinto così tanto. «Per favore» mi dice.

La guardo.

«Far crescere Stella da solo sarà la cosa più difficile che tu abbia mai fatto. Sapere che la vita di un altro essere umano è nelle tue mani? È dura, stancante e spaventosa, ma sai cosa ti dico? È anche divertente, e appagante, come nient'altro al mondo.» Katie è molto appassionata, deve essere qualcosa che sente molto. Poi toglie le mani dal mio viso.

«Sei stata tu a prenderti cura di tua sorella, vero?»

Annuisce. Aspetto che si senta pronta a parlare, perché so che sua sorella è un argomento difficile. «Grace aveva la sindrome di Down. Mentalmente non era molto più grande di Stella. Mia madre aveva problemi che rendevano il suo ruolo di genitore... difficile. Quindi, sono stata sempre io a prendermi cura di Gracie. Io le ho fatto il bagno, l'ho vestita, l'ho nutrita, le ho letto libri, ci ho giocato insieme, l'ho accompagnata a scuola. Quando aveva sedici anni, e io quindici, ha subito un incidente che l'ha lasciata senza l'uso delle gambe. Da quel momento in poi, è rimasta bloccata su una sedia a rotelle...»

Io la interrompo, ricordandomi qualcosa che mi ha detto alcune settimane fa. «Ecco perché avevi un furgoncino.»

Annuisce e sorride; mi sono ricordato. «Sì, Old Blue era perfetto.» Riprende fiato, poi continua. «Quando avevo diciotto anni, poche settimane prima del mio diploma, mia madre è morta.»

Mi si sta spezzando il cuore; la vita di questa ragazza è stata così dura. «Mi dispiace molto.» Non riesco ad aggiungere altro.

«Sì.» Sembra assorta nei suoi pensieri. «La vita è sempre stata difficile per Janice Sedgwick. Mi piace pensare che adesso sia in un posto migliore, finalmente felice.»

«Dove sei andata ad abitare quando tua mamma è morta? Hai detto che tuo padre non viveva con voi.»

«I mesi dopo la sua morte sono stati come una valanga di merda. Dopo che il polverone si è diradato, ho venduto tutto e ho affittato con Gracie un appartamento dal vecchio giardiniere di mia madre. Niente di costoso, ma perlomeno era tutto nostro. A Grace piaceva molto. È stato il più bel periodo della mia vita. Siamo rimaste lì finché non è morta.»

Affondo nel sedile e la guardo. Avete presente quando si è convinti di conoscere una persona, perché magari la si frequenta da un po'? Mi sento talmente scosso dopo quello che ho appena saputo, che basterebbe un alito di vento per buttarmi a terra. La ragazza seduta di fianco a me su quest'aereo è la persona più incredibile che abbia mai incontrato. «Come sei riuscita a fare tutto?»

«Come potevo fare altrimenti? Lei era mia sorella e io la amavo. Bene o male, io ero tutto quello che aveva.»

«E chi si è preso cura di te?»

Sorride, le brillano gli occhi. «Gus. È sempre stato il mio migliore amico. Era il mio vicino di casa. Sua mamma, Audrey, è fantastica: è stata una madre anche per me e per Gracie. E lo è ancora.»

«Lui ti adora. Venerdì al telefono ho pensato che mi volesse evirare da quanto era arrabbiato. Non ho mai incontrato nessuno con un legame così profondo come quello tra te e Gus. Due persone così vicine, ma che non stanno insieme. Faccio ancora fatica a crederlo.»

Alza le spalle. «Non provarci troppo. Noi siamo un po' strambi. La mamma di Gus giura di avere avuto due gemelli, separati alla nascita, anche se lui è un po' più grande di me. Lei dice che ne ha portato a casa uno dall'ospedale, e l'altra si è trasferita nella casa accanto, alcuni anni dopo però.»

«Non sarebbe difficile da credere.» Sto provando con tutto me stesso a capire la loro amicizia, ma faccio fatica a non essere geloso di Gus. Io voglio la storia che hanno loro. Io voglio sapere tutto di lei. Io voglio essere la persona cui lei racconta tutto. Io voglio prendermi cura di lei. Io voglio lei.

Quando mi lascia davanti a casa mia, non voglio che se ne vada. «Grazie per avermi accompagnato, Katie.»

Si slaccia la cintura di sicurezza e si avvicina per abbracciarmi. «Grazie per avermi portata a Chicago, Keller. So che ti è costato molto condividere questa parte della tua vita.»

«No, con te è stato diverso. Tu mi dai un coraggio che non ho mai saputo di avere.»

«Ma io non ho fatto nulla. L'hai sempre avuto, lo dovevi soltanto scoprire.»

Mi scosto leggermente da lei, sapendo che non posso lasciarla andare senza fare quello che ho sempre desiderato dalla prima volta che l'ho vista. Cerco di incrociare il suo sguardo e le accarezzo una guancia. È così soffice, e odora di buono. I capelli ondulati sono indomabili e spettinati come sempre, ed è così sexy. Non oppone resistenza, allora mi chino verso di lei e trattengo il respiro. Quando le mie labbra toccano le sue, ogni pensiero e ogni preoccupazione abbandonano la mia mente. Tutto sparisce, tranne lei. Lei è tutto quello che sento, che ascolto, che vedo, che assaporo. Le sue labbra sono così soffici mentre si muovono contro le mie, con le mie, e quando si aprono e le nostre lingue si incontrano, sento un brivido di piacere scorrermi per il corpo. La sua mano scivola sul mio braccio e si avvolge attorno al mio collo. Sento il suo contatto ed emetto un gemito, come un suono in fondo alla gola che non riesco a controllare. Il suo tocco, il suo odore; è quasi troppo. Anche lei deve provare la stessa sensazione, perché si allontana. Quando apro gli occhi, noto che i suoi sono diventati cupi, come se le pupille si fossero dilatate fino a inglobare l'iride.

Io le dico: «Vieni da me.» Ma nello stesso momento, lei mi sussurra: «Devo andare.»

Respira affannosamente. So che desidera restare.

«Perché devi andartene?»

Lei distoglie lo sguardo. «Perché devo.»

«Cosa è successo alla ragazza che predicava di vivere il presente? Perché te lo devo dire, Katie, non sono mai stato più presente a me stesso di quanto non lo sia adesso.» *Mai* stato più presente...

Tiene entrambe le mani sul volante, e continua a evitare il mio sguardo. Deglutisce; ho paura che non dirà nulla, poi sussurra: «Per me è diverso.»

«Perché? Per favore, rimani.» La sto implorando.

Lei sbatte le palpebre. «Ci sono cose che non sai di me. Alla fine ti farei solo del male, mi stai troppo a cuore per permettere una cosa simile.»

Sono perso, confuso, deluso. «Cosa? Guardami negli occhi e dimmi che non provi niente per me. Perché allora quel bacio, che è stata la cosa più straordinaria che io abbia mai sperimentato in vita mia? So che è stato lo stesso per te, anche tu l'hai provato, cazzo.»

Alza lo sguardo verso di me e ha gli occhi lucidi. «Sì, è stato così anche per me. Ed è per questo che devo andare.»

«Ma non ha senso.»

«Lo so, Keller. Devo andare.»

Esco dalla macchina e sbatto lo sportello, poi apro il bagagliaio per prendere la mia borsa. Dovrei andarmene in silenzio, ma sono troppo arrabbiato per non continuare la discussione. «Questa è una cazzata e tu lo sai. Non so cosa ti succede, ma niente che tu possa dire cambierebbe quello che provo per te. È da tanto che non apro il mio cuore a qualcuno in questo modo. Se mi dicessi che non sei interessata, d'accordo. Mi farebbe male, ma me ne andrei, a leccarmi le ferite e a continuare la mia vita. Però il fatto che tu non ti conceda nemmeno l'opportunità di provare a vedere come potrebbero andare le cose tra noi mi fa incazzare.» Non so se sia una questione di fiducia o di dedizione, ma non mi piace vedere che lei si neghi. Perché sta facendo esattamente così. «Non so te, ma questo legame che abbiamo, questa attrazione non capita tutti i giorni. Sono passati anni... *anni*... da quando mi sono sentito così per l'ultima volta. Pensavo di non riuscire più a provarla. Mi spaventa? Sì, certo. Posso predire il futuro? No. Ma sappi che io mai, mai, nemmeno tra un milione di anni, ti farei del male. Ci sarei al cento percento. Adesso sta a te fare la mossa, Katie. A un certo punto nella vita ti devi fidare di qualcuno.»

Non aspetto la risposta. So che non ne avrò, quindi sbatto il portello del bagagliaio ed entro nel mio appartamento senza voltarmi.

Martedì 8 novembre

Kate

C'è un messaggio attaccato alla porta della classe di psicologia: la lezione è stata cancellata causa influenza gastrointestinale del professore. Il mio primo pensiero è: Evvai!, seguito subito dal senso di colpa per aver gioito a spese dell'intestino sofferente di qualcun altro.

Chiedo subito scusa. *Dio, ti ringrazio per questa piccola, ma tanto necessaria benedizione. Mi dispiace che il professor Garrick abbia la diarrea, ma una lezione cancellata significa la possibilità di un pisolino per Kate. A buon rendere, grazie.*

Non ho mai attraversato il campus per tornare ai dormitori così presto di mattina. Sembra più tranquillo del solito, quasi rilassante. Quando sto per arrivare, però, noto qualcuno accanto alla macchina di Clay. E non è lui. Faccio una deviazione per poter dare un'occhiata più da vicino, senza essere vista.

Non appena ci riesco, mi pento subito. Non perché non voglia essere qui in questo preciso istante, ma perché gli stronzi mi fanno davvero incazzare.

Clayton è appoggiato contro lo sportello davanti, con la borsa stretta tra le mani davanti a sé. Un ragazzo dalle spalle larghe con una felpa grigia è chino su di lui e piega la testa da una parte all'altra, stando troppo vicino per una conversazione amichevole. Tiene i pugni serrati e la sua posizione è minacciosa. Non mi piace.

Mi fermo solo per mezzo secondo. Non c'è motivo per cui io lasci che questo metta le mani addosso a Clay, ma non voglio nemmeno fraintendere la situazione. Comincio con un saluto ad alta voce, mentre mi avvicino lentamente da dietro.

«Come va?» dico, forte.

Lo stronzo si volta. Sono riuscita a spostare l'attenzione su di me. Le spalle di Clay si sollevano di parecchio per il sollievo.

Lo stronzo mi scruta, fa paura, mi sento violata. Si passa la lingua sulle labbra. «Cosa succede?» Si afferra il pacco. «Guardandoti adesso, ragazzina, direi che al mio cazzo sta succedendo qualcosa.» È schifoso, e mi ha persino strizzato l'occhio.

«Cerchi di essere attraente?» chiedo, perché rimango molto male quando i ragazzi sono convinti che questo genere di cose piacciano alle ragazze.

Lui ammicca di nuovo.

Sì, credo di sì. Scuoto la testa. «Datti una calmata, cowboy; non mi sembra di aver sentito come ti chiami.»

Sorride da coglione. «Ben.»

«Ben cosa?» continuo. Perché se ha già fatto qualcosa a Clayton, voglio il suo nome completo, per poterlo condividere con chi di dovere.

«Ben Thompson.» Il sorriso da coglione è sempre presente. «Vieni con me, in camera mia.» Guarda l'orologio. «Ho un'ora libera prima delle lezioni. Possiamo fare una sveltina.»

Se potessi dare un premio alla cosa meno elegante che ho sentito per tutta la settimana – cioè, per tutto l'anno –, lui sarebbe il vincitore. Ci è riuscito. «Ben Thompson? Ti conosco solo da trenta secondi ma te lo posso già dire, mi fai schifo. Ho i conati di vomito. Quando ho chiesto cosa stava succedendo, non stavo parlando al tuo cazzo, coglione, ma al mio amico qui.»

Clayton ha gli occhi sgranati e mi sta facendo di no con la testa, alle spalle dello stronzo. Forse dovrei avere paura, ma se penso alla mia settimana, mi sembra di non avere niente da perdere.

Il suo sorriso fa venire la pelle d'oca. «Sei volgare. E mi eccitano le ragazze volgari, principessa.»

«Ascoltami, questi non sono preliminari.» Mi avvicino e prendo Clay per mano. «Fai schifo. Lasciaci in pace.»

Alla fine l'ha capita. La rabbia lo acceca. «Fanculo, rizzacazzi.» Indica Clayton in modo minaccioso. «E per quanto riguarda te, piccola checca, non abbiamo finito. Farai meglio a guardarti alle spalle.»

Voglio che Clayton dica qualcosa, qualsiasi cosa, e invece si avvia verso i dormitori a testa bassa. E poiché lo sto tenendo per mano, sono obbligata ad andarmene con lui. Certo, però, non mi posso allontanare senza avere l'ultima parola. «Fanculo, testa di cazzo.»

Lui sferra un calcio allo sportello della macchina di Clayton, poi se ne va dalla parte opposta.

Mi fermo prima di arrivare all'entrata, e mi volto per guardare il mio amico dritto negli occhi pieni di lacrime. Provo una profonda tristezza, un forte senso di colpa, e la rabbia mi ribolle dentro. Lui continua a guardare in basso, mentre si asciuga le lacrime che gli scorrono sulle guance.

Nel tono di voce più calmo che riesco, gli dico: «Ehi.» Perché sembra imbarazzato, e questa è l'ultima cosa che io voglio che provi adesso. «Clay, sono io, Kate.»

Alza appena il mento, e a quel punto i suoi occhi incontrano i miei. Sta cercando di non piangere, ma gli tremano le labbra.

«Ti stava minacciando, quando sono arrivata io?»

Annuisce.

Non vorrei fargli l'altra domanda, perché temo di sapere già la risposta. «Ti ha già minacciato?»

Annuisce.

«Da quanto tempo va avanti questa faccenda, Clay?»

«Da circa un mese.»

Sento un groppo in gola. «Ogni quanto?»

Le lacrime gli cadono, pesanti. «Ogni giorno.»

Mi sento male. Di solito mi vanto di essere una buona amica. Perché nella vita, tutto ciò che conta... sono le persone.

Bisogna trattarle bene, esserci per loro: ecco cosa significa essere un buon amico.

Invece. Sono. Un'amica. Orrenda. Come ho fatto a non accorgermi di niente?

Lo stringo in un abbraccio, e Clay piange appoggiato alla mia spalla. Gli accarezzo la schiena e vorrei tanto poterlo aiutare a trasportare il suo carico di dolore.

Lo lascio andare e lui tira su con il naso. «Bello, lo hai detto a qualcuno?»

Scuote la testa.

«Dovresti segnalarlo ai responsabili della sicurezza dell'università. Vai a parlare nell'ufficio del preside, e dillo anche a John, perché è inaccettabile. Dovresti essere libero di camminare per il campus, anzi dovresti essere libero di camminare dove cazzo ti pare, senza avere paura.»

Lui sospira. Sa di sconfitta. «Non posso.»

«Perché no?»

«Perché non succede mai niente di buono.»

Questo mi rende triste. È la stessa cosa che ha detto dopo l'incidente allo Spectacle.

«Sai quante volte sono andato a lamentarmi con counselor, insegnanti e presidi, per episodi di bullismo o perché venivo picchiato?»

Dio, il mio cuore non vuole saperlo.

«Troppe volte, Katherine. E mai, mai qualcuno ha preso provvedimenti. Mi è stato detto che stavo esagerando, o che avevo frainteso, o anche che ero io a volerlo. Ci credi? La gente mi ha guardato dritto negli occhi e mi ha detto che, poiché ero gay, chiedevo di essere molestato. E me lo hanno detto più di una volta, quindi non è un'opinione isolata di una persona ignorante.»

«Ma non puoi permettere che vincano loro, Clay.»

«Non è un gioco. È la mia vita. E sono stanco, Katherine. Io speravo che all'università sarebbe stato diverso. Più tolleranza...»

Lo interrompo. «La tolleranza è una cazzata. Non c'è niente da tollerare. Non si tollerano le persone carine, perché godiamo della loro compagnia. Odio quella parola.»

Lui tira su con il naso. «Anche io. Però ho scoperto che l'università non fa eccezione. Magari l'istruzione è più alta, ma si incontrano gli stessi neanderthal. Sto cercando di finire il semestre, perché mi sembrerebbe di buttare via i soldi dei miei genitori se non ci riesco.» Sospira ancora. «Ma non posso tornare, dopo.»

Non può lasciar vincere lo stronzo! Lo accompagno in camera sua, e gli porto una barretta di Twix che tengo in frigo, perché mangiarla mi fa sempre sentire meglio quando ho un giorno di merda.

Non appena lascio la sua camera, vado diritta all'ufficio della sicurezza del campus. Un uomo di mezza età in giacca blu mi saluta, e io arrivo subito al punto. «Vorrei fare due denunce, per favore.»

«Due denunce?» chiede.

Annuisco. «Mi ha capito bene.» Lo stronzo Ben Thompson non la passerà liscia.

Procedo a sporgere denuncia a nome mio e di Clayton, e non mi lascio scappare che gli episodi vanno avanti da un mese. Poi sporgo denuncia anche per molestie sessuali, per lo schifoso comportamento dimostrato nei miei confronti. Pensando al modo orrendo in cui mi ha guardata, immagino che lui sia uno di quei ragazzi convinti che un no significhi sì, e un sì significhi molto volentieri.

Non riesco a non pensare alla madre di Keller per tutto il tempo in cui rimango qui. Intendo dire, sarà rigida e offensiva, ma scommetto che è un avvocato in gamba. Mi trovo a imitare la sua sicurezza. Ho persino il suo sorriso tirato, e noto che funziona.

Appena esco fuori, respiro profondamente, perché sono molto turbata. Non so se le denunce faranno la differenza, ma ci dovevo provare.

Mentre la tensione comincia a diminuire, mi rendo conto quanto male mi faccia il mio corpo oggi. E sono più stanca di ieri. Forse ho accumulato troppo stress. Ho bisogno di dormire, il più in fretta possibile.

Giovedì 10 novembre

Kate

Ho evitato Grounds ogni giorno di questa settimana, perché sapevo che vedere Keller mi avrebbe distrutto. Ho deciso che forse un po' di distanza tra noi è la scelta migliore. Dopo Chicago, e il bacio, non posso più negare i sentimenti che provo per lui. Ma il fatto che anche lui potrebbe essere coinvolto? Questo mi preoccupa, sotto molti punti di vista.

Numero uno: non sono una persona egoista. Non lo sono mai stata e non voglio cominciare adesso. Stargli appiccicata sarebbe totalmente egoistico.

Numero due: senso di colpa, che poi sarebbe la conseguenza diretta del numero uno. La colpa è troppo vicina al rimorso, e io non voglio nessun rimorso.

Questo porta al numero tre: la fiducia. Keller me l'ha data, è stato aperto. La fiducia e il cuore sono una cosa sola, perché se mi fido di te, significa che ti ho fatto entrare nel mio cuore e mi aspetto che tu non lo ferisca. Il massimo della fiducia, poi, quella che io non ho mai concesso a nessuno, è il più spaventoso: il vero amore. E si ritorna al concetto di favola. Ogni volta che mi lascio andare e immagino la mia favola, c'è sempre la parte in cui affido il mio cuore a Keller. È una sensazione giusta, calda e confortevole. Ma devo fermarmi e pensare al numero uno. Io non sono egoista.

Questo è il circolo vizioso che non mi permette ogni altra cosa diversa dall'amicizia con Keller. Ma l'amicizia è anche il motivo per cui non posso lasciarlo fuori dalla mia vita: io voglio la sua amicizia. Mi fa sentire felice, quasi frastornata. È come una droga, e io funziono meglio quando ne faccio uso. Ecco perché decido di andare da Grounds. E poi muoio dal desiderio di una buona tazza di caffè. Il mio corpo potrebbe fare sciopero se non rimedio subito.

Il mio corpo... questa è un'altra faccenda. Il mio corpo è arrabbiato con me ultimamente. Perché le più semplici azioni sono diventate molto faticose, e il dolore è così intenso che l'ibuprofene non ha effetto. È un dolore che mai viene meno, sempre costante. Mi abbatte, come se mi stesse schiacciando da dentro a fuori. Mi tiene sveglia la notte. Ha anche trovato il modo per alterare il mio aspetto: sono dimagrita. Lo capisco perché i miei jeans cominciano a starmi larghi. E lo vedo nel viso. Ho la pelle pallida e brutte occhiaie nere sotto gli occhi. Sapevo che sarei arrivata a questo, quindi ho preso di mala voglia un appuntamento per domani pomeriggio con il dr Connell. Non lo vedo dalla mia prima visita alla fine di agosto. Sono sicura che non sarà contento, perché mi voleva incontrare ogni mese. Le sue segretarie chiamano ogni settimana, ma io le ignoro. So che è infantile, però è il mio modo di affrontare il problema, e fino adesso ero riuscita ad andare avanti con l'ibuprofene e il sonno in più, quando mi addormentavo.

Arrivo da Grounds, e Keller è dietro il bancone. Il suo saluto non è spontaneo e amichevole come al solito. «Ehi» è tutto quello che ottengo.

Capisco. Capisco in pieno.

Cerco di sorridere, ma è difficile. Non so fingere molto bene, almeno così la pensa Gus. Sono una pessima bugiarda. Tenere un segreto, quello ci riesco; ma mentire di sana pianta? Non ne sono capace. «Ehi» gli rispondo.

Mi versa il solito caffè e me lo passa in silenzio. Io gli do la mia carta di compleanno come pagamento. Lui completa la transazione senza parole. Ancora non mi ha guardato negli occhi.

Siamo soli, ma parlo comunque piano. «Ascolta, mi dispiace. Non ti volevo ferire.»

«Troppo tardi.» Il tono è aspro. Un istante dopo, scuote la testa. «Scusami per la risposta scortese.» È allora che finalmente i suoi occhi incontrano i miei. Il dolore sparisce di colpo e si trasforma in preoccupazione. «Cosa c'è che non va? Stai male, Katie?»

Non mi vede dal fine settimana scorso, quindi forse per lui è più evidente. «Sì.» Una parte di me vorrebbe mettere tutte le carte in tavola. «Ho un appuntamento con il mio medico domani pomeriggio.»

Rimane rigido, mi guarda come se non sapesse cosa fare, mentre a questo punto io gradirei volentieri un abbraccio. Ma non è nella mia natura chiedere conforto o consolazione, quindi sollevo il mio bicchiere in aria. «Ti auguro un buon giovedì, bello. Quando la senti, stasera, di' a Stella che la saluto, e anche Miss Higgins.»

Annuisce. «Lo farò.» È preoccupato. «Fammi sapere come va la visita.»

Venerdì 11 novembre

Kate

L'appuntamento con il dr Connell è in tutto e per tutto deprimente e disperato come speravo proprio che non fosse, anche se ne avevo la certezza. Stessi test, peggiori risultati, altre novità. A questo punto non posso nemmeno definirle cattive notizie, ma solo novità. Quando è cominciato, avevo promesso che non mi sarei mai autocompatita, ma nel viaggio di ritorno da Minneapolis a Grant, decido di concedermi fino a mezzanotte per sguazzare dentro il mio dolore.

Sguazzarci fino alla nausea.

Ho la ricetta per alcuni antidolorifici più forti, che mi fermo a comprare prima di rientrare in camera, ma quando raggiungo i dormitori decido che questa sera l'alcol sarà la mia medicina. Voglio bere fino a stordirmi, finché non sento più il dolore, finché non riesco a ricordarmi quello che sto cercando di dimenticare. Poi domani vedrò come andare avanti. Oggi voglio dimenticare.

Dimenticare fino alla nausea.

Spengo il cellulare mentre sono ancora in corridoio, e lo butto nella borsa. Per fortuna, Sugar è in camera. Il mio piano di completa rovina sta procedendo bene. «Ehi, bella, quanto alcol hai qui a disposizione?» Non so chi glielo compra, ma ne ha sempre parecchio nascosto dentro l'armadio. Penso sia parte del divertimento quando i suoi amici vengono a farle visita.

Lei mi guarda stupita. Di solito non parliamo molto, e non è da me entrare di scatto in camera e cominciare a fare domande, soprattutto una del genere. «Mmm, non lo so. Cosa ti serve?»

«Niente birra. A parte quello, mi va bene tutto.»

L'ho confusa, non può trattarmi come al solito. «Va bene, fammi dare un'occhiata.» Comincia a cercare nell'armadio ed estrae una bottiglia di vino da due soldi, una semivuota di whisky e una pinta di vodka piena fino a tre quarti. È eccitata, quasi in modo insano, quando mi mostra la sua refurtiva. Nel mondo dell'illegalità, questo è un gioco da ragazzi, eppure mi sorride come una signora del crimine che sfoggia la sua attività di contrabbando. Metto da parte il pensiero e prometto di affrontare il problema di Sugar che si sta incamminando sulla via della perdizione in un secondo momento, quando non sarò io sul punto di deragliare. Forse domani. Cerco in una tasca dei miei jeans e tiro fuori una banconota da venti dollari. La butto per terra e afferro la vodka. «Grazie.» Controllo l'altra tasca per assicurarmi di avere la chiave della stanza, slaccio il cappotto, ci nascondo dentro la bottiglia, lo richiudo ed esco dalla porta senza dire altro.

È ora di cena, ma la salto per dedicarmi alla bottiglia dentro il cappotto. Fuori fa freddo, quindi decido di andare nell'edificio più vicino, ma con ogni probabilità il meno frequentato il venerdì sera: la biblioteca. Lo so perché ne ho passati parecchi, lì dentro. Lo stesso ragazzo di turno dietro la scrivania, che per le nove di solito dorme già; potrei rimanere seduta tra gli scaffali a bere per tutta la notte e non vedere anima viva.

Infatti. Trovo un angolino nel settore biografie, mi siedo per terra e tiro fuori la bottiglia. Vado piano perché bevo per rendermi insensibile, non morire. La vodka mi brucia nello stomaco. Non mi è mai piaciuto il gusto dell'alcol puro. Dopotutto è un liquido infiammabile, e ha proprio quel sapore. Il calore comincia a irradiarsi nel mio corpo; ben presto, anche le orecchie sono bollenti, e non riesco più a sentirmi il naso o le punte delle dita. I titoli sulle coste dei libri accanto a me cominciano a offuscarsi. Continuo a bere; quando li riguardo, gli stessi libri sono indistinguibili – strisce annebbiate di colore, allineate le une di fianco alle altre. Faccio fatica a leggere l'ora all'orologio appeso al muro alle mie spalle, perché ogni volta che inclino la testa per provarci, la stanza comincia a girare vorticosamente. Credo che segni le 23:45. Il mio tempo sta quasi per finire, manca poco a mezzanotte.

Fortuna che la bottiglia è ormai vuota. Ne scolo le ultime gocce rimaste e la nascondo dentro il cappotto. Non so perché, ma mi sembra che sia ora di fare due passi. Ritorno a vagare nel freddo, cercando di arrivare ai dormitori, ma all'ultimo minuto i miei piedi si impuntano e decidono di andare in un'altra direzione. Giro a destra, verso Main Street.

Keller

Mi sveglio perché qualcuno bussa alla mia porta. Guardo l'orologio, ma senza occhiali è difficile capire. 00:47. Altri colpi alla porta. Dunc deve avere dimenticato le chiavi; pensavo sarebbe rimasto da Shel questa sera. Sollevo le coperte e mi stiro, prima di saltare fuori dal letto. Ho addosso solo i boxer, e non appena apro la porta, mi allontano dal freddo che entra in casa e arriva come una doccia gelata sulla mia pelle nuda. «Che cazzo, Dunc! Sbrigati.» Ma non entra nessuno.

Allora torno a guardare fuori, e noto che non è Dunc... ma Katie. Una Katie che non riconosco. Se ieri sembrava ammalata, questa notte batte ogni record. È pallida e fragile. Sconfitta, madida di sudore. Mi chiedo quanto tempo sia rimasta qui fuori, visto che nevica. Batte i denti e ha le labbra viola; indossa il solito cappotto di lana, ma niente guanti né cappello. Le temperature sono vicine allo zero.

Non si decide a entrare, aspetta che le dica qualcosa. Io la tiro per un braccio. «Entra, dài.» Inciampa, e la sostengo. Le sue palpebre sbattono troppo lentamente. «Sei ubriaca?»

«Sei sempre stato uno dei ragazzi più intelligenti che conosco» risponde, cercando di scandire le parole.

Quasi la trascino verso il divano e la obbligo a sedersi. Le tolgo le scarpe, poi quando le slaccio il cappotto, una bottiglia vuota di vodka cade per terra.

La raccolgo. «L'hai bevuta tutta?»

Lei la guarda a fatica e annuisce. «Sì, l'ho bevuta tutta.» Visto che Katie è molto minuta, sarebbe come se io ne scolassi un litro in una sola serata, e so per esperienza che non è una buona idea.

Ha le mani e il viso congelati. «Per quanto tempo sei rimasta fuori?» I vestiti sono fradici.

Lei alza le spalle; è davvero in uno stato pietoso.

A me viene solo in mente di riscaldarla prima di tutto, e poi di farle passare l'ubriacatura.

Le stringo una mano tra le mie, e quando si mette in piedi, a fatica, la porto in bagno. L'aiuto a entrare nella doccia e le sfilo la maglia. Ha cerotti su entrambe le braccia all'altezza dei gomiti, e infatti oggi andava dal medico. Le devono aver prelevato il sangue. Il pensiero mi provoca un nodo alla gola. Sta male? C'è qualcosa che non va, sul serio? Vedere quei cerotti mi turba. Quando le slaccio i jeans, non protesta. Non penso che se ne stia rendendo conto. Mentre le sfilo i pantaloni bagnati, penso a tutte le volte che ho immaginato questo momento. Adesso è così diverso. Sono in ginocchio davanti a lei. «Appoggia le mani sulle mie spalle» le dico. Mi vengono i brividi quando le sue dita fredde toccano la mia pelle. Quando riesce a togliersi i jeans, la giro di spalle, non voglio guardarla. Ho lo stomaco chiuso, mi sembra di violare la sua intimità. Chiudo gli occhi e le slaccio il reggiseno, poi le tolgo le spalline dalle braccia e lo lascio cadere per terra, dietro di me. A questo punto le sfilo gli slip. Con gli occhi ancora chiusi, comincio a cercare con le mani il rubinetto per aprire l'acqua. L'avviso, come farei con Stella: «Adesso, Katie, apro l'acqua. Voglio che tu rimanga qui dentro finché non ti sei riscaldata, d'accordo?»

«D'accordo.» Ha una voce sfinita.

Raccolgo i vestiti bagnati e li metto nell'asciugatrice, poi mi infilo una maglietta. Decido di prenderne una per lei, insieme a un paio di boxer. Non ho nulla di adatto, ci dovremo arrangiare finché i suoi abiti non si saranno asciugati.

Busso alla porta prima di entrare in bagno, perché mi sembra di essere un pervertito se non lo faccio. A dire la verità, mi sento comunque un pervertito. «Stai meglio, Katie?»

«Sì, mi sono riscaldata.»

«Rimani un altro minuto, eri congelata. Ti lascio un asciugamano e dei vestiti sul pavimento. Fai con comodo.»

Cinque minuti dopo, sento chiudere il rubinetto. Mi avvicino alla porta e ascolto, in caso cada o abbia bisogno di me. La sento sbattere contro il muro un po' di volte, ma mi sembra di capire che ce la stia facendo, quindi mi siedo e aspetto.

Quando la porta si apre e Katie esce dal bagno, ha ancora un'aria sfatta da ubriaca, appena un po' meno devastata. La maglietta le è così lunga che non si vedono i boxer, e le dà un'aria sexy. I capelli sono raccolti in un asciugamano annodato, come solo le ragazze sanno fare. È più in sé. «Grazie, Keller.»

«Hai fame?»

Ci pensa a lungo. «Un po'. Non ho cenato. È stata una serata a base di liquidi.»

«Allora ti preparo qualcosa di più sostanzioso.» Riscaldo gli spaghetti avanzati che avevo preparato prima. Fortuna che non ci avevo messo la carne, come faccio di solito, forse stavo pensando a lei.

Ci mette una vita, ma poi finisce tutto. A me non importa, anzi, mi dà una scusa per guardarle la bocca e ricordarmi di come era soffice quando l'ho baciata, meno di una settimana fa.

Il rumore della forchetta sul piatto vuoto mi riporta alla realtà. «Erano davvero buoni, Keller.»

Sorrido, perché mi sembra tornata in sé. «Di nulla, figurati. Come ti senti adesso?» Ha un aspetto migliore. Si è tolta l'asciugamano dalla testa e i capelli sono asciutti e indomiti. È tornata a essere la Katie di sempre.

«Molto meglio, grazie. Il mio piano sembra avere funzionato. Forse però non starò così bene domani mattina.»

Non le dico che ormai è già quasi mattina. Sono le due e

mezza passate. «Sì, forse non starai così bene domani mattina. Cosa significa che il tuo piano ha funzionato?»

Scuote la testa come se non ne volesse parlare. I cerotti sulle braccia sono spariti, ma i lividi rivelano quello che era nascosto sotto. Io glieli indico e lei immediatamente piega le braccia per nasconderli. «Sei andata dal medico oggi?»

Annuisce.

«Hanno capito cos'è che non va?»

Lei sbuffa, e la risposta è amara. «Lo sapevano già.» Allunga le braccia davanti a sé, e così sembrano anche peggio. Mi si chiude di nuovo lo stomaco. «Questo lo fanno per sentirsi meglio. Per dirsi che fanno il loro lavoro.» Di nuovo l'amarezza. «Però è solo un gioco, perché non cambia niente.» E si sofferma sulla parola niente.

C'è qualcosa che non va, sul serio, e mi sento che sto per vomitare. «Cos'è che non cambia, Katie?»

Mi guarda e sorride, ma è il sorriso più triste che abbia mai visto, perché è sincero e limpido come al solito, però unito a uno sguardo carico di profonda tristezza. «È finita.»

Il mio misuratore interno di ansia è appena schizzato. Ho il cuore che batte all'impazzata. «Cosa sta succedendo?»

Non risponde, e un silenzio surreale cala pesante su di noi.

Adesso tremo da quanto sono agitato. Nervoso, angosciato, in preda a un terribile senso di frustrazione. Disperato, le urlo: «Ti prego dimmi cosa sta succedendo!»

Niente. Lei rimane seduta lì, ma incomincia a tremare.

Grido ancora più forte: «Io ti amo, Katie!» La mia è una dichiarazione e una promessa. E un chiarimento, perché non so cosa le stia passando per la mente, ma deve sapere quanto io tengo a lei. Quanto la amo.

Le tremano le labbra, e gli occhi si riempiono di lacrime. «Per favore, non dire così.»

Mi strapperei i capelli, perché non so cos'altro fare. «Sì, invece, ti amo. Perché, non si deve? E so che anche tu mi ami. Ti prego, lascia che io ti ami. Ti prego.» Non ho più pazienza.

Le lacrime si rincorrono l'un l'altra e le scivolano per le guance. «Anche io ti amo.» La voce è calma, sconfitta.

Non è così che vorresti sentirti dire da qualcuno che ti ama. Mi distrugge.

Guardo il soffitto, poi torno a guardare lei, e senza sapere perché, grido ancora, non riesco a smettere: «Allora qual è il problema? Tu mi ami, e io ti amo!»

Lei ha raggiunto il limite e mi interrompe. «Quello è il problema! Che anche tu mi ami! Non doveva andare a finire così!»

«Katie, non sei tu a scegliere. Sono io, cazzo. Sono io che mi sono innamorato di te. E sarebbe successo anche se tu non mi avessi amato. È impossibile non amarti. Sei la ragazza più incredibile che io abbia mai incontrato nella mia vita. Dimmi perché non ti posso amare, perché?»

Katie si mette in piedi, alza le braccia in aria e urla come non ho mai sentito urlare nessuno. È un grido di dolore e di solitudine, di paura e di rabbia. E di esasperazione. «Perché sto morendo, ecco perché! Ho il cancro!» Ricade a sedere, come se parlare le avesse prosciugato tutta l'energia. «Sto morendo» mi dice, e le parole diventano singhiozzi.

Mi sento una pugnalata al cuore. Il dolore che ho provato quando Lily è morta è stato il peggiore della mia vita... fino a questo momento. È come se qualcuno mi avesse trafitto più e più volte, e ora stesse muovendo il coltello dentro la ferita per andare ancora più in profondità. Ancora, e ancora. Per la seconda volta, il mio cuore si è spezzato. Non riesco a muovermi, né a parlare. Non respiro. Lei si asciuga le lacrime con il braccio. Sto per cedere al panico, ma ecco che avviene un cambiamento. Mi rendo conto che mi sta guardando. E quando Katie ti cattura con lo sguardo... ti trattiene. Lo senti. È una sensazione fisica, come se venissi bloccato, incapace di muoverti, incapace di respirare. Si alza, si avvicina e si ferma quando le sue ginocchia toccano le mie. Io sono in balia della sua volontà; nonostante quello che è successo, non c'è altro posto dove vorrei essere adesso. Respira profondamente e mi guarda con quei misteriosi occhi verde giada che non si staccano dai miei nemmeno per un istante. «Se ti chiedessi un favore, lo faresti per me, Keller?»

Se continua a fissarmi così, certo che farò tutto quello che mi chiede. Vuole che mi butti da un precipizio? D'accordo. O sotto un autobus lanciato a tutta velocità? Certo, perché no.

«Ti chiedo una notte insieme. Soltanto una. So che è egoista e molto sbagliato da parte mia, ma...»

Le mie labbra si incollano alle sue prima che riesca a finire la frase. La voglio, prima che cambi idea. Senza smettere di baciarla, mi abbasso e le prendo le gambe e la sollevo finché non ci troviamo avvinghiati. Poi la porto verso il mio letto. So che dovrei andarci piano, ma ho così tanta adrenalina in corpo che non riesco. La voglio troppo.

Anche lei non si trattiene. I suoi baci sono incontentabili. Quando la lascio scivolare sul letto, mi afferra la maglietta, e io la sfilo. Ho le gambe piegate, sono sopra di lei. Le sue dita scorrono sul mio petto. Mi attraversa un brivido, non riesco a sopprimere un gemito. Le sue mani continuano a scendere, fino ad arrivare ai boxer troppo larghi che ha addosso, li prende, li abbassa verso i fianchi e io glieli sfilo. Sollevo il bordo della sua maglietta e la faccio passare dalla testa. Mi si blocca il respiro in gola mentre i miei occhi avidi osservano il suo corpo nudo sotto di me, che splende alla luce della lampada. Se è possibile che un corpo sia bello, anche a riposo, questo è il suo, perché è sinuoso, e anche se magrissimo, rivela i segni di un passato da atleta. La sua pelle di seta, poi, ha una morbidezza tutta femminile. È una dea.

Devo rallentare. Me lo ripeto insistentemente.

Con Lily ero riservato a letto, forse trattenuto dalle mie insicurezze, dall'inesperienza o dalla giovinezza, e da una compagna molto simile a me. Non mi sto lamentando, era un'altra epoca.

Questo è l'adesso. *L'adesso*. E Katie mi riempie di una sicurezza che non sapevo di avere. Lei mi spoglia dei miei timori, io butto via ogni riserva e prendo il mio tempo. Esploro, bacio, lecco, mordo e tocco ogni centimetro del suo corpo. Sono minuzioso e memorizzo ogni dettaglio: l'elegante curva del collo, i seni piccoli, ma rotondi, morbidi e sodi – perfetti. L'incavo della pancia, che prega di essere baciato, e la pelle delle braccia, che sembra seta al mio contatto. Vengo guidato dai gemiti e dalle parole, le piace esprimersi e io potrei arrivare all'orgasmo soltanto ascoltando quello che mi dice. Quando le mie labbra ritrovano le sue, si sposta sopra di me e adesso è lei a esplorare. Mi strappa i boxer, e le mani e la bocca passano dovunque sul mio corpo, baciando, succhiando, toccando. Io respiro a fatica, la chiamo, le chiedo di non fermarsi. È erotismo allo stato puro. Ho immaginato fantasie su di lei, ma questo è di più. È tanto di più, e io vado a fuoco. Ogni mio nervo sta andando a fuoco, e urla di essere devastato, stretto, attorcigliato.

Quando arriva il momento e io le dico che non ho il profilattico, lei mi implora: «Per favore, Keller, non ti fermare, continua.» So che mi dovrei fermare... lo so... ma non lo faccio. Non posso. Non ho mai provato un desiderio più potente di adesso: voglio essere sepolto in lei. La giro gentilmente sulla schiena, lei rimane con gli occhi chiusi e respira affannosamente.

«Guardami, Katie.» Gli occhi si aprono lentamente e sono pieni di desiderio. «Voglio guardare i tuoi stupendi occhi quando faccio l'amore con te.»

Mentre scivolo dentro di lei, lei geme e li chiude.

«Guardami» le chiedo.

Allora i suoi occhi ritrovano i miei. La bacio e mi scosto appena, perché voglio vedere il desiderio dipinto sul suo viso.

Troviamo subito il ritmo, e la sensazione della sua pelle contro la mia è tutto quello su cui sono concentrato. «Sei stupenda» e io sono senza fiato.

Sbattiamo l'uno contro l'altro e lei aumenta il ritmo. Non mi toglie gli occhi di dosso. Non lo dimenticherò mai, finché vivrò. Quando grida il mio nome e comincia a tremare sotto di me, io mi sciolgo. «Katie, Katie, Katie.» Non riesco a smettere di pronunciare il suo nome.

Mentre i nostri corpi si fermano, scivolo di fianco a lei, e all'improvviso noto quanto sia minuta. Mi sento come sul punto di schiacciarla.

Nei suoi occhi c'è uno sguardo sognante. È completamente, totalmente soddisfatta. Tutti i suoi lineamenti sono più distesi. Non posso nemmeno spiegare quanto la ami per come mi guarda adesso.

«Oddio, Keller, è stato incredibile. Ecco. È ufficiale. Andrò all'inferno.»

Sorrido, non riesco a trattenermi. Nessuno me lo può negare. «Ti seguirei anche lì.»

«Non c'è bisogno di seguire. Fai pure con comodo, ti aspetto.» E mi attira a sé con un bacio dolce.

Io ricambio il bacio e lo rendo più profondo. Lei mi asseconda, e le dico quanto la amo e quanto sia bella. Anche se mi risponde, capisco che è stanca. La realtà sta ritornando tra di noi.

È malata.

Premo le labbra contro le sue un'ultima volta e prometto in silenzio di sfruttare al massimo ogni secondo che passerò con lei e di incominciare a vivere la mia vita come voglio viverla.

Guardo l'orologio. Sono quasi le cinque di mattina. «Forse dovremmo dormire un po'. Sai che oggi non ti faccio alzare da questo letto, vero?»

Sorride e si rannicchia accanto a me. «Spero proprio di no.»

Sabato 12 novembre

Keller

A parte una puntata ai dormitori per prendere le medicine, al supermercato per comprare i profilattici, e per mangiare e chiamare Stella, non ci siamo alzati dal letto tutto il giorno.

È stato il paradiso.

Domenica 13 novembre

Kate

Non avevo mai pensato che stare con qualcuno mi avrebbe fatto sentire così bene. E invece è così. Sto vivendo la mia favola, e anche se sarà breve e non avrà il lieto fine, sarà pur sempre la mia. Rivelare a Keller che ho il cancro è stata la prova più dura che abbia mai dovuto affrontare, ma alla fine ne è valsa la pena. Non volevo che lui portasse questo peso con me, ma non posso negare che sembra un po' più leggero adesso che sa. Adesso che mi aiuta. Anche se so quanto sia sbagliato.

Sta ancora dormendo, supino. Io sono rannicchiata accanto a lui, con la testa sul cuscino vicina alla sua. Lo guardo. È sereno, come se non avesse alcun problema. Ma so che non è vero, perché si preoccupa di tutto.

Mi parla prima di aprire gli occhi.«Buongiorno, Katie»

«Come hai fatto a capire che ero sveglia?» gli sussurro.

«Perché quando dormi respiri più piano.» Gira la testa, così siamo naso contro naso, poi apre gli occhi e sorride. «Riesco a sentire il tuo seno che si solleva contro di me.»

«Forse oggi è meglio che io torni ai dormitori.»

Lui mi stringe tra le braccia. «Invece è una cattiva idea. Io ti voglio così, dove sei adesso.»

«Non posso venire a vivere qui.»

Non ha esitazioni. «Perché no?»

Non so cosa rispondere, tranne che mi sembra di correre troppo.

«Hai sempre avuto l'abitudine di negarti quello che vuoi davvero, o è qualcosa di nuovo che fai solo con me?»

Sono presa alla sprovvista. «Cosa?»

«Credo che per venti anni tu ti sia presa cura di tutti gli altri, mettendo i loro bisogni prima dei tuoi. Ti sto solo chiedendo di essere onesta con te stessa, e di farlo adesso, Katie. Concediti quello che vuoi davvero.» Mi bacia sulla fronte e sorride. «Ti ricordi quanto siamo stati bene ieri sera?»

Non riesco a fare a meno di ridere, anche se mi sta sfidando. Ma ha ragione.

«Non ti piace stare qui con me?»

«Certo che sì. Ma sono un'intrusa.»

Lui mi accarezza le labbra prima di baciarmi. «Tu non sei un'intrusa. Non so cosa farei se te ne andassi ora.»

«Dovrò andarmene, prima o poi. Non voglio rendere tutto più difficile di quanto già sarà. Non posso essere egoista fino a questo punto.»

Mi prende il viso tra le mani. «Non preoccuparti per me. Sono io che decido di chi mi innamoro, ricordi?»

«Lo so.»

«Katie, so che preferisci non parlarne, ma non c'è qualcosa che si può fare, la chemioterapia, o la radioterapia, o un intervento chirurgico?»

Scuoto la testa. «Inoperabile. La chemio è un possibile trattamento, ma forse mi allungherebbe la vita solo di qualche mese. E poi fa schifo, non vale la pena stare male per il tumore e in più stare male per la chemio, solo per posticipare l'inevitabile. Tanto succederà lo stesso. Voglio godere il tempo rimasto senza vomitare e con tutti i capelli in testa.»

Mi guarda come se fosse sul punto di piangere. «Quanto tempo ti hanno dato?»

«Secondo il dr Connell, senza trattamento sono tre mesi.» Sorrido, perché non posso permettere che mi butti ancora più giù. Devo vivere il presente, e con le medicine che ho, il dolore è sopportabile.

Le lacrime scorrono sulle sue guance. «Ci deve essere qualcosa di più che possono fare. Forse mio padre conosce un oncologo. Dove è localizzato?»

Gli asciugo le lacrime con i miei pollici. «Non piangere.»

«Dove, Katie?»

«Polmoni e fegato.»

Il suo viso si corruga, e spuntano nuove lacrime.

«Per favore, non piangere. Non voglio sprecare così il tempo.»

«Non voglio perderti, Katie. Non dovrebbe accadere a qualcuno come te, non è giusto.»

«Neanche io voglio lasciarti, Keller, ma questo è il finale della mia storia. Mi sento la ragazza più fortunata della terra. Posso passare gli ultimi mesi con te, amarti ed essere amata da te. Non ho mai pensato che avrei avuto un simile dono. Tu sei una benedizione.»

«Allora facciamo che non parliamo più di tumore? Lo odio.» È come se mi leggesse il pensiero.

«Ci sto.»

Gli ho già detto di non dire niente a nessuno. Non voglio che qualcun altro lo sappia finché non sarà evidente.

Lunedì 14 novembre

Keller

Oggi è molto freddo. Il mio respiro si condensa in nebbia mentre percorro Main Street diretto al Three Petunias. So che non dovrei disturbare Katie al lavoro, ma ho un turno in più al Red Lion Road stasera e non posso aspettare di finire il lavoro per condividere la buona notizia con lei. Tutto il mio corpo freme per l'eccitazione data dall'atto di ribellione e di autodeterminazione. Mi fa sentire così bene; forse è normale, quando si è in controllo del proprio destino? Mi sento potente, come se finalmente fossi riuscito a fare un po' di ordine nella mia vita.

La campana annuncia il mio arrivo. Non l'avevo mai notata prima di incontrare Katie. Il modo in cui ha reagito al suono quando è entrata da Grounds è stato così adorabile che mi torna in mente ogni volta che ne sento una.

Shel distoglie lo sguardo dalla composizione di fiori che sta sistemando. Mi sorride maliziosa e io so che mi provocherà. «Ciao, Romeo.»

Decido che ignorare i suoi tentativi di imbarazzarmi è il miglior modo di affrontarla. «Ciao, Shel.» Però il rossore sulle mie guance mi tradisce e il suo sorriso si espande.

Katie si volta al suono della mia voce. La sua reazione? Crea dipendenza, è un semplice gesto che mi rende così dannatamente felice. Non la vedo da questa mattina, quando se n'è andata a lezione, ma dallo scorso fine settimana poche ore sembrano un'eternità. «Ciao, bella.»

Il suo sorriso è stupendo. «Ciao, bello. Non riuscivi a starmi lontano, vero?»

Scuoto la testa mentre la raggiungo dietro il bancone e la avvolgo tra le mie braccia. È vero. Non posso starle lontano. La sua pelle odora del mio sapone, e amo pensare che lei lo abbia usato. Nella mia doccia. Nel mio appartamento. Questa mattina. E adesso che è tra le mie braccia, non resisto e la bacio.

Shel si schiarisce la gola. «Keller, sto cercando di mandare avanti un negozio qui. Tieni i pantaloni ben allacciati, mi raccomando.»

Sorrido, alzo le spalle e sbatto le palpebre come se non avessi capito. «Cosa?» So che mi sta provocando. Una volta passato lo stupore iniziale di vedere Katie e me insieme, ci ha dato la sua benedizione – seguita dal severo ammonimento, che mi avrebbe 'tagliato le palle' se facevo soffrire la sua amica.

Ho giurato che non sarebbe successo.

Mi guarda in modo torvo e poi scoppia in una risata roca, ma femminile. «Odio dirlo, perché i discorsi melensi di solito mi fanno venire la nausea, ma voi due siete troppo carini. Non riesco a trovare nessun'altra parola per descrivervi. Siete davvero troppo carini.»

Katie si intromette: «Shelly, io non voglio essere carina. Perché non posso essere tosta come te? Non mi chiami mai tosta, bella. Ma così distorci l'immagine che mi sono creata.» Shelly alza gli occhi al cielo, senza rispondere alla sua provocazione, e Katie scoppia a ridere.

Io le do un altro bacio. «Tu sei tosta... e bella... e sexy...»

Shel mi interrompe subito. «Va bene, tesoro, basta così. Farai meglio ad avere una buona ragione per essere qui, a parte palpeggiare la mia collega di lavoro.»

Sorrido a Katie in risposta. «Ce l'ho. Posso rubartela per un secondo?»

Lei annuisce. «Veloce. Ma se sento qualche rumore remotamente sessuale, ti avviso che mi intrometto. Quindi non ci pensare nemmeno.»

Katie fa un saluto militare. «Signorsì, capitano!»

«Grazie.» Porto Katie nel retro del negozio e chiudo la porta per avere un po' di intimità.

Lei sorride ma c'è una certa preoccupazione nei suoi occhi. «Cosa succede?»

«Oggi ho incontrato il mio tutor.»

I suoi occhi si sgranano per la sorpresa. Il mio coraggio aumenta. «Ho cambiato facoltà.»

Sorride, ed è un trionfo. Salta tra le mie braccia. «Oddio, sono così orgogliosa di te! Keller, ci sei riuscito. Ci stai riuscendo.» Smette di ridere, si stacca dal mio abbraccio e mi fissa dritto negli occhi. La sua espressione diventa all'improvviso molto seria. «Ma sei contento? Intendo dire, è un passo enorme.»

Adesso che ho espresso a parole quello che ho fatto, in me subentra la calma. Sì, è accaduto. Annuisco.

«L'hai detto ai tuoi genitori?»

«No. Lo farò questo fine settimana. Voglio dirglielo di persona.» Mi schiarisco la gola. «Ti posso chiedere un favore?»

«Certo. Qualsiasi cosa.» Il suo sostegno incondizionato è stupefacente, mi fa sentire Superman.

«Mi accompagni a Chicago?» Non so cosa farò se mi dice di no.

Lei mi prende il viso tra le mani delicate. «Sei sicuro che sia una buona idea?» Il suo non è un rifiuto, forse vuole essere sicura che io abbia riflettuto bene.

«Sì. Voglio parlare con loro e informarli della novità da solo, ma mi sentirei meglio se sapessi che sei vicino a me.»

«Allora va bene, ci vengo.»

Katie mi fa sentire capace di qualsiasi cosa. Qualsiasi. Già mi sembra di essere più forte. «Grazie.»

«Allora, adesso che la decisione è stata presa, qual è il prossimo passo?»

Ha di nuovo uno sguardo preoccupato. Le appoggio le mani sulle spalle. «Cambiare facoltà significa studiare un anno e mezzo in più; per fortuna avevo inserito molti esami di letteratura inglese nel piano di studi, è tornato utile. Ho eliminato tutte le materie che non mi serviranno per la mia nuova laurea.»

«È stato difficile? So che ti dà fastidio non portare a termine qualcosa cui hai dedicato del tempo.»

Lei mi conosce già. «Sì, quello è stato l'unico lato negativo, forse. Odio lasciare le cose a metà perché mi fa sentire un fallito.»

Mi appoggia un dito sulle labbra in segno di silenzio. «Non sei un fallito, hai solo cambiato idea. C'è parecchia differenza.»

Io sorrido. «Grazie.»

«E la tua borsa di studio?»

«Non lo so ancora. Il mio tutor parlerà con il dr Watkins, capo del dipartimento di inglese, per vedere cosa si può fare. Non mi stupirei se ci dovessi rinunciare. In questo caso, ci sono sempre i prestiti agli studenti, giusto?»

«Giusto.» Rimane in silenzio per un istante, poi mi ripete: «Sei sicuro di sentirti bene?»

«Onestamente, non penso di essermi sentito meglio in vita mia.»

Lei mi fissa. Di solito odio questo tipo di osservazione intensa, ma quando è lei a guardarmi così, mi sento vivo. È come se ci fosse finalmente qualcuno che mi vede per come sono. Con i lati buoni e quelli meno buoni, ma senza dovermi nascondere o vergognarmi. Non devo fingere, posso semplicemente essere me stesso, Keller Banks. Lei mostra il più gentile dei sorrisi e mi prende le mani tra le sue. «Accidenti. Sono stupita, bello. Davvero. Ci stai riuscendo. Ti sei ufficialmente ripreso una grossa fetta della tua vita. Come ci si sente, a essere così tosti?»

Alzo le spalle. «Proprio tosto.» La mia risposta è tranquilla, ma le sue parole erano come un'iniezione di adrenalina che mi è andata dritta al cuore. Mi sento pieno di orgoglio e di amore.

Ride, mi abbraccia ancora e mi sfiora l'orecchio con le labbra. «Sei così sexy quando sei tosto.» È quel sussurro, leggero come un respiro, che mi fa impazzire.

Le mie mani scivolano sulla sua schiena e si fermano sulle anche, mentre le mie labbra dipingono baci sul suo collo, fino all'orecchio. «Non hai idea di cosa ti aspetta più tardi. Spero che ti sia riposata oggi, perché quando torno a casa stasera...»

Sfiora il mio orecchio con la punta della lingua, poi mi chiede: «Promesso?»

«Lo giuro.»

Martedì 15 novembre

Kate

È passato un po' di tempo dall'ultima volta che ho parlato con Maddie, e anche se ricevo aggiornamenti regolari tramite Clayton che ormai si è trasferito nell'appartamento di Maddie e di Morris, mi manca la comunicazione a quattr'occhi. A parte quell'unica, forse sincera conversazione che ho scambiato con lei e che ha avuto come conseguenza che Morris diventasse suo coinquilino, non è successo più niente. Ha rialzato le barricate contro di me.

Quindi, senza sperare troppo, le mando un messaggio: 'Ciao, ti va di cenare insieme venerdì?'

Mercoledì 16 novembre

Kate

Maddie risponde: 'Forse.'
È vago, ma cosa c'era da aspettarsi?

Venerdì 18 novembre

Kate

Maddie mi ha appena risposto, dicendo che è libera per cena stasera, alle sette e un quarto. Sono le sei e trentasette.

Il suo messaggio non era tanto l'accettazione di un invito, sembrava piuttosto arrendevolezza davanti a un atto di prepotenza.

Ma io non la stavo obbligando. Come se avesse dovuto scegliere, mentre io le storcevo un braccio.

A questo punto, mi dispiace avergliela chiesto; oggi poi mi sento particolarmente stanca e fatico a rimanere positiva, sono di cattivo umore, e questo non aiuta.

Mi sento in colpa di esporre Keller al mondo di Maddie Spiegelman, ma non ce la posso fare ad affrontarla da sola. «Keller, hai presente quel detto 'Una mano lava l'altra'?»

Lui alza lo sguardo dal libro che sta leggendo e sorride. È il suo solito mezzo sorriso, che adoro. «Sì» dice convinto.

Adesso mi sento anche peggio, perché a questo punto penserà che ci sia qualcosa di buono in serbo. «Io ti accompagno a Chicago domani. A te va di uscire a cena questa sera, con me e mia zia?»

Lui fa un orecchio alla pagina del libro e lo posa per terra. «Certo. A Minneapolis o a Grant?»

Gli ho già detto che ho una zia a Minneapolis, ma ho volontariamente omesso ogni altro dettaglio su di lei. Del tipo 'se non hai niente di carino da dire, non dire niente.'

«Minneapolis. Riesci a essere pronto in un quarto d'ora?»

Sta già andando in bagno. «Mi puoi prendere un paio di jeans puliti e una maglietta? Mi faccio una doccia veloce. Vuoi unirti a me?»

Sorrido, perché il suo modo di flirtare mi sta aiutando a eliminare un po' della tensione in cui il mio corpo si trova impigliato. «Sì, però poi ci vorrebbe più di un quarto d'ora e perderemmo la cena.»

«Peccato.»

Ogni giorno che passa, diventa sempre più adorabile.

Arriviamo davanti a casa di Maddie precisamente alle sette e un quarto. Aveva detto che sarebbe stata pronta.

Quando apre la porta e nota Keller, sul viso appare uno sguardo affamato e rapace. Come se la sua mente fosse divisa tra due opzioni: divorarlo intero, o assaporarne con calma ogni pezzetto. Anche Keller lo nota, ma non sarebbe sfuggito nemmeno a un cieco. Lui le stringe la mano quando io faccio le presentazioni, ma con l'altra continua a tenere la mia.

Propongo di andare al ristorante in fondo alla strada, dove io e Maddie avevamo fatto colazione alcuni mesi fa. È buono, economico, e soprattutto non è sushi. Quando Keller appoggia la mia scelta, Maddie non si lamenta, ma so che per i suoi canoni non è da venerdì sera: è vestita come una escort di alto bordo.

Camminiamo una di fianco all'altra, con Keller stretto nel mezzo, aggrappato a me con entrambe le mani. Forse teme che Maddie gliene prenda una, se lasciata libera. E forse ha ragione: lei sta monopolizzando la conversazione e non mi ha rivolto una singola domanda o frase. Tutta l'attenzione è per Keller; comincio a pensare che si sia dimenticata che ci sono anche io. Visto che sono stanca, mi sento sollevata perché non devo seguire una conversazione o stare troppo attenta. Ed è divertente, perché lei ce la sta mettendo tutta per fare colpo su di lui.

Ma lui non è colpito.

Per niente.

Un punto in suo favore.

Durante la cena cerco di farmi un'idea su Maddie, ma sembra che la sua vita sia allo stesso punto di qualche mese fa. Avevo sperato che avere Morris come coinquilino la potesse sollevare da alcuni carichi finanziari, permettendole di guardare più in profondità nella sua vita e trovare un significato ad altre cose. Sembra che non sia accaduto.

Forse è perché sono stanca, o forse sono le medicine che sto prendendo, o forse dentro di me sono soltanto una stronza antipatica, ma non riesco più ad ascoltare. Il mio piano per la cena di stasera era quello di mettere tutte le carte in tavola, perché onestamente non credo che la rivedrò molte altre volte, e voglio sentirmi in pace con me stessa, sapendo di aver fatto tutto il possibile per lei. «Allora, Maddie.» Trasale al suono della mia voce, forse si era davvero dimenticata della mia presenza. «È un po' che non ti vedo. Come vanno le cose con il tuo nuovo coinquilino?» Comincio dalle domande facili.

«Morris è un tesoro. Sono così contenta di averlo trovato.» Sta di nuovo parlando a Keller. Lui annuisce, come faccio io quando l'ascolto da troppo tempo o perché le cose che dice sono semplicemente assurde. Mi viene quasi da ridere. «Keller, è stato pazzesco. Morris era appena arrivato da Londra.»

«Manchester» la correggo, ma lei non mi ascolta e mi parla sopra.

«Non conosceva nessuno e cercava un posto dove vivere, e anche se non mi dispiaceva il fatto di avere due stanze per me, non me la sono sentita di dirgli di no quando il povero ragazzo mi ha praticamente implorato di potersi trasferire a casa mia.»

Accidenti. Questa è una versione leggermente diversa da quella che ricordo io. È come giocare al telefono senza fili... e io sono quella alla fine... di una lunga coda di persone.

Ma Keller non è affatto un ingenuo, e riesce a leggere tra le righe. «Che fortuna sfacciata. E come lo hai incontrato?»

Lei evita la domanda, perché chiaramente nella sua versione dei fatti ha il ruolo di salvatrice e il resto sono dettagli di poco conto. «Non mi ricordo di preciso.»

Scoppio a ridere, perché o davvero non si ricorda, o finge di non ricordarsi; ma entrambe le opzioni sembrano delle stronzate. Questo è il tipo di cose che di solito mi lascio scorrere addosso, ma stasera proprio non riesco. «Non ti ricordi chi ti ha presentato Morris?»

Lei distoglie lo sguardo da Keller e mi fissa come se io fossi una bambina che dovrebbe essere vista e basta, non sentita. «Non è importante, Kate.»

Le sorrido in modo falso. «Forse no,» poi le mormoro un arrabbiato «prego, non c'è di che.»

Keller ride piano accanto a me. Ha capito cosa sta succedendo.

«Cosa c'è di tanto buffo, Keller, tesoro?» Lei gli fa le fusa. Sì, le fusa. Mi sta cominciando a innervosire.

Lui si schiarisce la gola. «Niente, scusami. Stavo solo pensando a cosa aveva detto Katie.»

L'umore di Maddie si guasta un po', ma non vuole perdere terreno adesso che c'è un botta e risposta tra di loro. «La piccola Kate non mi ha mai detto che stava frequentando qualcuno. Da quanto tempo ti tiene nascosto?»

Lui mi guarda e ammicca prima di rispondere. Credo che stia per succedere qualcosa di divertente. «Mi sono innamorato di lei la prima volta che ci siamo incontrati, mesi fa, ma stiamo insieme da poco. Non ho mai incontrato nessuna come lei, così simile a me su tutti i livelli: emotivo, intellettuale, sessuale. Ormai non potrò più accontentarmi di nessun'altra.»

Mi viene quasi da arrossire, perché so che è sincero, ma lo sguardo di Maddie è buffissimo. Mi sento una trionfatrice, e la mia vittoria elimina ogni tipo di imbarazzo.

Lui mi bacia una guancia e mi dice che deve andare in bagno. «Poi sono pronto a riportarti a casa, tesoro, se non ti dispiace.» Ammicca di nuovo.

Oddio, lui sì che sa come fare un'uscita trionfale. Questa sua nuova sicurezza è così eccitante per me. Adesso sono pronta ad andare a casa, e per motivi che non riguardano il semplice fuggire dalla compagnia della cena.

Mi sposto per farlo passare, e lui mi sussurra all'orecchio: «Quello che ho detto è la verità.»

Maddie ha quasi la bava alla bocca mentre lo osserva camminare, con gli occhi incollati al suo sedere. Che svergognata.

Io mi schiarisco la gola per attirare la sua attenzione, perché abbiamo una faccenda in sospeso. «Maddie, volevo chiederti: come vanno le cose? Intendo, sei stata dal medico ultimamente?» Basta con le domande facili.

Lei alza gli occhi al cielo. «Non vorrai parlare ancora di quell'argomento, spero?»

Annuisco. «Sì.» È il motivo per cui sono qui. Mi sembra di abbandonarla se non lo affronto. «Voglio parlare proprio di quello.»

«Te l'ho detto, Kate, non *è* un problema.»

Devo fare in fretta, prima che ritorni Keller. Non vorrei affrettare i passi, ma a questo punto non mi rimane molto altro da fare. «Ascoltami, Maddie, sono seriamente preoccupata per te. Ti penso un sacco e voglio semplicemente che tu sia felice e in salute. Il tuo stile di vita, le scelte alimentari... non sono ottimali, direi.» Mi sento confusa perché non riesco a spiegarmi come vorrei. Non voglio che lei provi vergogna, né che si senta male. Sto cercando di essere premurosa, e decisa.

A lei non piace essere messa alle strette. «Kate, io sono felice. E per quanto riguarda la mia salute, non ho nessun problema. Inoltre, gli uomini trovano quel tipo di donne più attraenti.» Alza le spalle, come se fosse una cosa risaputa. «Si sa, è un dato di fatto.» Poi mi scruta. «Sembra che anche tu lo sappia, perché credo che abbia perso un po' di chili dall'ultima volta che ci siamo viste, e da quando esci con Mr Occhi Azzurri.» Mi sussurra come se fossimo due cospiratrici accomunate dall'eccessiva magrezza, come se la mia perdita di peso fosse il prodotto di una scelta, non di una malattia terminale. «Non è certo un caso,» mi ammicca «fidati.»

Io alzo gli occhi e noto Keller dietro di lei. Ha sentito tutto, e lo sguardo sul suo viso è feroce. Scuoto appena la testa, non ne vale la pena.

Si avvicina a me e pesca venti dollari dalla sua tasca, poi li appoggia sul tavolo per coprire la nostra parte di conto più mancia. Mi porge la mano. «Ne ho avuto abbastanza.»

Maddie non capisce il sottinteso. «A chi va qualcosa da bere?»

Sto per rispondere, quando Keller mi anticipa. «Dobbiamo andare a casa. Ci aspetta un fine settimana intenso e Katie deve riposarsi.»

Gli chiedo con gli occhi di non introdurre l'argomento. *Per favore, non dirle che sto male.*

Lei ride, ed è il tipo di risata che si fa quando pensi di condividere qualcosa di intimo con qualcuno, lasciando fuori un terzo incomodo. «Sì, sembra che Kate abbia bisogno di un po' di riposo. Il sonno ristoratore fa meraviglie.» Sposta i capelli dietro le spalle. «Non tutti riescono a essere così belli con poche ore di sonno a notte.»

Non credo alle mie orecchie. Ma lo ha detto davvero?

Keller scuote la testa. Anche lui è incredulo. «Sai qual è una delle cose che più mi piacciono di Katie?»

Di nuovo, Maddie ha la faccia triste, come tutte le volte questa sera in cui lui ha pronunciato il mio nome, come se dicendolo volesse riaffermare che lei non ha speranze con lui. «No, cosa?»

Lui mi stringe a sé; gli trema la mano, è molto arrabbiato. Non so se sia meglio che parli, o trascinarlo alla porta. Alla fine decido che anche io voglio sentire la risposta, perché ultimamente lui sta provando a capire fin dove può arrivare, e in questo fine settimana lo deve capire con chiarezza, più che mai.

«Adoro il fatto che Katie non si sognerebbe mai, mai, nemmeno tra un milione di anni, di trattare le persone così di merda come tu hai trattato lei questa sera. È un peccato che sia così tanto assorbita da te stessa da non riuscire a conoscerla. Credimi, se ci riuscissi, saresti una persona migliore.»

Io gli stringo la mano. Mi sento male per Maddie, ma è bello avere qualcuno che ti difende.

Lui mi sorride, poi quando torna a guardare l'espressione stordita di mia zia, si fa serio. «Mi piacerebbe dire che è stato un piacere incontrarti, ma non è vero. Nemmeno lontanamente.»

Dopo queste parole, usciamo. Io non mi volto a guardarla; in qualche modo so che questa è stata l'ultima volta che le ho parlato, perché dopo stasera di sicuro non mi vorrà più vedere.

Mentre camminiamo verso la macchina, mi sento il cuore pesante. Abbraccio Keller e lo stringo a me. Ho bisogno che lui mi sostenga.

Il suo corpo è ancora tremante, ma non per il freddo. «È una delle persone più narcisiste, indifferenti, irrispettose che mi sia mai capitato di incontrare...»

Lo interrompo con un bacio. «Grazie. Non sono abituata a essere salvata, ma sei comunque un perfetto principe azzurro, Keller Banks.»

Lui vorrebbe sorridere, ma non ci riesce. Mi accarezza i capelli e mi guarda negli occhi, per calmarsi, quindi glielo lascio fare. «Non ti fa incazzare? Perché sei così tranquilla? Lei è tossica.»

Alzo le spalle. «Non è la persona più piacevole del mondo, ma ha dei problemi. Volevo provare ad affrontarli questa sera.»

«Se ha altri problemi oltre a essere la persona più cattiva del mondo, ti consiglio di lasciar perdere.»

Adesso sembra Gus. Sorrido. È difficile credere che io abbia accanto a me due persone così appassionate, che mi vogliono proteggere tanto intensamente. Scuoto la testa e il mio sorriso scompare non appena torno a pensare alla vita di Maddie. «È bulimica, Keller.»

«Non basta. Intendo dire, lo so che sembra insensibile, e sì, a essere onesti è una cosa brutta, ma Katie, tu hai quel cazzo di... lo sai.» Non riesce a dirlo. «Dovrebbe essere preoccupata per te.»

«Non si dovrebbero fare le hit parade della sfiga.» Abbasso lo sguardo. «E poi, non voglio che lei sappia.»

Mi alza il mento con un dito e sussurra: «Perché no?»

Rimango in silenzio e cerco di respirare nonostante il nodo che ho in gola.

«Perché lei ha già i suoi problemi? Non vuoi che lei si preoccupi? Perché se devo essere onesto, forse a quella donna farebbe bene preoccuparsi di qualcuno a parte sé stessa, tanto per cambiare.»

Scuoto la testa. Questo è il motivo per cui non voglio che gli altri sappiano, ma non c'entra con Maddie. Con lei è diverso. È una paura che non riesco a esprimere a parole, perché altrimenti diventa reale. Perché le famiglie sono sempre così complicate e ci fanno tanto soffrire?

Keller mi attira a sé, avvolgendomi in un abbraccio, e comincia ad accarezzarmi la schiena, sa che mi rilassa. «Cosa c'è, tesoro? Di cosa hai paura?»

«So che è stupido, ma se a lei non interessasse? Mia madre non era abbastanza collegata al mondo per interessarsi, e io ho dovuto affrontarlo da sola. A mio padre non è mai interessato niente di noi, è come un fantasma. L'ha scelto lui, e io mi sono dovuta adattare. Ma se anche mia zia scopre che sto morendo e non le importa? È l'unica persona con un legame di sangue che mi sia rimasta. Non le chiedo pietà né amore, ma non credo di poter superare altra indifferenza da un componente della famiglia. Tutto lo scenario è una semplice variazione su un tema familiare e psicologico del cazzo che è sempre stato presente nella mia vita. Non ho bisogno di riportarlo a galla di nuovo. È snervante. Lo voglio mettere dietro le spalle, perché mi riempie la testa di cose brutte.»

Lui mi dà un bacio. «Allora amen. Conosco bene le regole del gioco; anche la mia testa è stata riempita di merda.»

Mi alzo sulle punte dei piedi e lo bacio, perché so che abbiamo questo in comune. «Ecco l'empatia, la cugina più intima della simpatia. È bello sapere che tu empatizzi con me su un argomento di merda.»

Mi bacia. «Ci sarò sempre, per empatizzare con te.»

Le sue labbra sanno di buono; chiudo gli occhi e lo bacio ancora. «Vorrei baciarti all'infinito.»

«Meglio.» Mi bacia più profondamente, e prima di accorgermi, lo sto toccando, in un parcheggio pubblico. Almeno non mi fa pensare a Maddie, e adesso non chiedo altro. Quando si interrompe, siamo entrambi senza fiato. Io osservo il parcheggio. È buio e nascosto. Guardo la mia macchina con i finestrini scuri, poi gli propongo: «Lo hai mai fatto in macchina, bello?»

Lui scuote la testa, poi appare il suo malizioso mezzo sorriso. «C'è sempre una prima volta.»

Apre lo sportello sul retro, si distende e mi tira dentro, per farmi sedere su di lui. Io richiudo senza voltarmi, perché ho le labbra incollate alle sue e voglio rimanere concentrata solo su quello che sto facendo.

In uno spazio così ristretto è difficile toglierci i cappotti, ma ci riusciamo. Mi sento improvvisamente di ringraziare in silenzio, senza specificare chi (perché mi sembra strano ringraziare Dio in questi momenti), quando mi accorgo che ho addosso una camicia allacciata fino al collo. Ma Keller è straordinariamente concentrato; basta un istante, e questa si apre per rivelare il mio reggiseno di pizzo, l'unico indumento intimo carino che possiedo. Lo sento gemere mentre preme le sue labbra sulle mie; la sua voce penetra dentro di me, e riecheggia in ogni mia cellula. Sento crescere il suo desiderio mentre le sue anche si muovono seducenti contro le mie. Stacchiamo le nostre labbra, e i suoi occhi cadono affamati sui miei seni. «Quanto sei bella, Katie.» Li avvolge con le mani facendole scivolare sotto il pizzo, e quando i pollici gentilmente passano sopra i capezzoli, la mia schiena si inarca, avvicinandoli alla sua bocca esperta.

Per assecondare il desiderio fisico, lui cerca la mia carne. I denti tirano con la perfetta pressione che emana un piacere incredibile, quasi al limite del dolore. C'è una sottile linea di confine tra piacere e dolore, e Keller sa cosa fare. Mi manca il fiato. Quando la sua lingua traccia un disegno e accarezza la punta dei capezzoli, non posso trattenermi. «Ancora, baby, non ti fermare.»

Poi infilo la mano tra di noi, gli apro i jeans e la faccio scivolare dentro i boxer. Il peso che sento nella mia mano riconosce l'audacia e si contrae. Io lo premio, accarezzandolo in tutta la sua lunghezza, lentamente.

Lui geme forte. «Oh, Katie.» Si sta sempre più lasciando andare con le parole.

Cazzo. Il suono della sua voce, il bisogno nella sua voce mi potrebbero già appagare. Mi chino e gli lecco l'orecchio con la punta della lingua, e lui freme. «Dimmi cosa vuoi» gli sussurro. Lui adora quando gli parlo così.

«Voglio te. Ogni minima parte di te.» Preme la mia bocca sulla sua. Continua ad andare piano. C'è un controllo e una sicurezza in lui, che è la cosa più sexy che abbia mai visto.

Adesso mi slaccia i pantaloni. Le sue mani scivolano sotto i miei slip prendendomi il sedere e mi tirano verso di lui.

Rimango quasi senza fiato per l'irruenza del desiderio sessuale. «Cosa vuoi che faccia?»

Il suo bacino si muove a un ritmo eccitante mentre le labbra mi accarezzano il collo. E quando la sua lingua inizia a muoversi più in basso, mi ordina: «Ti voglio fuori da quei jeans. E dagli slip.»

È stato quasi aggressivo. Mi piace. Da impazzire. All'improvviso, non riesco a essere più veloce, perché è complicato in uno spazio così piccolo, quindi comincio a fare la seduttrice. A Keller piace.

«Abbassa i miei jeans e i boxer» ordina di nuovo.

E io di nuovo obbedisco. Quando si libera da ogni impedimento, voglio prenderglielo in mano. Lo voglio davvero. Ma aspetto.

«Adesso vieni sopra di me» mi dice.

Con piacere. Lo lascio tra di noi, e lo sento premere con la sua lunghezza contro la mia pancia.

«Toccami, Katie.» Gli occhi sono chiusi, la testa riversa sul sedile.

Le mie dita si stringono delicatamente, ma con fermezza. Il tatto potrebbe essere il mio senso preferito: lo sfregamento dalla base alla punta, il delizioso brivido provocato dalla mia mano mi fa andare fuori di testa.

Keller mi guarda. Il suo sguardo è profondo, penetrante. Lo sento. E mi rende potente, nel senso più intimo, sapendo quanto lui lo desideri. Però quel potere impallidisce se paragonato al controllo che lui ha su di me. Devo ammetterlo, non perché sia pauroso o violento, ma perché è il controllo del tipo 'ti sto per chiedere esattamente quello che voglio'. Ed è eccitante da impazzire.

«Sei pronta?»

Annuisco, perché se comincio a parlare farò richieste e voglio che lui finisca quello che ha iniziato. Seguo i suoi desideri.

«Quanto pronta?»

Io gemo quando la sua mano scivola tra le mie gambe. È un'agonia. Il dolore si intensifica.

«Adoro toccarti, Katie.» Sento il suo respiro al mio orecchio e la sua voce bassa, sexy, continua. «Sei molto pronta.»

Mi mordo le labbra e sento la pressione dei miei denti. Mi sta facendo impazzire. E quando le sue dita sono dentro, non posso trattenermi. «Oddio.» Il mio bacino comincia a muoversi con lui mentre sono inondata da una cascata di sensazioni.

Il desiderio brucia nei suoi occhi. «Adoro guardarti. Sei così sexy. Ti voglio, piccola. Ho bisogno di sentirtelo dire. Chiedilo. Parla sporco, dimmi cosa vuoi.»

Mi ha chiesto di parlare sporco? Allora con i nostri occhi fissi gli uni sugli altri, senza ammiccare, gli dico esattamente cosa voglio, con la voce che lo fa impazzire. «Ti voglio dentro di me, baby, molto dentro di me. Voglio che tu senta la disperazione e il desiderio che mi stanno devastando. Voglio che tu mi scopi come se me lo dovessi ricordare per sempre.»

Il ringhio gli sale da dentro. Alza il mio bacino, e in un attimo sono riempita di lui. Mi manca il fiato.

E non appena incominciamo a muoverci insieme, so che nessuno dei due durerà molto. Il controllo di prima? Perso... da parte di entrambi. Le parole escono dalla mia bocca, che a questo punto parla indipendentemente da me. «Ancora, sì, così, ancora...» E lui mi sta dando tutto quello che il mio corpo chiede.

Quando raggiunge l'orgasmo, geme e respira. È un suono animalesco, primitivo, la cosa più erotica che abbia mai sentito. E mi fa volare con lui.

Ci teniamo stretti finché i nostri corpi non si calmano. Ho il viso appoggiato sul suo collo. C'è un leggero velo di sudore, nonostante il freddo della macchina. Lui sa di uomo, il mio nuovo profumo preferito.

«Katie?»

«Sì?»

«Ti amo.»

«Anche io ti amo, baby.»

«Ti amo quando mi chiami così. Dillo ancora.»

Io mi scosto leggermente e lo guardo negli occhi, perché deve vedere quanto sono sincera. «Ti amo, baby.» Sorride. Non è un sorriso felice, triste o provocante. È assertivo, e soddisfatto.

Sabato 19 novembre

Keller

Il modo in cui mi stanno guardando mi fa sentire piccolo e insignificante. È come se la loro delusione nei miei confronti avesse raggiunto il massimo, eppure ancora non ho nemmeno aperto bocca. L'ultima volta che avevo chiesto ai miei genitori di concedermi un po' del loro tempo è stato quando ho detto che Lily era incinta. Forse ho creato un precedente, e quindi adesso non si aspettano nient'altro che cattive notizie.

Guardo la mia mano, dove Katie mi ha scritto 'Sei coraggioso' con un pennarello indelebile, prima di portare Stella al parco questa mattina. Mi ripeto il mantra nella testa. *Sei coraggioso*. Schiarisco la gola. «Ho deciso di cambiare facoltà e di cominciarne un'altra.»

Mia madre si alza di scatto. Davvero in fretta. Basta una frase, e lei sta già obiettando come se fosse davanti a un giudice. Si dia inizio alla crocifissione. «Non farai niente del genere. Non butti via anni di studio.»

Mio padre appoggia la mano sul suo braccio: è un invito indiretto a rimanere seduta. Lui è sempre stato yin, il passivo, che compensa lei, l'aggressiva yang. Di nuovo si ritrovano seduti davanti a me, dall'altra parte di un tavolo, come un fronte unito. Emotivamente distanti, anche l'uno dall'altra, ma uniti. Certe cose non cambiano mai.

Mio padre rompe il silenzio. «Quali sono i tuoi progetti, Keller?»

Non voglio vedere la delusione sul suo viso, ma lo guardo comunque negli occhi. «Voglio insegnare inglese a scuola.»

Mia madre salta in piedi di nuovo e si allontana dal tavolo. I tacchi battono sul pavimento di legno, e per me sono il fastidioso equivalente delle unghie che grattano su una lavagna. «Dio mio, Keller, come puoi pensare di mantenere Stella con uno stipendio da insegnante?» Riesce a far sembrare la parola insegnante un insulto.

«Tanti lo fanno. Non voglio diventare ricco. Io e Stella staremo benissimo.»

Lei mi fa un cenno irritato con la mano e si gira per un istante, prima di ribattere: «Questo non è un gioco, Keller. Hai una figlia da mantenere. Credevo che volessi studiare legge...»

Taglio corto. «Tu volevi che io studiassi legge, perché seguissi i tuoi passi. Non ha mai avuto niente a che vedere con me, e con quello che io volevo.»

Lei scuote la testa. «Dopo tutto quello che abbiamo fatto per te, ti sembra il modo di dimostrare la tua riconoscenza?»

Incredibile. «E io dove sono, mamma? Voglio un lavoro che mi piace, e seguire la mia passione. Voglio tornare a casa ogni sera e sentire che ho fatto la differenza nella vita di qualcuno.»

Lei mi punta un dito accusatore, ben curato dalla manicure. «Credi che io non faccia la differenza, Keller?»

Non riuscirò mai a vincere con lei. «Ma non è una gara» dico in un sospiro. «Il tuo lavoro è più importante del mio, più importante del suo» e indico mio padre, che è rimasto in silenzio. «Si tratta di vedere quello che rende felice me, tuo figlio.»

«Perderai la borsa di studio.» Ne sembra sicura, e io mi chiedo quanto abbia dovuto fare perché io ottenessi quello che ho adesso.

Non muovo ciglio. Non posso più dimostrare che ho paura. Mi guardo la mano. Sei coraggioso. «C'è anche questa possibilità.»

Sbuffa altezzosa. «Possibilità? La chiami possibilità? È una certezza, Keller.»

«Chiederò un prestito per studiare.»

Scoppia in una risata fredda, come se fosse una cosa inammissibile per la famiglia Banks.

Alla fine è mio padre a parlare. «E Stella? Hai considerato come la tua decisione condizionerà anche il suo futuro?»

Coraggioso, coraggioso, coraggioso. «La porto a Grant con me. Non appena gli esami sono finiti...»

Mia madre scatta verso di noi. «Cosa?! Stella non lascia questa casa finché non hai finito l'università.»

Adesso siamo vicini, uno di fronte all'altro, e io le rispondo con un affondo: «Lei è mia figlia.»

«Non ho nessuna intenzione di pagare il trasloco di Melanie a Grant, perché si occupi di Stella.» Pensa di avermi in pugno.

«Parlerò io con Melanie, e le dirò che dopo il diciannove dicembre non c'è più bisogno che lavori per noi. Ho deciso di prendere Stella e le sue cose e di andarcene dopo gli esami finali del trimestre, quando Duncan va a vivere con la fidanzata.»

Adesso è furente. «Come puoi pensare di prenderti cura di una bambina? Vederla un fine settimana sì e uno no è molto diverso rispetto a ventiquattro ore al giorno, sette giorni su sette.»

«Troverò un modo.»

Guarda mio padre, scuotendo la testa in senso di sfida. «L'hai sentito? Troverà un modo. Meraviglioso. Troverà un modo.»

Mio padre mi sta guardando. Per la prima volta nella mia vita, vedo simpatia nei suoi occhi. Per un secondo penso che starà dalla mia parte. Per la prima volta si alleerà con me contro mia madre. Invece il silenzio continua, e la mia speranza svanisce.

Non tollero più di rimanere in questa stanza. Mi sento in trappola, come se non potessi respirare. So che mia madre considererà la mia fuga una sconfitta e la prenderà come una vittoria personale.

Ma questa volta no. Questa volta vinco io.

Lunedì 21 novembre

Kate

IO: Cena alla mensa, ore 19. Non accetto no in risposta.
CLAYTON: Questo non è un invito appropriato, Katherine.
IO: Ok. Per favooore. Mi manchi.
CLAYTON: Anche tu mi manchi. Ci vediamo alle 19.

Entro in mensa, e noto Clay che mi aspetta seduto al nostro solito tavolo. Sono le sette e sette minuti.

Prima di sedermi, appoggio il vassoio e lo abbraccio. «Quanto tempo è passato dall'ultima volta che ci siamo visti?» Lo osservo dalla testa ai piedi. «E stai benissimo, elegante come sempre.» È la verità. Il maglione rosa shocking e i pantaloni verdi sono deliziosi, e ha un'aria molto più felice dell'ultima volta che l'ho visto.

Arrossisce e sbatte le palpebre. «Grazie, Katherine.» Poi mi fissa preoccupato. «Katherine, stai bene? Sei un po' pallida, e mi sembri dimagrita. Non fraintendere, sei ancora stupefacente, ma c'è qualcosa che non va.»

Non sono qui per parlare di me, di sicuro. Quindi nascondo la polvere sotto il tappeto. «Sto bene. Sono stata un po' male la scorsa settimana, ma niente di preoccupante.»

Non sembra convinto.

Cambio argomento. «Allora, come vanno le cose a Minneapolis? Come sta Morris?» Adesso passa tutte le sere con il fidanzato e torna a Grant solo per le lezioni, da quando ho scoperto dello stronzo, Ben Thompson. Cerco di non pensare male delle persone, ma fanculo a quel tizio.

Mi sembra di guardare un cartone animato materializzato davanti a me; ha gli occhi a forma di cuore. «Morris è meraviglioso. Non pensavo che avrei trovato l'amore, Katherine, e invece lo amo. Amo tutto di lui.» Si guarda attorno in modo cospiratorio, e si china verso di me per continuare sottovoce: «Mi trasferisco a Los Angeles con lui, dopo Capodanno. Suo zio apre un club là e vuole che lo gestisca lui, visto come è stato bravo qui.»

«Oddio, Clay! L.A.? Che passo importante.» Sono stupita.

Lui sorride, ed è il sorriso di un bambino contento. «Lo so. Non lo trovi fantastico?»

Annuisco, perché sì, è fantastico. «Buon per te, bello.» Sono sincera, per cui ripeto: «Buon per te.»

«Grazie, Katherine.»

«Non voglio sembrarti arrogante, perché non intendo giudicare in alcun modo, ma devo chiedertelo. Lasci perché è la scelta giusta per te e per la direzione che vuoi dare alla tua vita, giusto? Non fuggi dalle brutte cose qui, no? Perché mi renderebbe triste sapere che i tuoi amici ti perdono per colpa di un testa di cazzo.»

Lui ride. «No. Credo di voler uscire da questo acquario e nuotare nel mare aperto. Non ho mai vissuto in una grande città.»

Lo capisco. «Buon per te.» E poi il mio lato assillante si impadronisce di me. «Però promettimi che non lascerai lo studio. Arriva alla laurea, bello. Il mondo sarebbe contento di avere un commercialista ben vestito.» Non so perché, ma il pensiero di Clay seduto in un ufficio a occuparsi di qualcosa di così prosaico come i soldi l'ho sempre considerato strano. Ha troppa personalità per circoscriverla a una scrivania.

Alza gli occhi al cielo, poi solleva la mano destra come per dimostrare che quello che dice è la verità e nient'altro che la verità. «Sì, mamma, prometto di non abbandonare gli studi. Sennò, chi ti aiuterà con le tasse e il piano pensionistico?»

Accidenti. Questo è un duro colpo, dritto al cuore. Non voglio che Clayton sappia che forse non ci sarà nemmeno bisogno di aiuto per la prossima dichiarazione delle tasse. Però cerco di sorridere.

Lui si sfrega le mani, con aria maliziosa. «Sono venuto a sapere di una deliziosa novità da Pete» mi dice indicandomi, con gli occhi che gli brillano. «Tu e Keller uscite ufficialmente insieme. È vero? Voglio sapere tutto, anche i particolari piccanti.»

Rimango di sasso. «Pete sta divulgando questi pettegolezzi? Vorrà dire che gli devo parlare.»

Gli occhi di Clay rimangono sgranati, in attesa. «Allora, Katherine?» Alza le braccia sopra la testa e indica sé stesso in modo molto teatrale. «Guarda che sto morendo dalla curiosità.»

Rido e annuisco. «Ci potrebbe essere un po' di verità in quello che dici.»

Batte le mani così veloce che sembra un colibrì, come fa sempre quando è contento. «Oddio, Katherine. Sono così felice per te.» Poi torna a sussurrare. «Katherine, so che non sei una persona superficiale e nemmeno io lo sono, d'accordo, forse sto scherzando o forse no, *c'est la vie*. Ma quel ragazzo è supersexy.»

Clayton mi fa scompisciare dalle risate. E sono d'accordo con lui, con tutto il mio cuore. «Eh, sì... lo è.»

Lui grida. «Non che io stia cercando di affrettare le cose tra di voi, perché so che entrambi dovete prima finire l'università e poi forse viaggiare. Dovresti andare in Europa, almeno in Francia... e nelle isole greche. Ma spero con tutto me stesso che le cose funzionino tra voi due perché... oddio... avrete i bambini più belli che siano mai stati geneticamente creati.» È raggiante.

Il suo sorriso adorabile attutisce il colpo che arriva con le sue parole. Io non avrò mai bambini. Mai. E fa male.

Quando finiamo la cena, promettiamo di rimanere in contatto meglio di quanto non abbiamo fatto in queste ultime settimane. Adoro Clayton e voglio essere sicura che stia bene finché non si trasferisce e passa al successivo capitolo della sua vita... mentre io passo al mio.

Arriviamo alla sua macchina, lo abbraccio, ed è così difficile lasciarlo andare.

Cerco di non pensare alla morte, ma ultimamente non ci riesco. Mi sento triste. Non vorrei esserlo, perché in realtà... la mia vita oggi è fantastica.

Sì, oggi la mia vita è fantastica.

Non voglio pensare a domani.

O al giorno dopo ancora.

Quindi mi ripeto: oggi la mia vita è fantastica.

Giovedì 24 novembre

Kate

Shelly è arrivata a casa di Keller molto presto, questa mattina, con tutto l'occorrente per il pranzo: un tacchino, un *tofurky* per me e utensili vari. Non l'avrei mai detto, invece adora cucinare.

Dopo aver infornato il tacchino, io, Shelly e Duncan andiamo da Grounds per il caffè. Oggi è chiuso, quindi abbiamo il locale tutto per noi – uno dei vantaggi di conoscere lo staff. Ci sediamo davanti al camino e parliamo di Keller e del fine settimana. È andato a prendere Stella all'aeroporto; Melanie passerà le vacanze a Seattle con la famiglia, ma si è organizzata in modo da cambiare volo a Minneapolis sia all'andata che al ritorno, per poter viaggiare con la piccola. È un grande passo: Stella non è mai venuta a trovarlo.

Shelly è ancora turbata: Duncan le ha raccontato tutto ieri sera, su richiesta di Keller. Io ho cercato di contenere lo shock. «Non ci avrei mai creduto nemmeno io, se non l'avessi vista.» Perché Stella è come un mondo a sé, dove vorrei vivere per sempre.

Keller ci manda due messaggi per dirci che ci sono ritardi con i voli e che quindi anche lui arriverà in ritardo. Poi, alle dieci e mezza, la porta dell'appartamento si spalanca, ed ecco la dolce, piccola Stella, che riempie l'atmosfera di risate. Io e

Shelly siamo ai fornelli, stiamo prepariamo una torta di zucca. Lei vede Duncan seduto sul divano e si precipita da lui. «Zio Duncan!» grida di gioia.

«Come sta la mia Stella preferita?» La solleva e la mette a sedere sulle ginocchia, poi la stringe in un grande abbraccio e le fa il solletico.

Le sue risate aumentano. «Basta, zio Duncan.»

Lui la bacia sulla guancia.

«Dov'è Kate?» chiede. «Papà mi ha detto che c'è Kate.»

Duncan indica verso di me. «Noto quanto ti interesso, piccola» borbotta in modo gentile.

Stella grida di nuovo appena mi vede.

Io la saluto con la mano. «Ciao, dolcissima.»

Stella corre verso di me, con le mani sopra la testa. Io la prendo e la sollevo e l'abbraccio stretta. Affondo il mio viso tra i suoi boccoli indomabili; odora di pulito e di puro, come l'aria dopo un temporale. «Abbiamo una sorpresa per te» mi dice.

«Davvero?»

Keller entra carico di valigie; le posa per terra e si gratta la testa. «Sì, è una cosa molto buffa, ma all'aeroporto ci siamo imbattuti in...»

In quel momento, appare Gus.

Stella batte le mani. «Sorpresa!»

«Oh, cazz...» Poi mi ricordo che la sto tenendo in braccio, allora cambio linguaggio. «Oddio, cosa ci fai qui?»

Lui sfodera il suo sorriso tranquillo di sempre e alza le spalle. «Ci crederesti se ti dicessi che ero lì per caso?»

Poso Stella a terra e corro da lui. Mi stringe in uno dei grandi abbracci alla Gus, che mi erano tanto mancati. «No.»

Dà a me un bacio sulla testa, poi una gomitata a Keller. «È stata una sua idea.»

«Hai organizzato tutto tu?» Non riesco a crederci.

Il volto di Keller è raggiante, felice. Alza le spalle.

Torno a guardare di nuovo Gus. «Come avete fatto?»

Sorride. «Il tuo ragazzo qui mi ha chiamato la scorsa settimana dal tuo cellulare, mentre stavi dormendo.» Strizza l'occhio a Keller. «A dire il vero, ci siamo parlati spesso. E sarei preoccupata se fossi in te, abbiamo quasi un *bromance*. Sapevi che lui ha dei sacchi nel retro della Suburban? *Sacchi*. È la cosa più straordinaria che abbia mai visto. Anche io mi potrei innamorare di lui, Bright Side.»

Stella è abbracciata alla gamba del padre. «Cos'è un *bromance*, papà?»

Gus comincia a ridere, mi lascia andare e porge la sua grande mano a Stella. Lei la stringe senza esitazione. I bambini adorano Gus. «Dimmi qualcos'altro della tua tartaruga, Stella. Sono curioso, cosa mangia Miss Higgins?» E i due insieme si incamminano verso il divano per concludere una conversazione che senza dubbio hanno iniziato in macchina, prima di arrivare qui. Conosco Gus; così mi permette di parlare con Keller.

E infatti gli butto le braccia al collo e gli sussurro all'orecchio: «Grazie, baby.»

«Mi piace quando mi chiami baby. Prego, non c'è di che. Anche lui ha bisogno di passare del tempo con te.»

Io mi guardo attorno. «Così è perfetto.» Poi noto che Shelly è rimasta in cucina, e dalla faccia sembra sul punto di avere un infarto. Ha gli occhi spalancati, ma lo stupore si rispecchia in ogni suo lineamento. Forse tutti i nostri visitatori insieme sono stati troppo per lei.

Mi schiarisco la gola e dico forte: «Gus?»

Lui distoglie per un attimo lo sguardo da Stella, che è seduta sul divano tra lui e Duncan. Come vorrei una macchina fotografica! «Sì, Bright Side, cosa c'è? Sto imparando cose molto importanti, cazz...» Sorride quando si accorge che sta per usare un linguaggio non appropriato. «Sulle tartarughe, appunto.»

Stella ride.

Indico la cucina. «Ti ricordi della mia amica Shelly?»

«Certo, come stai Shelly? Piacere di rivederti.»

Shelly è paonazza, non l'ho mai vista così imbarazzata. Alza una mano e la muove inebetita. «Ciao, Gus. Anche io sono contenta di rivederti.»

«Devo ammettere che non ho mai visto nessuno vomitare con tanto impegno e precisione come hai fatto tu la prima volta che ci siamo incontrati. Mi dispiace di non essere mai riuscito a farti i complimenti.»

Shelly si nasconde il viso tra le mani. «Certo, che scena indimenticabile.» È ancora imbarazzata per il fatto di avere vomitato davanti a tutti.

Gus non è cattivo, anzi, in questo caso è davvero lusinghiero. Sorride malizioso. «No, dico sul serio. È stato notevole, tu sai arrivare lontano. E pure come un fulmine, amica mia.» Poi dà una pacca sulla schiena a Duncan. «Sei fortunato, bello.»

Shelly balbetta: «Oddio, vorrei morire.»

Io la raggiungo in cucina e l'abbraccio. «Non ti provocherebbe se non gli piacessi. E per quanto possa sembrare disgustoso, è rimasto davvero colpito. Sai, è pur sempre un ragazzo.»

Visto che Grounds è chiuso, torniamo là e ci raccogliamo davanti al camino mentre il cibo finisce di cuocersi. Gus e Keller sono seduti di fianco a me sul divanetto. Stella è sulle ginocchia di suo padre e Shelly su quelle di Duncan, in una sedia accanto a noi.

Come sempre, Gus è curioso e vorrebbe sapere tutto di tutti. Fa un sacco di domande, ma visto che anche gli altri sono interessati a lui, è molto impegnato a rispondere.

«Allora, perché la chiami Bright Side?» chiede Shelly.

Lui fissa me e poi gli altri. Poi ancora me. E poi Shelly. «Ma l'hai conosciuta, no?»

Mi guardano tutti e i loro sorrisi emanano calore. Mi fanno sentire bene.

Gus continua: «Kate è il simbolo della positività. È uno stupendo raggio di sole. Come dice il soprannome, lei guarda il lato positivo delle cose, e lo vive.»

«Forse perché mi è sempre piaciuto pensare di abitare un mondo di rose e fiori?» lo provoco.

Lui alza le spalle. «Non fa differenza, solo che chiamarti Rose e Fiori sarebbe stato banale.» Scoppiamo tutti a ridere.

«Ma attenzione, Bright Side ha anche un lato oscuro» avvisa Gus. «Non parlatele degli adesivi personalizzati che si attaccano sul retro delle auto, con tutti i componenti della famiglia disegnati. Si arrabbia parecchio...»

Lo interrompo, perché li detesto davvero. «Ma sono stupidi! Perché devo vedere una ridicola rappresentazione della tua famiglia che mi fissa dal finestrino posteriore mentre aspetto al semaforo? Mi viene sempre da pensare: devi proprio averne una brutta, se senti il bisogno di appiccicarla sulla macchina e mostrarla al mondo intero. Io credo che quegli adesivi siano come una facciata felice, ma dietro si nascondono le peggiori disfunzioni. Che ipocriti.»

Gus ride, perché ha appena dimostrato la sua teoria. «Capito? E poi odia Facebook.»

«Facebook è il declino della civiltà, perché crea una visione distorta della realtà. Cosa ci è successo, se adesso lo preferiamo alla compagnia della gente in carne e ossa? Ormai non ci rendiamo più conto di quanto sia importante il contatto umano, o una conversazione faccia a faccia. È tutta una questione di numeri e di 'mi piace' e di troppe notizie. Mi interessa forse che ieri sera ti sei bevuto una Coca-Cola e hai mangiato un pacco di patatine mentre ti guardavi una puntata di *CSI* in streaming? No, per niente. Proprio non mi interessa. Datemi un po' di sostanza. Il vostro gruppo di 'amici' non ha bisogno di essere informato simultaneamente sui dettagli più mondani della vostra esistenza... della vostra triste vita, concentrata su internet. Voglio una conversazione con te, che sia speciale, solo nostra. E non voglio che finisca in rete, in tempo reale, perché tutto il mondo ci possa ficcare il naso. Facebook sta uccidendo la socialità. Sta soffocando le capacità sociali...»

Gus si intromette, ridendo: «D'accordo, d'accordo, Bright Side.» Ma annuisce. Forse intende dire 'è proprio così', oppure 'amen', però so che mi appoggia: odia i social network tanto quanto me.

Poi aggiunge: «Ah, non giocateci mai a carte insieme. È una truffatrice.»

Io sussulto per l'accusa. «Non è vero!» Ma rido in mia patetica difesa, per cui alla fine tutti capiscono che la mia allegria non è altro che un'ammissione di colpa.

Gus annuisce. «È una truffatrice. Fidatevi di me.»

***

Dopo pranzo esco con Gus, perché vuole fumarsi una sigaretta, e così possiamo vederci il tramonto insieme. Mi prende le mani nelle sue e sorride. «È ora dello spettacolo.»

Il tramonto è di un arancione splendente; era da tanto che non ne vedevo uno così luminoso, sembra quasi che stia cercando di pavoneggiarsi davanti a noi. Oppure vuole dimostrarci che anche qui in Minnesota può essere speciale.

Rientriamo, e ci rifugiamo ancora da Grounds.

Shelly chiede: «Perché tu e Gus non ci cantate qualcosa? Ho notato la custodia della chitarra.»

Gus non va mai da nessuna parte senza la sua chitarra; ce l'ha da anni, è stata la sua inseparabile compagna di tante ore di studio e di divertimento.

Mi guarda. «Che ne dici, Bright Side?»

Stella batte le mani. «Voglio sentire ancora Kate cantare.» Keller si unisce a lei. «Anche io.» Mi viene da sorridere.

Gus ritorna con la custodia della sua chitarra in una mano e qualcosa che non vedo da mesi nell'altra.

Shelly guarda le due valigette e gli chiede: «Suoni anche il violino?»

Lui scuote la testa e le appoggia sul tavolo dietro di noi. «No.» Poi indica me.

«Gus...» Sospiro.

«Me lo sono fatto spedire apposta da mia madre questa settimana, così te lo potevo portare. Perché deve stare qui con te, e dovresti ricominciare a suonarlo.» È una sfida.

Adesso ho tutti gli occhi addosso.

«Tu suoni il violino?» chiede Keller.

È Gus a rispondere: «Ah, no, non lo suona. Lei lo massacra. A parte gli scherzi, non ho mai sentito nessuno così dotato come Bright Side. Davvero.» C'è orgoglio nei suoi occhi.

Shelly mi guarda minacciosa. «Cos'altro ci nascondi?» Poi le si accende una lampadina e grida: «Oddio, sei tu!»

Keller e Duncan sono confusi. «È lei, cosa?» chiede Duncan.

Mi indica e muove una mano in aria come fosse un ventaglio impazzito. «Sei tu! Sei tu che suoni il violino in *Missing you*.»

Gus sorride. «La sola e unica.»

Keller e Duncan sono ancora confusi. «Cos'è *Missing You*?» chiede Keller.

«La straordinaria canzone che danno alla radio in questi giorni. È il pezzo acustico che Gus ha suonato al concerto» risponde altezzosa, come fosse una cosa che tutti dovrebbero sapere. In effetti, è passata un sacco di volte alla radio dell'università. È uscita come secondo singolo dei Rook. «Devi suonarcela» mi prega.

«Che ne dici? Solo una volta, in onore dei vecchi tempi?» chiede Gus, aggrottando la fronte.

«Suona, Kate! Suona!» grida Stella felice.

A questo punto non posso dire di no.

Il violino è freddo tra le mie mani, sono trascorsi mesi dall'ultima volta che l'ho suonato, ma quando lo appoggio sotto il mento diventa una parte di me, come se non fosse passato un giorno. Mi dà sicurezza. Strofino la pece sull'archetto, che faccio scivolare delicatamente sulle corde. Mi riporta in vita. Guardo Gus. «Sono pronta.»

Il suo volto è preoccupato. «Sei sicura?»

«Sì. Forse Grace è in ascolto?» Tutti ci lasciano questo momento privato.

Lui sorride. «Ne sono sicuro.» Poi guarda verso il cielo. «Gracie, questa è per te.»

Io mi alzo, appoggiandomi al bracciolo del divano. Gus si siede davanti a me, sul bordo del tavolino. Gli altri rimangono dove sono; per il silenzio, si potrebbe sentire cadere uno spillo. Anche Stella è attenta, appoggiata al padre, che la stringe tra le braccia.

Quando io e Gus suoniamo insieme, si crea un linguaggio non verbale. È sempre stato così: sentiamo la musica, anche dentro di noi, allo stesso identico modo. La musica fa volare la comunicazione, e l'una e l'altra reagiscono e si nutrono a vicenda. Le parole sono espresse dagli occhi e da cenni impercettibili.

Lui strimpella la chitarra per farmi capire che è pronto. Io annuisco e lentamente inizio l'introduzione malinconica. Chiudo gli occhi e lascio che fluisca attraverso me, con il violino che diventa una naturale estensione mia e delle mie emozioni.

Gus si inserisce, con la chitarra soffice e la voce gentile, rassicurante. Lo è sempre stata. Lo ascolti cantare, e sei quasi convinta che non ti potrebbe accadere nulla di male. Mi trasporta via, lontano. Ho sempre adorato questa sensazione.

Mentre le ultime parole lasciano le labbra di Gus, rimango da sola a suonare il resto della canzone. Muovo l'archetto sulle corde per le ultime note, poi apro gli occhi. L'espressione sul viso di Gus è orgogliosa, fiera. «Ecco qua la mia ragazza.»

Sorrido.

Stella comincia a battere le mani con forza. «Suona ancora, Kate, suona ancora.»

Mi guarda raggiante con i suoi grandi occhi azzurri. Quelli di Keller, dello stesso colore, brillano a poca distanza da lei. «Non smetti di stupirmi, Katie.»

Dio, quanto lo amo.

Guardo Duncan e Shelly, rimasta a bocca aperta. «Kate, perché non ci hai detto che suonavi? Sei un fenomeno.» È attonita.

Alzo le spalle. «Ma è tanto che non suono. Mia sorella adorava ascoltarmi...» Poi mi interrompo. Il resto viene lasciato al non detto. Avevo raccontato a Duncan di Gracie la notte dopo il concerto, e sono sicura che lui l'abbia riferito a Shelly.

Lei annuisce, comprensiva. «Adesso non ci possiamo fermare. Stella vuole il bis. Cosa viene dopo, Bright Side?»

Devo ammettere che mi sto divertendo, anche se il dolore che incomincio a sentire in fondo alla schiena si sta trasformando in un intenso, violento martellamento. E anche se non dovessi più prendere in mano un violino, adesso lo voglio suonare. Sussurro all'orecchio di Gus.

«Certo. È parecchio tempo che non la facciamo. Sei sicura che puoi tenere il mio ritmo?» mi punzecchia.

Io strizzo gli occhi. «Ci provo. Shelly la conosce di sicuro.»

Gus si gira verso di lei. «Io e Bright Side siamo andati alla stessa scuola di musica. Lei era due anni indietro rispetto a me, ma mi ha sempre fatto» guarda Stella «un mazzo...»

Shelly lo interrompe. «Aspetta un attimo. Non dirmi che voi due avete frequentato l'Academy di San Diego?»

«Sì» le risponde Gus.

«Cos'è l'Academy?» chiede Duncan.

«Una delle più prestigiose scuole di musica americane. Virtualmente è impossibile entrarci, perché accettano soltanto quelli davvero di talento.» Shelly scuote la testa e mi guarda. «Come ho fatto a non capirlo?»

Gus continua: «Per l'esame dell'ultimo anno dovevo proporre una cover di un brano presente nelle classifiche – qualcosa di famoso, che dovevamo reinterpretare, cambiare da capo a piedi e rendere nostro, irriconoscibile. Io, naturalmente, ho chiesto aiuto alla mia talentuosa amica.» Mi indica, per cui alzo gli occhi al cielo. «La canzone era hard rock, e Bright Side, che è uno straordinario genio musicale, l'ha trasformata in una ballata lenta, melodica, con un divino arrangiamento per violino.»

«Non fatevi incantare dalle sue parole» aggiungo io. «Gus ha riscritto tutta la canzone per chitarra acustica, io ho solo aggiunto il violino. È stata una sua idea.»

«Allora suoniamola. Poi giudicheranno da soli.»

E infatti facciamo così. Quando arriva il refrain, vedo brillare gli occhi di Shelly, poi sul suo volto appare un sorriso. L'ha riconosciuta.

Keller canticchia dolcemente nell'orecchio di Stella e la dondola. Lei ha gli stessi occhi del padre, anche quando sono assonnati. La canzone finisce, e sta già dormendo.

Shelly mi sorride. «È stato strabiliante. Non so cos'altro dire. Semplicemente strabiliante.»

Gus si alza in piedi e fa un inchino esagerato. «*Gracias*.»

Io aggiungo: «Grazie, amica.»

Duncan dà una gomitata a Shelly. «Noi faremmo meglio ad andare, o tua mamma avrà un attacco di panico. Siamo già in ritardo di cinque minuti.»

Shelly sospira. «Sì, hai ragione. Qui però ci si diverte così tanto di più che con i parenti.»

Duncan la bacia sulla guancia e con gentilezza la solleva

dalle sue ginocchia. «È vero, però i tuoi genitori ci stanno aspettando. Dobbiamo andare.»

Se ne vanno. Adesso il dolore che provo è insopportabile. È diventato sempre più forte, ma negli ultimi cinque minuti ha raggiunto un livello che non avevo mai provato prima. Mi fa venire la nausea e mi appanna la vista. Quando Keller mette a letto Stella, io mi scuso con Gus e vado in bagno per prendere le mie medicine. Mi devo sedere per terra mentre cerco di aprire la scatola, perché non mi sento abbastanza forte da rimanere in piedi. Il mio campo visivo si sta riducendo sempre più, e quando mi accorgo che sto battendo la testa sul pavimento con un tremendo rumore, all'improvviso diventa tutto buio.

Keller

Sto cominciando a preoccuparmi. Katie è nel bagno da dieci minuti ma non sento nessun rumore.

Gus finisce la sua birra. «Dov'è il bagno, bello? Ho la vescica che sta per scoppiare.»

Indico la porta. «C'è Katie dentro.»

Gus bussa piano. «Bright Side, sbrigati, non ne posso più. Vuoi che me la faccia addosso?»

Riderei, ma sono inquieto. Dall'altro lato della porta, nessuna risposta. Il mio cuore incomincia a battere veloce. Non voglio preoccupare Gus se non ce n'è bisogno, però non riesco a togliermi dalla testa l'idea che c'è qualcosa che non va. Busso. «Katie, baby, stai bene?»

Silenzio.

Apro lentamente la porta, ma è bloccata. La spingo piano e passo attraverso il varco. «Oh, merda.»

Gus è rimasto dall'altro lato. «Cosa c'è che non va? Bright Side?»

Katie è rannicchiata per terra, contro la porta. Le sue medicine sono sparpagliate ovunque sul pavimento. C'è anche vomito, ed è macchiato di sangue. Io la prendo in braccio, per fare entrare Gus. È svenuta ed è fredda, ma respira ancora. «Chiama il 911.»

La sua testa sbuca dalla porta; quando la vede, il terrore puro si diffonde sul suo viso. «Oh, mio dio.» Prende il cellulare e chiama il 911 prima che glielo richieda.

Adesso la cullo, togliendole dal viso i capelli impiastricciati di un liquido denso e rossastro. Comincio a sussurrarle all'orecchio, e non riesco a smettere. «Andrà tutto bene, Katie. Devi stare bene, non è successo niente. Non lasciarmi, non oggi. Non puoi lasciarmi oggi. Ti amo, ti amo.»

Gus mi riporta alla realtà. «Qual è il tuo indirizzo?» Glielo dico, e lui lo ripete al telefono, poi prende un asciugamano, lo bagna nel lavandino e comincia con delicatezza a pulirle il viso e i capelli. Mi guarda negli occhi, in attesa. Mi chiede una risposta.

Io gli dico quello che so. «Katie ha il cancro.»

Si appoggia al muro, come se qualcuno lo avesse colpito. Le lacrime sgorgano a torrenti. «No. No. No.» Cerca di negare l'evidenza. «Non può ricominciare un'altra volta.»

«Un'altra volta?» gli chiedo, nello stesso istante in cui sentiamo bussare alla porta e Gus si alza a fatica per andare ad aprire.

I paramedici si precipitano dentro e io devo lasciare Katie alle loro cure, anche se non vorrei staccarmi da lei, perché ho paura che non tornerà più. Dico loro tutto quello che so e mostro la confezione di medicinali. Le mettono una flebo e la caricano nell'ambulanza in un minuto. Gus sale con lei.

Io sveglio Stella, saliamo nella Green Machine, poi guido più veloce che posso verso l'ospedale di Minneapolis. Stella si addormenta profondamente nel sedile accanto a me. Non sono una persona religiosa e non ho mai pregato in vita mia, ma per tutto il tragitto mi ritrovo a implorare ad alta voce: «Ti prego, Dio, ti prego, concedile altro tempo... non portarla via adesso... ho bisogno di lei al mio fianco... Gus ha bisogno... e Stella... e Shelly, Clayton... La amo così tanto, ti prego, ti prego, ti prego.»

Stella è ancora addormentata tra le mie braccia quando troviamo Gus nella sala d'aspetto del pronto soccorso. Sta compilando moduli, ha gli occhi gonfi e rossi. Io mi accascio su una sedia. «Come sta?»

«È stabile, adesso la stanno visitando. Hanno detto che avrebbero chiamato il suo medico, quello che le ha prescritto i farmaci.»

Sospiro e stringo Stella a me. La piccola ha la testa appoggiata sulla mia spalla e dorme abbandonata tra le mie braccia. Sistemo la borsa di Katie su una sedia vicino a me e mi metto a cercare il suo portafoglio. Quando lo trovo, prendo carta d'identità e assicurazione e le passo a Gus.

Consegnati i moduli, e dopo aver parlato con le infermiere all'ingresso, torna da noi. «Ancora non si sa nulla. Esco un attimo, ho bisogno di fumare. Chiamami se c'è qualche novità.»

Annuisco. Gus ha un aspetto che rispecchia il modo in cui mi sento io: sfiduciato, disperato e teso.

Torna dieci minuti più tardi, e dopo quella che sembra un'eternità, arriva il dottore. «Siete i familiari di Kate Sedgwick?»

Gus salta subito in piedi. «Sì.»

«Adesso la ragazza è stabile, l'abbiamo trasferita nel reparto di terapia intensiva, stanza 313. Questa notte dovrà rimanere qui, per osservazione. Il trauma cranico ha provocato una piccola commozione cerebrale. Abbiamo parlato con il suo oncologo, il dr Connell, e poiché sono sicuro che siete già a conoscenza del fatto che Kate è affetta da recidiva alle ovaie con metastasi...»

«Cosa?» Sto per fare domande, ma Gus mi blocca con un cenno della mano, allora mi fermo. Lui conosce già questa parte della vita di Kate, io no.

Il dottore continua: «Il tumore si è diffuso in altri organi, tra cui polmoni e fegato. Kate è in uno stadio avanzato della malattia, lo stadio IV, quindi non più operabile e probabilmente senza possibilità di rispondere positivamente ai trattamenti. È per questo che ha scelto di rinunciare a ogni terapia, e ha preferito una cura per il trattamento del dolore e dei sintomi. Vuole soffrire il meno possibile, che è precisamente quello che io e il suo oncologo, il dr Connell, stiamo cercando di fare.»

Gus parla per primo. «Quanto tempo le rimane da vivere?»

«Anche se non possiamo stabilirlo con certezza, il dr Connell dice due mesi, forse tre. Il cancro è aggressivo. La progressione nelle prossime settimane sarà drammatica.»

Guardo Gus, che cerca di mandare giù il groppo in gola e annuisce. «La possiamo vedere adesso? Stanza 313?»

Il dottore annuisce. «Sì. Mi dispiace.»

Seguo Gus, perché al momento non riesco a concentrarmi su ascensori e direzioni. Tengo stretta Stella; lei è il mio unico legame che mi tiene agganciato alla realtà. Se non avessi lei e mi lasciassi andare, verrei risucchiato nel buco nero della disperazione più completa.

Katie è così piccola nel grande letto di ospedale. Ha ancora la flebo, che credo serva per iniettarle un potente antidolorifico. Tiene gli occhi aperti, ma sembrano appannati, intontiti. Un livido si sta espandendo sotto la superficie della guancia sinistra, e si vedono i punti di sutura sullo zigomo, dove ha sbattuto sul pavimento. Solleva a fatica una mano dal letto, per salutare. «Ehi, ciao, ecco le mie tre persone preferite.» La voce è roca.

Gus cerca di sorridere. «Come va, Bright Side?» Si siede sul bordo del letto e le stringe la mano senza flebo tra le sue.

«Adesso meglio.» Sorride.

Io mi siedo sulla sedia all'altro lato della stanza, con Stella ancora addormentata tra le mie braccia.

Lei la guarda e si rattrista. «Mi dispiace che l'hai fatta alzare dal letto, Keller.»

«Non ti preoccupare, Stella ha il sonno pesante. Le potrebbe passare vicino un tir e non si sveglierebbe.»

Katie è ancora preoccupata, ma cerca di sorridere. «Lei è così preziosa, Keller. Sei tanto fortunato.»

Il suo sguardo mi spezza il cuore. Non potrà mai avere figli, non avrà mai quello che ho io. Non è giusto.

«Quando l'hai scoperto?» le sussurra Gus. Non vuole turbarla, ma deve chiedere.

«Prima di arrivare a Grant.»

«Ma mi hai detto che la visita di controllo era andata bene.»

Annuisce.
«Perché hai mentito?» Gus è sconvolto, sul punto di piangere.
Lei gli stringe la mano. «Perché volevo venire qui, e tu dovevi andare in tour. Se te lo avessi detto, cosa sarebbe successo?»
«Avrei cancellato o posticipato tutto, per stare con te.»
«Esatto. Avresti tenuto in sospeso i tuoi sogni, o li avresti buttati via, per stare seduto a casa ad aspettare la mia morte. Io voglio qualcosa di meglio per te. Ti sei dato tanto da fare, Gus. Ti meriti di diventare famoso, e di suonare ogni sera, e di rendere felice la gente con la tua musica. Ti immagini quanto mi fa contenta sapere che tu sei là fuori, a vivere i tuoi sogni?»
Annuisce. «Lo so, ma tu sei più importante.»
Lei scuote la testa. «Non è vero. La nostra amicizia significa più di quanto tu potrai mai arrivare a capire. Ma nella vita non esistono certezze, Gus. Abbiamo passato vent'anni insieme. Venti anni. È incredibile, se ci pensi.» Sorride, e le brillano gli occhi. «E questa amicizia non finirà con me, ne sono sicura. Vivrà dentro di te per il resto della tua vita. È come un pezzetto di me che continua con te, e io voglio essere per te come un viaggio, un fantastico viaggio. Hai così tanto da fare, e persone da incontrare. Qualcuno là fuori si innamorerà di te e avrete insieme una famiglia. Sarà bellissimo. Non voglio che tu smetta di vivere la tua vita perché io sto male. Ma ti prometto che ti verrò a spiare ogni giorno che posso. Non cambia nulla: io ti voglio bene e tu mi vuoi bene, sia che stia qui seduto in questa stanza con me o a mille chilometri di distanza.»
Le lacrime scorrono sulle guance di Gus. «Perché? Perché proprio a te? Perché adesso?»
Katie scuote la testa. «Non lo so, bello. Forse perché è arrivata la mia ora. Forse Gracie sente la mia mancanza tanto quanto io sento la sua, e quindi mi ha fatto chiamare dal capo lassù.» Sbadiglia e guarda verso di me. «Keller, vuoi mettere Stella qui sul mio letto? C'è spazio, lei starebbe più comoda.»
Anche se non voglio separarmi da lei, Katie si sposta e io adagio Stella al suo fianco. La piccola non si sveglia, e si accoc-

cola vicino a Katie per calore e conforto. Lei sorride. «Grazie. Credo che ne avessi bisogno.» Bacia Stella sulla fronte, poi sbadiglia e mi guarda. «Non so per quanto riuscirò a tenere ancora gli occhi aperti. Questa flebo è un cocktail infernale. Venite qui e datemi un bacio.»

Io mi avvicino, anche se mi sento sul punto di crollare. Come è possibile che questa radiosa donna si stia spegnendo davanti ai miei occhi? «Ti amo, piccola.»

«Anche io ti amo, baby.» Gli occhi si spostano su Gus. «Anche tu, vieni qui.»

Gus la bacia sulla fronte. «Buonanotte, Bright Side. Ti voglio tanto bene.»

Lei mormora: «Anche io ti voglio bene.» È sul punto di addormentarsi.

Trovo un po' di coraggio e mi rivolgo a Gus: «Andiamo a prenderci un caffè.»

Prendiamo due caffè bollenti dalla macchinetta al secondo piano e ritorniamo nella stanza di Katie. Ha il braccio libero stretto attorno a Stella, che con la testa è appoggiata sulla sua spalla. Non riesco a non sorridere mentre le guardo. Fotografo questa immagine nella mia mente, lasciando fuori la flebo e i macchinari intorno, e mantenendo soltanto due dolcissimi visi addormentati, con i lividi di Katie nascosti dal cuscino.

Anche Gus sorride, accasciandosi sulla sedia in fondo alla stanza. «Sarebbe stata una mamma fantastica.»

Io prendo l'altra sedia e mi metto vicino a lui.

Il suo sorriso si espande. «L'avresti dovuta vedere con la sorella, Grace. È stata straordinaria, non so come ci sia riuscita. Si è presa cura di lei ogni giorno. Non mi fraintendere, era facile volere bene a Gracie. Ma essere l'unica persona che si occupa di un'altra a tempo pieno implica tanta fatica, e Bright Side non si è mai lamentata. La loro madre non c'era mai, Janice preferiva la compagnia degli uomini a quella delle figlie.» C'è sdegno nella sua voce, e il giudizio pesa su ogni singola parola. «Anche quando era con loro, non le interessava. Aveva dei problemi di salute mentale per cui prendeva psicofarmaci, ma non so cosa fosse peggio, Janice sotto farmaci o al naturale. Beveva anche... tantissimo. Ed era una grande fan della cocaina.» Gus si ferma, scuote la testa e ride sarcastico. «La vita domestica di Bright Side è stata un incubo. Si è occupata di Gracie perché sua mamma non ci riusciva, o non voleva. Hanno passato tanto tempo a casa nostra. Io e mia madre le abbiamo sempre considerate parte della nostra famiglia. E dopo che Janice si è suicidata...»

Lo interrompo. «Aspetta. La madre di Katie si è suicidata?»

«Sì. Si è impiccata a una trave del soffitto della camera da letto, una sera. È stata Bright Side a trovarla, il giorno dopo.»

Mi sfrego gli occhi con le mani. Mi sta scoppiando un terribile mal di testa. «Oddio.»

«Sì, è stato un casino. Erano mesi che Janice si ubriacava, poi ha smesso di prendere i farmaci. Credo che alla fine sia stato tutto troppo per lei, e che non sopportasse più niente. Per quanto brutto possa sembrare, mi sono sentito sollevato per Bright Side e Gracie quando è successo. Era come uscire da una prigionia, erano libere.»

«Deve essere stata una donna tremenda.»

Scuote la testa. «Non hai idea. Purtroppo io e mia madre abbiamo capito tante cose soltanto dopo la morte di Janice. Una sera Bright Side si è ubriacata parecchio, e mi ha raccontato tutto... le droghe... le percosse.» Sospira. «Se avessimo saputo, niente ci avrebbe fermato dal portargliele via. Ma Bright Side non ha detto nulla finché Janice era viva, perché temeva che se fossero arrivati i servizi sociali, l'avrebbero separata da Grace. E forse aveva ragione, perché in quella casa accadevano fatti davvero brutti. Bright Side ha sopportato di tutto, soprattutto l'abuso fisico, per proteggere la sorella. Dio, non ci voglio nemmeno pensare. Mi fa ancora stare male... E noi eravamo all'oscuro di tutto.» Sospira. «Bright Side si stava preparando per gli esami finali a scuola quando la madre è morta. Aveva vinto una borsa di studio per frequentare l'università a Grant e studiare violino, ma ci ha rinunciato per rimanere a San Diego e prendersi cura di Gracie. La settimana dopo il funerale, è andata dal medico per un controllo e ha scoperto da una serie di analisi che aveva il cancro alle ovaie, un carcinoma maligno l'hanno definito. I due mesi seguenti sono stati orrendi. L'hanno operata e hanno tolto tutto. Poi ha dovuto subire un ciclo di chemioterapia. Lei e Grace sono state a casa nostra, e noi l'abbiamo accompagnata a tutti i controlli. Non sai cos'è l'inferno finché non vedi qualcuno che subisce tutto quello che ha subito lei. Ha perso i capelli, e stava sempre male per la chemio. Non riusciva a mangiare, vomitava di continuo. È dimagrita così tanto che l'hanno dovuta ricoverare per nutrirla e idratarla. È stato orrendo, ma lei non si è mai lamentata. È una grande lottatrice questa piccola donna. Era convinta che sarebbe stata meglio, che ne valeva la pena. E poi si preoccupava di Gracie, chiaramente. Alla fine, è tornata al lavoro e ha affittato un posto per sé e per sua sorella. Mia mamma avrebbe preferito che rimanessero con noi, ma Bright Side ha detto che volevano stare da sole.» Ride. «Avresti dovuto vedere dove vivevano.»

«Mi ha detto che avevano trovato un appartamento.»

Ride di nuovo. «È un eufemismo. Era un garage con un unico posto macchina. Condividevano un letto matrimoniale, poi c'erano delle scatole dove tenevano i vestiti, e un tavolino. Tutto qua. Ma lo adoravano.» Ride di nuovo. «Solo Bright Side e Gracie potevano vivere in un garage del cazzo e pensare di essere in paradiso.»

«La loro madre non ha lasciato dei soldi?» L'incubo sta diventando sempre più mostruoso.

«No, questa è un'altra cosa che abbiamo scoperto solo dopo la morte di Gracie. È venuto fuori che Janice aveva sempre vissuto con gli assegni per il mantenimento dei figli a carico. Non ha mai lavorato. Quando è nata Bright Side, il padre è tornato in Inghilterra, da dove veniva. Forse ha incontrato un'altra donna e si è rifatto una famiglia, dimenticandosi di quella che aveva in California. Non ha più rivisto le figlie, però passava parecchi soldi a Janice per il mantenimento, tanto ne aveva un sacco. Il problema è che lei li spendeva tutti per sé. Poi, quando le due ragazze sono diventate maggiorenni, i soldi hanno smesso di arrivare, e Janice è rimasta sempre più sepolta dai debiti. Quando Bright Side ha venduto la casa e la macchina della madre, quello che ha ricavato è servito a malapena per coprire il debito che Janice aveva accumulato. Bright Side è partita con il suo furgoncino e i vestiti che aveva addosso. Lei e Grace vivevano con quello che guadagnava lavorando in un ufficio con me, nell'azienda di mia madre. Non era abbastanza per andare avanti, ma in qualche modo ci sono riuscite.»

A ogni angolo, c'è sempre una sorpresa. «Non sapevo che avesse avuto una vita così difficile.»

«Perché stiamo parlando di Bright Side. La ragazza non si lamenta mai. Odia quando le persone si dispiacciono per lei. Scommetto che se la svegliassi adesso e le chiedessi del suo tumore, ti direbbe che c'è qualcuno là fuori che sta peggio. Ecco chi è Bright Side.»

Domenica 27 novembre

Kate

Sento il mio cellulare vibrare, appoggiato sulla cassettiera di Keller. Sbatto le palpebre per farmi passare il sonno e guardo l'orologio: 1:37 di mattina. La vibrazione si interrompe prima che io riesca a rispondere, ma non appena prendo in mano il telefono, ricomincia con una certa insistenza. È Franco.

«Ciao, Franco.» Mi sento la lingua troppo gonfia in bocca; la voce esce impastata e rallentata. Questo nuovo farmaco contro il dolore mi rende il risveglio faticoso. Come se non riuscissi a riprendere i sensi. Deve essere molto potente.

«Kate, scusa se ti ho svegliata, ma cosa succede al tuo amico?»

Io mi metto seduta. «C'è qualcosa che non va, Franco?» Guardo Keller, dorme accanto a me.

«Gus. Si è presentato ieri pomeriggio all'auditorium per il soundcheck con un quarto d'ora di ritardo, e completamente fuori di testa. Poi è sparito. Lo abbiamo trovato al bar in fondo alla strada e l'abbiamo dovuto prendere di peso, ma a ripensarci è stato un grosso errore. Il concerto è stato uno schifo di proporzioni incomparabili. Gus era così ubriaco che si è dimenticato metà dei testi, non ha voluto suonare la chitarra, ha mandato affanculo il pubblico, ed è caduto due volte. È stato davvero fantastico.» Il sarcasmo è pesante. «Certo che può suonare ubriaco, lo ha fatto milioni di volte. Ma così... è stato davvero troppo. Adesso si è chiuso in pullman, vuole stare solo. Non vuole parlare con nessuno di noi, e se chiami al cellulare, parte subito la segreteria. Cosa cazzo è successo in Minnesota? Non l'ho mai visto così.»

Merda. Non ci siamo. So che Gus si rinchiude in sé stesso quando è sconvolto, e le uniche persone con cui vuole parlare sono sua madre e me. È sempre stato così. Sospiro.

«Cosa succede, Kate? Cosa c'è che non va? È qualcosa di grave, vero?» La rabbia nella sua voce diminuisce.

«Aspetta un secondo» sussurro, ed esco dal letto.

Keller si muove. «Piccola, c'è qualcosa che non va?»

Io allontano il telefono. «Nessun problema, baby. Torno tra un minuto. Devo fare una telefonata.» Mi infilo il cappotto e gli stivali e apro la porta, per uscire fuori il più veloce e piano possibile. Fa tanto freddo. «Scusami, Franco. Dovevo trovare un posto dove poter parlare.»

«Non ti preoccupare, anzi mi dispiace se ti ho svegliata, ma non sapevo cos'altro fare. Gus non è più lui, e io sono preoccupato.»

«Anche io.» Respiro profondamente. «Sto male, Franco.»

«Oh, cazzo.» E poi più piano: «Cazzo.» E poi più forte: «Ti prego, dimmi che non è tornato il tumore!»

«Invece è tornato.» Mi sento male a dirglielo, come se in qualche modo lo avessi deluso, dandogli la risposta che non voleva.

Sento un rumore forte, come se avesse sferrato un calcio o un pugno a qualcosa, poi silenzio.

Continuo. «Gus lo ha scoperto giovedì sera. Abbiamo passato la notte in ospedale, lui ha affrontato tutto con coraggio, poi questa mattina lo abbiamo lasciato in aeroporto.»

«Ieri mattina» mi corregge.

«Giusto, perché oggi è domenica.»

«Qual è la prognosi?»

«Non buona.»

«Oh, Kate. Mi dispiace.»

Sento la voce di Keller che mi chiama, nel buio: «Katie, si congela là fuori, vieni a parlare dentro casa, Stella non si sveglierà, dorme sul divano.»

I miei stivali scricchiolano sulla neve mentre ritorno tremante verso la porta.

«Kate, ti devo lasciare. Forse dovrò buttare giù lo sportello di questo cazzo di pullman.»

Quando rientro e Keller mi avvolge tra le sue braccia, sussurro a Franco: «Vorrei tanto poter fare qualcosa per aiutare voi, e Gus.»

Franco ride, ma non è una risata divertita. «Ecco la Bright Side che Gus adora. Noi ci prenderemo cura di lui, Kate. Tu prenditi cura di te stessa. Lotta più che puoi, capito? Lotta contro questo cazzo di cancro.»

Annuisco, anche se non mi può vedere. «Va bene» gli dico, anche se non c'è più nulla da combattere.

«A presto.»

«Ciao, Franco.»

Ecco perché non volevo che Gus lo sapesse. Sono appena diventata la sua rovina.

Gli mando subito un messaggio: 'Chiamami. È un ordine.'

Il cellulare squilla alle due e venticinque del pomeriggio. Lo tengo stretto in mano da più di dodici ore, in attesa della sua chiamata. «Ciao, Gus, come stai?»

«Mi sento come se Bruce Lee stesse lottando contro Mike Tyson dentro il mio cervello.» Dalla sua voce direi che sta per dichiararsi sconfitto.

«Chi vince?» Devo cercare di tirarlo su di morale.

Tossisce; forse voleva essere una risata. «Bruce è piccolo e veloce, ma Mike è potente. Potrebbe andare avanti per parecchio, bella.»

«Nottataccia, eh?» Non voglio sgridare né essere importuna. Sono sicura che ha già sopportato abbastanza per oggi.

Sospira. «Così dicono, ma io non sono d'accordo. Preferisco una notte che non ricordo, rispetto a come mi sento adesso.»

«Gus, non voglio fare la moralista con te, perché mi sentirei ipocrita, ma forse esiste un modo migliore per affrontare il problema. Ci deve essere una soluzione che mantenga a galla la band e non fermi il tour. Devi riuscirci, bello. Questo è il tuo sogno, ricordi? Non fare casino.» Mi sento tanto dispiaciuta per lui, ma non posso essere protettiva. Coccolare non aiuta mai.

Sento il rumore di un accendino, seguito da una lunga boccata. Per la prima volta nella mia vita, non mi va di dire le solite parole.

«Lo so, ma è tutto un gran casino. Mi dispiace, Bright Side, non so come riuscirò ad affrontare la situazione. Non so nemmeno da che parte cominciare.»

Sentirlo così triste mi spezza il cuore. «Vorrei non essere io la causa di tutto questo dolore. Scusami.»

«Smettila. Ti prego, non scusarti. Il fatto che tu stia male e che io mi preoccupi non sono cose di cui ti devi dispiacere.» L'angoscia si smorza come un'eco dolorosa.

Rimaniamo in silenzio per un istante. «Dovresti scrivere, Gus, buttare tutto fuori.»

Lui sbuffa; so che la ritiene una cattiva idea. «Nessuno vuole sentire la mia rabbia.»

«E chi dice che qualcuno la dovrebbe ascoltare? Scrivi una canzone per te. Se vuoi, la puoi condividere con me. Potremmo collaborare, come per un'ultima festa. Che ne dici?»

«Vuoi forse mettermi alla prova?» Ci sta riflettendo. Ancora non è convinto, ma ci sta riflettendo.

So che non indietreggia mai quando lo si provoca, quindi continuo: «Sì, ti voglio mettere alla prova.»

«Accidenti a te. Sei cattiva, lo sai?» Sono sicura che sta sorridendo.

Adesso ci sentiamo entrambi più leggeri. «Così dicono.»

«Allora certo. Niente da perdere, giusto? Forse lo farò. Inoltre, il mio fegato potrebbe avere bisogno di riposo. Mi viene da vomitare se solo penso al whisky.»

«Ti aiuterà, te lo garantisco. Io ho scritto tanto quando è morta Gracie.»

«Non me lo hai mai detto.»

«Non l'ho detto a nessuno, però ho scritto. Soprattutto per chitarra, perché non potevo sopportare l'idea di suonare il violino. Forse sono tutte cavolate, ma non era quello l'importante. Doveva funzionare da terapia, ed era poco costosa. Ne avevo proprio bisogno.»

«Mi piacerebbe sentire quello che hai scritto.»

«Certo, un giorno. Adesso vai a riposarti prima del concerto di stasera, e promettimi che comincerai a scrivere domani.»

«Sì, signora.» È quasi il Gus di sempre.

«Sei un mito.»

«Sei un mito» mi ripete piano.

«Ti voglio bene, Gus.»

«Anche io ti voglio bene, Bright Side.»

«Ciao.»

«Ciao.»

Mercoledì 30 novembre

Kate

Io e Gus ci parliamo via Skype. Lui mi suona quello che ha scritto. L'acustica sul pullman non è il massimo, ma è duro per me trattenere le emozioni, mentre lo vedo mettere a nudo la sua anima. Aveva ragione, è un'anima arrabbiata, ma anche bella, perché so che è Gus allo stato puro. Non si nasconde. È un insieme di chitarra grintosa e parole in libertà, un candore che mi commuove.

Quando finisce, anche i suoi occhi sono pieni di lacrime. Gli lascio il tempo di riprendersi e poi dico, in tono scherzoso: «Credo che tu abbia problemi a gestire la tua rabbia, bello.»

«Credi?»

Scuoto la testa. «No, l'ho detto per riprendere fiato, avevo bisogno di tempo.» È così, e ne ho ancora bisogno, perché mi sento un groppo in gola. «È stato fantastico, bello. Che ne dici di aggiungere il violino, per addolcire le tendenze più violente?»

Lui tossisce e beve un bicchiere d'acqua. «In effetti, il violino potrebbe smorzare i toni e soffocare l'isteria.»

Non voglio ridere, ma ha bisogno di incoraggiamento. «Sono d'accordo che l'isteria vada soffocata con le corde. Mi puoi mandare per email quello che hai registrato nel tuo ridicolo smartphone? Qualcosa mi ronza in testa, ma devo sentirlo un'altra volta.»

«D'accordo.»
«Bene. Ci aggiorniamo domani. Continua a scrivere.»
«Grazie, Bright Side. Di tutto. Mi aiuta parecchio.»
«Anche a me, bello. Ti voglio bene, Gus.»
«Anche io.»
«Ciao.»
«Non voglio più chiudere le telefonate con te con i saluti. Ti voglio bene.»
Skype si disconnette, e la sua immagine scompare.

Venerdì 2 dicembre

Kate

Sono passati un po' di giorni dall'ultima volta che sono stata nella mia stanza. Oggi voglio andare a prendere il bagnoschiuma e lavare la biancheria.

Giro la chiave nella toppa, ma la porta non è chiusa. Che strano. Prima regola in assoluto dei dormitori: tenere sempre la porta chiusa.

Sugar è distesa sul letto, ma non dorme. Decido di salutarla in modo amichevole, e le chiedo: «Come stai, Sugar?» Non credo che otterrò una risposta, e quelle ostili o sprezzanti non contano.

Niente. Non dice niente. *Vabbè, fai come vuoi.* Dopotutto, non è che siamo migliori amiche. A essere precise, non siamo nemmeno amiche, quindi passo velocemente a fare quello per cui sono venuta.

Mentre riempio il sacco della lavanderia con i vestiti presi da un mucchio accanto al letto, sento un singhiozzo provenire dalla parte della stanza dove è lei. Adesso mi trovo obbligata a prendere in fretta una decisione: fare finta di niente, o no? Vorrei ignorarla, ma non ci riesco. Mi volto e noto che è rannicchiata in posizione fetale; le lacrime le rigano in silenzio le guance e finiscono sul cuscino. Dal suo viso non traspare nessuna emozione: è il crollo più spaventoso di tutti, perché questa è la maschera dello shock, che il tuo corpo indossa quando la vita diventa troppo intensa, per cui preferisce spegnersi piuttosto che affrontarla in maniera diretta.

Merda. Mi sa che oggi pomeriggio non riuscirò a fare nessuna lavatrice.

Visto che non siamo proprio amiche, non voglio esagerare, ma sono preoccupata. Odio vedere piangere le persone. «Sugar, bella, ti va di parlare?»

Nessuna risposta. Nemmeno un battito di ciglia.

Ci provo di nuovo, perché adesso non me ne posso proprio andare. «Ascolta, so che sono l'ultima persona con cui vorresti confidarti, però sono brava ad ascoltare.»

Sbatte le palpebre e mi guarda come se mi avesse notata per la prima volta. Le lacrime continuano a scendere.

«Cosa c'è che non va, bella?»

Lei tira su con il naso e io le passo un fazzoletto dalla scatola che tengo sulla mia scrivania. L'espressione sul suo viso è un misto di tristezza e imbarazzo. «Sono incinta.»

Per un attimo penso: E ti stupisci, ninfomane?, ma il pensiero cattivo scorre via veloce come era arrivato, perché io non sono di certo una santarella. «Da quanto tempo?»

Si asciuga le lacrime con le mani. «Non lo so. Mi è saltato il ciclo la scorsa settimana, oggi ho fatto tre test. Tutti positivi.»

La mia mente va a mille. Mi metto nei suoi panni, non posso farne a meno. Per me è come una specie di versione morbosa del vivere per procura. *Cosa cazzo farei se fossi Sugar?* Cerco di essere d'aiuto, sempre senza fingere. «Hai parlato con il padre?»

Scuote la testa e scoppia in una risata che è un misto di disgusto e di disprezzo di sé. «Non so nemmeno chi è.»

«Puoi provare a capirlo? Forse se scopri da quanto tempo sei incinta, sarebbe più facile.»

Alza gli occhi al cielo, poi li posa sul fazzoletto che sta riducendo in coriandoli. «Sai bene quanti ragazzi sono passati qui dentro.» Ricominciano le lacrime. «Che cretina, Kate.»

Provo l'improvviso desiderio di tranquillizzarla, perché a tutti capita di fare casino. A tutti. Mi siedo sul suo letto e le offro un altro fazzoletto. «Non sei cretina, Sugar. Magari arrapata, ma non cretina.»

Lei si soffia forte il naso e mi gela con lo sguardo.

Mi viene da sorridere. Per la prima volta, sto scambiando una vera conversazione con la vera Sugar. «Cosa pensi di fare?»

«Non posso tenere il bambino, non posso proprio.» È decisa.

Mi fa male il cuore. Anche se sono convinta che sia una decisione che ogni donna deve prendere da sola, ritorno nei suoi panni. Penso che se fossi in lei vorrei tenermi il bambino, ma mi riprendo e mi dico che qui non si sta parlando di me, ma di Sugar. E solo Sugar sa cosa è meglio per lei.

Però devo ancora fare l'avvocato del diavolo, come farei con un'amica. «Riuscirai a convivere con la tua scelta? Cosa pensi che succederà tra uno, due, dieci anni? Potrai sopportarlo?»

C'è panico nel suo sguardo, ma ripete: «Non posso tenere il bambino adesso.»

Annuisco. Ci ha riflettuto. «Sei stata alla clinica del campus? Forse lì ti possono aiutare.»

Scuote la testa. «No. Ho paura.»

Quando le dico: «Vatti a lavare la faccia e mettiti dei vestiti. Andiamo a dare un'occhiata, Sugar» non credo alle mie orecchie.

Alla clinica del campus le fanno un altro test di gravidanza, che conferma quello che già si sapeva. Sugar parla all'assistente di turno con me accanto e riceve i soliti fogli e volantini su gravidanza, adozione e aborto.

Quando usciamo, è convinta. Però le tremano così forte le mani che non riesce a digitare sul cellulare il numero per prendere un appuntamento.

Lo faccio io. Mi risponde una donna, e io le dico: «Vorrei fissare un appuntamento per un'amica.»

Sarà giovedì mattina.

Giovedì 8 dicembre

Kate

Sugar ha abortito. Io l'ho accompagnata alla clinica. È fatto. Fine.

L'ho riaccompagnata nella nostra stanza, poi le ho portato qualcosa da mangiare e da bere. Mi ha ringraziata, e io sono andata via. Non ce l'ho con lei. Non la giudico. Davvero. Ma mi si stringe lo stomaco e non riesco a non pensare a Stella. Se Keller e Lily avessero preso la stessa decisione? Niente Stella. Il pensiero di un mondo senza di lei mi fa piangere.

Corro alla macchina e comincio a guidare. Quando arrivo da Keller, sono ancora senza fiato. Non so cosa vuol dire avere un attacco di panico, ma questo deve andarci vicino. Mi sembra che il cuore sia sul punto di schizzare fuori dal mio corpo, di essere impazzita. È una sensazione terribile. Non mi sono mai sentita così prima d'ora. Mi precipito dentro casa sua e mi piego in due, con le mani sulle ginocchia, cercando di respirare e calmare la mia mente, ma l'unica cosa cui penso è l'inesistenza. E non riesco a fermarmi, l'inesistenza mi porta dritta all'idea di morte.

Keller è subito al mio fianco. «Katie, cosa c'è che non va?»

Lo guardo. «Stella. Ho bisogno di parlare con Stella, adesso.» Respiro a fatica. «Per favore, la puoi chiamare? In questo momento?»

È confuso, ma prende il cellulare e telefona subito. Mentre squilla, mi fa sedere sul letto. «Ciao, Melanie. Mi puoi passare Stella, per favore?» Mi sorride, ma è nervoso. Ha la fronte aggrottata, lo sto spaventando. «Ciao, bambina mia. Come sta la mia Stella?»

Sento la vocina delicata, e il mio cuore comincia a rallentare.

«Stella, Katie ti vuole dire ciao. Adesso te la passo, così puoi parlarci.»

La mia mano trema, in disperata attesa. «Ciao, tesoro.»

«Ciao, Kate. Cosa fai?» Sembra così cresciuta, quasi adulta.

«Ti stavo pensando e mi sono ricordata che non ci parliamo da giorni. Come sta Miss Higgins?» Adesso va meglio. È proprio quello di cui ho bisogno.

«È brava, oggi ha mangiato le mele. Lei ama le mele.» Dice *ama* prolungando la parola per tre secondi buoni, e mi fa ridere.

«Bene, sono contenta. Tu cosa hai fatto?» Adesso riesco a respirare normalmente, ma ho bisogno di un altro minuto con lei.

«Io e Melanie siamo andate a pattinare sul ghiaccio, poi lei mi ha letto il libro dei pony, ma non lo legge bene come te. Lei non fa i rumori dei cavalli. È un po' più noioso.»

«Allora la prossima volta che ci vediamo te lo leggo di nuovo, va bene?» So che non dovrei fare promesse che non sono sicura di mantenere, ma non posso farci nulla.

«Va bene.»

«Adesso ti passo papà. Ti mando un abbraccio, Stella.»

«Ciao.»

Quando Keller chiude la telefonata, mi prende il viso tra le mani e mi guarda dritto negli occhi. Noto che è molto preoccupato. «Cosa è successo, piccola?»

«Non lo so. Sono schizzata, scusami. Volevo soltanto... Ho dovuto accompagnare una persona a fare qualcosa prima... ed è stato duro... mi sono sentita...» Mi rendo conto che sto parlando a vanvera, quindi mi fermo. Gli guardo il suo bel viso. «Credo di aver provato per la prima volta la paura di morire. Scusami.»

Sabato 10 dicembre

Kate

Io e Gus abbiamo lavorato alla sua canzone per quasi dieci giorni, e ieri l'abbiamo suonata per la band. Gus ha deciso (e con 'deciso' intendo che è ostinato, e nessuno lo potrà fermare) di registrarla.

Sono le otto di mattina e mi sta già chiamando – la prima telefonata di oggi. «Ehi, Gus, come vanno le cose a Portland?»

«A Portland piove; e a Grant?»

«Non sono ancora uscita, ma direi che c'è il cento percento di possibilità che si congeli.»

Ride. «Non ti voglio trattenere troppo al telefono, ma solo assicurarmi che sarai libera il prossimo fine settimana?» Lo dice come se fosse una domanda.

«Certo. Adesso ho gli esami finali, ma l'ultimo dovrebbe essere giovedì, e poi sono libera. Perché, bello?»

«Ho parlato della canzone a MFDM, e lui ci ha prenotato uno studio di registrazione a Minneapolis per il prossimo fine settimana.»

«E i tuoi concerti?»

«Rimandati. Veniamo lì venerdì mattina e avremo lo studio a nostra disposizione fino a domenica sera, poi dovremo ripartire.»

Non vuole perdere tempo. È una cosa positiva, perché il

mio dolore sta diventando sempre più intenso, anche con i nuovi farmaci, e ho notato che a volte faccio fatica anche a respirare. I miei polmoni non funzionano come dovrebbero. Non so per quanto potrò suonare o cantare. «D'accordo. I ragazzi sono pronti?»

Gus è molto pragmatico. «Vedrai, dovranno essere pronti.»

«Accidenti. Con calma, bello.»

«Scusami, Bright Side. So che ti sto facendo pressione; ce la farai? Intendo dire, come ti senti?» Si impappina perché non vuole dire le cose sbagliate.

Adesso devo rassicurarlo. «Sto bene, Gus. E il prossimo fine settimana sarà perfetto. Non vedo l'ora di rivedervi tutti.»

«Anche io non vedo l'ora di rivederti. Ti chiamo più tardi per i dettagli.»

«Perfetto. Ti voglio bene, Gus.»

«Ti voglio bene, Bright Side.»

Chiudiamo la conversazione. Anche io non riesco più a finire le telefonate con un saluto.

Domenica 11 dicembre

Keller

Beviamo caffè tutta la notte e ripassiamo per gli esami finali. Katie è sfinita, ma è una battagliera.

«Keller?»

«Dimmi, piccola.»

«Possiamo fare una pausa per qualche minuto?»

La sua domanda mi fa venire in mente così tante cose cui vorrei dedicarmi in questo momento. *Ossia, Katie.*

Appoggio il mio libro per terra accanto al divano, mi alzo e le porgo la mano.

Lei la guarda sorpresa e aggrotta la fronte.

«Mi concede un ballo, graziosa signorina?»

Il sorriso che adoro appare sulle sue labbra; è il sorriso che svela il suo mondo e ti ci attira dentro. È il mio posto preferito. Prende la mia mano e si alza, piano. «Stai parlando sul serio?»

Controllo la musica che ho scaricato sul cellulare. Scelgo *Pictures of You* dei Cure, alzo il volume, appoggio il telefono sul tavolino e la accompagno allo spazio vuoto dietro il divano. «Non scherzo mai quando si tratta di fare il romantico.»

Katie abbassa lo sguardo, poi mi fissa con i suoi incredibili occhi e so che quello che sta per dirmi significa molto per lei. Ha la capacità di raccontarti metà della storia con gli occhi, prima di usare le parole. «Non ho mai ballato un lento.»

Porto il mio braccio sinistro dietro la sua schiena, la attiro a me, le stringo la mano destra nella mia, poi appoggio entrambe sul mio petto. «Tu adori ballare. Cosa significa che non hai mai ballato un lento?»

«Ho ballato con altri ragazzi» dice, appoggiando la guancia sul mio petto e baciandomi la mano. «Ma mai un vero e proprio lento. Sembra un po' all'antica, ma è bello.»

È bello, sì. La canzone è malinconica, commovente, assolutamente straordinaria. E dura quasi otto minuti. Ogni ballo lento dovrebbe durare almeno otto minuti. Noi ondeggiamo e ci sciogliamo l'uno nell'altra. Potrei rimanere stretto a lei tutta la notte.

Quando la canzone finisce, si stacca leggermente da me e mi guarda.

Conosco quello sguardo.

Amo quello sguardo.

È così eccitante.

Le sue dita afferrano il bordo della mia maglietta. Mi chino verso di lei e la bacio sulle labbra. «Continuiamo con la nostra pausa?»

Lei annuisce e tira il cordoncino dei pantaloni della mia tuta. «Mmm.»

Mi sfilo la maglietta e i pantaloni. Mi avvicino a lei, toccandole la coscia e accarezzandole la gamba, finché la mia mano non scompare sotto il pigiama. «Cosa hai in mente?»

Lei sussulta quando le mie dita scivolano sotto gli slip. «Decidi tu. Hai sempre...» Si ferma e dalle sue labbra esce un gemito. Cazzo, quel suono. Voglio adorarla e possederla allo stesso tempo. Lei piega la testa e i suoi occhi si chiudono, poi continua: «...sempre le idee migliori.»

Le accarezzo i capelli selvaggi, liberandole il collo. Così esposto, devo gustarmelo. Ed è così buono che continuo.

Lei me lo permette.

Il rapporto è più gentile e più lento delle altre volte, ma la soddisfazione reciproca non tarda ad arrivare.

Dopo, nessuno dei due è pronto per tornare a studiare. Katie propone di vestirci e di andare al suo dormitorio.

È mezzanotte meno un quarto ma, nella settimana degli esami finali, tutti passano la notte in bianco.

Sono io a guidare la sua macchina, perché Dunc ha la Green Machine, ed è da Shelly.

I dormitori sono in subbuglio. Quasi tutte le porte delle camere sono aperte, e da molte proviene musica. Alcuni studenti attraversano il corridoio, trascinandosi con grosse tazze di caffè in mano. A giudicare dai loro sguardi, tanti stanno facendo una pausa, come noi, perché non ne possono più di studiare.

Prima di tutto, andiamo a salutare Clayton e Peter. Clayton è simpatico, fa sempre battute divertenti, e lui e Katie vanno molto d'accordo. Peter invece è serio come un attacco di cuore, ma è comunque carino e Katie gli vuole davvero bene. Soprattutto, lui tiene a lei al cento percento e la rispetta, perché sa riconoscere una bella persona quando la incontra.

Dopo ci fermiamo in camera sua, dove incontriamo Sugar. Io non sono un suo grande fan; se devo essere sincero, è una che se la tira. Le poche volte che sono stato qui con Katie, si è comportata come una ragazzina viziata, come se nessuno meritasse la sua amicizia. Le parla con arroganza, ma Katie è forte e sa come farla stare al suo posto. Lei non permette alle persone di romperle le palle. È una cosa che trovo incredibilmente sexy. Il solo pensiero mi fa già essere pronto per la nostra seconda pausa studio. Dobbiamo andarcene da qui. Immediatamente.

«Sei pronta, piccola? Perché io lo sono.» Lei incrocia il mio sguardo, e io ammicco.

Mi sorride. «Credo di essere pronta, dammi solo due minuti per parlare con Sugar.»

Cazzo. Adesso sono molto pronto.

Le parla a bassa voce, e io non riesco a sentire di cosa stanno discutendo, ma il tono di Katie è preoccupato. Penso che sia meglio aspettare fuori, nel corridoio, così si sentono più libere.

A un certo punto, sento chiudersi una porta alle mie spalle. Vedo Katie uscire e dirigersi verso le scale, con Clayton. Sto per chiamarla, quando quel bastardo di Ben Thompson esce barcollante da una stanza vicina a quella di Katie. Cosa ci fa qui? Lui è uno studente del terzo anno, e vive in una casa della confraternita dall'altra parte del campus. Non mi è mai piaciuto, è un coglione arrogante, più scemo di una capra. Comunque, non lo sopporto anche per quello che è successo quando ero una matricola. Tutti e due vivevamo in questo stesso dormitorio, e una ragazza della stanza davanti alla mia, Gina, lo ha accusato di stupro. Il giorno dopo, lei ha ritirato la denuncia, ha fatto le valigie e i genitori sono venuti a prenderla per portarla via. Io sono sicuro che quel bastardo sia colpevole; dovrebbe essere in carcere, e invece è ancora qui. Si dice anche che Gina non sia stata l'unica, che ce ne siano state altre. Ben Thompson è una testa di cazzo.

Noto che è completamente ubriaco, e si mette a seguire Katie per il corridoio. Io non le tolgo gli occhi di dosso, e giuro che gli spezzo le braccia se arriva soltanto a pensare di toccarla.

Katie si ferma e si volta per guardarlo in faccia. Lui le deve aver detto qualcosa. Io riesco solo a vedere lo sguardo assassino sul viso di lei.

Poi, Ben afferra Clayton per la camicia e lo sbatte contro il muro. «Togliti di mezzo, sto parlando alla rizzacazzi. Di te mi occupo dopo, checca.»

Clayton alza la voce. «Non mi puoi minacciare.»

Allora comincio a correre per il corridoio, facendomi largo tra le persone.

Quando sono ormai vicino, sento la voce di Katie: «Togliti di mezzo, stronzo.» È potente, forte. Non sembra spaventata, ma non sa di cosa è capace questo tipo.

A due passi di distanza, vedo la mano di lui che le tocca il sedere, quando si gira per andarsene. Ecco, adesso il bastardo è morto.

Sono a un passo di distanza. Mi butto su di lui e lo sorprendo da dietro. Katie urla e si toglie di mezzo. Per poco non la colpiamo, quando cado per terra sopra Ben. Senza nemmeno pensarci, inizio a prenderlo a pugni in faccia. Lo colpisco in continuazione. Le mie nocche diventano rosse di sangue, non so se suo o mio, non mi interessa. Poi arriva qualcuno che mi separa da lui.

Ben comincia ad allontanarsi a carponi; perde sangue dal naso, che cola sul viso e sul davanti della maglietta.

«Che cazzo vuoi?» Sputa sangue ai miei piedi.

Io cerco ancora di scaraventarmi su di lui, ma non riesco a liberarmi della presa di tre ragazzi che mi tengono lontano. «Tu, pezzo di merda, non provare a toccarla, mi hai capito? Se ti rivedo anche a guardarla, giuro che ti cavo gli occhi.»

Lui alza le mani, come se fosse completamente innocente. «Scusami, capo. Non intendevo fare niente di male.» Si volta per uscire, come se non fosse successo niente.

Quando passa accanto a Katie, si ferma e le butta un bacio. *L'ha fatto apposta per provocarmi?* Non ci posso credere.

Sono quasi riuscito a liberarmi e sto per scaraventarmi ancora su di lui, quando Katie afferra Ben per le spalle e gli molla una ginocchiata nelle palle. Lui cade per terra. È stato così fantastico, che non posso fare a meno di ridere.

Katie si china per parlargli all'orecchio. «Ti sta bene, bello. Spero che ti sia divertito fino adesso con le tue stronzate, perché, fidati, d'ora in poi avrai una vita di merda. Buon divertimento, bastardo, te lo sei meritato tutto.»

Accidenti, la mia ragazza di appena trenta chili è la persona più coraggiosa e tosta che abbia mai incontrato.

Ben si alza e si allontana barcollando per il corridoio, tenendosi la parte colpita.

Poi le delicate e piccole mani di Katie sono sul mio viso. «Sei ferito?»

Faccio di no con la testa, e non riesco a smettere di sorridere. Sono felice, anche se può sembrare assurdo, dato che ho appena gonfiato uno di botte... e non ho mai alzato le mani contro nessuno in vita mia. Forse sarà l'adrenalina.

O forse è soltanto Katie.

Mi regala uno dei suoi meravigliosi sorrisi. «Hai proprio un bel gancio destro, baby. Andiamo a casa, così possiamo farci una doccia.»

Aggrotto la fronte. «Farci? Intendi dire che mi aiuti?»

Si morde le labbra. La adoro quando lo fa. «Mi piace essere d'aiuto.»

Poi qualcuno mi dà una pacca sulla schiena e mi chiede: «Scusami, stai bene?»

Mi volto e vedo davanti a me John, il responsabile del dormitorio, con indosso i pantaloni del pigiama e una maglietta dell'università di Grant che sembra sia stata lavata un milione di volte. Era responsabile anche quando io ero matricola; so che non si ricorda di me, ma a giudicare dal suo sguardo, mi sembra di cattivo umore come non mai. Anche se non l'ho mai visto sorridere.

Ripete: «Stai bene?»

Annuisco, nonostante il dolore alle nocche.

Mi indica i bagni alle sue spalle. «Vatti a lavare, poi esci di qui. Non voglio più vederti.» Che prepotente. Mi ero dimenticato quanto gli piace fare sfoggio del suo potere.

Prendo Katie per mano. «Andiamocene.»

John scuote la testa. «Prima devo parlare con Kate e Clayton. Lei ti raggiunge fuori.»

Katie lo guarda stupita, poi si volta verso Clayton, che si era appiattito contro il muro per tenersi fuori dal casino. «Va bene, arrivo tra un minuto, Keller.»

Mi lavo le mani, ma sono di nuovo parecchio arrabbiato. Come osa John mandarmi via in questo modo? Non ha detto una parola a Ben, ma sono sicuro che abbia visto tutto. Esco sbattendo la porta e mi precipito per le scale. Katie è con Clayton e John per strada, davanti al dormitorio.

Io punto un dito accusatore contro John. «Tu...»

Katie mi spinge via con entrambe le mani sul petto. «Adesso basta. Per questa sera un combattimento di wrestling è più che sufficiente, tigre.»

Poi noto qualcosa sul viso di John che non ho mai visto prima: un sorriso. Cioè, più che altro un suo piccolo e informe abbozzo. Ma su di lui è l'equivalente di un gigantesco sorriso, a trentadue denti. Lui guarda Katie, che gli sta dando le spalle. Poi guarda me e torna serio. Si schiarisce la gola. «Mi scuso per la scenata, ma io devo fare il mio lavoro.» Mi fissa negli occhi. «Per quanto mi riguarda, non è mai successo niente.»

Sono confuso, e tutta l'adrenalina che ho in corpo non mi aiuta. «Cosa significa che non è successo niente?»

«Che tu non sei mai stato qui.» Non mi vuole creare problemi.

«Non andrai a riferire a nessuno?»

«No. Aspettavo l'occasione per buttare fuori Ben Thompson. Sembra che questa sera lui abbia assalito verbalmente e fisicamente due dei miei studenti, prima di cominciare a picchiare uno sconosciuto.»

«Sconosciuto?»

John alza le spalle. «È successo tutto così in fretta che non sono riuscito a vedere il ragazzo con cui si stava azzuffando. A pensarci bene, Ben era talmente ubriaco che forse la colluttazione è avvenuta fuori dal dormitorio, mentre stava tornando a casa.»

Katie annuisce, pensierosa. «Strano davvero.»

«Sì, parecchio strano» aggiunge Clayton. Anche lui sorride.

«Esatto» concorda John. «Inoltre, l'aggressione a Kate e Clayton è già abbastanza per mandarlo via a calci. Ho sentito e visto tutto. È stato schifoso. Non dovrò nemmeno parlare della rissa. L'elenco di violazioni di Ben è lungo come il mio braccio, e questa è stata la goccia che ha fatto traboccare il vaso. Ho aspettato tre anni, perché questo ragazzo pagasse per quello che ha fatto.»

Annuisco. Forse, dopotutto, John non è così male. «Gina?»

Un velo di tristezza cala sul suo volto. «Sì.»

Katie si intromette. «Anche Clayton ha deciso di sporgere denuncia.» Gli sorride, come se fosse orgogliosa di lui. «Dobbiamo andare con John all'ufficio della sicurezza del campus.»

Io non esito. «Vi accompagno in macchina.»

Lei guarda le mie nocche ferite e il sangue sulla mia maglietta.

Anche io le guardo. «Cioè... forse è meglio se vi aspetto in macchina.»

«Buona idea» mi dice Katie.

John ci sta già chiamando verso il parcheggio; è tornato il solito John autoritario e brusco di sempre. «Ben Thompson se ne sarà già andato prima dell'alba. Ci scommetto il mio master in gestione d'impresa.»

Lunedì 12 dicembre

Kate

John aveva ragione. Questa mattina le voci si rincorrevano per il campus, era inevitabile. Sembra che Ben Thompson sia stato scortato fuori dalla casa della confraternita questa mattina molto presto, prima dell'inizio delle lezioni. Hanno anche impacchettato tutta la sua roba. Io la considero una vittoria personale di Clayton su tutti gli stronzi del mondo.

Ti sta bene, Ben Thompson.

Oggi avevo soltanto un esame finale, quindi prima di andare da Keller passo ai dormitori per controllare come sta Sugar. Sono preoccupata per lei. La gravidanza e i suoi postumi la stanno incasinando. Sembra che voglia davvero cambiare qualcosa della sua vita, ma le mancano gli elementi chiave per farlo accadere. Prima di tutto, la volontà. Il condizionamento sociale è la sua rovina, perché distrugge la percezione di sé stessa. Secondo, la capacità di reagire. Sugar ha sempre galleggiato nella vita; gli altri le hanno sempre fatto tutto, per cui adesso non sa fare un programma, men che meno rispettarlo. Terzo, l'autostima. Le ragazze come Sugar fanno certe cose per attirare l'attenzione, ma è un tipo di attenzione molto sbagliato, che causa disprezzo verso loro stesse. È un circolo vizioso.

Nel profondo, non credo che sia una brutta persona. Magari le manca una rete di supporto e dei modelli forti da seguire. Ha le palle, lo devo ammettere; lo ha dimostrato più volte, anche se è stata una stronza per gran parte del tempo. Se riuscisse a usare un po' del suo coraggio per cambiare sé stessa, diventerebbe una rockstar.

Comunque, adesso io e Sugar siamo amiche. Fa un po' strano, ma in senso buono. Sarà perché anche io sono strana. Bo?

Giovedì 15 dicembre

Kate

Oggi è stato il mio ultimo giorno di esami, e con Keller abbiamo deciso di preparare un grande pranzo per tutti i nostri amici. Abbiamo invitato Shelly, Duncan, Clay e Pete, e abbiamo condiviso un grosso piatto di lasagne vegetariane, una croccante insalata Caesar e bruschetta con sale, aglio e burro. Il cibo era squisito, e la conversazione anche meglio. Quando metti sei persone diverse attorno a un tavolo, succedono cose divertenti.

Certo, poi anche le cose belle finiscono, almeno così si dice. E io sto cominciando a pensare che è vero. Terminato il pranzo, ho fatto scoppiare la bomba. Mi sono odiata, perché mi ha fatto sentire come se stessi cercando attenzione, o qualcosa del genere, e invece volevo soltanto informare i miei amici qui a Grant della mia situazione. Keller avrebbe preferito che io ne avessi parlato alcune settimane fa, ma non volevo che si preoccupassero, soprattutto quando si stavano avvicinando gli esami. Oggi, mentre raccontavo, ho cercato di rimanere positiva, ma poi osservando le loro reazioni di shock e di dolore, mi sono solo sforzata per provare a mantenere un po' di autocontrollo. Vedere le persone che ami angosciarsi a causa tua... fa male.

Shelly è trasalita, con il corpo in preda a convulsioni come se non volesse accettare la notizia. Ha continuato a scuotere la testa e a mordersi il labbro per cercare di non piangere, ma non appena Duncan l'ha presa tra le braccia, ha cominciato a singhiozzare forte, appoggiata alla sua spalla.

Gli occhi di Pete erano così sgranati che vedevo il bianco dell'iride tutto intorno. Credo che non li abbia sbattuti per dieci minuti. Non ha detto una parola.

E Clayton? Il suo prezioso viso si è contorto in una smorfia di assoluto dolore non appena ho pronunciato la parola cancro. La trasformazione è stata istantanea, come le lacrime. Ha continuato a ripetere: «Non può accadere a te, Katherine. Non può.»

Appena è diminuito lo sconcerto, ci sono stati tanti abbracci, che mi hanno aiutato immensamente. Spero che abbiano aiutato anche loro.

Soprattutto, sono contenta che sia finito, così possiamo tutti tornare a essere i normali amici di sempre.

Domenica 18 dicembre

Keller

Questa mattina siamo allo studio. Io ho portato con me Dunc, Shel e Clayton, mentre Katie ieri sera è rimasta a dormire con Gus e la band nella suite del loro hotel. Stanotte non ho chiuso occhio, non ci sono riuscito. Ogni volta che stavo per addormentarmi e non la sentivo accanto a me nel letto, venivo preso dal panico. Avevo la sensazione che se ne fosse già andata.

Sono stanco. Anche lei ha un'aria stanca, questi giorni è sempre sfinita. Però i suoi occhi sono allegri, quasi come sempre. Non so come faccia; brillano come non mai, e lei è divertente e scherza con la band. Loro sono davvero bravi ragazzi, molto affiatati. Sono tutti dei professionisti, Katie compresa, ma si divertono quando lavorano. Le risate che ho sentito in questi due giorni passati con la band sono forse più di quanto la gran parte della gente senta in una vita intera. E tutti adorano Katie, soprattutto Franco, che la provoca all'infinito. Non ci si può sentire dispiaciuti per lei, perché sa stare al gioco e rimanda tutto al mittente. La mia Katie è così: terribilmente forte e piena di vita.

Entra Tom con una gigantesca tazza di caffè in mano, e fa un cenno di saluto al gruppo. Non è proprio un mattiniero, quindi tutti annuiscono in risposta, evitando di parlargli.

Katie e la band lo chiamano MFDM. Non ho ben capito cosa significhi, glielo dovrò chiedere. Tom prende posto accanto al tecnico del suono, dietro il mixer audio, e si schiarisce la gola. «Bisogna fare storia oggi, perché non sono venuto fino a Minneapolis questo fine settimana per rimanere deluso. Ieri è stato incredibile, ma voi» e guarda Gus dritto negli occhi «dovrete davvero dare il massimo, per essere ancora meglio. Sarà difficile.» Tom adora Gus; gli sta soltanto dando il tono giusto. Questa registrazione deve essere perfetta, se vogliono terminare tutto entro oggi.

Gus si schiarisce la gola. «Capito.» La grande rockstar sembra nervosa.

Tom annuisce rapido, poi il suo viso si addolcisce. «Allora muovete il culo e finiamola.»

«Voglio Bright Side nell'altra cabina. Ci devi registrare contemporaneamente. Ci sono troppe armonie; non riesco a cantare bene se non sento lei.» Katie canta le armonie di sostegno in quasi tutte le strofe, poi insieme a Gus il refrain.

«Pensavo che avessimo già stabilito di registrarvi separatamente, e poi di sovrapporvi con il mixaggio.»

Gus alza le spalle e si passa la lingua sulle labbra. All'improvviso, il ragazzo rilassato di questi giorni non c'è più. Sembra sul punto di crollare, ma non per la registrazione. Credo che c'entri Katie, perché tutto è appena diventato troppo reale per lui. «Ho bisogno di lei» dice piano.

Tom sbuffa, ma la sua espressione si addolcisce. Lui è a conoscenza della particolare situazione di questi giorni, e non vuole mettersi contro Gus. Gli concederà tutto quello di cui ha bisogno per farcela. «Va bene.» Nessuno potrebbe negargli qualcosa in questo preciso momento. Nemmeno io.

Tom e il tecnico del suono si accordano in fretta, e un microfono viene sistemato nella cabina davanti a quella in cui entrerà Gus.

Lo studio di registrazione è silenzioso; ci si sente un po' a disagio perché per quasi quarantotto ore non c'è stato un momento di tranquillità. Shel è seduta sulle ginocchia di Dunc, in una grande sedia in un angolo. Clayton, Jamie e Robbie stanno su un divano dietro il mixer del suono. Io e Franco restiamo in disparte, a guardare le due cabine di registrazione dall'altra parte del vetro.

Katie e Gus sono proprio lì, e chiacchierano piano, in attesa di iniziare. Katie appare rilassata e felice, come se lo avesse fatto milioni di altre volte. Cerca di far sentire a suo agio Gus, che invece è molto teso. Non riesco a immaginare cosa gli stia passando per la testa. Ho sentito il testo, ne hanno cantato alcune parti venerdì sera: è commovente, parla del dolore e della difficoltà di perdere qualcuno, dei tentativi per farci i conti, e alla fine, della rinuncia. So che l'ha scritta lui, ma potrebbe anche essere stata Katie. È puro dolore. Non sapendo la storia che c'è dietro, potrebbe essere interpretato su molti livelli: una morte, una separazione, una perdita in generale. Il testo unisce rabbia e disperazione totale; è poetico, profondo e personale, una spirale di tre minuti. Portarlo a termine sarà difficile. Katie sta gestendo tutto senza problemi, e ci riesce perché non lo rende personale. Lei odia la pietà, per cui per lei il testo non è triste. In un certo senso, è come se le fosse stato concesso di raccontare la sua storia. E la sua storia, almeno ai suoi occhi, non è triste. Anche se, come dice la canzone, alla fine si è costretti a rinunciare, nella sua mente bizzarra e positiva, questa è la cosa giusta. Morire è naturale, e tutto andrà per il meglio.

Tom parla al microfono: «Credo che siamo pronti, attenzione voi due.»

Gus e Katie si guardano. Lei dice qualcosa e alza il pugno chiuso verso di lui in segno di sostegno. Gus sorride e ricambia, pugno contro pugno.

Adesso ognuno è attento, e sembra trattenere il respiro. Jamie e Robbie sono in piedi, come se non riuscissero a rimanere seduti, alle mie spalle. Franco saltella e ripete piano a sé stesso: «Dài Gus, ce la puoi fare.»

Katie e Gus si mettono le cuffie, le aggiustano e prendono posto dietro i rispettivi microfoni. Katie ha ancora un'aria rilassata, ma c'è una luce diversa nei suoi occhi. È a suo agio e vuole dare il massimo. Gli occhi di Gus invece sono chiusi, e gira la testa da una parte all'altra, cercando di sciogliersi.

Quando il tecnico del suono schiaccia alcuni interruttori, li sentiamo respirare attraverso i microfoni. Tom spinge un pulsante e dice: «Siete pronti?» Katie annuisce, mentre Gus rimane in silenzio. Tom chiede di nuovo: «Gustov, sei pronto?»

Lui sospira e incrocia le mani dietro la nuca. I muscoli delle braccia si flettono in tensione, gli occhi si chiudono. «Ho bisogno di una sigaretta, cazzo.» Non so se stia parlando a sé stesso o a Tom, che mormora «Sarà una lunga giornata» poi schiaccia il pulsante per parlare direttamente con lui. «Hai bisogno di un altro minuto?»

Katie si è già tolta le cuffie ed è entrata nella cabina di Gus, e adesso ascoltiamo la loro conversazione. «Gus, bello, tutto bene?»

Lui scuote la testa.

«Ascolta, facciamolo. Questa canzone è fantastica, e io voglio sentirla cantata da te, ma intendo cantata sul serio. Non tenere nulla dentro di te. Io non sto nella pelle, sono pronta. Diamoci da fare, e facciamolo insieme.»

Il suo viso si distende, impercettibilmente. «Pensi che sarà bella?»

«Credi che sarei qui se non ne fossi convinta?» lo provoca.

Lui annuisce. «Lo faresti, per me.»

Lei annuisce, sospira, e poi si scioglie in un sorriso. «Sì, forse hai ragione. Però sarà comunque stupenda. Adesso datti una mossa, Gustov, indossa i panni da adulto e diamoci una mossa, cazzo.»

Lui le sorride e scuote la testa. È divertito dal suo tono autoritario.

Katie strizza l'occhio e lo sprona prima di uscire: «Dài, forza, che io sono pronta.»

«Katie è così sexy, cazzo» dice Jamie. Non è un commento volgare, ma un'esplicita dichiarazione. «C'è nessun altro stranamente eccitato adesso?»

Tutta la sala – anche Clayton e Shelly – risponde all'unisono «Sì».

Franco mi dà una gomitata. «Keller, sei un uomo fortunato, bastardo.»

Sì. Lo. Sono.

Katie si è infilata di nuovo le cuffie. Tom chiede per l'ultima volta: «Adesso siamo a posto? Gustov, sei pronto?»

Gus respira profondamente e lo guarda, dall'altra parte del vetro. «Sì, bello.» Finge di sistemarsi la cintura dei pantaloni, poi guarda Katie e le sorride malizioso. «Mi sono infilato i panni da adulto.»

Lei batte le mani e ride.

Tom la guarda e grida: «Kate, tutto bene?»

Lei alza con enfasi i pollici davanti al microfono perché Tom li possa vedere, poi sorride serena e sgrana gli occhi. Scoppiamo tutti a ridere, compreso Tom. «In cosa mi sono cacciato, mi chiedo?» Scuote la testa. «Da dove è spuntata questa ragazza?» Intende farle un complimento. In questi giorni, è sempre stato chiaro quanto Tom ammiri il suo talento. Anche lui è rimasto catturato dalla sua magia, proprio come tutti quelli che la incontrano.

Robbie commenta: «Dall'universo più profondo. Non esiste nessuno come lei. Per essere più precisi, non esiste nessuno come loro due.»

Franco ride. «Puoi dirlo forte.»

Il tecnico del suono schiaccia altri pulsanti e la musica si diffonde nella stanza. Il violino preregistrato di Katie è cupo e penetrante. L'introduzione è lunga, ma va bene così, perché io potrei stare ad ascoltarla all'infinito. Alla fine arriva la chitarra acustica, seguita da batteria, basso e chitarra elettrica.

Katie e Gus si fissano. Noi li guardiamo come se fossero due pesci in due acquari, ma io credo che loro si siano dimenticati degli altri all'esterno. Adesso esistono solo due migliori amici, a pochi passi l'uno dall'altra, separati da due pannelli di vetro. Entrambi hanno permesso alla musica che filtra dalle cuffie di possederli. Il mento di Gus si alza e si abbassa a ogni accordo della chitarra elettrica, mentre tutto il corpo di Katie è in movimento, lento e a tempo con il violino. La mano destra si muove involontariamente come se stringesse l'archetto. Io guardo Franco accanto a me, che tiene il ritmo della batteria battendo le dita sulle gambe. Credo che nessuno di loro se ne accorga.

Tom indica Gus non appena comincia il primo verso della canzone. I primi due sono solo suoi, e lui li canta a voce bassa, quasi fosse un sussurro, con innegabile tristezza. Katie si unisce per completare la prima strofa, che si è trasformata in una specie di eco che rafforza l'intensità dell'emozione espressa da Gus.

Lui continua, introducendo il primo refrain. La sua voce aumenta di volume, mentre quella di Katie aggiunge profondità.

L'emozione si amplifica nella seconda strofa. Anche se Katie canta ancora l'armonia di sostegno, la sua voce diventa più forte, fino a eguagliare quella di Gus, che vira verso l'angoscia. È una strana combinazione, ma funziona, perché in entrambe si percepisce la lotta. Quando incomincia il secondo refrain, loro stanno cantando con il cuore in mano; so che la strofa successiva è solo di Gus, ed è quella in cui la canzone esplode. Non so come farà a infondere ancora più forza di quella che ha già messo finora.

Ma lo scopriamo presto. Con gli occhi chiusi, le mani strette sopra le cuffie e la schiena inarcata per lo sforzo, Gus è come in trance. Il corpo di Katie si muove al ritmo della batteria che guida questa sessione, ed è come se la musica le stesse scorrendo dentro e lei si fosse arresa. Anche io vorrei perdermi, abbandonarmi così. Quando poi le parole di Gus si trasformano in un estremo grido di angoscia che assomiglia a un urlo carico di dolore, il sorriso di Katie si espande, e lei alza i pugni in aria, per spingerlo a continuare. L'intero studio scoppia in un'allegria sfrenata, perché tutti vengono travolti da quello che vedono e sentono.

Poi Katie, a occhi chiusi, torna a unirsi a lui e canta il refrain con la stessa intensità, mentre Gus ripete gridando i versi della strofa precedente. L'energia e la forza sono palpabili. Io mi sento tanto coinvolto, e mi chiedo cosa stiano provando loro.

Katie canta a squarciagola l'ultimo verso, e Gus continua con un grido di guerra: «Ho rinunciato alla vita. Oppure è la vita che ha rinunciato a me. Io sono comunque finito.» Poi la sua voce scatta e si ferma. «Finiscimi.»

Katie sta ancora saltellando con gli occhi chiusi, il sorriso raggiante e il petto che si solleva a fatica. Attende la fine della canzone, tutta strumentale. È simile all'inizio, ma al contrario. La chitarra elettrica e il basso si interrompono, seguiti poche battute dopo dalla batteria. La chitarra acustica e il violino continuano a danzare nell'aria attorno a noi, poi la chitarra suona il suo ultimo accordo e il penetrante violino si affievolisce fino a spegnersi.

Gus e Katie riaprono gli occhi. Il sorriso di lui è una combinazione di sollievo e di stanchezza. «Ti voglio bene, Bright Side» le sussurra.

«Anche io ti voglio bene, Gus» risponde lei con la stessa dolcezza.

Questo non doveva finire nella canzone, ma è rimasto impresso nella registrazione, e ne sono contento. Sentire un altro uomo dire alla mia ragazza che le vuole bene mi dovrebbe infastidire, e invece no. Io voglio che Katie sia circondata da persone che la amano.

La stanza esplode per la seconda volta. Tom butta in aria le carte ben arrotolate che teneva in mano, si appoggia allo schienale della sedia e scuote la testa. Guarda Jamie, poi Robbie, poi Franco. «Che cosa è stato?» È scioccato. «Da dove veniva la musica? Non ho mai visto Gus così. È uscito allo scoperto.» Sbatte le palpebre, incredulo.

Ora è Franco a parlare. «È tutto merito di Kate, bello. Lei è la sua musa, lo è sempre stata. Hai visto cosa sono capaci di fare insieme? Nessun altro ha lo stesso effetto su di lui. Si nutrono a vicenda. Io non ho mai visto niente del genere. Musicalmente sono così in armonia l'uno con l'altro che è come se riuscissero a leggersi nel pensiero. Ma hai ragione, è stato incredibile... anche per loro.» Sorride. «Credo che non gliela farai ricantare, vero?»

Tom si schiarisce la gola, scuote la testa e schiaccia un pulsante per parlare a Gus e a Katie. «Penso che vada bene. Se venite qui, la potete ascoltare.»

Pochi istanti più tardi, Gus è dietro Jamie e Robbie, e appoggia le braccia attorno alle loro spalle come se avesse bisogno di un sostegno per stare in piedi. Katie è appoggiata a me. Io la stringo tra le braccia e la bacio sulla testa. Sento che ogni respiro è faticoso. Le sussurro all'orecchio: «Sei una rockstar. L'ho visto con i miei occhi. Sei stata stupenda.»

Lei mi accarezza le braccia con le sue mani piccole e morbide. «Grazie, baby.»

Adoro quando mi chiama così.

Gus ha finalmente ripreso fiato. «Accidenti, Bright Side, penso che i panni da adulto abbiano funzionato.»

La risata di Katie echeggia dentro di me.

La registrazione è fenomenale come la musica dal vivo. Vedo che Katie ha la pelle d'oca.

Tom guarda Gus mentre i 'ti voglio bene' svaniscono. «Cosa ne pensate? Siete soddisfatti?»

Gus guarda Katie per avere conferma, prima di rispondere. Lei annuisce. Lui sorride. «Sì, siamo soddisfatti.»

Tom tira un sospiro di sollievo. «Bene, perché non esiste che io vi permetta di rifarla. È stata pura magia.»

Poi Robbie, Jamie e Franco si raggruppano attorno a un microfono in una delle cabine, per registrare tutte le armonie di sottofondo. Sono necessarie varie prove, ma un'ora dopo anche loro hanno finito. Questa è una parte di minore importanza, ma quando tutte le registrazioni vengono unite, sembra la ciliegina sulla torta.

Dopo pranzo, ascoltiamo un abbozzo di versione finale. Franco e Katie a turni si dicono quanto siano bravi – aiuta a diminuire lo stress che sta torturando Gus. Lui insiste, vuole ascoltare la canzone cinque o sei volte, ma Tom gli boccia ogni suggerimento. Quando anche Katie è d'accordo nel lasciarla così com'è, Gus si arrende.

Poco dopo, arriva un taxi per accompagnare la band e Tom all'aeroporto. Questo significa che è arrivato il momento di salutare Katie. Non sanno se la rivedranno più.

Tom l'abbraccia e le dice quanto sia onorato di aver lavorato con lei.

Jamie l'abbraccia e piange. Non riesce a parlare, si volta e sale in taxi.

Robbie la stringe a sé con delicatezza, come se avesse paura di romperla, poi con gli occhi lucidi le dice: «Resisti, Kate» prima di scivolare dentro, accanto a Jamie.

Franco guarda il cielo e sbatte le palpebre. «Mi sono detto che non lo avrei fatto.» Le lacrime gli scorrono sulle guance. La prende per le spalle e la tira a sé, in un grande abbraccio protettivo. «Mi mancherai tantissimo, Kate. Non posso dirti addio, perché non è giusto.»

Lei si sforza di sorridere, ma le labbra incominciano a tremare. «Anche tu mi mancherai.»

Lui la bacia sulla fronte e le stringe la mano, poi si dirige verso il taxi, ma lei lo richiama. «Franco? Scusami per tutta la merda che ti ho sempre tirato. Spero che tu sappia che stavo scherzando. Sei una delle persone più straordinarie che abbia mai incontrato.»

Lui sorride, tra le lacrime. «Anche tu, Kate.»

Spezza il cuore dover assistere a questa scena.

Gus è a pochi passi di distanza, e fuma una sigaretta. Un'ultima boccata, poi la butta per terra e si volta verso Katie. Lei gli stringe le sue grandi mani tra le sue. «Dovresti smettere, lo sai.»

Lui annuisce in modo solenne. «Lo so, credimi. Lo so.»

Katie prende a dondolare le braccia di entrambi. Non si vogliono salutare, come se tutto fosse destinato a finire se uno di loro parlasse. Rimangono a guardarsi in silenzio. Le lacrime dagli occhi di Gus cominciano a scendere lentamente, e quando diventano tante, lui la tira su da terra e la stringe in un abbraccio.

La sua voce è calma. «Il mio non è un saluto definitivo. Ci vediamo dopo Natale.» Il tour finisce pochi giorni prima delle vacanze.

Lei annuisce, appoggiata alla sua spalla. «Sì, ci vediamo tra qualche settimana.»

Gus la stringe più a sé e le chiede, con voce rotta dal pianto: «Me lo prometti?»

«Te lo prometto.»

Allora la posa con delicatezza a terra e la tiene ancora stretta, le accarezza i capelli e poi la lascia. Lei si aggrappa all'orlo della sua maglietta, come se non volesse lasciarlo andare. Gus le prende il viso tra le mani e si china, finché i loro occhi non si incrociano. «Ti voglio bene, Bright Side.» E la bacia con delicatezza sulle labbra.

«Anche io ti voglio bene.»

Gus si avvicina al taxi, apre lo sportello davanti e salta dentro. Senza aggiungere altro.

Katie manda baci e saluta, mentre li vediamo allontanarsi. Quando si gira verso di me, vedo le lacrime rigarle le guance. Alla fine, è riuscita a piangere.

Quando mi abbraccia, è come se stesse cadendo dentro di me. Io le accarezzo la schiena. «Hai degli amici straordinari, Katie.»

«Lo so, sono molto fortunata.» Ed è sincera.

Io le do un bacio sulla testa. «Siamo noi a essere fortunati.»

Lunedì 19 dicembre

Keller

Mia madre non mi parla da un mese. È ancora sconvolta perché ho cambiato facoltà... o forse tutta la mia vita. So che non mi dovrebbe interessare perché è quello che capita, ed è capitato, di continuo. È sempre la stessa storia: io ci provo come un pazzo, ma non è mai abbastanza, allora lei è delusa, e io mi sento un fallimento... all'infinito, all'infinito, all'infinito.

Invece adesso mi interessa, perché per la prima volta nella mia vita, mi sento orgoglioso di me. Concentrato, fiducioso, coraggioso. E tutto questo, perché c'è Katie. Esserle stato vicino in questi ultimi mesi mi ha cambiato. Sono una persona migliore grazie a lei.

Perché mia madre non lo capisce?

Oggi io e Katie siamo andati in macchina da Grant a Chicago. Abbiamo cenato con Stella e Melanie qui a casa dei miei. Mio padre non c'era, perché lavora al pronto soccorso, e mia madre si è rifiutata di stare con noi.

La cena è stata malinconica: probabilmente non rivedremo più Melanie per un bel pezzo. Torna a Seattle. Abbiamo promesso che rimarremo in contatto, ma sappiamo entrambi come funziona. È facile promettere, lei intanto va a vivere con i suoi genitori e torna all'università per finirla. Sono felice per lei, è una brava ragazza e non so cosa avrei fatto senza il suo aiuto. È stata un angelo con Stella, per quasi quattro anni. Non potrò mai ringraziarla abbastanza.

Poi, quando Melanie se n'è andata, Stella è scoppiata a piangere e io mi sono commosso. Per mezzo secondo, mi sono chiesto se stavo facendo la cosa giusta.

Adesso sono da poco passate le undici. Stella dorme da più di due ore e mia madre è in ufficio, dove si è rintanata da quando siamo arrivati, questo pomeriggio.

Katie è andata a dormire nella stanza degli ospiti, circa un'ora fa. La settimana è stata frenetica, e lei non ha riposato abbastanza. La sua sofferenza è evidente. È la persona più forte che io abbia mai conosciuto, e cerca di apparire coraggiosa con tutti, ma quando è sola, si lascia vincere dal dolore. L'ho notato, e mi spezza il cuore. Il fatto che la perderò diventa ogni giorno più reale. Ma io non voglio perderla.

Prenderei io il suo posto, se potessi. Lei è l'unica persona, oltre chiaramente a Stella, per cui potrei morire. Senza esitazioni. Mi prenderei una pallottola per ognuna delle mie ragazze.

Butto le coperte da una parte, perché non riesco a rimanere a letto. Mi muovo per la stanza, mangiandomi le unghie che ormai non esistono più. Mi sento molto nervoso e ho la mente che va velocissima, ma non riesco a calmarla per poter dormire almeno un po'.

Mi infilo i pantaloni del pigiama e vado da Stella. Dorme. Ha un'aria così pacifica che mi riempie il cuore di amore. Katie aveva ragione. Sono estremamente fortunato.

Poi vado in camera di Katie. È distesa sul fianco sinistro; ormai è una settimana che dorme in questa posizione. Dice che per lei è più comoda, ma io so qual è il vero motivo: il dolore la sta uccidendo. È così intenso che non riesce più a stare sdraiata sulla schiena o sullo stomaco.

Odio il cancro con tutto me stesso.

Adesso sta dormendo profondamente, ma so che non durerà, succede sempre così. È la persona con il sonno più leggero che io conosca; ogni notte si sveglia almeno dieci volte, e la sua sofferenza lo rende ancora peggiore.

A casa mia, a Grant, mi piaceva guardarla dormire. A volte mi stendevo accanto a lei e la guardavo. E basta. Il seno che si sollevava e si abbassava, lo sbattere leggero delle palpebre mentre la sua mente correva nel sogno. La sua assoluta calma era incredibile. A volte mi capitava di sognare a occhi aperti, e mi chiedevo: E se potesse stare con me per sempre? E se ci sposassimo? Oppure me la immaginavo incinta di un mio figlio e mi piaceva pensare come sarebbe stato.

Dalla scorsa settimana, però, ho smesso. Non la guardo più dormire, il dolore si è impossessato anche della sua notte. Il corpo si irrigidisce e il viso si contrae, nel tentativo di combatterlo. A volte grida, persino. La calma è sparita, e io mi sento a pezzi.

Quindi non guardo.

Ma questa notte non riesco a stare da nessun'altra parte se non in questa stanza con lei, perché so che non mi è rimasto molto tempo. Non voglio disturbarla, allora mi siedo sul divano davanti al letto. L'oscurità la nasconde, ma sento la sua presenza. Appoggio la testa all'indietro e chiudo gli occhi. Non so per quanto tempo rimango qui seduto, forse un'ora o più, prima di decidermi a tornare a letto e provare a riposare. Quando però sono davanti alla porta, non riesco. So che non potrò respirare se lascio questa stanza. Mi avvicino al letto, lentamente sollevo le coperte e scivolo accanto a lei. C'è tanto spazio, soprattutto se penso al piccolo letto che di solito condividiamo. C'è tanto spazio tra noi.

«Non vorrai mica dormire così lontano?» La sua voce è assonnata e roca.

Mi fa ridere, e l'ansia accumulata nelle ultime ore scompare. «Come hai fatto a capire che ero qui con te?»

Ride. «Non sei così silenzioso come credi, Keller Banks. Saresti un ladro davvero maldestro. Mi raccomando, non cambiare facoltà un'altra volta.»

Io mi sposto piano verso di lei, e premo il mio corpo contro la sua schiena, abbracciandola. È calda. Potrei vivere così per sempre. Le bacio la testa.

«Buonanotte, Katie.»

«Buonanotte.»
Poi il silenzio. Sono quasi sicuro che si sia addormentata di nuovo.
«Keller?»
«Sì?»
«Grazie per essere venuto da me. Non mi piace dormire da sola.» Intreccia le sue mani con le mie, e le porta alla bocca per baciarle.
«Ti amo, piccola.» Devo riuscire a pronunciare le parole prima che il nodo alla gola mi impedisca di parlare.
«Anche io ti amo, baby... Anche io ti amo, baby.» Lo dice due volte, così non devo chiederle di ripeterlo.
Io la amo tantissimo. Tantissimo.

Martedì 20 dicembre

Keller

Abbiamo quasi finito di caricare le cose di Stella nella macchina di Katie (me l'ha voluta prestare per il viaggio, perché, anche se adora i miei sacchi, pensava che non sarebbero stati una soluzione comoda per passarci varie ore seduti). Non possiamo portare molto con noi perché non c'è spazio a casa mia, ma Stella avrà tutte le cose di cui ha bisogno.

Katie la sta aiutando a dar da mangiare a Miss Higgins, poi insieme prendono la gabbia e ogni altra cosa della tartaruga. Oddio, sembra di traslocare un serraglio intero invece di un'unica, piccola tartaruga. Diciamo che Miss Higgins se la passa bene, potrebbe essere la tartaruga meglio trattata della storia.

Sto facendo un ultimo giro di controllo nell'appartamento, per assicurarmi che Stella non abbia dimenticato nulla che poi so le mancherà più tardi.

«Keller.» La voce di mio padre mi fa sussultare. Si schiarisce la gola. È lo stesso e identico formale inizio di tutte le nostre conversazioni. «Posso parlarti un attimo prima che tu parta?»

So dove vuole arrivare, ma io non sono in vena di litigare. Mi chiederà di accompagnarlo nell'ufficio di mia madre perché è lì che lei si sente onnipotente. E visto che lui invece è un burattino nelle sue mani, si chiuderà la bocca appena varcata la soglia e lascerà che lei mi elenchi tutti gli errori che sto commettendo. Cercherò di difendermi. Lei alzerà la voce e proverà a spaventarmi per convincermi. Ci sono già passato milioni di volte.

Come ho detto, non sono in vena. «Papà, senza offesa, ma so che parlarti è come parlare alla mamma, quindi no, grazie, non oggi.»

Lui si schiarisce di nuovo la gola. «Tua madre non c'entra, è di Kate che voglio chiederti.»

Fino a questo punto gli ho sempre mostrato le spalle, ma adesso mi volto per guardarlo negli occhi. Non posso restare impassibile quando sento quel nome. «Cosa mi vuoi dire di lei?»

Altra schiarita di gola.

«Dimmi tutto quello che hai da dire, papà.»

Mi fissa dritto negli occhi, ma noto una dolcezza che di solito riserva solo a Stella. Lui ha un debole per mia figlia. «Kate è molto ammalata, vero?»

Annuisco. Non ho parlato ai miei genitori della sua malattia, ma mio padre vede abbastanza persone che stanno male per riconoscerne subito una. E poi è un tipo che osserva.

Sospira. «Come temevo. Qual è la sua diagnosi?»

Sono ridotto a risposte quasi monosillabiche, perché non voglio crollare davanti a lui.

«Cancro.» Odio quella parola del cazzo.

«Sta seguendo qualche terapia?» La sua è una domanda da medico, ma la dolcezza negli occhi non è sparita.

Di nuovo una sola parola, non riesco a dire altro. «Terminale.»

«Capisco. Quanto tempo?»

So quello che mi sta chiedendo, ma non voglio rispondere. Per cui alzo un dito.

«Un anno?» chiede. Sa di essere ottimista.

Scuoto la testa.

Sospira di nuovo. «Un mese.» La sua non è una domanda.

Ci guardiamo per alcuni istanti per poter assorbire il significato delle parole.

Proprio in quel momento entra Katie, con Miss Higgins in gabbia. È tutta un sorriso, inconsapevole del fatto che stiamo parlando di lei. «Credo che Miss Higgins sia pronta, Keller. Ha appena fatto colazione, e Stella dice di essere a corto di pasticche contro il mal di macchina specifiche per i rettili, per cui dovrai andarci piano con il viaggio di ritorno. Miss Higgins e il suo delicato apparato digerente sono nelle tue mani. Sei pronto per la sfida?»

È divertente, ma non riesco a ridere.

Mio padre la sta guardando. Ha gli occhi traboccanti di una tristezza struggente, ma c'è dell'altro; noto ammirazione, quando un piccolo sorriso gli illumina il viso. Si volta verso di me, mi prende la mano e la stringe. «Prenditi cura di loro, Keller.»

Io annuisco e mando giù il boccone molto amaro, perché il suo non è un saluto allegro. Però questa è stata forse la prima volta che mio padre mi ha parlato alla pari, da uomo a uomo. «Certo.»

Annuisce in risposta. «Chiamami, per qualsiasi cosa.»

«Staremo bene, papà. Grazie.»

Partiamo senza salutare mia madre.

Giovedì 22 dicembre

Kate

Ho salutato Pete presto, oggi. Lui era a disagio ed è stata dura, perché odio essere la causa di dolore per un'altra persona, soprattutto per chi ho a cuore. Pete rimarrà a casa fino all'inizio del prossimo semestre, a metà gennaio.

Mi ha detto che ci rivedremo al nostro ritorno.

Invece non ci rivedremo.

Lo sappiamo entrambi. È che non sapeva cosa dire. Io gli ho detto che mi mancherà.

Ci siamo abbracciati.

Clayton mi ha aiutato a riempire gli scatoloni con le ultime cose che avevo lasciato nella camera del dormitorio, poi li ha messi nel retro della mia macchina, perché io non riuscivo a sollevarli.

È la prima volta che mi sento imbarazzata per la malattia, perché trasformarsi in una rammollita è umiliante.

Sto cercando di non rattristarmi per la fine di questo capitolo della mia vita, ma è difficile quando so che anche Clayton partirà presto. Passerà un mese con la famiglia prima di trasferirsi a L.A. con Morris. Mi mancherà. E so che aiutarmi così è dura anche per lui, ma non me la sono sentita di chiederlo a Keller. Lui ha già abbastanza problemi in questi giorni, e io non voglio aggiungergli altro stress chiedendogli di aiutarmi a spuntare la lista delle mie ultime cose da fare. Adesso sembra tutto così definitivo. Siamo passati troppo in fretta dall'inizio alla fine della nostra relazione, e non mi sembra giusto appesantirlo ulteriormente.

Domenica 25 dicembre

Kate

«Buon Natale, Kate.» La voce di Audrey mi è sempre sembrata quella di un angelo, anche al telefono. Da piccola, mi ricordo che andavo a casa sua e non vedevo l'ora di incontrarla, perché lei parlava con me. Ed era gentile quando lo faceva. Mia madre non parlava molto, e quando lo faceva, di solito urlava. Audrey non urla mai. Ho sempre pensato che se avessi incontrato un angelo, avrebbe avuto la sua stessa voce.

«Buon Natale, Audrey. Questa mattina hai mangiato i panini alla cannella in spiaggia con Gus?»

«Certo.» Sta sorridendo, ne sono sicura. Gus è tornato a casa ieri. Deve aver sentito la sua mancanza quando era in tour, perché lui la fa sempre ridere.

I panini alla cannella in spiaggia sono una tradizione degli Hawthorne. Ogni mattina di Natale, prima dell'alba, io e Gracie ci precipitavamo in pigiama a casa di Gus e Audrey, accanto alla nostra. Gus era sempre sveglio perché era troppo agitato per riuscire a dormire la sera della vigilia. Lui adora il Natale. Quindi, noi tre insieme svegliavamo Audrey, che infornava subito una teglia di panini alla cannella. Quando erano cotti, ci portava in spiaggia, davanti alla loro casa. Stendeva una coperta, poi ci mettevamo tutti a sedere e a mangiare, e non potevamo aprire i regali finché non si svuotava la teglia. Lo facevamo ogni anno. Sono i miei ricordi preferiti di Natale. Io e Gracie eravamo sempre tristi quando dovevamo tornare a casa. Nostra madre non si alzava mai prima di mezzogiorno, e Natale non era certo un'eccezione. «Mi dispiace non essere lì con voi. Però questa mattina ho preparato i panini alla cannella per Keller e Stella, e li ho obbligati a mangiarli tutti prima di scartare i regali. Leggera modifica alle regole: non siamo andati fuori, perché dieci gradi sotto zero sarebbe stato troppo.»

Ride. «Festeggiare a casa è probabilmente più adatto per il Minnesota. Sono contenta che hai potuto condividere la nostra tradizione con loro.»

«Anche io.» Voglio condividere ogni cosa con loro; anche piccoli avvenimenti di questo tipo sono importanti.

«Hai già parlato con Gus oggi? Te lo passo se vuoi. È in camera a guardarsi un film mentre io finisco di preparare la cena.»

«Non c'è problema; l'ho chiamato prima e lo risentirò più tardi questa sera. In realtà volevo parlare con te, Audrey.»

«Certo, cara, dimmi tutto.» Audrey ha sempre mantenuto la calma. È un libro aperto, come Gus, ma è più brava a tenersi i problemi per sé. Scommetto che si sta sforzando di sembrare semplicemente partecipe, e non spaventata.

«Ti ricordi che abbiamo parlato del mio ritorno a casa quando sarebbe diventato insostenibile rimanere qui?»

«Certo, sì.»

«Credo che ci siamo quasi.» Cerco di trattenere le lacrime, perché l'ultima cosa che voglio è piangere. È la realtà, dopotutto, il passo successivo da compiere.

Lei tira un profondo respiro. «Va bene, tesoro... Sì, d'accordo...» Credo che sia rimasta di sasso, perché non è la solita Audrey. Lei non si blocca mai, non inciampa sulle parole o sui pensieri. Sa sempre cosa dire.

Mi sento stringere lo stomaco, perché inizio a temere che forse non sappia cosa fare con me. Forse le sto chiedendo troppo.

Ma poi si riprende. «Tesoro, ti lascio la camera degli ospiti così potrai avere un bagno tutto per te. Mandami per email i nomi e i contatti dei tuoi dottori, sia del medico qui che di quello in Minnesota. Organizzo subito una conferenza telefonica con entrambi, e controllerò di avere tutto il necessario a casa per prendermi cura di te nel migliore dei modi. Ricordati di aggiungere l'elenco completo di tutti i farmaci. So che sei allergica alla penicillina, ma se soffri di altre allergie di cui io non sono a conoscenza, scrivimelo. Sarebbero importanti anche i dettagli della tua assicurazione sanitaria. Hai altre richieste speciali? Qualcosa che posso mettere in camera tua? In caso, basta che me lo fai sapere. Mi assicurerò che tutto sia pronto per il tuo arrivo.»

Non so perché ho dubitato di lei. Questa è Audrey. Lei sì che è Wonder Woman. «Grazie, Audrey. Se per te va bene, potrei arrivare verso capodanno.»

«Kate, tu sei mia figlia; lo sai, tesoro. Vorrei con tutto il mio cuore che tornassi qui per altri motivi, ma sei sempre la benvenuta a casa. Sposterei le montagne per te. Ti voglio bene.»

«Anche io ti voglio bene, tantissimo.»

«Adesso ti mando un grosso abbraccio telefonico. Riesci a sentirlo?» È sempre stata patita degli abbracci; certo che lo sento.

Non ho il cuore di dire a Keller che ho parlato con Audrey. Lui sa che il momento sta per arrivare. E quando accadrà, sarà terribile per lui. Glielo vorrei tanto risparmiare. Se potessi, rimarrei qui ad affrontare la mia fine, ma non posso farlo, né per lui né per Stella. So che sarà orrenda e molto dura per tutti. Onestamente, non vorrei procurare dolore a nessuno, ma se non puoi chiedere aiuto a tua madre, a chi chiedi? Ho sempre considerato Audrey mia mamma. Janice è stata la mia madre biologica, ma Audrey è la mamma. Anche se per la prima volta nella mia vita vorrei che non lo fosse: una persona come lei non dovrebbe affrontare tutto questo dolore.

Mercoledì 28 dicembre

Kate

Oggi sono arrabbiata. Vorrei non esserlo. *Cazzo*, come vorrei non esserlo... ma lo sono.

Questa mattina ho incontrato il dr Connell. Ha guardato le mie cartelle, i risultati delle ultime analisi, poi me. Anche questa volta non è rimasto impassibile, e io mi sono alterata, perché francamente in questa fase della malattia vorrei incontrare almeno una persona che non mi guardi con la pietà negli occhi.

Keller ci sta provando con tutto sé stesso, ma anche lui ogni tanto non ci riesce.

Quindi, sì. Oggi sono arrabbiata.

Davvero.

Molto.

Incazzata.

Ho urlato a Dio tutta la mattina, dentro di me. *Perché devo essere io a morire? Perché non qualcun altro? Qualcuno che non conosco, e che vive lontano da qui?*

So che è orrendo, ma oggi mi sento così. Ecco perché ancora non posso tornare da Keller. Lui e Stella non si meritano di vedere o di sentire tutta la mia rabbia.

Parto sabato, torno a San Diego. Ieri sera ho comprato il biglietto e l'ho detto a Keller, dopo che aveva messo a letto Stella.

Dire che non l'ha presa bene è usare un eufemismo. È crollato in un milione di pezzi davanti a me. Ha cercato di resistere, ma non ci è riuscito. Guardarlo disintegrarsi così, sapendo che ero io l'unica responsabile di una tale devastazione nell'uomo che amo con tutta me stessa... Sì, mi sono odiata.

Quindi, in questo preciso momento, sono in macchina nel parcheggio di un edificio nel centro di Minneapolis, e non so cosa fare.

E quando non so cosa fare, parlo con Gus. Non dovrei chiamarlo se sono arrabbiata, ma non mi viene in mente niente, e se non faccio qualcosa nei prossimi cinque minuti, darò di matto. Lo chiamo. Lui risponde dopo il primo squillo.

«Bright Side, come va?»

«Non voglio morire.»

«Cosa dici, Bright Side?» È confuso.

Per forza. Nessuno comincia una conversazione così.

«Non voglio morire, cazzo.»

«Merda, Bright Side.» Lo sento tirare un profondo respiro, una specie di introduzione alla conversazione che sta per iniziare. «Parlami. Cosa succede?»

«Sto morendo, Gus. E non voglio. Ecco cosa succede.» Sbatto con forza la mano sul volante. «Cazzo!» urlo. In tutta la mia vita, mi è capitato solo due volte di perdere il controllo e sfogarmi con tanta violenza con Gus: la prima quando ho trovato mia madre appesa al soffitto, e l'altra quando è morta Gracie. Gus non se lo merita, ma so che affronterà la situazione meglio di chiunque altro.

«Calmati, bella. Dove sei?»

«Non lo so. In macchina, in un cazzo di parcheggio nel centro di Minneapolis, nel Minnesota del cazzo.» Ci vado giù pesante.

«Sei sola?»

«Sì» taglio corto.

«Non dovresti guidare quando prendi i tuoi farmaci.»

Non so cosa farmene del suo tono paterno. «Lo so.»

«Sei in pericolo? Sei ferita?»

Scoppio a ridere, e rimango sorpresa perché anche la risata è arrabbiata. Ma la sua domanda è assurda, visto che sto morendo.

«Bright Side, fermati un secondo e parla con me. Devo chiamare il 911? Cosa cazzo succede?» È spaventato.

Scuoto la testa, come se mi potesse vedere. «No, no. Sto... sto impazzendo, Gus. Ecco cosa c'è.» E non riesco a trovare le parole per dirlo, perché la mia mente è intrappolata in una spirale di amarezza e risentimento. Non so cos'altro aggiungere, per cui ripeto tra me e me: «Sto impazzendo.»

«Be', c'è sempre posto al mio tavolo per la rabbia.» Lui sì che mi capisce. Dopotutto, l'ho chiamato apposta. «Quest'ultimo mese ne ho sparsa a tonnellate. Sapere che non sono l'unica persona al mondo che ha problemi a gestirla mi fa sentire meglio. Quindi spara, passala pure a me.»

Io non lo faccio aspettare, e parto con un fiume continuo ed esplosivo di insulti. Maledico tutto, gridando domande, prendendo a pugni il volante e asciugandomi le lacrime calde e furiose. Ogni tanto Gus mi affianca, per confermare quello che dico. Aspetta una mia pausa per attaccare, oppure mi segue a ruota.

Non urla contro di me, grida *con* me.

Dopo quelle che potrebbero sembrare ore, e invece sono solo minuti, smetto. Per il mio scoppio d'ira ho perso completamente il senso del tempo e dello spazio. Ci vogliono un paio di minuti perché il battito del mio cuore rallenti e la testa si svuoti. Alla fine, passano anche le lacrime, e torno a respirare a un ritmo normale. Mi sento un nodo alla gola e mi fa male la testa, ma sono calma. All'altro capo del telefono, anche Gus tace. Tra noi cala il silenzio.

So che mi sta concedendo tutto il tempo di cui ho bisogno. Se anche ci dovessi mettere un giorno intero, lui rimarrebbe così, ad aspettare, senza mai dire una parola.

La mia voce è graffiante quando decido di parlare. «Gus?»

«Dimmi, Bright Side.» Sembra tornato in sé anche lui. Calmo.

«Grazie.» Mi sento come liberata da un enorme peso. E adesso ho bisogno di scusarmi. «Mi dispiace, bello.»

Ride. «Non c'è problema. Ti senti meglio?»

Riesco anche a sorridere. «Sì, è vero.»
«Bene, anche io. Forse l'avremmo dovuto fare settimane fa.»
«O forse mesi fa.» Ne sono sicura. È stato così utile buttare tutto fuori.
«Bright Side, lo sai che ti voglio bene quando sei felice e incantevole nel tuo piccolo mondo di rose e fiori, ma quando ti arrabbi sei molto sexy. A me le ragazze aggressive piacciono parecchio. E questo è stato aggressivo da pazzi.»
Lui sa che sto per dirlo, ma non posso fermarmi. «Vabbè, lasciamo perdere.» Poi alzo gli occhi al cielo.
«Credo che ti ribattezzerò Demon Seed.»
«Cosa? Io ti mostro il mio lato oscuro e adesso devo pure diventare l'anticristo? Non mi piace. Perché non posso essere Puttana Arrabbiata e basta?»
Scoppia a ridere, e il mio cuore si espande, perché non lo sentivo così da tanto. E poi la adoro, la sua risata.
«D'accordo, bello, visto che ormai la mia sessione terapeutica sembra avviarsi verso la conclusione, sarà meglio che vada. Devo tornare a casa.»
«Certo. Guida piano e mandami un messaggio quando arrivi, così so che è andato tutto bene. E da oggi in poi, basta guidare.»
«Sì, signore. Ti voglio bene, Gus.»
«Anche io ti voglio bene, Puttana Arrabbiata» mi dice con voce cupa e teatrale. Si blocca perché sa che non gliela farò passare liscia. «Lo stavo solo provando» dice innocente.
«Mi sa che non mi piace.»
«Nemmeno a me. Anche io ti voglio bene, Bright Side.»
«Così va decisamente meglio.» Mi piace essere Bright Side. Mi piace un sacco.

Venerdì 30 dicembre

Kate

«Domani Gus viene a prenderti all'aeroporto, così tornate a casa insieme.» Keller tiene le braccia incrociate sul petto. Si aspetta che io mi opponga.

E non si sbaglia. «Gus viene qui?» Normalmente sarei felice di vederlo, ma il fatto che io venga trattata come una bambina mi manda fuori di testa.

Lui annuisce.

«Quando arriva?» Adesso sono io a incrociare le braccia, in atto di sfida. Nemmeno Stella si comporta così. Cosa mi ha preso?

«Due ore prima del tuo volo. Ci incontreremo al terminal e starà con te da lì in poi, visto che io non posso passare la sicurezza.» È un Keller diretto e pratico. Vuole concludere in fretta la questione; sa che sono stata di cattivo umore tutto il giorno, e questo non farà che peggiorare le cose.

Lo so, stanno pensando a me, ma odio essere trattata da invalida. «Non sono una bambina del cazzo, Keller.»

Lui si sfrega le tempie con le mani. «Lo so, piccola.» Il mio atteggiamento da stronza sta mettendo a dura prova la sua pazienza. «Ti va di mangiare? È ora di cena. Hai fame? Posso preparare qualcosa, così puoi prendere i farmaci.» Sta cercando di cambiare argomento, e di aiutare. Ma io sono ancora molto alterata.

Evito di rispondere, e torno di nuovo dove eravamo rimasti, perché non ho finito. «Di chi è stata l'idea?»

«Di tutti e due.» È esasperato, vuole concludere la questione.

«Quindi tu e Gus avete orchestrato le operazioni di salvataggio insieme? E non posso nemmeno dire la mia? No. Devo soltanto salire su un aereo, Keller, penso di potercela fare da sola.» Non voglio essere cattiva, perché non lo sono, ma oggi non riesco a essere diversa. Grazie a dio, Shelly e Duncan sono venuti a prendere Stella questa mattina, per tenerla con loro fino a domani. Non voglio che lei mi veda comportarmi così. Nessuno si merita di vedermi in questo modo. Il dolore e la tristezza causate dalla malattia mi stanno trasformando in qualcuno che io disprezzo.

«Gesù, Katie, cosa vuoi che faccia? Non stai abbastanza male da venire accompagnata a casa, ma stai così male da andartene da qui? E abbandonare me, per San Diego e per Gus?»

Le parole aprono in me una nuova ferita, carica di sensi di colpa. Lo attacco: «Fermati lì dove sei e fai subito marcia indietro. Qui non si tratta di vincere una gara di popolarità.» Sono così incazzata che la mia testa comincia a pulsare. Non sto scegliendo una persona al posto di un'altra perché ci tengo di più. Devo scegliere qualcuno – qualche posto – dove poter sopportare con più tranquillità il carico di dolore. C'è un'enorme differenza.

Lui si volta di spalle, appoggia le mani sui fianchi e si gira di nuovo per guardarmi. «Dentro di me lo so. Lo so. Ma sono geloso. Ecco, l'ho detto. Mi rodo dalla gelosia, lo ammetto in tutta onestà.»

Il mio lato solitamente empatico è sparito. «Stronzate.»

La sua irritazione è di breve durata. Non si unisce a me nella rabbia, ma si incupisce, e capisco che si sta ritirando nella sua tristezza. «Non vale la pena litigare per questo. È stupido. Stupido e immaturo. Ci sto provando, Katie. Il tuo legame con Gus si è consolidato negli anni, mentre a me sono stati concessi pochi mesi. Ecco cosa mi rende geloso. Io voglio... di più. Voglio più tempo con te.»

È straziante, ma io sono ancora arrabbiata. Il mio cuore disperato vuole zittire la mia bocca, che invece spara subito a zero. «Non credi che anche io lo vorrei?»

Lui scuote la testa e si avvicina, ma io indietreggio, non voglio che mi tocchi.

«Piccola, so che anche tu lo vuoi. Non volevo...»

Lo interrompo bruscamente, respirando pesante e strizzando gli occhi per il dolore. «D'accordo. Vuoi che rimanga qui? Vuoi starmi a guardare mentre la battaglia giornaliera dei miei polmoni alla ricerca di ossigeno si trasforma in una guerra totale? Vuoi starmi a guardare mentre questa merda si impadronisce di me, perché il mio fegato vuole concludere la mia discesa all'inferno? Vuoi guardare quando mi riempiranno di narcotici per concedermi un po' di tregua dal dolore, al punto che non potrò più parlare o pensare come una persona normale? Vuoi stare a guardare mentre mi riduco a un niente, e muoio di fame perché non riesco più a mangiare né a bere? Perché sarà glorioso, cazzo.» Sto urlando, e lui mi interrompe.

Si copre le orecchie con le mani, e gli occhi si riempiono di lacrime. «Basta! Basta, per favore. Non voglio litigare con te, piccola. Voglio aiutarti. Voglio renderti il dolore più sopportabile. Voglio amarti. Non chiedo nient'altro.» Mi guarda disperato, come se si volesse avvicinare di nuovo. Invece afferra il cappotto appoggiato sul divano, se lo infila e va verso la porta. «Esco, ho bisogno di camminare. Cerca di calmarti, non fa bene arrabbiarti così. Io torno tra pochi minuti.»

Non lo guardo mentre se ne va, ma sento che chiude piano la porta dietro di sé. Non riesco a deglutire, mi sento un tremendo groppo in gola, e prima di rendermene conto, sto piangendo così forte che mi sembra di affogare. Non emetto nessun suono, perché sto ansimando alla ricerca dell'aria. Non riesco a prendere fiato. Le mie spalle tremano con violenza e mi pulsa la testa. Credo che il corpo cerchi di reagire al casino creato dal pianto. Ho i muscoli tirati e tesi, che non fanno altro che amplificare la sofferenza. Non ho mai creduto che si potesse morire di solo dolore, perché ero convinta che non esistesse qualcosa di così intenso in grado di fermare il cuore.

Adesso sto cambiando idea.

Ho bisogno dei miei farmaci.

Faccio due passi verso il bagno, poi un'improvvisa scossa mi butta per terra. Distesa sul pavimento, ho la sensazione di aver perso il controllo del corpo e della mente. Mi sento urlare attraverso il silenzio, quando l'ossigeno finalmente entra nei polmoni per quella che sembra la prima volta dopo parecchi minuti. Il secondo o terzo grido è accompagnato dalla bile, e pochi secondi dopo, vomito tutto il contenuto del mio stomaco sul pavimento di legno. Era stato il primo cibo che ero riuscita a ingerire, non mangiavo da due giorni. E ormai non c'è più.

Sto ancora piangendo, ma la rabbia è passata. Adesso, l'unica emozione su cui mi posso concentrare è la paura. Il dolore domina, ma sento sorgere la paura dentro di me, come un predatore pronto all'attacco, che arriva per uccidere. Non posso voltarmi e darle le spalle, sennò mi trascinerà giù. Quindi è così che è ridotta la mia vita? Sdraiata per terra in mezzo al vomito, incapace di smettere di piangere? Mentalmente incapace di calmarmi, e fisicamente incapace di stare in piedi?

Gli angoli del mio campo visivo stanno diventando neri. Le cose iniziano a scomparire inghiottite dal buio, e questo mi spaventa più che mai. Il mio intero corpo improvvisamente si irrigidisce per il dolore. Un ultimo pensiero mi passa per la mente. *Adesso capisco perché mia madre l'ha fatta finita.*

A volte, quando capita qualcosa di terribile, cerco con tutta me stessa di concentrarmi sul dettaglio di minore importanza subito disponibile – dettaglio che, nel grandioso schema delle cose, non ha niente a che vedere con quello che sta accadendo nel presente. In questo momento, noto che sotto il divano c'è una tale sporcizia da fare schifo. Distesa sul pavimento completamente ignara di cosa mi sia successo, l'unico dettaglio su cui mi posso concentrare è il fatto che Keller e Duncan probabilmente non hanno mai spazzato sotto il divano.

Il pensiero successivo è quanto mi fa male la mascella, come se avessi digrignato i denti per una notte intera. Le palpebre sembrano incrostate e appiccicose. E c'è odore di marcio, di cibo andato a male e orina. I miei ricordi sono annebbiati, come se mi fossi svegliata dopo un lungo sonno.

Ci ripenso. E se mi fossi davvero appena svegliata?

Mi rigiro sulla schiena, ma mi ci vuole un grande sforzo. Guardo il soffitto. Cosa mi è successo? Il corpo sembra riempito di gelatina e le giunture sono doloranti, come se avessi corso una maratona. Cerco di alzarmi a sedere, ma sono così frastornata che decido di rimanere distesa sul pavimento.

Guardandomi i vestiti, capisco da dove viene quell'odore tremendo. Mi sono vomitata addosso, e sul pavimento. Merda. Proprio su una delle mie magliette preferite. Be', ormai è andata; credo che le macchie di sugo digerito siano più difficili da eliminare di quelle di un sugo di prima generazione. Mi sento anche bagnata tra le gambe. Perfetto. Il fatto di essermi pisciata addosso non aiuta.

«Keller?» Mi fa male la gola e la mia voce è rauca. Non la riconosco nemmeno.

Nessuna risposta.

Riesco a mettermi in ginocchio. Striscio fino al bagno, prendo la medicina e mi butto nella doccia. Non ho più un briciolo di forza, ma non sopporto il cattivo odore. L'acqua è piacevole addosso, così mi rannicchio sulla piastra di mattonelle e lascio che penetri nei vestiti e nei capelli.

Memorie confuse cominciano a riordinarsi. Mi ricordo la lite con Keller, le urla. Mi ricordo che lui è uscito e io ho pianto. Poi, il dolore, i brividi, il vomito. Basta. Ma adesso tutto ha senso, perfetto.

«Katie?» La voce di Keller è smorzata e lontana, ma riconosco il tono di panico. La porta del bagno viene quasi scardinata per la forza con cui la apre. «Katie?» Sta piangendo, il novantacinque percento per paura e il cinque percento per tristezza. Quando mi vede, cambia tutto: cinque percento di paura, novantacinque percento di tristezza. «Piccola, cosa è successo?» Chiude l'acqua, si inginocchia e si appoggia alla doccia, reggendomi con una mano la testa per sollevarla dalla pozza d'acqua che si sta creando attorno a me, mentre con l'altra cerca nella tasca dei jeans il suo cellulare. «Cazzo, dov'è il telefono? Devo chiamare l'ambulanza.»

«Basta ambulanze.» Mi sento di merda per averlo trattato male tutto il giorno. Qualunque fossero gli orribili sentimenti che covavo dentro di me, adesso sono spariti. Lo guardo negli occhi e non mi piace quello che vedo. «Di sicuro ho avuto un attacco di panico e poi sono andata in corto circuito. Non voglio tornare in quel maledetto ospedale.»

Il suo viso è una maschera di tristezza. Mi toglie i capelli dagli occhi, poi entra nella doccia con me, con tutti i vestiti addosso, e mi prende in braccio. Mi tiene stretta, cullandomi avanti e indietro.

La mia guancia si appoggia contro il suo petto, che batte forte. «Baby?»

«Sì?»

«Scusami per prima. Non sono arrabbiata con te, è solo che mi sento molto male.» Indico i vestiti bagnati. «È evidente che ho bisogno di qualcuno che si prenda cura di me.»

Lui mi stringe ancora a sé. «Mi dispiace tantissimo, Katie. Non sarei mai dovuto uscire e lasciarti sola in quel modo. Sarei dovuto rimanere qui.» Si sta automassacrando.

Mi sforzo di vedere il suo viso. «Non è colpa tua.»

«Katie, sono così dispiaciuto. Lo odio. Odio che tu sia ammalata e che non ci sia nulla che io possa fare per aiutarti. Io voglio solo che questo schifo sparisca.»

«Tu rendi migliore ogni mio giorno. Forse non riuscirai a guarire il mio corpo, ma curi lo spirito. Ho capito perché ero così sconvolta oggi. Non voglio lasciarti.» Mi si riempiono gli occhi di lacrime. «Non voglio, ma devo. Non posso essere un peso per te, soprattutto perché Stella è qui. La fine sarà orrenda. Io l'ho accettata. So che tu vivresti tutto con me, se te lo chiedessi, ma non posso farti una cosa del genere. Audrey si è già organizzata per avere un'infermiera a casa. Voglio che tu ti ricordi i momenti felici, non quelli brutti. Non la fine.»

Lui mi mette a sedere, e ci guardiamo l'un l'altra con le lacrime agli occhi. «Farei qualsiasi cosa per te, Katie. Andrei anche all'inferno. Basta chiederlo.»

«Penso che tu mi debba lasciare andare.» È la cosa più difficile che abbia detto in tutta la mia vita. Chiudo gli occhi per frenare le lacrime.

Il suo viso si contorce di dolore. Cerca di trattenersi dal piangere. «Abbiamo ancora questa notte, giusto?»

Sorrido e annuisco. «Sì, abbiamo ancora questa notte.»

Keller mi toglie i vestiti bagnati e mi avvolge in un asciugamano, poi si toglie i suoi, ritorna con abiti puliti per tutti e due, si veste e mi aiuta a infilarmi i pantaloni della tuta e un maglione, poi comincia a pettinarmi e a sciogliermi i nodi tra i capelli bagnati.

Chiudo gli occhi. «Sei molto bravo.»

Non vedo il suo viso, ma so che sta sorridendo. «Anni di pratica. Sono un papà, ricordi?»

Me lo immagino prendersi cura di Stella da bambina. Penso a lui che la sostiene da adolescente, e che ci sarà sempre per lei da adulta. Tutto questo mi rende felice. Keller ha uno scopo, una ragione per continuare a vivere quando io non ci sarò più. E questo mi dà un po' di pace. Devo ricordargli che padre eccezionale è. «È una delle cose che preferisco di te.»

«Davvero?»

«Assolutamente sì.» Sono esausta e il corpo mi fa male dappertutto. «Possiamo finire la nostra conversazione a letto?»

Mi prende per mano e mi aiuta a mettermi in piedi. «C'è qualcosa che dobbiamo fare prima» dice, e mi aiuta ad arrivare alla porta che comunica con Grounds. Entriamo. Il locale è chiuso per la sera, quindi è buio e silenzioso. Si ferma quando siamo davanti alla finestra, e mi stringe la mano. «Guardiamo il tramonto.»

Io sorrido. Gli tengo la mano tra le mie, e guardo fuori, verso l'orizzonte. I colori assumono tonalità brillanti di rosa e blu. Solo quando scende il buio mi rendo conto di quanto gli stia stringendo forte la mano.

Lo sguardo nel suo viso è amore, puro e semplice. «Adoro quanto tu sia appassionata delle cose importanti della vita, tipo i tramonti,» sorride «e le persone.»

Mi alzo sulle punte e lo bacio sul mento. «Tramonti e persone, ecco il segreto. Soprattutto le persone. E se si chiamano Keller Banks, la passione diventa gigantesca.»

Lui si china e mi prende tra le braccia. Prima che me ne accorga, siamo accanto al suo letto. Tira indietro le coperte, sistema i cuscini e mi aiuta a salire prima di scivolare accanto a me. Io appoggio la testa all'indietro, contro il muro, e lo guardo. Voglio ricordarmi di lui esattamente così.

«Vorrei conoscerti meglio, Keller.» Lo penso davvero. Mi avvolge tra le sue braccia, tirandomi a sé. Appoggio la guancia contro il suo petto nudo e sento il battito del cuore, lento e regolare. Mi dà un bacio sulla testa. «Katie, tu mi conosci meglio di chiunque altro. Forse non saprai le cose meno importanti, ma conosci me, il vero me, nel profondo. Tu sai cosa penso, di cosa ho paura, come amo. Nessuno mi ha mai visto come te. Nemmeno Lily.»

Sorrido. «Possiamo fare un gioco?»

«Ti va di fare un gioco?»

«Sì. Qual è il tuo colore preferito? Voglio conoscere alcune delle cose meno importanti.»

«D'accordo. Allora...»

«Non è una domanda difficile, baby.»

Ride. «Lo so. È il nero. Il tuo?»

Non ho dubbi. «L'arancione. L'arancione del tramonto sull'oceano Pacifico. Adesso sta a te.»

«D'accordo... Qual è il tuo cibo preferito? Non vale dire caffè.»

«Cioccolata... oppure tacos.»

«Eh no! Solo una risposta. Non è una domanda difficile, piccola.» Si sta divertendo.

«D'accordo. Allora dico tacos vegetariani. Il tuo?»

«Le lasagne fatte in casa dalla nonna.»

«La mamma di tuo padre o di tua madre?»

«La mamma di mia mamma. Non c'era niente di simile. Stella si chiama così in suo onore.» Sorride. «Ci veniva a trovare ogni anno a Natale e preparava sempre le lasagne. È morta quando avevo dieci anni.»

«Mi dispiace.»

«Sì, era divertente. Mi manca. Qual è il tuo animale preferito?»

«Vediamo... i gatti. Avrei sempre voluto un siamese. Volevo chiamarlo Miyagi.»

«Miyagi?»

«Sì, il maestro di *Karate Kid*.»

Lui scuote la testa, non capisce.

«Non hai mai visto *Karate Kid*?» Non ci posso credere. Io e Gracie siamo praticamente cresciute a videocassette di film degli anni Ottanta – una vecchia collezione di mia madre – e videoregistratore. Ci piaceva soprattutto *Bella in rosa*, che sapevamo a memoria.

«No.» A lui non dice niente. Non sta scherzando.

«Allora devi. Ti manca chiaramente la cultura degli anni Ottanta.»

Sorride. «Chiaramente.»

«Adesso che lo abbiamo appurato, qual è il tuo animale preferito?»

«Mi sento di dire tartarughe, vista la passione di Stella.» Scoppio a ridere, e lui continua. «Ma forse i delfini. Mi sarebbe sempre piaciuto nuotare con loro.»

«Hai praticato sport a scuola?»

«No, ero un impedito. Correvo, o andavo in bicicletta, solo per poter uscire di casa, ma niente di più, perché vivevamo in città. Invece tu hai fatto surf. Qualcos'altro?»

«Le scuole di musica non danno molta importanza all'atletica. Solo surf. E danza.»

Adesso sta a Keller. «D'accordo, prossima domanda: Elvis da giovane o da vecchio?»

«Questa sì che è una buona domanda. Da vecchio.»

«Perché?» mi provoca.

«Perché Elvis da giovane era bello, ma da vecchio sapeva cantare. *Suspicious Minds* è stata la sua migliore canzone di sempre. Non puoi dire di aver vissuto, se non ne hai sentito una registrazione dal vivo. È stupenda. Tu come lo preferisci? Da giovane o da vecchio?»

«A me piace più da vecchio, ma solo per le tute.»

«Sì, Elvis aveva stupendi vestiti da concerto. D'accordo, la prossima: se potessi viaggiare in tutto il mondo, dove andresti?»

«Mmm. Vorrei portare Stella in Egitto, a vedere le piramidi, perché mi sarebbe sempre piaciuto andarci, fin da bambino. Mi sembravano così magiche, e lo sembrano ancora. Quindi sì, Egitto. Tu?»

«A scuola ho visto un documentario sulla baia di Ha Long, in Vietnam, e da allora è rimasto per me il posto in assoluto dove mi piacerebbe andare. Non credo che le immagini rendano giustizia. Lo avrei voluto vedere con i miei occhi, per convincermi che un posto simile esiste davvero.»

Keller rimane in silenzio, accarezzandomi i capelli. È una bella sensazione, ma il silenzio mi rende curiosa. Alzo la testa e l'appoggio sul cuscino accanto alla sua. Adesso siamo naso contro naso. Lui è perso nei pensieri. «Cosa c'è, baby?»

«Possiamo mettere da parte la realtà e vivere ancora per un po' questo momento? Non voglio rattristarti, però fingiamo che vivremo per sempre e che tutto è ancora possibile.»

Sorrido. «Vuoi dire come se vivessimo in un mondo fantastico, di rose e fiori?»

Keller sorride. «E di unicorni.»

«Certo, gli unicorni. Me li dimentico sempre.»

«Nella mia favola, è passato un altro anno e mezzo. Io mi sto per laureare in inglese e ti chiedo di sposarmi. Cosa risponderesti?»

«Ti metteresti in ginocchio?»

«Certo.»

Mi batte forte il cuore, come se me lo stesse chiedendo per davvero. «Direi sì. Certo che sì!»

Il suo sorriso si espande e mi bacia sul naso. «Non sai quanto mi rendi felice.»

Adesso sta a me, la prossima domanda mi sta molto a cuore. «Avremmo dei bambini? Un fratello o una sorella per Stella?»

«Entrambi, un bambino e una bambina. E ti somiglierebbero.»

«Non mi sembra giusto. Secondo me dovrebbero avere i tuoi capelli e i tuoi occhi. E anche l'altezza. Ah, e le tue labbra.» Che bacio subito.

Anche lui mi bacia, poi mi chiede sottovoce: «Ti piacciono le mie labbra?»

Io gemo di approvazione, e lo bacio più profondamente.

Dopo un minuto però devo smettere, perché sono stanca e mi manca il respiro. Ormai il sesso è fuori questione, ma purtroppo, anche baciare sembra diventato troppo complicato.

Keller capisce. «I tuoi figli sarebbero belli, talentuosi e intelligenti. Però sarei io a insegnargli a guidare.»

La conversazione dolce e le sue provocazioni riportano il sorriso sul mio volto. «Te lo lascerei fare, perché sei un eccellente istruttore di guida. Comunque, anche se la nostra famiglia fosse perfetta, non ti permetterei di attaccare quegli stupidi adesivi sul finestrino posteriore della macchina.»

Ride. «D'accordo. Niente adesivi.»

Il mio cuore si sente più leggero. Lui è per me un dono meraviglioso. «Ti amo, baby.»

«Dimmelo ancora.»

«Ti amo, baby.»

«Anche io ti amo, piccola. E ti amerò sempre.»

Sabato 31 dicembre

Kate

Il dr Connell mi aveva dato un contrassegno invalidi per la macchina. Non l'ho mai usato prima di oggi. Adesso è appoggiato sul cruscotto, perché io e Keller abbiamo silenziosamente deciso di non mostrarlo fino all'ultimo momento. Quando troviamo un parcheggio vicino al terminal, lui aspetta che io esca, poi lo aggancia allo specchietto retrovisore.

Apro lo sportello e aiuto Stella a scendere dal seggiolino, mentre Keller prende la mia valigia dal bagagliaio. Il resto della roba – che comunque non è tanta – me lo spedisce lunedì prossimo a casa di Audrey.

Guardo il terminal: non è lontano, ma mi chiedo come riuscirò ad arrivarci. Mi manca già il respiro. Keller legge la preoccupazione dipinta sul mio volto, e si guarda intorno, alla ricerca di qualcosa. «Katie, perché non risali in macchina? Io vado a vedere se c'è una carrozzina in giro. Sono sicuro che ne possiamo noleggiare una per arrivare fino a laggiù.» Ha l'aria triste nel dover pronunciare queste parole, come se avesse timore di ferirmi.

E io so che non dovrei esitare. Che dovrei lasciarlo andare a prendere la maledetta carrozzina. Ma il pensiero sembra impossibile da accettare. Mi blocco, come in silenziosa protesta. Lui sa che è difficile per me.

Si avvicina a Stella e si inginocchia davanti a lei. «Ehi, piccola mia, pensi di potermi aiutare?» Lei annuisce entusiasta.

Le prende la mano e la porta davanti alla mia valigia. «Pensi di riuscire a tirarla fino a dentro l'aeroporto?»

Stella annuisce ancora e afferra sicura la maniglia. Poi inclina la valigia, che quasi finisce per terra, ma lei la tiene stretta e trova il giusto equilibrio per non farla cadere. Alza lo sguardo e sorride. «L'ho presa. Sei pronto, papà?»

«Quasi.» Keller si mette di schiena davanti a me e si accovaccia per terra. «Salta su, piccola.»

Scoppio a ridere. «Keller, non vorrai mica portarmi in braccio?»

«Non si tratta di portarti in braccio, ma a cavalluccio. C'è differenza, chiedi a Stella.»

La piccola ride, crede che sia un gioco.

«Che differenza c'è, Stella?»

«In braccio è quando hai sonno e non vuoi camminare. A cavalluccio quando ti va di giocare» risponde contenta.

Lui sorride. «Ben detto. Vedi? Dài, salta su, piccola.»

Posso forse mettermi a discutere?

Anche con Stella che tira la valigia e Keller che mi porta sulle spalle, passiamo in fretta il check-in e arriviamo alla sicurezza con quindici minuti di anticipo. Ci sediamo su una panca e Keller scrive un messaggio a Gus per dirgli dove siamo.

Ed eccolo che arriva. Troppo presto. Sono contenta di vederlo, ma la drammaticità della situazione mi sta devastando. Questo è un altro dei passaggi finali, e io non sono brava ad affrontarli.

«Ciao, Bright Side.» Si accovaccia davanti a me e mi bacia sulla fronte.

«Ciao, Gus.» Cerco di essere forte, ma una tristezza travolgente si sta impadronendo di me.

Gus stringe la mano di Keller, e Stella si siede sulle sue ginocchia. «Ciao, Gus.»

«Ciao, Miss Stella.»

Lei sbatte i suoi grandi occhi azzurri verso di lui. «Kate viene a vivere con te e tua mamma?»

Annuisce. Anche per lui è difficile. «Certo.»
«Papà dice che è malata.»
Gus continua ad annuire, non riesce a fare altro.
«Voi la curerete?»
«Te lo prometto, la cureremo» dice, e incrocia lo sguardo di Keller, che lo fissa, in ringraziamento.
Gus si alza e prende in braccio Stella. «Andiamo a comprare qualcosa da bere, ti va? Io ho molta sete.» Si allontanano lungo il corridoio, verso un negozio di giornali e di snack.
Adesso guardo Keller, e non so cosa dire. Sono spaventata e triste, e sono sicura che anche lui si senta così. Voglio essere forte, ma il nodo alla gola rende tutto molto difficile.
Mi stringe la mano nella sua e infila l'altra nella tasca della giacca. Estrae un pennarello, poi scrive sul palmo della mia mano 'Sei coraggiosa'.
Le lacrime sgorgano una dopo l'altra, mentre gli dico un muto 'Grazie'.
Lui mi stringe con delicatezza il viso tra le mani. Anche i suoi occhi sono pieni di lacrime. «No, Katie, grazie a te. Di tutto. Sei la persona più coraggiosa che io abbia mai conosciuto.»
Dopo quello che sembra soltanto un istante, Gus e Stella si avvicinano a noi. Stella ha in mano una bottiglietta di succo di frutta, Gus niente. Non aveva sete; ci ha semplicemente concesso un minuto da soli.
Adesso guarda l'orologio. «Forse è meglio andare, Bright Side. Le file per i controlli sono lunghe.»
Annuisco. Stella mi sta tirando per il cappotto. «Kate.» Ha le braccia alzate, io vorrei tanto metterla a sedere sulle mie gambe, ma non ho la forza, allora mi inginocchio e l'abbraccio. È così piccola e carina. Oggi i capelli le profumano di lavanda. «Fai la brava con papà.»
Lei mi sta attaccata. «Sì, farò la brava, ogni giorno. Ti voglio bene.»
Le lacrime sono pronte a sgorgare di nuovo quando mi volto verso Keller. Lui mi tira a sé e infila le braccia sotto il mio cappotto slacciato, sotto la maglietta, poi le ferma in fondo alla schiena, sulla pelle nuda, e me l'accarezza. Mi sento subito più

tranquilla. Chiudo gli occhi e appoggio la testa sul suo petto. Ha le labbra attaccate al mio orecchio, lo accarezzano sotto i capelli. «Chiamami quando atterri, piccola.»

«Sì.»

Mi dà un bacio e sussurra: «Ti amo più di quanto tu possa immaginare.»

Anche io lo bacio. Le sue labbra sono morbide e accoglienti. Mi prende la nuca e continua a baciarmi, poi appoggia la fronte contro la mia. «La mia immaginazione è infinita» gli rispondo. Adesso i nostri occhi si sono riempiti di lacrime. La sua maglia è stretta tra le mie mani. Dio, non voglio staccarmi da lui.

«Anche il mio amore.» Sorride, ed è il sorriso più felice e più triste che io abbia mai visto. Strano immaginare che due sentimenti così contrastanti possano convivere insieme, e invece ci riescono. Lui è il mio presente, e questo momento è tutto ciò che esiste di importante.

«Anche il mio. Ti amo, baby.»

Tiene gli occhi chiusi. «Dimmelo un'altra volta» sussurra.

«Ti amo, baby.»

Stella è di nuovo accanto a Gus, e lo tira per la maglia. «Gus, devi prendere Kate a cavalluccio. Non perché ha sonno, ma per gioco.»

Gus le scompiglia i capelli. «Bene, a me piace molto giocare. A bordo, Bright Side.»

Io salgo e Keller gli passa la mia valigia. «Grazie, amico.»

Gus lo saluta con un cenno della mano e fa alcuni passi verso i controlli di sicurezza. «Sempre a tua disposizione, tutte le volte che vuoi.»

Io mi volto e rimango a guardare Keller e Stella che diventano sempre più piccoli. Ci salutiamo con la mano. Poi, Gus gira l'angolo, e loro non ci sono più.

Venerdì 13 gennaio

Kate

Parlo con Keller e Stella su Skype ogni mattina e ogni sera. E visto che le lezioni non riprenderanno prima di una settimana, ci parliamo al telefono anche durante il giorno, quando lui non è al lavoro e io non dormo.

Perché adesso dormo tanto. Tammy, l'infermiera che mi segue, dice che il suo compito è quello di farmi stare tranquilla. E per me, stare tranquilla significa molto ossicodone: visto che non mi va di provare un dolore lancinante, funziona. Anche l'ossigeno aiuta: respirare stava diventando una dura lotta, adesso invece sento sempre una specie di brezza, e ho scoperto che il mio corpo gradisce molto. La cannula nasale è diventata la mia nuova cosa preferita di sempre.

Gus doveva ricominciare il tour la scorsa settimana, in Europa. Si è rifiutato. Il suo manager si è incazzato, allora lui ha cominciato a chiamarlo Fucking Hitler. Il resto della band sta con Gus, quindi non rimane molto da fare a parte riprogrammare le date dei concerti. Mi sento in colpa, perché sta posticipando la sua vita, ma sono felice che sia qui con me.

Passa ogni minuto di ogni giorno e di ogni notte in camera mia. È una compagnia costante e rassicurante. Ascoltiamo la musica, oppure giochiamo a carte (sì, io baro e lui mi lascia fare), oppure parliamo e basta (abbiamo tanti ricordi da condividere). E quasi ogni giorno Franco, Robbie o Jamie passano per un saluto. A volte rimangono per pochi minuti, a volte si fermano anche per un'ora. Dipende da quanto io riesco a stare sveglia.

Tammy lascia che Gus mi accompagni sul terrazzo per un po' di aria fresca almeno una volta al giorno. Mi porta in braccio, spingendo tutti i miei nuovi accessori con le rotelle (flebo e ossigeno). Ormai non riesco più a camminare. Anche andare al bagno appartiene al passato, e di questo sono davvero molto dispiaciuta. I cateteri fanno schifo. E le sacche della pipì sono proprio volgari.

Audrey è tornata da circa un'ora. Adesso lavora da casa, ma un giorno sì e uno no va in ufficio per un'ora o due. Ha un'attività cui badare, oltre a tutto il mio casino. Non so proprio come faccia.

Bussa alla porta con una tazza in mano, come fa ogni giorno alla stessa ora. «Ciao, tesoro, come stai?»

Sorrido, perché non posso fare nient'altro quando la vedo. Ho sempre pensato che fosse un angelo, ma adesso non ne ho dubbi. «Una favola.»

Ricambia il sorriso e mi bacia sulla fronte. «Sono contenta di sentirtelo dire» dice, prima di passarmi la tazza di brodo vegetale. «La cena è servita.» Si rivolge a Gus. «Gus, tesoro, ho preparato qualcosa anche per te, è in cucina.»

«Torno subito, Bright Side.» Non gli piace mangiare davanti a me perché io non lo posso più fare, quindi rimane in cucina da solo. Ci mette al massimo cinque minuti, non so proprio come ci riesca.

«Fai con calma, Gus. Devo parlare con Kate.» Il tono di Audrey è gentile, ma deciso.

Lui annuisce e mi guarda, aggrottando la fronte. «Bella, credo che tu sia nei guai.»

Rido. Da qualche tempo le cose vanno a meraviglia tra noi. Gus ha un'aria molto stanca e so che non dorme troppo, ma la sua ironia è tornata, e io la adoro. Mi ha alleggerito di un po' di stress. E per quanto riguarda me, mi sembra di essere avvolta da una potente serenità. Non potrei sentirmi meglio, e sono anche contenta. Rappacificata, come non mi sono mai sentita. Forse è lo Xanax che Tammy aggiunge alla flebo. All'inizio ho insistito che non ne avevo bisogno (non ho più avuto problemi di ansia dopo l'attacco di panico di dicembre), ma lei ha detto che mi avrebbe fatto stare meglio. E visto che in questi giorni sono molto favorevole a ogni genere di conforto, ci ho provato. Con o senza droghe, comunque, mi sento bene. Sì, mi sento bene.

Audrey si siede sul bordo del letto e mi accarezza il braccio, proprio come faceva quando ero piccola per cercare di calmarmi. Sorride. «Oggi pomeriggio hai un aspetto migliore, hai un po' di colore sulle guance.»

«Infatti mi sento bene, Audrey. Sono contenta che si veda. E tu come stai?»

«Io sto bene, tesoro.» Mi bacia di nuovo sulla fronte. «Non ti preoccupare per me.»

E invece mi preoccupo. Mi preoccupo per tutti loro. Questa situazione deve essere logorante. «Cosa c'è? Sono nei guai?»

Ride. «No. Ci sono alcune cose che voglio discutere con te. Non credo che possiamo più rimandare. Mi dispiace di doverle tirare fuori, ma il mio ruolo di madre mi obbliga a farlo.»

«Grazie. Allora, di cosa dobbiamo parlare?»

Appoggia sul comodino le carte che aveva in mano. «Tu bevi il brodo, io parlo.»

«D'accordo.» Faccio come mi dice, anche se mi sto stancando del brodo vegetale. Purtroppo è l'unica cosa che posso digerire questi giorni.

«Mi hai già dato la procura ad agire a nome tuo, quindi mi occuperò di tutte le tue questioni finanziarie. Il deducibile dell'assicurazione sulla salute è molto basso, e quello dello scorso anno è già stato detratto. Le tasse di quest'anno saranno minime, quindi dovresti avere abbastanza risparmi per coprire tutti i costi. Quali altre spese hai?»

Non vorrei risponderle, so che rimarrà ferita. È vero, non sono venuta a chiederle aiuto alcuni mesi fa, ma era un compito mio. «Solo i costi del funerale di Gracie. Ho un piano di rate mensili, il saldo si aggira sui duemila dollari. Non so se avrò abbastanza soldi da parte dopo aver pagato i medici.»

Lei sbatte le palpebre, sembra confusa. «Avevo capito che il funerale di Gracie fosse già stato pagato. E che ti fossero rimasti un po' di soldi da parte dalla vendita della casa di Janice.»

Non riesco a guardarla. «Ho mentito.»

«Oh, Kate, perché non mi hai detto niente? Sarei stata più che contenta di coprire le spese.»

Tengo gli occhi fissi sulla coperta, per evitare di guardare i suoi. «Proprio per questo non te l'ho potuto dire. Gracie era mia sorella, era compito mio.»

Scuote la testa. «Be', adesso non ti preoccupare. La cosa si risolverà. Altro?»

«A parte il mio cellulare, niente. L'assicurazione della macchina è pagata fino ad aprile.»

«D'accordo. Rimane l'ultima voce della mia lista: il tuo testamento.» Mi fissa, con le lacrime agli occhi. «Mi dispiace, Kate. È dura.»

«Va tutto bene, Audrey. Non so però se sarà necessario. Non ho nulla, davvero. Ho dato la mia macchina a Keller, anche se mi sta ancora facendo delle storie. E voglio che Gus tenga il mio violino, il mio computer, e la musica che ho scritto. È tutto.»

Si schiarisce la gola. «Non esattamente. C'è qualcosa che tu non sai.»

Mi sollevo sul letto, perché Audrey ha un viso da mamma protettiva e preoccupata. «Il mese scorso ho parlato con tuo padre.»

«Hai fatto cosa?» Vorrei gridarlo, ma è come se l'aria mi fosse stata tolta dai polmoni.

«Anni fa, Janice mi aveva dato nome, indirizzo, e numero di telefono, in caso avessi avuto bisogno di contattarlo per conto tuo o di Grace. L'ho chiamato soltanto tre volte: una quando è morta Janice, una quando è morta Grace, e il mese scorso quando ho saputo della tua malattia.»

Sento le parole uscire dalla mia bocca, ma sembra la voce di qualcun altro. «E cosa ti ha detto?»

Abbassa la testa, forse sta cercando di dirmi che è un bastardo senza cuore. «Per Janice era sembrato indifferente. Mi aveva solo ringraziato per averglielo fatto sapere. Con Grace, era sembrato triste. Gli ho detto del funerale, e lui ha mandato fiori.»

«Ma io non li ho visti, non c'era nessun biglietto con il suo nome.» Sono scioccata.

Scuote la testa, in segno di scuse. «Li ha mandati anonimi. Era un grosso mazzo di garofani.»

Rido, per niente divertita. «Gracie odiava i garofani. Secondo lei puzzavano, ed erano fiori da vecchia signora. A lei piacevano i tulipani, quelli gialli.»

Gli angoli della bocca di Audrey si sollevano in un sorriso. «Lo so.»

Adesso sono nervosa. La telefonata successiva riguardava me. «Cosa ha detto di me?»

«Kate, tu sei una persona straordinaria. L'approvazione o l'affetto di tuo padre non hanno mai importato...»

«Dimmi tutto, Audrey.»

Sospira. «Ha detto che era dispiaciuto per la notizia, anche perché non ti ha mai conosciuto. Io ho proposto un incontro, ma si è rifiutato. Mi dispiace, tesoro.»

Non mi ricordo mio padre, quindi non credo che mi sia mai mancato tanto. Fino adesso. Adesso mi sento ingannata. Sono arrabbiata, perché ha scelto un'altra famiglia alla nostra. Stringo i denti e mormoro: «È un bastardo, non è così, Audrey?»

«Credo che sia un buon modo di chiamarlo, sì. In realtà, ne potrei pensare altri che preferisco, ma secondo me bastardo è perfetto.» Audrey dice parolacce solo raramente, ma adesso è molto arrabbiata.

Riderei, se non fossi furiosa.

Prende una busta sul comodino. «Ti ha mandato questa, io l'ho già aperta. Spero non ti scocci, ma l'ho fatto perché volevo assicurarmi che non fosse nulla che ti potesse dispiacere.»

Prendo la busta con le mani tremanti. Sono passata dalla rabbia alla paura in un nanosecondo. Apro la busta già strappata e guardo dentro. Non c'è nessuna lettera, solo un piccolo pezzo di carta. Lo prendo tra il pollice e l'indice e lo faccio scivolare fuori. «Un assegno?»

Audrey annuisce.

Guardo la cifra. «Audrey, ma sono cinquantamila dollari.» Non ho mai visto così tanti zeri.

Lo butto sul comodino. «Fanculo a lui.» Sono di nuovo incazzata. Cerco di non usare quella parola davanti a Audrey perché so che non le piace, ma non posso trattenermi. «Fanculo a lui e ai suoi soldi. Mandali indietro, digli che non li voglio.»

Ha uno sguardo stressato, ma rassegnato. «Di solito, Kate, sarei d'accordo con te. Apprezzerei la tua dignità e il tuo orgoglio e gli direi di piantarla. Ma questa volta credo che dovresti accettare.»

Forse ha ragione. «Prendili tu. Te lo firmo, così puoi ritirare i soldi. Aiuterà a ripagarti per tutto quello che hai fatto a me in questi anni.» Non è la mia rabbia a parlare; sono sincera, e lei lo sa.

«Oh, Kate, non potrei mai accettarlo. Io e Gus non siamo mai stati a corto di soldi. Siamo stati molto fortunati. Forse conosci qualcun altro che potrebbe averne bisogno?»

Non ci metto molto ad arrivare a una decisione. Firmo l'assegno e do specifiche istruzioni a Audrey, poi scrivo una breve lettera di ringraziamento a mio padre.

> Thomas,
> grazie per Grace. Mi sarebbe piaciuto che l'avessi conosciuta. Era l'essere umano più dolce e innocente del mondo.
> Anche se i tuoi soldi puzzano di colpa, ed è contro la mia volontà accettarli, sappi che saranno usati per una giusta causa.
> Per concludere, spero che tu sia gentile con tua moglie e con i tuoi figli, e che dica loro che li ami, ogni giorno. I bambini ne hanno bisogno. Audrey Hawthorne mi ha insegnato cosa significa l'amore di un genitore per un figlio. Lei è una donna meravigliosa. Non mi sono mai sentita abbandonata. Spero che questo ti faccia stare tranquillo.
>
> *Kate*

Dopo la lettera, e dopo che Audrey lascia la stanza, decido di parlare con Dio. Mi sento un po' in colpa perché lo sto evitando da giorni ormai. *Ciao, Signore. Le parole che ho scritto a Thomas sono sincere. Non so se posso chiederti quello che ho in mente, ma vabbè: per favore, perdonalo. Spero davvero che lui ami sua moglie e i suoi figli e che tutti loro ricambino l'affetto. Grazie per avermi donato così tante persone da amare.*

Domenica 15 gennaio

Kate

Ogni quattro o cinque giorni da quando io e Keller ci siamo salutati all'aeroporto e sono venuta a stare da Audrey, lui mi manda fiori. Gus li mette sempre sul comodino accanto al letto, così li posso guardare e sentirne il profumo. Ho sempre detto che non sono una tipa da fiori e cuoricini, ma ho cambiato idea. Adesso sono proprio a favore.

Ieri ho ricevuto un pacco da Keller. Su un'etichetta era scritto 'La vacanza da sogno di Katie' e dentro c'era un dvd sulla baia di Ha Long, due paia di occhiali da sole supereconomici, due ombrellini di carta da cocktail e un biglietto di istruzioni scritto a mano. Seguendole, io e Gus abbiamo infilato gli occhiali da sole e abbiamo guardato il dvd. Gus si è seduto accanto a me sul letto, con un bicchiere di Jack & cola in mano, mentre io mi gustavo la mia razione di brodo vegetale, immaginandomi che fosse una Piña colada. Abbiamo decorato i nostri cocktail con i piccoli ombrellini di carta. È stato perfetto. La cura che Keller ha messo per ideare il regalo è stata fantastica.

Stasera, io, Keller e Stella ci siamo sentiti su Skype, come ogni sera. Lui mi ha mostrato i biglietti aerei che ha comprato. Gli sono costati un sacco di soldi, che so che non ha. Ha perso la gran parte della borsa di studio e adesso tiene Stella a tempo pieno, quindi i conti da pagare stanno aumentando. Voleva venire a trovarmi questo fine settimana, ma so che lo rivedrò soltanto una volta e non voglio che accada troppo presto, sennò sarà finita e non avrò nulla da desiderare. Sarà come una volta in più per me. Ecco, voglio posticipare questa volta in più finché posso. Quindi lui e Stella verranno a trovarmi venerdì sera, e rimarranno fino a domenica pomeriggio. Non vedo l'ora di rivederli, sentire il loro odore, toccarli. Sono passate due settimane, e due settimane sono un'eternità. La distanza è orrenda, e a me mancano tanto. Mi manca tanto lui.

Lunedì 16 gennaio

Kate

Ciao, Dio, sono io, Kate. Mi sembra che non abbiamo mai davvero parlato di cosa accadrà tra poco, a parte durante la mia sfuriata dello scorso mese, ma voglio che tu sappia che non sono arrabbiata, sai, per tutto questo colossale casino del cancro. Non cambia il modo in cui guardo la vita. La mia è stata bella. Non avrei cambiato una singola cosa. Gracie, Gus, Audrey, Keller, i miei amici e la mia musica sono stati un dono da... be', tu lo sai, visto che sei stato tu. Anche io lo so, perciò ti ringrazio. Ognuno è stato per me una benedizione. A proposito, sono qui anche per chiederti un grosso piacere. Per favore, butta un occhio su tutte le persone cui voglio bene quando non ci sarò più, soprattutto Keller e Gus. Per quanto riguarda la categoria esseri umani, loro sono i miei preferiti, e sì, ti chiedo per loro un trattamento di favore. Anche per Audrey. Fai pure come credi, ma grazie in anticipo. E un'altra cosa. So che in questo caso potrei pretendere davvero troppo, ma credo che tu sia abituato a queste cose con me, ormai. Non pensare che io sia una rammollita, ma quando arriva la mia ora, puoi venire a prendermi senza che io soffra, tipo nel sonno o via dicendo? Mi sono stancata un po' della questione dolore, se devo essere sincera. In più, so che Gus e Audrey quasi certamente saranno con me quando accadrà, e io non vorrei lasciarli con un'ultima traumatica impressione. Ah, e puoi dire a Gracie che sto arrivando? Sai, in caso lei non lo sappia ancora. Dille che canteremo e balleremo e ci leggeremo storie e mangeremo Twix e guarderemo il tramonto. Forse questa è l'ultima volta che ti parlo, finché non sarò alla tua porta, a bussare come un'insopportabile parente alla lontana. So che in segreto non vedi l'ora di passare un po' di tempo con me. Il paradiso sarà parecchio più rumoroso e divertente quando arriverò, sei avvisato. Non ti preoccupare, comunque, ti piacerà. D'accordo, buonanotte.

Martedì 17 gennaio

Keller

Mi sveglio, ho in mano il cellulare e suona. Guardo l'ora: 1:10. È Gus. Per questo dormo con il telefono in mano.

Eppure, all'improvviso, mi sento paralizzato dalla paura e dal dolore. Non voglio rispondere. È troppo presto. Le ho parlato appena qualche ora fa, mi ha detto che mi amava e che ci saremmo sentiti domani mattina. E non è ancora mattina. Il telefono non dovrebbe squillare.

Smette.

Poi ricomincia.

Alla fine, l'impulso parte dal mio cervello e arriva alla mano. Rispondo, ma dalla bocca non escono le parole. Ho bisogno che parli lui.

Sento il suo respiro a scatti, ed è come se il mio cuore smettesse di battere.

Ritrovo le parole. «Ti prego, non dirmi che se n'è andata.»

«No.» Piange, non prova nemmeno a trattenersi. «Ha avuto un ictus. Non può parlare e non può aprire gli occhi. La parte destra del corpo è paralizzata. Prendi subito un aereo e vieni qui.»

Mio dio.

«Partiamo adesso.»

Il primo volo è alle sette meno dieci di mattina. Per il fuso orario, arriviamo a San Diego verso le sette e mezza. Quando troviamo un taxi e la casa, sono le otto e un quarto.

Gus ci ha detto che la porta d'ingresso sarebbe stata aperta, quindi io e Stella entriamo da soli. La porta è pesante e si chiude con un tonfo sordo dietro di noi. Attraversiamo l'ingresso e ci fermiamo in salotto. La casa è grande, non so dove andare, finché una donna alta, bionda e di mezza età non entra nella stanza. La sua somiglianza con Gus è impressionante.

Ha gli occhi rossi e gonfi. «Keller e Stella? Ciao, io sono Audrey.» Ci parla con un filo di voce, ma è accogliente.

Le porgo la mano e mi sento ansioso e goffo, perché voglio solo correre da Katie. «Ciao, Audrey. Sono Keller Banks, e lei è mia figlia Stella. Ti ringrazio di cuore per quello che stai facendo per Katie.»

Lei mi afferra la mano e la stringe tra le sue. È puro conforto. «Sei il benvenuto. Adesso ti accompagno da lei.»

Non sono preparato per quello che mi aspetta. Io e Katie comunichiamo ogni giorno via Skype; so già che è sempre più magra e pallida, l'ho notato dallo schermo del computer. Ma vederla sul portatile e vederla di persona sono due cose completamente diverse. È emaciata, ha gli zigomi sporgenti e le tempie incavate. La pelle è pallida, di un brutto colore giallastro. Le mani sono distese sulla pancia, sopra la coperta, e le vene blu sporgono da sotto la pelle trasparente, di carta. Le stringo con delicatezza la mano sinistra nella mia. Il contatto con lei è bello, come sempre. Le accarezzo il palmo con il pollice, poi mi chino per baciarla sulle labbra. «Ciao, piccola. Io e Stella siamo arrivati prima, Gus ha detto che hai avuto una nottata difficile.»

Percepisco un tenue movimento, una leggera contrazione del braccio, poi le dita si piegano sulle mie e premono. È un gesto quasi impercettibile, ma mi scioglie il cuore. È un dono prezioso per me.

Abbiamo passato tutto il giorno raccolti attorno a Katie. Le parliamo a turno. Potrà sembrare strano, visto che virtualmente non risponde, ma non lo è. Sappiamo che ci sta ascoltando.

Mercoledì 18 gennaio

Keller

Vorrei tanto pensare che stia ancora ascoltando, ma adesso non ne sono più convinto.

L'infermiera dice che Katie è in coma. Il suo corpo si rifiuta di andare avanti e i suoi organi non funzionano più. Quando le prendo la mano, non me la stringe.

Raccolti intorno al suo letto, Audrey e io le diciamo che può lasciarci, non appena si sentirà pronta. Che Grace l'aspetta. E che noi l'amiamo.

Gus non dice nulla.

Giovedì 19 gennaio

Keller

Sono le tre di mattina. Stella dorme sul divano in salotto, e Audrey fa uscire me e Gus dalla camera di Katie dicendoci di prendere un po' di aria fresca, mentre lei dà un'occhiata al catetere che ha provocato un'infezione. È un rituale che si ripete ogni ora. Di solito io e Gus ci rifiutiamo, ma adesso penso che entrambi ne abbiamo bisogno. Dobbiamo riprendere fiato.

La vista dell'oceano dal loro terrazzo è incredibile. L'acqua è una distesa che si espande all'infinito. Incomincio a temere che la realtà per me si sia guastata per sempre: la vista è bella, ma di una bellezza diversa rispetto a due o tre mesi fa. Due o tre mesi fa, sarebbe stata viva e vibrante, come Katie. Ora invece il mio mondo sta tornando a essere in bianco e nero, e grigio. Ho paura.

Gus è appoggiato con i gomiti alla ringhiera e fuma. Tiene gli occhi chiusi; i capelli sono così spettinati che sembrano un nido di uccelli. So che va avanti per inerzia: da settimane dorme pochissimo, si trascina. È sconfitto. Non parla molto, se non con Katie o Stella, ma Katie non risponde da due giorni.

«Qual è il tuo primo ricordo di lei?»

«Ho pensato molto in questi giorni alla mia vita assieme a Bright Side e Gracie. Non ho un primo ricordo, perché loro hanno sempre fatto parte della mia vita. Non c'era una volta in cui non fossimo insieme. Però ricordo alcune 'prime' cose: la prima volta che Bright Side è stata punta da una medusa, quando aveva quattro anni; la prima volta che l'ho sentita suonare il violino, ne aveva otto; la prima volta che ha detto una parolaccia, undici. La prima volta che mi sono accorto di quanto era bella, aveva sedici anni. Era in bikini, bianco.»

Sentire queste cose su di lei mi provoca una sensazione dolceamara, ma voglio sapere di più. «La Katie di vent'anni è tanto diversa dalla Katie di dieci? Per me è come se avesse un'anima antica, e fosse uscita dalla pancia già con una saggezza e una grazia straordinarie.»

Ride, ma prima di parlare finisce la sigaretta e ne accende un'altra. «Bright Side è sempre stata diversa dagli altri bambini. Più intelligente, più carina, più divertente.» Mi guarda e sorride. «E più chiacchierona.»

«Ha mai avuto problemi per quello che diceva?» Parlare di lei mi calma.

«Secondo te? La cosa straordinaria, però, è che le persone hanno soggezione di lei quando difende le sue ragioni. E la amano e rispettano per questo, perché c'è sempre una verità dietro le sue parole. Quella graziosa, piccola donna è capace di far cambiare idea a chiunque, l'ho visto con i miei occhi. Anche a me è capitato.» Ride.

«Anche a me.»

Mi appoggio contro la ringhiera, a pochi passi da lui. Guardiamo le onde che si infrangono a riva, e tra noi cala il silenzio. Gus spegne la sigaretta numero due nel posacenere e accende la numero tre.

«Keller, ti voglio chiedere una cosa, e voglio che tu sia sincero con me. Niente cazzate, bello.» Mi sta guardando con la coda dell'occhio, e io annuisco.

«Tu la ami, vero? Intendo dire, la ami con tutto il tuo cuore e tutta la tua anima?»

Annuisco. «Sì. Cuore e anima.»

Riflette un istante e torna a guardare le onde. «Bene, perché quella ragazza ti ama con tutta sé stessa. Ti prenderei a calci in culo se tu non provassi per lei lo stesso sentimento.» Non sta scherzando, è sincero.

Dovrei starmene zitto, perché quello che sto per dire sarebbe poco adatto in ogni altra circostanza, ma Gus deve aprirsi. «Anche tu, lo so.» Non è una domanda.

Lui è concentrato sulle onde lontane, all'orizzonte. Tira un'altra boccata di fumo. «Certo, è la mia migliore amica, chi non adorerebbe Bright Side?»

Io guardo le stesse onde lontane, perché non riesco a fissarlo quando lo spingo a essere più chiaro. «Non è quello che intendevo. Anche tu la ami, cuore e anima?»

Incurva le spalle. «Forse è meglio che tu non lo sappia, bello.»

«Forse no, ma lo capisco da come la guardi. La sua malattia ti sta devastando, e quando ti osservo, mi sembra di vedere me allo specchio.»

Sbuffa, poi si passa le mani tra i capelli e se li lega in una coda. Vuole lasciarsi andare, ma si sta trattenendo per il mio bene.

«Gus, devi parlarne con qualcuno. Certo, non sarò la persona più indicata, ma tutto quello che dici rimane tra noi.»

Alla fine mi guarda negli occhi. Mi fissa, sbatte le palpebre, poi sospira.

«Sì, la amo. Se devo dirti la verità, non mi ricordo quando non sono stato innamorato di lei.»

Lo sospettavo, da tanto tempo. «Glielo hai mai detto? Intendo, detto in modo esplicito?»

Volta le spalle al mare e si appoggia alla ringhiera. «No.»

«Perché no?» Sono le tre di mattina, sto parlando dell'amore che un altro prova per la mia ragazza, e mi sento molto dispiaciuto per lui. Forse ho bisogno di dormire.

«Perché pensavo che meritasse sempre di meglio. Sapevo che un giorno avrebbe trovato qualcuno straordinario come lei. Io non chiedevo altro.» È una delle dichiarazioni più sincere che abbia mai sentito.

Mi allontano da lui; non riesco a guardarlo ma sento di dover parlare. «So che siete stati a letto insieme. La sera prima che partisse per Grant.»

Aspetto che lui mi chieda come faccio a sapere una cosa così intima. Invece rimane in silenzio.

«La migliore notte di sesso di tutta la mia vita, bello. Scusami, so che forse è una stronzata dirtelo, ma lo è stata.»

Mi volto a guardarlo e annuisco. C'è una specie di strano cameratismo che può essere spiegato solo dalla mancanza di sonno e dal senso di morte imminente.

Scuote la testa come se stesse per parlare di nuovo, poi si trattiene. «Keller, bello, non devi rispondermi, ma ti viene mai da pensare che non sarai più lo stesso quando lei non ci sarà più? Che il resto della tua vita sarà un infinito buco nero privo di felicità e di amore?»

Annuisco. «Non voglio pensarci, ma a volte non riesco a farne a meno. La conosco da così poco tempo, ma mi ha cambiato completamente. Mi sento che non devo sprecare la vita, glielo devo. Ma sì, sarà molto dura. Ogni maledetto giorno.»

Si avvicina e mi dà una pacca sulle spalle. I suoi occhi sono di nuovo molto stanchi. «Torniamo dentro. Grazie per avermi ascoltato, bello. Non ci siamo mai detti niente del genere, d'accordo?»

«D'accordo.»

«E grazie per non avermi dato un pugno in faccia o avermi staccato le palle. Non sono sicuro che avrei fatto lo stesso se fossi stato in te. Sei un bravo ragazzo, Keller, non mi stupisco che Bright Side ti ami così tanto.»

Devo fissare i suoi occhi, perché creda a cosa gli sto per dire. «Anche tu non sei male, Gus, e lei ti vuole molto bene.»

Annuisce e apre la porta-finestra. «Non mi va di lasciarla ad aspettare. Non mi è mai piaciuto. Adesso andiamo da lei.»

Venerdì 20 gennaio

Keller

Oggi è morta Katie.

Se n'è andata in silenzio, in pace. Nessuna drammatica uscita di scena – meglio così, visto che odiava attirare l'attenzione su di sé. Ha inspirato, poi espirato. Ed è stato tutto. Il respiro successivo non è mai arrivato.

Era l'una e trentasette del pomeriggio, fuori c'era il sole. La finestra accanto al letto era aperta, per farle sentire l'odore di sale nell'aria che veniva dal mare e la brezza sul viso.

Gus era seduto a sinistra del letto e le teneva la mano. Io ero a destra, aggrappato all'altra mano. Audrey, su una sedia ai piedi del letto, teneva Stella sulle ginocchia. Katie era circondata da quelli che l'amavano di più.

Quando l'encefalogramma è diventato piatto e il monitor ha cominciato a suonare, l'infermiera è arrivata con calma e le ha controllato il polso. Non si sentiva più. Lei si è scusata, ha fatto le condoglianze, e poi ci ha lasciato da soli.

Per Gus, le lacrime sono esplose immediatamente. Le ha stretto la mano un'ultima volta, l'ha baciata in fronte, le ha detto addio e che le voleva tanto bene, poi è uscito. Un secondo dopo, abbiamo sentito sbattere la porta e stridere le gomme del suo furgone, che è partito a tutta velocità.

Io ho continuato ad accarezzarle i capelli, perché non volevo staccarmi da lei. Quando Stella è scesa dalle ginocchia di Audrey ed è salita sul letto per dire addio a Katie, non sono più riuscito a trattenere le lacrime. Ho preso il suo viso tra le mani e, con gli occhi chiusi, ho baciato le sue labbra per l'ultima volta e le ho sussurrato all'orecchio: «Grazie per esserti fidata di me. Grazie per avermi permesso di amarti.» Ho preso Stella tra le braccia, chiedendomi se avessi fatto male a tenerla qui in un momento simile, e lei si è attaccata a me. Era tranquilla, nonostante la pesante tristezza nell'aria. Mi sono avvicinato a Audrey, ancora seduta, e le ho appoggiato una mano sulla spalla. Lei me l'ha stretta. Era ringraziamento, dolore e sollievo insieme, in un unico gesto.

Io e Stella siamo andati in spiaggia e abbiamo costruito un enorme castello di sabbia. Ci abbiamo impiegato ore, coperti di sabbia dalla testa ai piedi, ed era ormai buio quando abbiamo deciso che era finito.

A Katie sarebbe piaciuto molto.

Domenica 22 gennaio

Keller

Oggi c'è il funerale, comincerà tra pochi minuti. Io e Audrey siamo in chiesa da un'ora, per gli ultimi preparativi della funzione. Stella è con mio padre, Dunc e Shel, arrivati la notte scorsa.

La chiesa è piena; è strano essere così intimi con qualcuno, eppure guardarsi attorno e vedere pochi volti conosciuti. Mi siedo accanto a Dunc, e Stella salta subito sulle mie ginocchia. «Ciao, papà.»

«Ciao, piccola. Sei stata brava con lo zio Dunc questa mattina?»

Annuisce. «Abbiamo fatto una camminata sulla spiaggia, ho trovato due conchiglie.» Infila la mano nella tasca della gonna e tira fuori due piccoli ricci di mare. «Le ho portate per Kate. A lei piacciono le conchiglie, vero, papà?»

Annuisco. «Certo. È stato un bel pensiero, Stella.» La bacio sulla testa riccia e assaporo la dolcezza che emana la mia piccola.

Ho la testa da un'altra parte. Non so dire se la funzione sia stata lunga o breve, perché non sono riuscito a concentrarmi. La mente corre a immagini e ricordi, eppure rimane vuota. Solo quando il celebrante passa il microfono a Audrey, torno alla realtà.

Lei si asciuga gli occhi con un fazzoletto e tira su con il naso prima di schiarirsi la gola. «Sono Audrey Hawthorne. Kate è vissuta nella casa accanto alla mia e di mio figlio per gran parte della sua vita. Ho sempre considerato lei e sua sorella Grace le mie figlie. C'erano così tante cose che amavo, così tante cose che ci mancheranno di lei. Abbiamo deciso che, al posto di un elogio funebre, le avremmo scritto lettere. Adesso le vorrei leggere.» Audrey respira profondamente, poi apre la prima.

Cara Kate,
quando penso a te, ti immagino ancora come la bambina di sei anni che giocava sulla spiaggia con Gus e Grace. La gioia che irradiavi era tangibile, fisica. Tutti attorno a te la sentivano. Quella gioia non è scomparsa, nemmeno quando sei cresciuta. Era fantastico starti vicino, e io sono profondamente orgogliosa della donna che sei diventata. Eri così forte, intelligente, dotata, leale, carismatica, e tanto bella.
Io e Gus siamo stati davvero fortunati ad averti nella nostra vita, e a considerarti parte della famiglia.
Ti stringo tra le braccia, riesci a sentirlo?
Ti voglio bene,

Audrey

Carissima Katherine,
sono sicuro di essermi innamorato di te (nel senso più platonico possibile, certo) la prima volta che ti ho incontrata. All'inizio pensavo che fosse solo per il tuo straordinario senso estetico, ma poi ho notato quanto tu ci tenessi a parlare con me, proprio con me, e allora ho capito, senza ombra di dubbio, che eri l'animo più gentile che mi fosse capitato di incontrare. Io mi trovavo in un momento molto cupo della mia vita quando quel giorno di orientamento per le matricole ti sei seduta accanto a me e mi hai letteralmente fatto dono della tua presenza. La tua amicizia mi ha aperto un mondo di possibilità che non avevo mai osato immaginare per me. E il tuo coraggio mi ha sempre dimostrato che la vita non è semplice per nessuno. Tutti dobbiamo combattere per gran parte della nostra esistenza. Non ti dimenticherò mai, sei la persona più bella, dentro e fuori, che incontrerò nella mia vita. Sei il mio angelo.
Con tutto il mio amore,

Clayton

Cara Kate,
vorrei tanto giocare con te, e farti il solletico e abbracciarti. Vorrei sentirti cantare, e leggere le favole. Anche Miss Higgins vorrebbe stare con te.
Ti voglio bene,

Stella

Kate,
a nome della band, ci mancherà il tuo talento pazzesco. La tua tenacia ci ha reso tutti musicisti migliori e la tua presenza ci ha spronato a mirare sempre più in alto. Avevi più talento tu che tutti noi messi insieme.
Non saremmo dove siamo se non fosse stato per te. Grazie.
Da amici, ci mancherai. Tutto ci mancherà di te: la costanza, la mentalità del tipo 'io non faccio prigionieri', l'incoraggiamento e la gentilezza.
Ma soprattutto ci mancherà il tuo senso dell'umorismo. Nessuno riusciva a farci ridere come te, soprattutto quando 'duettavi' con Franco.
Ci manchi,

Jamie, Robbie e Franco

P.s: Speriamo che in paradiso ci sia un circuito di Formula 1, e che Dio ti faccia stare al volante da subito, perché, vedrai, andrai fortissimo.
Buona fortuna, Kate.

Cara Kate,
tu mi hai insegnato che è giusto uscire dalla zona sicura, e fare cose che spaventano o non mi mettono a mio agio. È giusto essere sciocchi e fare errori. È giusto ridere di ogni cosa o non ridere per niente.
Tu non lo sapevi, ma ho lottato contro i miei demoni per tutta la vita e grazie a te adesso li sto affrontando in terapia.
Grazie per aver varcato sei mesi fa la soglia che portava a me, bella. È una delle cose migliori che mi siano capitate nella vita. Perché tu me l'hai cambiata.
Con amore,

la tua compagna di danze

P.s.: Sei la tosta più tosta che abbia mai incontrato.

Katie,
è duro spiegare a parole quello che tu significhi per me. Ammiro il modo in cui hai vissuto la tua vita. Mi ha ispirato. Mi ha fatto innamorare di te. Tu mi hai spronato come nessun altro. Mi hai mostrato cosa sono il coraggio e l'ardore. La tua sincerità, apertura, il tuo sostegno sconfinato e amore mi hanno reso una persona migliore, un padre migliore, un compagno migliore. Un uomo migliore.
Mi manchi talmente tanto che mi fa male.
Ti amerò per sempre, piccola.

Keller

Bright Side,
non sono bravo a scrivere queste cose e tu lo sai, quindi sarò breve. Spero che adesso tu sia con Gracie, sedute su una nuvola a mangiarvi una barretta di Twix. Spero che il sole brilli tutti i giorni in paradiso, le onde siano giganti e i tramonti spettacolari. Spero che ci sia un bar dove servono caffè forte e nero la mattina, il pomeriggio e la sera, e anche tacos vegetariani. Spero che abbiano un violino fatto apposta per te e che tu lo possa suonare ogni santo giorno.
Mi hai detto: «Sei un mito.» Io ci provo, tu ci sei riuscita. Hai reso mitico ogni giorno, e mi mancherai.
Ti voglio bene,

Gus

Adesso sento singhiozzare e tirare su con il naso. Audrey sta cercando di non crollare, ma proprio quando penso che non ne può più, tira un profondo respiro. «Kate ha passato le ultime settimane della sua vita a casa mia. Mi ha consegnato questa» ha una busta sigillata in mano «e mi ha chiesto di leggerla alla fine della funzione.» Le mani le tremano così tanto che mi chiedo se riuscirà ad aprirla. Con estrema lentezza strappa una punta della busta ed estrae un foglio di carta piegato. I suoi occhi scorrono sulla pagina e si copre la bocca con la mano. «Mi dispiace, non ci riesco.»

Vorrei alzarmi e andare a leggerla, per aiutarla, ma so che non riuscirò a fermare le lacrime che stanno già scorrendo abbondanti. Mi sento un nodo in gola. Il celebrante si avvicina a lei, e con una mano sulla spalla le chiede con gentilezza di passarle la lettera. Poi qualcuno grida dal fondo della chiesa: «Aspettate.» Tutti si voltano. «La leggo io.» È Gus. Dopo la morte di Katie era scomparso; ha mandato qualche messaggio a Audrey, ma non lo abbiamo visto per due giorni. All'inizio della funzione non c'era, e avevo paura che non si sarebbe presentato. Indossa un vestito elegante, ma l'aspetto è sconvolto. Non è ancora riuscito a dormire.

Appoggia un braccio sulle spalle di Audrey, la bacia sulla guancia e prende la lettera. Si trattiene, poi comincia a leggere le parole di Katie.

> Quanto vorrei che fossimo tutti da un'altra parte oggi. A fare tutto tranne questo, perché i funerali sono deprimenti. Ma visto che siete stati così gentili da riunirvi qui per me, vorrei sfruttare l'occasione per stabilire con voi qualche regola di base, a effetto immediato e scadenza illimitata.
> Numero uno: non piangete per me. Ho avuto una vita meravigliosa. Ne è valsa la pena; e se lo dico io, per favore, ridete, sorridete, siate felici quando pensate a me. Non piangete.
> Numero due: vivete ogni giorno come fosse l'ultimo. So che è una frase fatta; forse penserete che l'ho letta su un adesivo appiccicato a qualche auto (adesso che ci penso, forse è così), però è vera. Fatelo.
> Numero tre: siate spontanei. La vita ha troppe regole, limitazioni, orari. Cambiate i vostri programmi per lasciare spazio al divertimento. Siate in ritardo una volta ogni tanto (sto dicendo a te, Keller) e godetevi il momento per quello che è o per quello che può diventare.
> Numero quattro: non giudicatevi. Abbiamo tutti i nostri difetti. Tenete gli occhi su di voi e il naso fuori dagli affari degli altri, a meno che non siano gli altri a invitarvi. E quando siete invitati, aiutate, non giudicate.
> Numero cinque: dimenatevi parecchio quando ballate (sto parlando soprattutto a Shelly e a Clayton).
> Numero sei: siate mitici (e mi rivolgo a voi, Rook). La musica rende il mondo un posto migliore. E la vostra è fantastica. Continuate, ogni giorno. Vi amiamo per questo.
> Numero sette: considerate gli amici come parte della vostra famiglia. Io ho ricevuto questo insegnamento da Gus e Audrey, adesso sta a voi metterlo in pratica.
> Numero otto: apritevi all'amore. Con ogni fibra del vostro corpo.

Numero nove: prendete del tempo per guardare il tramonto, ogni tanto. Punti in più se lo fate con qualcuno che amate.
Numero dieci: non piangete per me.
Ricordatevi, adesso io sono in paradiso, e vi sto guardando. Obbedite alle regole, e attenzione perché mi accorgo se non lo fate.
Non mi fate arrabbiare.
Voglio ringraziare ciascuno di voi per aver reso la mia vita così tanto migliore di come sarebbe stata se non vi avessi mai incontrato.
Vi amo tutti, statemi bene.

Bright Side

Un sorriso si forma sulle labbra di Gus. «Adesso sì che riconosco la mia ragazza.» Poi cala subito un pesante velo di tristezza. Si allontana dal microfono, accompagna Audrey al suo posto in prima fila e si siede accanto a lei.

Il celebrante conclude con una preghiera, poi tutti si alzano e vanno verso l'uscita. Adesso c'è la parte che ho temuto più di ogni altra. Bacio Stella sulla guancia. «Piccola, vai con il nonno e lo zio Dunc. Io vi raggiungo fuori.»

Lei fa sì con la sua testolina riccia e carica di boccoli. «Dove andiamo?»

Cercando di trattenere le lacrime, rispondo: «Accompagniamo Katie al cimitero. Avrà un posto speciale dove tutti la possiamo andare a trovare.»

«Come la mamma?»

«Sì, proprio come la mamma.»

Dunc prende Stella quando si accorge che sto per scoppiare. «Dài, Stella. Usciamo e andiamo a rincorrere i piccioni.»

Li guardo allontanarsi con Shel, e aspetto che mio padre esca con loro prima di alzarmi in piedi. Lui si ferma davanti a me e mi appoggia una mano sulla spalla. «Mi dispiace, figlio mio. Nessuno dovrebbe provare quello che tu hai sopportato nella tua breve vita.»

Chiudo gli occhi e cerco di mettere ordine tra i pensieri, ma tutto quello che vedo sono quegli occhi verdi di giada che mi sorridono. Voglio stare seduto qui per sempre e non smettere mai di guardarli.

Ma non posso.

Gus, Jamie, Robbie, Franco e Clayton mi stanno aspettando.

Nessuno dice una parola quando solleviamo la bara. È più leggera di quanto avessi immaginato, e penso a come Katie fosse diventata fragile e magra. Mi spezza il cuore.

Il tragitto fino al carro funebre è breve, ma non quello fino al cimitero.

Il resto è nebbia.

Mi sento afferrare dal panico.

Il celebrante sta ancora parlando quando passo Stella a mio padre e mi allontano per cercare un po' di aria fresca. Noto i tulipani gialli e una barretta di Twix appoggiati alla tomba di Gracie, accanto a quella di Katie.

Quando passo sul retro del tendone montato per l'ultima parte della cerimonia qui al cimitero, trovo Gus che fuma una sigaretta. Non mi guarda, estrae il pacco dalla tasca e me lo passa. «Ne vuoi una?»

Non ho mai fumato in vita mia, ma non riesco a essere lucido. Proverò di tutto, purché mi tolga un po' di ansia; mi sta strangolando. Ne prendo una, e lui mi passa l'accendino. Non ho idea di cosa sto facendo, ma l'accendo con tutta l'energia nervosa che sento in me. Poi sento bruciare i polmoni e non riesco a controllare la tosse improvvisa e insistente.

«Prima volta?»

Tossisco ancora. «È ovvio, no?»

«Dovresti smettere» mi dice piano.

Gli passo la sigaretta accesa. «Sì, forse hai ragione.»

Gus finisce la sua con un'ultima boccata, la butta per terra e la spegne con la scarpa, poi passa alla mia.

«Tu dovresti smettere.»

«Lo so. Bright Side me lo diceva sempre. Adesso, ogni volta che fumo mi sento in colpa. Tanto non ci riesco, è più forte di me.» Mi guarda. «La mamma ti ha dato la busta?»

«Sì, questa mattina.» Ha detto che Katie ne aveva preparate due, ognuna con un cd dentro, per me e per Gus. Aveva fatto tutto qualche settimana fa, chiedendo a Audrey di consegnarcele oggi.

«Hai ascoltato il tuo?»

«Non ancora. Tu?» Lo farò questa sera, quando torniamo a Minneapolis e Stella è a letto. Ho bisogno di silenzio e intimità, perché so che mi devasterà, di qualunque cosa si tratti.

«Non ancora.» Ha un tono nervoso.

La gente esce dal tendone e va verso le loro macchine.

«Dài, finiamo con questa cosa» gli dico.

Lui abbassa lo sguardo, apatico. Alla fine sbatte le palpebre e risponde: «Non ci riesco, bello. Le ho detto addio due giorni fa. Devo andarmene da qui. Non ce la faccio più.»

«D'accordo. Ci si vede a casa dopo. Passiamo a prendere le valigie prima di andare all'aeroporto.»

«Non ci sarò.» È deciso.

«Dove vai?»

«Non lo so. Ho bisogno di stare lontano per un po'.» Ha uno sguardo distante negli occhi.

Devo lasciarlo riflettere da solo. Tutti noi dobbiamo trovare la nostra strada. Io gli porgo la mano, lui la prende e mi saluta. «Rimaniamo in contatto. Per qualsiasi cosa, chiama.»

Lui mi dà una pacca sulle spalle. «Grazie, bello. Anche tu.»

Lo guardo attraversare il cimitero finché non scompare in lontananza. Non ho idea di dove stia andando, soprattutto perché è a piedi. Il suo furgone è rimasto parcheggiato vicino alla chiesa, molto lontano da qui.

La morte di Katie continua a colpirmi, come le onde che si infrangono a riva. Eccone un'altra in arrivo, e mi travolge. Lei se n'è andata, non la rivedrò più. Non sentirò più la sua voce. Non la toccherò più. Cado a terra in ginocchio e comincio a piangere, sconquassato dai singhiozzi, perché la voglio con me. Perché odio il cancro e perché la vita è ingiusta.

Una mano gentile si appoggia sulla mia schiena, e capisco che c'è qualcuno, accovacciato accanto a me. «Figlio?»

Mio padre. Voglio smettere di piangere, ma non ci riesco. Lo guardo, ansimando alla ricerca di aria. «Io... la... voglio... con me...» dico, singhiozzando. Quando lui non risponde, continuo. «Perché Katie?»

Mi aspetto una spiegazione logica, da medico, invece mi

prende le mani nelle sue e mi aiuta ad alzarmi in piedi. Poi mi abbraccia.

Mi *abbraccia*.

E mi lascia piangere.

Quando finiscono le lacrime, mi passa un fazzoletto. Io mi asciugo il viso e soffio il naso. Poi, senza dire una parola, mi accompagna alla macchina e mi aiuta a salire. Stella e Dunc ci stanno aspettando.

Proprio quando sei convinto di conoscere qualcuno, lui ti stupisce, perché cambia. Oppure cambi tu. O forse cambiamo entrambi. E cambia tutto.

Mercoledì 25 gennaio

Keller

Oggi è arrivata una lettera da Audrey. Vedere il suo nome mi riapre la ferita. Aspetto che Stella sia a letto. La apro, e un piccolo pezzo di carta finisce svolazzando sul pavimento. Lo lascio lì.

> Caro Keller,
> è stato uno degli ultimi desideri di Kate lasciarti questo. Lei mi ha parlato della tua situazione e anche a me è sembrata la cosa più giusta. Spero, in memoria di Kate, che ti aiuti a realizzare le tue aspirazioni.
> Sono stata contenta di avervi avuto qui con noi, anche se avrei preferito in altre circostanze. Tua figlia è deliziosa, amala. Mi mancano già la sua voce e le sue risate. La casa è troppo silenziosa senza di lei. La porta sarà sempre aperta per voi, ogni volta che vorrete venire a trovarmi. Saluta Stella da parte mia.
> Spero che il tempo guarisca il tuo cuore ferito e ti lasci soltanto i più bei ricordi di Kate. Lei era un animo gentile e bello.
> Con affetto,
>
> *Audrey*

Sto di nuovo piangendo. Ormai capita così spesso che a volte non me ne rendo nemmeno conto, finché le lacrime non mi scendono sulle guance.

Il pezzo di carta che Katie ha voluto lasciarmi giace per terra davanti al mio letto. Lo raccolgo e vedo che è un assegno piegato in due. Lo apro. Sopra c'è un Post-it con la grafia di Katie:

Keller,
mio padre mi ha mandato dei soldi. Ne ho dati un po' a Audrey per il funerale. Voglio che tu abbia il resto. Spero che copra le tasse universitarie rimaste da pagare. Sarai un grande insegnante!
Ti amo, baby.

Kate

Stacco il Post-it. Per fortuna sono in piedi davanti al letto, perché mi sento cedere le gambe. L'assegno è di quarantamila dollari. Ed è intestato a me.

Non riesco a non pensare alla lettera di Clayton. Katie è davvero un angelo.

Venerdì 27 gennaio

Keller

Sono passati cinque giorni dal nostro ritorno. Ho ricominciato a lavorare e a frequentare le lezioni, mentre Stella ha iniziato l'asilo. Si è adattata bene, ma sapevo che sarebbe andata così, perché è una bambina aperta e curiosa. Potrebbe stare bene dovunque.

Non ho più toccato il cd di Katie. Da quando siamo tornati a casa e ho disfatto i bagagli, è rimasto sulla cassettiera vicino a una foto di noi due. L'ho preso per ben tre volte, ma non sono riuscito ad aprirlo.

Adesso lo guardo.

Anche lui mi sta guardando.

Sono passate le undici, dovrei essere a letto, ma dormire senza lei accanto a me è difficile. Le ultime notti le ho passate in poltrona.

Alzo le coperte del letto e ci scivolo dentro. Affondo il viso nel cuscino e respiro. Profuma ancora di lei. Ormai è passato un mese da quando se n'è andata, ma non riesco a lavarlo. Dormo con una maglietta che usava come pigiama e che ancora sa di lei, anche se il suo odore sta scomparendo. A volte mi chiedo se sia solo una mia impressione. Mi giro sulla schiena e guardo il soffitto. «Katie, mi manchi tantissimo. Ti penso ogni istante. Adesso voglio ascoltare il tuo cd. So che mi farà piangere, ma mi sto impegnando a essere coraggioso. Sento ancora le tue parole di incitamento, quindi eccomi qua.» Mi tremano le mani quando prendo la busta. Appoggio le dita sul mio nome scritto con la sua caratteristica grafia – piccola, audace e unica, proprio come lei.

Passo il dito sotto la linguetta e mi blocco. Improvvisamente, la busta che tengo in mano è la cosa più paurosa che io possa immaginare. Mi sento la febbre, e sono sul punto di vomitare. Il mio respiro è sempre più accelerato, come se stessi correndo a perdifiato. Chiudo gli occhi, nel tentativo di tenere tutto il resto del mondo fuori.

«Sei coraggioso» mi dico, e me lo ripeto prima di riaprire gli occhi, che bruciano e sono pieni di panico. Fisso di nuovo il cd. «Tu sei coraggioso. *Io sono coraggioso.*»

Apro la linguetta e tiro fuori il cd. Nessun contrassegno, nessuna etichetta. Nessuna indicazione di quello che mi aspetta.

Estraggo il mio portatile dalla custodia accanto al letto e lo accendo. Prima di inserire il cd, apro il folder di foto perché ho bisogno di guardare il suo viso mentre lo ascolto. Ne ho scattate una ventina negli ultimi due mesi. Alcune sono di noi due insieme, altre di lei e di Stella, e altre ancora solo di Katie. Con gli auricolari nelle orecchie, apro il menù Cd e clicco Play. Non avrei mai pensato di ascoltare la sua voce. Che mi parla. Se chiudo gli occhi posso pensare che sia in camera con me. Ed è proprio quello che faccio.

Ciao, Keller. So che stai ascoltando questo cd dopo che me ne sono andata. Forse ti sembrerà un po' strano, ma se fosse successo il contrario, a me piacerebbe sentire la tua voce adesso. Quindi eccomi qua, baby.

Sono cresciuta convinta che il mio compito fosse quello di prendermi cura di tutti. Mia sorella aveva bisogno di me. Mia madre aveva bisogno di me. Sono cresciuta credendo nell'amore, da dare e da ricevere. Gracie, Gus, Audrey, i miei amici... li ho amati, e loro hanno amato me. Hanno evitato che io diventassi una persona rancorosa e insensibile – proprio il tipo di persona che ho sempre detestato. Sono cresciuta credendo di dover essere forte e tenere i miei problemi sotto controllo perché le persone dipendevano da me e io volevo esserci per loro.

Ho dei rimpianti? Oddio, no. Non mi piacciono i rimpianti. Sono i fatti accaduti nella mia vita che mi hanno resa quella che sono.

Ma il giorno in cui sono entrata da Grounds e ti ho visto, ti ho parlato, ho flirtato con te... qualcosa è cambiato. È stato uno dei giorni più belli della mia vita. Punto. Oltre a essere tremendamente attratta – perché diciamocelo, Keller, sei sexy: i tuoi occhi, il tuo viso, i tuoi capelli, il tuo sedere... mmm... –, c'era qualcosa di autentico in te che era persino più attraente del tuo sguardo. Tu eri simpatico, un po' suscettibile, un po' nervoso, ma molto, molto vero. Sapevo che saremmo diventati amici.

Ho cercato di non innamorarmi di te. Ho cercato con tutta me stessa, perché sono Kate Sedgwick... e oltre a essere il tipo di persona che non vuole legami, stavo morendo.

Eppure, mi hai irretito. Mi sono innamorata di te, ogni giorno di più. Adoravo il tuo mezzo sorriso. Adoravo il fatto che leggessi i classici della letteratura, e che odiassi quando facevo tardi. E adoravo la tua pazienza, il modo in cui mi ascoltavi come se fossi l'unica persona al mondo. Adoravo quando suonavi la chitarra, e il tuo amore per il caffè nero (il migliore). Adoravo che tu non fossi soltanto un papà, ma un papà straordinario. La cura che hai per tua figlia è la cosa più sexy in assoluto; so che suona strano, ma è così. Adoravo che tu fossi riflessivo e romantico. Adoravo la tua naturale propensione all'insegnamento. Ogni cosa mi piaceva di te, anche che lavorassi tanto. Amavo la tua tenacia e l'incapacità di accettare un no come risposta. Adoravo che tu mostrassi sempre le tue passioni, perché non riuscivi a tenere sotto controllo le emozioni. Mi hai provocato, sfidando le mie convinzioni senza sminuirmi. Non mi era mai capitato. Ne avevo bisogno. E mi è piaciuto tantissimo.

Tu hai permesso che la mia favola diventasse realtà. Io ti ho affidato il mio cuore. Non l'avevo mai fatto prima, ma grazie a te è stato bellissimo. Il tuo amore, il modo in cui tu mi hai fatto sentire amata in tutto e per tutto? È stato il paradiso. Fisicamente ed emotivamente, mi sono sentita così... amata. Quando mi parlavi, guardavi o toccavi, mi sentivo onorata, bella, adorata. Sentivo il fervore e la passione. È stato travolgente nel modo più eccitante e soddisfacente, e spero che anche tu abbia provato lo stesso.

Per questo, mi hai insegnato che non solo si deve contare su un'altra persona, ma che è giusto che lei condivida il tuo carico con te, e anche per te. Potevo persino piangere davanti a te, e io non piango. Potevo essere vulnerabile e debole quando non riuscivo a farne a meno, e tu non mi hai giudicato, perché sapevi essere forte per entrambi. Potevo dare voce alle mie paure. Ho potuto parlare della mia famiglia e del mio passato. Non sai che sollievo sia stato per me. Il tuo sostegno è stato... incredibile.

Sono arrivata in Minnesota, pronta a spuntare la parola università dalla mia lista. Quello che non mi sarei mai aspettata è che avrei trovato te. Grazie, Keller Banks.

Adesso ti devo parlare del futuro, perché è importante che tu senta quello che ti voglio dire. Finisci la tua laurea e vai a insegnare inglese. Hai un dono, condividilo. Sarai come Sidney Poitier nel film La scuola della violenza. *Che alunni fortunati! Trova un posto speciale nel mondo per te e per Stella, dove lei possa fiorire e diventare la donna incredibile che non ho dubbi diventerà. Incoraggiala, sostienila, amala... so che lo farai. Ti prego, ti prego, trova una donna con cui condividere il tuo enorme cuore. Perché è strabiliante, quando ti apri all'amore. Tu ami mente, corpo e anima, senza dubbi, domande o restrizioni. Ritrova quel tipo di amore. E quando accadrà, spero che lei ti renda felice come tu hai reso me. Stella ha bisogno di fratelli e sorelle, Keller. Miss Higgins è una tartaruga incredibile, ma un sostituto un po' bizzarro come sorella.*

So che adesso sei triste. Affronta il dolore, però non dilungarti troppo. Il dolore seppellisce la vita. Lascialo andare. Ricordami e sii felice. Ti aspetta una vita incredibile: sfrutta ogni minuto, a partire da adesso.

Sei coraggioso. Ripetilo con me: sei coraggioso.

Ti amo, baby... ti amo, baby.

Mi fa male il cuore, e il mio viso è rigato dalle lacrime. Eppure, in questo preciso istante, mi accorgo di sorridere... sorrido mentre il mio cuore devastato sta minacciando di spezzarmi in due. Il sorriso è un piccolo pezzo di felicità che non mi lascia mai – è Katie, in pura essenza. Non sapevo che la felicità portasse una simile sensazione, prima di incontrare lei. Il mio cuore era rimasto chiuso per tanto tempo, ma lei lo ha liberato il giorno in cui è entrata da Grounds. Sono bastati pochi istanti; era adorabile, con i capelli spettinati e lo sguardo intenso e quella maglietta fatta da lei, ma era anche sicura, divertente e gentile. È stata la persona più sincera e autentica che io abbia mai incontrato. Aveva capito la vita e sapeva come trattare le persone, come renderle speciali e apprezzate. Mi sono dato a lei con tutto me stesso, le ho lasciato vedere il buono come il brutto. Le ho mostrato cose di me che nessuno aveva mai visto prima, e lei mi ha obbligato a dare un'occhiata a fondo, a me e alla vita. Il suo amore mi ha dato il coraggio di cambiare.

Se n'è andata, ancora non riesco a farmene una ragione. Il buco nero di cui io e Gus abbiamo parlato... lo sto combattendo ogni giorno. Sto combattendo per lei... e per me... e per mia figlia.

Katie possedeva l'incredibile dono di trovare il meglio in ogni momento, buono o cattivo che fosse. Sembra facile, e invece è molto faticoso, soprattutto in ogni situazione leggermente diversa dal nirvana. La felicità, la premura, l'ironia erano naturali in lei, ma anche una scelta deliberata, consapevole. Non posso fare a meno di pensare a quello che Gus ha detto mesi fa. Katie non solo guardava il lato positivo... lei lo viveva.

Gus aveva ragione.

E questo l'ha resa la persona più coraggiosa che io abbia mai conosciuto.

Coraggio...

Ringraziamenti

Dicono che per crescere un bambino ci vuole un intero villaggio. Ci vuole un villaggio anche per scrivere e pubblicare un libro. Amore e gratitudine, dal più profondo del mio cuore, al 'villaggio' di *Bright Side*:

B., Debbie e Robin – i primi lettori di *Bright Side*. Grazie per il vostro sostegno e incoraggiamento costante durante la scrittura del libro. Mi sono piaciuti i messaggi ricevuti mentre affrontavamo questo viaggio insieme (tipo: 'Faresti meglio...', 'Mi viene la nausea', 'Ho pianto così tanto che non ho più lacrime!', 'A me piaceva...', 'E Clayton!', 'Voglio leggere di Keller, per favore'). Visto che le donne del gruppo si sono spartite Keller e Gus senza litigare, ho pensato che entrambi avessero qualcosa di buono. Deb, Keller è tutto tuo. Robin, puoi tenerti Gus senza problemi. A B. resta Kate, ma so che non ne rimarrebbe deluso, per niente.

Tammy Johnson, e il dr John Okerbloom, esperti di questioni mediche: grazie a te, fantastica sorella, perché mi hai permesso di conoscere il tuo fantastico amico. Siete eccezionali. Insieme, con la pazienza di santi, avete affrontato e risposto a molte, molte domande. Grazie per avermi aiutata a infondere un tocco di realismo e di empatia alla storia di Kate. Siete i migliori!

Kody Templeman – l'esperto musicale di *Bright Side*. Grazie per aver letto e controllato le parti relative alla band e al tour, e per aver apposto il sigillo di approvazione. Rispondere a tutte le mie domande e prestarmi il tuo aiuto ha significato tanto per me, talentuoso amico. Nota a margine per tutti coloro che leggeranno i ringraziamenti: date un'occhiata alle band di Kody, i Teenage Bottlerock e i Lillingtons. Sono fantastiche!

Jess Danowski, blogger di *Inside the Pages of a Book* – grande sostenitrice. Tu mi hai guidato attraverso il mondo delle pubblicazioni indie con il rigore di un maestro Jedi. Mi inchino davanti a te. Grazie per aver creduto in me!

Eric Johnson – il mio ponte gettato verso le nuove generazioni. Dato che è passato parecchio tempo da quando ho frequentato l'università... ho dovuto affidarmi a mio nipote perché una vecchia signora come me potesse sembrare autentica (pensavi che scherzassi quando ti ho promesso di citarti nei ringraziamenti, vero?). Te lo sei meritato. Grazie, bello!

Monica Parpal – straordinario editor di *Bright Side*. Sei eccezionale, mi fai sempre sentire di credere nei miei progetti tanto quanto me. Grazie per avere amato Kate, e grazie per tutti i tuoi consigli che hanno reso questo libro parecchio migliore di quanto sarebbe stato senza il tuo aiuto. Sei la mia eroina, Monica!

Brandon Hando – grafico di grandissime capacità, che ha ideato una copertina perfetta per *Bright Side*. Grazie! Il tuo talento non finisce di stupirmi.

Mamma e papà – tra i più grandi 'protettori' dei libri. Come dicono le cheerleader, siete voi i campioni. Siete i miei sostenitori, e non potrei chiedere di meglio. Grazie! Vi voglio bene!

B. e P. – le mie due persone preferite. Siete il mio mondo. Non potrei fare quello che faccio... cioè non potrei vivere... senza di voi. Vi voglio tanto, tanto, tanto bene!

I musicisti di tutto il mondo – non riesco a scrivere senza la magia che create. La musica mi ispira più di ogni altra cosa. Grazie per condividere la vostra passione con tutti noi.

Per me, Kate Sedgwick è il simbolo di una donna autentica e forte. Sono fortunata, perché nella mia vita sono sempre stata circondata da donne forti, e ognuna di loro ha ispirato un piccolo pezzo di Kate. Grazie a Barb Harken, Debbie Clark, Robin Stonehocker, Barb Konecny, Tammy Johnson, Andi Hando, Erika Sosias e Monica Parpal per essere così toste. Io vi amo, vi ammiro e vi rispetto per la vostra intelligenza, sicurezza, ironia, e gentilezza. Riuscite a rendere mitico ogni giorno.

Per concludere, mi rivolgo a te, onnipotente lettore, perché sei di grande aiuto. Ogni. Santo. Giorno. Il fatto che dedichi il tuo tempo prezioso a leggere il mio libro significa per me più di quanto tu possa immaginare. A dire la verità, il solo pensiero mi stordisce. Scrivere un libro e condividerlo con qualcuno è come parlare seminuda in una stanza affollata. Significa davvero mettersi a nudo, perché il mondo guard, e giudichi, volente o nolente. Grazie per il tuo continuo sostegno! Mi fai sentire meno 'nuda'.

Vi lascio con un ultimo pensiero, perché a volte la vita è dura. Per tutti.

Coraggio...

Adesso via, e siate mitici!
È un ordine.
Fatelo.
Per favore.

Dal catalogo Leggereditore

Il bacio del risveglio di Lara Adrian
Dark Passion di Kresley Cole
I love you, goodbye di Cynthia Rogerson
Legami pericolosi di Kate Brady
Letto di rose di Nora Roberts
La ragazza del libro dei fuochi di Jane Borodale
Intime promesse di Sherry Thomas
Il buongiorno del mattino di Diana Peterfreund
Passione contro il tempo di Suzanne Brockmann
Brivido eterno di Larissa Ione
Oogy di Larry Levin
Il profumo dell'oscurità di Emma Holly
Un'ombra dal passato di Nora Roberts
Lezioni di seduzione di Emma Wildes
Highlander: amori nel tempo di Karen Marie Moning
Passione Vintage di Isabel Wolff
Il bacio svelato di Lara Adrian
La confessione di Julie Garwood
Una scommessa per amore di Jennifer Crusie
Dark Night di Kresley Cole
L'anello di ferro di Ornella Albanese
Un cuore nelle tenebre di Roberta Ciuffi
Le streghe di East End di Melissa de la Cruz
Tentazioni deliziose di Sherry Thomas
La regina dei diamanti di Linda Howard
La concubina russa di Kate Furnivall
Desiderio eterno di Larissa Ione
Il bacio del demone di Eve Silver
Grida per me di Karen Rose
La cacciatrice di anime di Darinda Jones
Il bacio eterno di Lara Adrian
Il sapore della felicità di Nora Roberts
Corinna. La regina dei mari di Kathleen McGregor
La meraviglia delle piccole cose di Dawn French
L'ultima volta che ho visto Parigi di Lynn Sheene
Torna da me di Karen Marie Moning
Melodia al crepuscolo di Christine Feehan
Il richiamo dell'oscurità di Emma Holly
Dark Forever di Kresley Cole
Innamorarsi a Manhattan di Kate Parker
Proposta indecente di Emma Wildes
Venti d'amore e di guerra di Paola Picasso
Dark Desire di Kresley Cole
Il fuoco della tentazione di Lora Leigh
Il segreto del libro proibito di Karen Marie Moning
Il bacio oscuro di Lara Adrian
Passione eterna di Larissa Ione
Dark Dream di Kresley Cole
Il gioco della seduzione di Susan Elizabeth Phillips
Un amore per sempre di Nora Roberts
Le ombre del demone di Eve Silver
Il mistero del talismano perduto di Karen Marie Moning
Istinto animale di Lora Leigh
Amanti pericolosi di Lisa Marie Rice
Una donna indimenticabile di J.R. Ward
Temptation di Jennifer Crusie

La cacciatrice di anime. Il fascino del male di Darynda Jones
Uccidi per me di Karen Rose
La notte degli Angeli caduti di Heather Killough-Walden
Il bacio di fuoco di Lara Adrian
La pittrice di anime di Isabel Wolff
L'inganno dell'oscurità di Emma Holly
Roma 40 d.C. Destino d'amore di Adele Vieri Castellano
Highlander. L'ultimo dei Templari di Karen Marie Moning
Estasi eterna di Larissa Ione
I ricordi della casa sul lago di Rosie Thomas
Segreto inconfessabile di Shayla Black
Dark Whisper di Kresley Cole e Gena Showalter
La musica delle parole di Emily St. John Mandel
Un segno nelle tenebre di Roberta Ciuffi
La sposa spagnola di Kathleen McGregor
La maledizione della luna nera di Karen Marie Moning
Heaven, Texas, un posto nel tuo cuore di Susan Elizabeth Phillips
Il giardino dei nuovi inizi di Nora Roberts
La notte del vento e delle rose di Anna Bulgaris
Ladra di cioccolato di Laura Florand
Il bacio immortale di Lara Adrian
Peccato eterno di Larissa Ione
Danzando sui vetri rotti di Ka Hancock
Il patto di Julie Garwood
Il signore della vendetta di Lara Adrian
L'oscuro mosaico di Ornella Albanese
Il messaggero dell'angelo di Heather Killough-Walden
Il bacio dell'Highlander di Karen Marie Moning
Il bacio rubato di Lara Adrian
Segreti pericolosi di Lisa Marie Rice
Dark Prince di Kresley Cole
Piacere malizioso di Lora Leigh
Il bacio ribelle di Lara Adrian
Colpevole di amare di J.R. Ward
Il profumo dell'amore ritrovato di Eliselle
Roma 42 d.C. Cuore nemico di Adele Vieri Castellano
Dark Demon di Kresley Cole
Alla ricerca dell'ultima verità di Karen Marie Moning
E se fosse lui quello giusto? di Susan Elizabeth Phillips
Desiderio inconfessabile di Shayla Black
Un oscuro risveglio di Gena Showalter
Pazza di te di Jennifer Crusie
Easy di Tammara Webber
La signora della tentazione di Lara Adrian
Dimmi che ti dispiace di Dawn French
Poison Princess di Kresley Cole
La casa dei grandi incontri di Nora Roberts
A fior di pelle di Lauren Dane
L'angelo della morte di Heather Killough-Walden
Cuore pirata di Kathleen McGregor
La magia del cioccolato di Laura Florand
Un cuore d'oro di J.R. Ward
La fiamma della passione di Jessica Andersen
Sottomessa di Lora Leigh
Tuo per sempre di Lisa Kleypas
Amore eterno di Larissa Ione
Il bacio rivale di Lara Adrian
Roma 39 d.C. Marco Quinto Rufo di Adele Vieri Castellano
Dark Warrior di Kresley Cole
Una dolce scoperta di Nora Roberts

La rivelazione dell'antica carta di Karen Marie Moning
Il bacio della strega di Melissa de la Cruz
Un solo piacere di Lora Leigh
Un piccolo sogno di Susan Elizabeth Phillips
Segreti di una notte d'estate di Lisa Kleypas
Accadde in autunno di Lisa Kleypas
Un amore su misura di Sugar Jamison
Una passione pericolosa di Lisa Marie Rice
Un dono prezioso di Nora Roberts
Estasi infinita di Maya Banks
Appuntamento con l'amore di Jules Stanbridge
Il gioco dell'inganno di Adele Vieri Castellano
Le coincidenze dell'amore di Colleen Hoover
Il mistero del lago di Nora Roberts
Due vite in gioco di Nora Roberts
Il lago dei desideri di Susan Elizabeth Phillips
Beautiful Bastard di Christina Lauren
La sfida del cuore di J.R. Ward
Passione inconfessabile di Shayla Black
Un regalo d'amore di Lisa Kleypas
Una promessa d'amore di Mary Balogh
You & Me di Valentina F.
Il frutto proibito di S.C. Stephens
Piacere colpevole di Lora Leigh
Peccati d'inverno di Lisa Kleypas
Lothaire di Kresley Cole
L'ora della verità di Maya Banks
Seduzione deliziosa di Tara Sivec
La signora della passione di Lara Adrian
Il fuoco della notte di Larissa Ione
Piacere estremo di Georgia Cates
Rischio letale di Pamela Clare
Scandalo in primavera di Lisa Kleypas
Beautiful Stranger di Christina Lauren
Piacere pericoloso di Lora Leigh
Lady Cupido di Susan Elizabeth Phillips
L'eroe dimenticato di Suzanne Brockmann
Il richiamo dell'ombra di Kresley Cole
Tutti pazzi per Gaia di Stefania Nascimbeni
Nove regole da ignorare per farlo innamorare di Sarah MacLean
L'amore è come un film di Victoria Van Tiem
Brivido inconfessabile di Shayla Black
Prigioniera del tuo amore di J.C. Reed
L'irlandese di Kathleen McGregor
Nessuna via di fuga di Maya Banks
Un amore pericoloso di Nora Roberts
L'amore che viene di Lisa Kleypas
Sogno impossibile di Georgia Cates
Le sintonie dell'amore di Colleen Hoover
L'eroe ribelle di Suzanne Brockmann
Il gioco perfetto di Jaci Burton
Intrigo delizioso di Tara Sivec
La signora del coraggio di Lara Adrian
MacRieve di Kresley Cole
Angeli ribelli di Sylvia Day
Seduttore dalla nascita di Susan Elizabeth Phillips
Brucio d'amore di Darynda Jones
Dieci cose da seguire per non farselo sfuggire di Sarah MacLean
Magia di un amore di Lisa Kleypas
Il conte di Glencrae di Stephanie Laurens

La prova d'amore di S.C. Stephens
Il regalo più grande di Jenny Hale
Obiettivo pericoloso di Pamela Clare
Le parole infinite di Nora Roberts
Il desiderio della notte di Lara Adrian
Beautiful Player di Christina Lauren
Il canto del deserto di Adele Vieri Castellano
Ghiaccio nero di Anne Stuart
Odio quindi amo di Susan Elizabeth Phillips
Felicità perduta di Georgia Cates
Undici sfide da affrontare per domare il suo cuore di Sarah MacLean
Sublime di Christina Lauren
Forse un giorno di Colleen Hoover
Cuori selvaggi di Sylvia Day
Stregata dalla notte di Larissa Ione
Gioco senza regole di Jaci Burton
La ragazza dagli occhi scuri di Lisa Kleypas
Nascosti nell'ombra di Maya Banks
Il professionista di Kresley Cole
Dolce & selvaggio di Christina Lauren
La fuga di L. Adrian e T. Folsom
Amore inconfessabile di Shayla Black
Freddo come il ghiaccio di Anne Stuart
Amami per come sono di Jenny Hale
Dark Skye di Kresley Cole
I segreti della casa sul mare di Nora Roberts
La forza dell'angelo di Heather Killough-Walden
Leggenda di sangue e amore di Theresa Melville
Volare fino alle stelle di Susan Elizabeth Phillips
Cuore di ghiaccio di Anne Stuart
L'ultima occasione di S.C. Stephens
Eccitante & divertente di Christina Lauren
Contatto illecito di Pamela Clare
L'incastro (im)perfetto di Colleen Hoover
Resistere è inutile di Jenny T. Colgan
Tristan e Doralice – Un amore ribelle di Francesca Cani
Amori, bugie e dolci al limone di Sue Watson
Beautiful Secret di Christina Lauren
Tempesta di ghiaccio di Anne Stuart
Passione nelle tenebre di Roberta Ciuffi
Le ragioni del cuore di Maria Masella
Le promesse di una vita di Susan Elizabeth Phillips
My Dilemma Is You 1 di Cristina Chiperi
Le confessioni del cuore di Colleen Hoover
Il giardino delle rose di Susanna Kearsley
My Dilemma Is You 2 di Cristina Chiperi
I desideri nascosti del cuore di Mary McNear
Sospiri nel buio di Maya Banks
My Dilemma is You 3 di Cristina Chiperi
Inevitabile di Angela Graham
Una scelta impossibile di Susan Elizabeth Phillips
Sensuale & seducente di Christina Lauren
Sweet di Tammara Webber
Mess di Ilaria Soragni
Tra due cuori di Samantha Young
La schiava francese di Kathleen McGregor
Bright Side. Il segreto sta nel cuore di Kim Holden
Il mio cuore per te di Valentina F.
Il sogno di un amore di Valentina F.
M'ama o non m'ama di Valentina F.

Per consultare il nostro catalogo
visita il sito www.leggereditore.it
e iscriviti alla newsletter
per essere continuamente aggiornato
sulle nostre pubblicazioni.
Seguici su:

aNobii

e sul blog Leggereditore, www.leggereditore.it

Questo libro è stampato col sole

GV GRAFICA VENETA

Azienda carbon-free

Finito di stampare nell'aprile 2016 presso
Grafica Veneta - via Malcanton, 2 - Trebaseleghe (PD)
Printed in Italy